Diogenes Taschenbuch 21190

de
te
be

Margaret Millar

Fast wie ein Engel

Roman

Aus dem Amerikanischen von Luise Däbritz

Diogenes

Titel der amerikanischen Originalausgabe:
›How Like An Angel‹

Die deutsche Erstausgabe erschien unter dem Titel
»Das Geheimnis der Sekte«
1965 im Kurt Desch Verlag, München.
Die Übersetzung wurde für die vorliegende Ausgabe
überarbeitet.
Umschlagzeichnung von
Tomi Ungerer

80/86/36/3
ISBN 3 257 21190 2

Welch ein Meisterwerk ist der Mensch: ... im Handeln wie ähnlich einem Engel: Im Begreifen wie ähnlich einem Gott: ... Und doch, was ist mir diese Quintessenz von Staub? Ich habe keine Lust am Manne, und am Weibe auch nicht ...

Hamlet

I

Die ganze Nacht und den größten Teil des Tages waren sie gefahren durch Berge und Wüste und jetzt wieder durch Berge. Der alte Wagen bekam allmählich seine Mucken; der Fahrer wurde gereizt, und Quinn hatte sich daher auf den Rücksitz zum Schlafen ausgestreckt. Er wurde durch das plötzliche Kreischen der Bremsen und Newhousers Stimme geweckt, die von Erschöpfung, Hitze und dem Bewußtsein, daß er sich am Roulettetisch wieder einmal zum Narren gemacht hatte, heiser war.

»So – Quinn, Endstation.«

Quinn rührte sich und hob den Kopf in der Erwartung, sich auf einer der dreispurigen Straßen von San Felice zu befinden, wo der Ozean in der Ferne glitzert wie ein Juwel, das man weder berühren noch kaufen kann. Doch noch bevor er die Augen öffnete, wußte er, daß etwas nicht stimmte. Keine Straße in der Stadt war so still, keine Meeresluft so trocken.

»Hallo, Quinn! Sind Sie wach?«

»Ja.«

»Also, steigen Sie aus. Ich habe es eilig.«

Quinn sah aus dem Fenster. Die Landschaft hatte sich nicht verändert, seit er eingeschlafen war. Berge, Berge und nochmals Berge, alle bedeckt mit den gleichen Zwergeichen, hartem Gestrüpp und ein paar Pinien, die auf dem ausgedörrten Boden nur kümmerlich gediehen.

»Hier sind wir nirgends«, sagte er. »Sie haben mir gesagt, Sie führen nach San Felice.«

»Ich habe gesagt, in die Nähe von San Felice.«

»Wie weit ist das noch?«

»Fünfundfünfzig Kilometer.«

»Du lieber Himmel –!«

»Sie kommen wohl aus dem Osten«, sagte Newhouser. »In Kalifornien sind fünfundfünfzig Kilometer nah.«

»Das hätten Sie mir sagen sollen, bevor ich eingestiegen bin.«

»Das habe ich getan. Sie haben nicht zugehört. Sie schienen es ziemlich eilig zu haben, aus Reno wegzukommen. Jetzt sind Sie weg. Seien Sie dankbar.«

»Das bin ich ja«, sagte Quinn trocken. »Sie haben meine Neugier befriedigt. Ich hab schon immer wissen wollen, wo Nirgendwo liegt.«

»Ehe Sie anfangen herumzumeckern, hören Sie lieber zu. Einen Kilometer weiter biege ich zu meiner Ranch ab. Ich komme sowieso einen Tag zu spät, und meine Frau ist hitzköpfig; ich habe siebenhundert in Reno verloren und zwei Tage lang nicht geschlafen. Jetzt seien Sie dankbar, daß Sie so weit gekommen sind, und fangen Sie kein Geschrei an.«

»Sie hätten mich an einer Raststätte absetzen können, wo es etwas zu essen gibt.«

»Sie haben gesagt, Sie hätten kein Geld.«

»Ich hatte an ein kleines Darlehen von, sagen wir, fünf Dollar gedacht.«

»Wenn ich fünf Dollar hätte, säße ich noch in Reno. Das wissen Sie. Wir haben die gleiche Krankheit.«

Quinn bestritt es nicht. »Also gut, lassen wir das Geld, ich habe eine andere Idee. Vielleicht ist Ihre Frau doch nicht so hitzköpfig. Vielleicht hat sie nichts gegen einen Gast. Schon gut, schon gut, das sollte nur ein Vorschlag sein. Haben Sie einen besseren?«

»Natürlich, sonst würde ich Sie nicht hier absetzen. Sehen Sie den Feldweg da drüben?«

Nachdem Quinn ausgestiegen war, sah er einen schmalen Weg, der sich auf eine Gruppe junger Eukalyptusbäume zuschlängelte. »Das sieht nicht gerade wie eine Straße aus.«

»Das soll es auch nicht. Die Leute, die dort hinten wohnen, wollen das nicht eben bekannt machen. Sie sind etwas eigenartig.«

»*Wie* eigenartig, wenn ich fragen darf?«

»Ach, ganz harmlos, keine Sorge. Und sie haben ein gutes Herz für die Armen.« Newhouser schob seinen riesigen Hut zurück, und man sah seine weiße Stirn, die über seinem braunen ledernen Gesicht wie gemalt wirkte. »Hören Sie, Quinn, es tut mir schrecklich leid, Sie hier absetzen zu müssen, aber es bleibt mir nichts andres übrig, und Sie schlagen sich schon durch. Sie sind jung und gesund.«

»Aber auch hungrig und durstig.«

»Im Turm kriegen Sie was zu essen und zu trinken, und dann halten Sie den nächsten Wagen nach San Felice an.«

»Der Turm«, wiederholte Quinn. »Liegt der am Ende der Straße, die keine sein soll?«

»Ja.«

»Ist es eine Ranch?«

»Sie betreiben etwas Landwirtschaft«, sagte Newhouser vorsichtig. »Es ist – ja – so eine Art kleine Gemeinde, die sich selbst versorgt. So habe ich wenigstens gehört. Ich selbst habe sie nie gesehen.«

»Warum nicht?«

»Sie sind nicht gerade gastfreundlich.«

»Wieso sind Sie dann so sicher, daß sie mich mit offenen Armen empfangen?«

»Sie sind ein armer Sünder.«

»Ach – eine religiöse Sekte?«

Newhouser schüttelte den Kopf, aber Quinn war sich nicht sicher, ob es Zustimmung oder Verneinung bedeutete. »Wie gesagt, ich bin nie dagewesen, ich habe nur davon gehört. Irgendeine reiche alte Dame, die Angst vor dem Tod hatte, hat ihnen einen fünfstöckigen Turm gebaut, weil sie dachte, sie sei dann dem Himmel näher, sie wollte wohl so eine Art Vorsprung haben. Aber jetzt muß ich weiter, Quinn.«

»Warten Sie«, sagte Quinn eindringlich. »Seien Sie doch vernünftig. Ich will in San Felice dreihundert Dollar kassieren, die mir ein Freund schuldet. Ich verspreche Ihnen, ich gebe Ihnen ... 50, wenn Sie mich nach ...«

»Ich kann nicht.«

»Das ist mehr als ein Dollar pro Meile.«

»Tut mir leid.«

Quinn trat an den Straßenrand und sah Newhousers Wagen nach, der um die Ecke verschwand. Als das Motorgeräusch verklungen war, herrschte absolute Stille. Kein Vogel piepste, kein Zweig raschelte im Wind. Es war ein Erlebnis, das Quinn noch nie zuvor gehabt hatte, und er überlegte, ob er von Hunger, zuwenig Schlaf und der Sonnenhitze plötzlich taub geworden war.

Er hatte den Klang seiner eigenen Stimme nie besonders geschätzt, aber jetzt erschien er ihm gut, und er wollte ihn hören, um die Stille damit zu vertreiben.

»Mein Name ist Joe Quinn. Joseph Rudyard Quinn, aber den Rudyard verschweige ich lieber. Gestern war ich in Reno. Ich hatte eine Anstellung, einen Wagen, Anzüge, eine Freundin. Heute stehe ich mitten in Nirgendwo mit nichts und niemandem.«

Er war schon früher in Schwierigkeiten gewesen, aber damals war es immer um Leute gegangen, um Freunde, auf die er sich verlassen konnte, oder Fremde, die man überzeugen mußte. Er brüstete sich, ein gewandter Redner zu sein. Aber jetzt war das unwichtig, hier waren keine Zuhörer. In dieser Wildnis konnte er sich zu Tode reden, ohne daß sich auch nur ein Blatt bewegte oder ein Insekt aufgeschreckt wurde.

Er zog sein Taschentuch heraus und wischte sich den Schweiß hinter den Ohren ab. Wenn er schon oft in San Felice gewesen war, so kannte er doch nicht dieses öde bergige Hinterland, das im Sommer von der Sonne ausgedörrt und im Winter vom Regen aufgeweicht wurde. Jetzt war Sommer. Im Flußbett lagen Staub und Knochen kleiner Tiere, die dort Wasser gesucht hatten.

Die Stille quälte Quinn mehr als die Hitze und Verlassenheit. Es war unnatürlich, nicht einmal einen Vogel zu hören, und er fragte sich, ob wohl alle Vögel in der Trokkenheit gestorben oder ob sie weitergezogen waren zu einem Wasserreservoir, zu der Ranch von Newhouser oder vielleicht zu dem Turm. Er sah über die Straße auf den schmalen Weg, der plötzlich in dem Eukalyptushain zu enden schien.

»Verdammt, ein bißchen Religion bringt mich nicht um«, sagte er, ging über die Straße und blinzelte in die Sonne.

Hinter den Eukalyptusbäumen begann der Weg anzusteigen, und während er weiterging, tauchten einige Anzeichen von Leben auf. Er kam an einer kleinen weidenden Kuhherde vorbei, ein paar Schafen in einem Holzpferch, einigen Ziegen, die im Schatten eines Baumes angebunden waren, und einem Bewässerungsgraben mit etwas trübem Wasser darin. Die Tiere wirkten alle wohlgenährt und wohlgehalten.

Der Weg wurde langsam steiler, die Bäume standen dichter, Kiefern, Eichen, Erdbeerbäume und Kotoneasterbüsche. Er hatte fast die Hügelkuppe erreicht, als er an das erste Gebäude kam. Es war so geschickt konstruiert, daß er es erst aus einer Entfernung von zwanzig Metern erkannte – ein langes niedriges Gebäude aus Holz und Bruchsteinen. Es besaß keinerlei Ähnlichkeit mit einem Turm, und er dachte, Newhouser habe sich vielleicht in dem Ort geirrt und sich durch Klatsch und Übertreibung irreführen lassen.

Niemand war zu sehen, und aus dem dicken Schornstein quoll kein Rauch. Roh gezimmerte Fensterläden hingen außen über den Fenstern, als sollten die Leute im Haus festgehalten und nicht das Haus vor Eindringlingen geschützt werden. Eine riesige Pinie schirmte das Sonnenlicht ab, und Quinn schien es plötzlich, als sei die Luft kühl und feucht. Kiefernnadeln und orangefarbene Rinde des Erdbeerbaums dämpften das Geräusch seiner Schritte, als er näher trat.

Durch einen Spalt in den Fensterläden sah Bruder Zunge des Propheten, wie sich der Fremde näherte, und stieß leise tierische Angstlaute aus.

»Warum stellst du dich so an?« sagte Schwester Segen

munter. »Laß mich selber sehen.« Sie nahm seinen Platz an dem Spalt ein. »Nur ein Mann. Reg dich nicht auf. Wahrscheinlich ist sein Wagen kaputt, Bruder Dornenkrone wird ihm helfen, und damit ist die Sache ausgestanden. Es sei denn ...«

Es war typisch für Schwester Segen, die Lösung eines Problems zu suchen, sie anderen zu erläutern und dann mit ihrem *es sei denn* ... alles wieder zu verderben.

» – es sei denn, er kommt von der Schulbehörde oder einer Zeitung. Dann werde ich ihn kurz und bündig wieder wegschicken, ohne daß er auch nur einen Deut klüger ist als zuvor. Aber eigentlich ist es für die Schulbehörde noch ein wenig zu früh, uns wegen des Herbstquartals zu belästigen.«

Bruder Zunge nickte zustimmend und strich nervös über den Nacken des Wellensittichs auf seinem Finger.

»Also ist es wahrscheinlich ein Zeitungsmensch. Es sei denn, es ist wieder so ein Landstreicher. Dann werde ich ihn mit kühler Freundlichkeit empfangen. Daran ist wirklich nichts Aufregendes, Landstreicher waren ja schon hier, wie du weißt. Hör auf mit deinen Geräuschen. Du kannst reden, wenn du willst und wenn du mußt. Wenn nun im Haus Feuer ausbräche, könntest du doch ›Feuer‹ schreien, nicht?«

Bruder Zunge schüttelte den Kopf.

»Unsinn, ich weiß es doch. Sage es mal. Feuer.«

Bruder Zunge starrte stumm zu Boden. Wenn Feuer ausbräche, würde er keinen Alarm geben und kein Wort sagen. Er würde nur dastehen und zusehen, wie es brannte, nachdem er seinen Sittich in Sicherheit gebracht hatte.

Quinn klopfte an die ungestrichene Holztür. »Hallo! Ist da jemand? Ich habe mich verlaufen, bin hungrig und durstig.«

Die Tür öffnete sich langsam und knarrend; eine Frau trat auf die Schwelle. Sie war ungefähr fünfzig, groß und stark, mit einem runden Gesicht und glänzenden roten Backen. Sie war barfuß. Das lange lose Kleid erinnerte Quinn an die Eingeborenengewänder auf Hawaii, nur daß diese in allen Farben leuchteten, während das der Frau grau und ohne jeden Schmuck war.

»Willkommen, Fremder«, sagte sie, und wenn die Worte auch freundlich waren, so verriet ihr Ton doch Wachsamkeit.

»Es tut mir leid, wenn ich Sie belästige, Madam.«

»Schwester, bitte. Schwester Segen der Erlösung. Sie haben also Hunger und Durst und haben sich verirrt?«

»Mehr oder weniger. Es ist eine lange Geschichte.«

»Das sind solche Geschichten meist«, sagte sie trocken. »Treten Sie ein. Die Armen schicken wir niemals weg, weil wir selbst arm sind.«

»Danke.«

»Das einzige, was wir erwarten, ist gutes Benehmen. Wie lange haben Sie nichts gegessen?«

»Ich weiß es nicht genau.«

»Sie waren wohl auf einer Sauftour?«

»Nicht was Sie meinen. Aber man muß es wohl eine Tour nennen, es hat mich ganz schön mitgenommen.«

Sie warf einen scharfen Blick auf die Tweedjacke, die Quinn über dem Arm trug. »Ich weiß, was ein guter Wollstoff ist, da wir unsere Kleider selbst weben. Woher haben Sie die?«

»Gekauft.«

Sie schien etwas enttäuscht, als hätte sie gehofft, er würde sagen, gestohlen. »Sie sehen nicht aus und benehmen sich auch nicht wie ein Bettler.«

»Ich bin es noch nicht lange. Ich habe es noch nicht heraus.«

»Werden Sie nicht sarkastisch. Aus Selbstschutz muß ich mir unsere Besucher ansehen. Ab und zu kommen spionierende Reporter daher oder irgendwelche unverschämten Vertreter des Gesetzes.«

»Ich bitte nur um Brot und Wasser.«

»Dann kommen Sie.«

Quinn folgte ihr hinein. Er sah einen Raum mit einem Steinfußboden, der aussah, als sei er gerade geschrubbt worden. Ein Oberlicht, wie er es in dieser Größe noch nie gesehen hatte, versorgte den Raum mit Licht.

Schwester Segen sah, wie er hinaufstarrte, und sagte: »Wenn das Licht nach dem Willen des Herrn vom Himmel kommt, dann soll es auch direkt hereinkommen und nicht schräg durchs Fenster.«

Ein Holztisch mit Bänken an jeder Seite lief fast durch die gesamte Länge des Raumes. Er war gedeckt mit Zinntellern, Löffeln, Messern und Gabeln aus rostfreiem Stahl und mehreren Kerosinlampen, die schon für die Nacht gesäubert und gefüllt waren. Am anderen Ende des Raums standen ein altmodischer Kühlschrank und ein Herd, neben dem säuberlich gestapelte Holzscheite lagen, und ein dilettantisch gebauter Vogelkäfig. Vor dem Herd saß ein Mann mittleren Alters mit schmalem, bleichem Gesicht in einem Schaukelstuhl, einen Vogel auf der Schulter. Er trug das gleiche Gewand wie Schwester Segen, und auch er war barfuß. Sein Kopf war rasiert. Sein Schädel zeigte kleine Schrammen und Kratzer, als habe derjenige, der ihn rasierte, schlechte Augen und ein stumpfes Messer.

Schwester Segen schloß die Tür. Ihr Mißtrauen gegen Quinn schien sich gelegt zu haben, und ihre Haltung war jetzt mehr die einer Gastgeberin. »Dies ist unser gemeinsamer Eßraum. Und das ist Bruder Zunge des Propheten. Die anderen sind in der Betstunde im Turm des Himmels, aber ich bin die Krankenschwester, ich muß bei Bruder Zunge bleiben. Er ist etwas krank. Er verbringt die Nacht am Herd. Wie geht es dir jetzt, Bruder Zunge?«

Der Bruder nickte und lächelte, während der kleine Vogel zärtlich an seinem Ohr knabberte.

»Ein etwas unglücklicher Name«, flüsterte Schwester Segen Quinn zu. »Er spricht wenig. Aber vielleicht ist es besser, wenn Propheten nicht zuviel reden. Wollen Sie sich setzen, Mr. ...?«

»Quinn.«

»Wenn das nur kein schlechtes Omen ist. Ich nehme an, daß Sünde einen jungen, kräftigen Mann wie Sie in einen solch elenden Zustand gebracht hat.«

Quinn fiel ein, was Newhouser über die Leute im Turm gesagt hatte, daß sie zu armen Sündern besonders gastfreundlich seien. »Es ist leider so.«

»Alkohol?»

»Natürlich.«

»Glückspiel?«

»Oft.«

»Frauen?«

»Ab und zu.«

»Das habe ich mir gedacht«, sagte Schwester Segen befriedigt. »Ich werde Ihnen ein Brot und Käse machen.«

»Danke.«

»Und mit Schinken. Man munkelt in der Stadt, daß wir kein Fleisch essen. Das ist Unsinn. Wir arbeiten hart. Wir brauchen Fleisch für unsere Gesundheit. Auch ein Brot für dich, Bruder Zunge? Etwas Ziegenmilch?«

Der Bruder schüttelte den Kopf.

»Ich kann dich nicht zwingen zu essen. Aber ich kann wenigstens dafür sorgen, daß du frische Luft bekommst. Es ist jetzt kühl genug, daß du draußen sitzen kannst. Setz deinen kleinen Vogel in den Käfig, und Mr. Quinn wird dir mit deinem Stuhl helfen.«

Schwester Segen gab Befehle, als hege sie nicht den geringsten Zweifel an deren prompter und richtiger Ausführung. Quinn trug den Schaukelstuhl hinaus, während Bruder Zunge den Sittich in den Käfig zurücksetzte und Schwester Segen Brote bereitete. Trotz ihrer seltsamen Kleidung und der merkwürdigen Behausung machte sie den Eindruck einer ganz gewöhnlichen Hausfrau in ihrer Küche, die erfreut ist, einen Gast bewirten zu können. Quinn versuchte gar nicht darüber nachzudenken, welch seltsame Umstände sie wohl hierher verschlagen hatten.

Die Schwester setzte sich auf die Bank ihm gegenüber und sah zu, wie er aß. »Wer hat Ihnen von uns erzählt, Mr. Quinn?«

»Ein Mann, der mich im Wagen mitgenommen hat. Er arbeitet auf einer Ranch in der Nähe.«

»Das klingt einleuchtend.«

»Ist es auch. Es ist wahr.«

»Woher kommen Sie?«

»Jetzt oder früher?«

»Egal, vielleicht beides.«

»Ich bin in Detroit geboren, und zuletzt habe ich in Reno gewohnt.«

»Reno ist eine böse Stadt.«

»Im Augenblick bin ich bereit, Ihnen zuzustimmen.«

»Haben Sie in Reno gearbeitet?«

»Ich war Detektiv in einem der Klubs. Oder Kasinopolizist, wenn Sie wollen. Ich habe immer noch eine Zulassung als Detektiv in Nevada, aber wahrscheinlich wird sie nicht erneuert.«

»Hat man Sie rausgeschmissen?«

»Sagen wir, man hat mich gewarnt, Geschäft nicht mit Vergnügen zu vermischen, aber diese Warnung kam zu spät.« Quinn begann, das zweite Brot zu essen. Das Brot war selbstgebacken und alt, aber die Butter süß, und Käse und Schinken waren gut.

»Wie alt sind Sie, Mr. Quinn?«

»Fünfunddreißig – sechsunddreißig. Ich glaube sechsunddreißig.«

»Die meisten Männer Ihres Alters haben ein Heim mit Frau und Kindern und treiben sich nicht in den Bergen herum. Also, sechsunddreißig. Und was fangen Sie nun an? Wollen Sie ein neues Leben auf höherer Ebene anfangen?«

Quinn sah sie über den Tisch hinweg an. »Schwester, ich bin Ihnen sehr dankbar für das Essen und die Gastfreundschaft, aber ich muß doch klarstellen, daß ich nicht in Ihren Orden eintreten werde.«

»Du liebe Zeit, daran habe ich nicht im geringsten gedacht, Mr. Quinn. Wir sind keine Missionare. Die Leute kommen zu uns. Wenn sie der Welt überdrüssig sind, kommen sie zu uns.«

»Und was passiert dann?«

»Wir bereiten sie auf ihren Aufstieg in den Turm vor. Er hat fünf Stufen. Die unterste, mit der wir alle beginnen, ist die Stufe der Erde. Die zweite ist die Stufe der Bäume, dann kommt die der Berge, die vierte ist die Stufe des Himmels und die fünfte ist der Himmelsturm, wo der Meister wohnt. Ich bin noch nie über die dritte hinausgekommen. Um die Wahrheit zu sagen – « sie lehnte sich mit gerunzelter Stirn vertraulich zu Quinn hinüber – »ich habe sogar gewisse Schwierigkeiten, dort zu bleiben.«

»Und weshalb?«

»Wegen der geistigen Vibrationen. Ich fühle sie nicht richtig. Oder wenn ich sie fühle, dann stellt es sich heraus, daß gerade ein Flugzeug vorbeifliegt oder etwas explodiert, und die Vibrationen sind nicht geistiger Art. Einmal ist ein Baum umgefallen und ich habe gedacht, ich hätte die allerbesten Vibrationen. Ich war bitter enttäuscht.«

Quinn versuchte, teilnehmend auszusehen. »Das ist ja schrecklich.«

»Das meinen Sie nicht im Ernst.«

»Doch, wirklich.«

»Nein. Das sehe ich genau. Skeptiker haben dann immer ein Zucken an ihrem Mund.«

»Ein Stückchen Schinken steckt zwischen meinen Zähnen.«

Noch ehe sie ihren Mund mit der Hand zuhalten konnte, lachte sie kurz auf. Der Klang des Lachens schien sie zu erregen, als ginge es dabei um einen leichtfertigen Augenblick ihrer Vergangenheit, den sie schon vergessen geglaubt hatte.

Sie stand auf und ging zum Kühlschrank hinüber. »Wollen Sie etwas Ziegenmilch? Sie ist sehr nahrhaft.«

»Nein, danke. Eine Tasse Kaffee wäre ...«

»Wir benützen keine Aufputschmittel.«

»Sie sollten sie vielleicht einmal versuchen. Ihre Vibrationen wären dann vielleicht besser.«

»Ich muß Sie bitten, etwas mehr Respekt zu zeigen, Mr. Quinn.«

»Entschuldigen Sie. Das gute Essen ist mir ein wenig zu Kopf gestiegen.«

»Oh, so gut war es auch wieder nicht.«

»Doch, ganz bestimmt.«

»Ja, der Käse ist gar nicht so schlecht. Bruder Erblicke die Vision macht ihn nach einem Geheimrezept.«

»Beglückwünschen Sie ihn von mir.« Quinn stand auf, reckte sich und unterdrückte ein Gähnen. »Ich werde mich wieder auf den Weg machen.«

»Wohin?«

»San Felice.«

»Das sind über fünfzig Kilometer. Wie wollen Sie dorthin kommen?«

»Auf die Straße gehen und einen Wagen anhalten.«

»Sie werden keinen Wagen bekommen. Die meisten Leute, die nach San Felice wollen, machen den Umweg über die große Autobahn. Und wenn die Sonne erst einmal untergeht, nehmen die Wagen so leicht keinen Anhalter mit, besonders nicht in den Bergen. Außerdem sind die Nächte kalt.«

Quinn beobachtete sie eine Weile. »Was wollen Sie damit sagen, Schwester?«

»Wieso, nichts. Ich meine, ich sorge mich nur um Ihr Wohlergehen. Alleine in den Bergen in einer kalten Nacht ohne Unterkunft, wo überall wilde Tiere herumstreifen ...«

»Worauf wollen Sie hinaus?«

»Nun, ich habe mir überlegt«, sagte sie vorsichtig, »daß wir eine einfachere Lösung finden können. Morgen früh fährt Bruder Dornenkrone wahrscheinlich mit dem Lastwagen nach San Felice. Unser Traktor ist kaputt, und Bruder Krone muß Ersatzteile kaufen. Er hat sicher nichts dagegen, wenn Sie mitfahren.«

»Sie sind sehr freundlich zu mir.«

»Ach, Unsinn!« sagte sie mit einem Stirnrunzeln. »Wir haben einen Vorratsschuppen, in dem Sie schlafen können. Es steht ein Feldbett darin mit ein paar Decken.«

»Sind Sie immer so gastfreundlich zu Fremden, Schwester?«

»Nein, natürlich nicht«, sagte sie scharf. »Es kommen Diebe, Randalierer und Trunkenbolde. Wir behandeln sie, wie sie es verdienen.«

»Und wie komme ich zu dieser königlichen Behandlung?«

»Oh, sie ist keineswegs königlich, das werden Sie noch merken, wenn Sie auf dem Bett schlafen.«

Irgendwo in der Nähe wurde ein Gong geschlagen.

»Die Gebete sind vorbei«, sagte Schwester Segen. Einige Augenblicke lang blieb sie unbeweglich stehen, während ihre rechte Hand ihre Stirn berührte. »Kommen Sie, wir gehen jetzt lieber aus der Küche. Schwester Zerknirschung macht jetzt gleich das Feuer für das Abendessen an, und es macht sie nervös, Fremde um sich zu haben.«

»Und was ist mit den anderen?«

»Jeder Bruder und jede Schwester hat eine andere Pflicht bis Sonnenuntergang.«

»Was ich meinte, ist, wie die anderen dazu stehen, Fremde um sich zu haben?«

»Man wird Sie ebenso höflich behandeln, Mr. Quinn, wie Sie ihnen gegenüber höflich sind. Die arme Schwester Zerknirschung hat viele Probleme, wir sollten ihr vielleicht lieber aus dem Wege gehen. Es ist die Schule. Sie hat drei Kinder, und die Behörden drängen sie, sie in die Schule zu schicken. Und was würden sie in der Schule lernen, frage ich Sie, was ihnen der Herr hier nicht auch beibringen könnte?«

»Zu diesem Thema kann ich mich leider nicht äußern, Schwester.«

»Wissen Sie, als ich Sie zuerst sah, habe ich einen Augenblick lang geglaubt, Sie kämen von der Schulbehörde.«

»Das ehrt mich.«

»Dazu haben Sie keinen Grund«, sagte Schwester Segen rasch.

»Das ist ein aufdringliches, dickköpfiges Pack. Und den Ärger, den Schwester Zerknirschung ihretwegen hatte, würden Sie nicht für möglich halten. Es ist nicht verwunderlich, daß sie genausoviele Schwierigkeiten mit den geistigen Vibrationen hat wie ich.«

Quinn folgte ihr nach draußen. Bruder Zunge des Propheten döste in seinem Schaukelstuhl unter einem Baum, und leichte Sonnenfleckchen glitzerten auf seinem Kopf.

Eine kleine, breitschultrige Frau kam um das Haus herum, gefolgt von einem ungefähr achtjährigen Jungen und zwei Mädchen; eins war etwas älter als der Junge, das andere sechzehn oder siebzehn Jahre. Sie trugen alle die gleichen grauen Wollkittel, nur daß die der beiden Kinder lediglich bis an die Knie reichten.

Sie betraten schweigend den gemeinsamen Eßraum,

und nur das junge Mädchen warf Quinn einen kurzen fragenden Blick zu. Quinn erwiderte den Blick. Sie war hübsch, mit glänzenden braunen Augen und schwarzem lockigem Haar, aber ihre Haut war mit Pickeln bedeckt.

»Schwester Karma«, sagte Schwester Segen. »Das arme Mädchen hat Akne, und kein Beten will helfen. Kommen Sie mit, und ich zeige Ihnen, wo Sie schlafen können. Sie haben es nicht bequem, aber das hat es keiner von uns. Wenn man dem Fleisch nachgibt, wird man schwach im Geist. Das haben Sie zweifellos immer getan?«

»Ja, kein Zweifel.«

»Beunruhigt Sie das nicht? Haben Sie keine Angst vor dem, was kommen wird?«

Quinn machte sich mehr Sorgen um das, was nicht kommen würde, Geld und ein Job. Aber er sagte nur: »Ich versuche, mir keine Sorgen zu machen.«

»Das *müssen* Sie aber, Mr. Quinn.«

»Sehr schön, Schwester, ich fange dann morgen damit an.«

»Jetzt machen Sie sich schon wieder lustig. Sie sind ein sehr komischer junger Mann.« Sie blickte an ihrem grauen Gewand hinunter auf ihre nackten, breiten und durchgetretenen Füße. »Vermutlich finden Sie mich auch ziemlich komisch. Aber daran ist nichts zu ändern. Ich möchte lieber in dieser Welt komisch aussehen als in der nächsten.« Dann sagte sie noch »Amen«, wie um das Thema zu beenden.

Von außen wirkte der Vorratsraum wie ein kleiner Anbau an das andere Gebäude. Doch innen war er in einzelne Abteilungen unterteilt, von denen jede abgesperrt war. Eins der Abteile hatte ein kleines Fenster und war mit einer schmalen eisernen Bettstelle mit einer dünnen grauen Matratze und ein paar von Motten zerfressenen Dekken eingerichtet.

Quinn befühlte die Matratze mit beiden Händen. Sie war weich, aber ohne Federung.

»Haare«, sagte Schwester Segen. »Die Haare der Brüder. Es war ein Experiment von Schwester Ruhm der Auferstehung, sie ist sehr sparsam. Dummerweise ziehen sie Flöhe an. Sind Sie empfänglich für Flöhe?«

»Ich bin empfänglich für viele Dinge, also wohl auch für Flöhe.«

»Dann ist es wohl besser, wenn Bruder Licht der Unendlichkeit die Matratze mit Schafsdesinfektionsmittel besprüht. Aber Sie sollten zuerst Ihre Empfänglichkeit testen.«

»Wie macht man das?«

»Setzen Sie sich ein paar Minuten lang ganz ruhig hin.«

Quinn setzte sich auf das Bett und wartete.

»Spüren Sie schon Bisse?« sagte Schwester Segen nach einer Weile.

»Ich glaube nicht.«

»Fühlen Sie etwas?«

»Nicht einmal eine Vibration.«

»Dann können wir vielleicht auf das Desinfektionsmittel verzichten. Sicher ist Ihnen der Geruch unangenehm, und Bruder Licht der Unendlichkeit hat genug zu tun.«

»Übrigens«, fragte Quinn, »wieviele Leute wohnen hier bei dem Turm?«

»Jetzt sind es siebenundzwanzig. Wir waren einmal beinahe achtzig, aber manche sind abgeirrt, manche gestorben, manche haben das Vertrauen verloren. Ab und zu kommt ein neuer Bekehrter zu uns, vielleicht tritt er ganz zufällig über die Schwelle, wie Sie. Haben Sie einmal darüber nachgedacht, daß der Herr Ihre Schritte vielleicht hierhergeleitet hat?«

»Nein.«

»Sie sollten es tun.«

»Das ist nicht nötig. Ich weiß, wie ich hierhergekommen bin. Dieser Newhouser hat mich in Reno mitgenommen und gesagt, er fahre nach San Felice. Jedenfalls habe ich ihn so verstanden. Es stellte sich heraus, daß er es anders gemeint hat – aber das spielt ja auch keine Rolle.«

»Für mich spielt es eine Rolle.«

»Wieso?«

»Es ist sehr merkwürdig, daß Sie eine Zulassung als Detektiv besitzen. Ich kann nicht an den Zufall glauben. Ich habe ein Gefühl, das ist Gottes Wille.«

»Ihre Vibrationen werden wohl besser, Schwester.«

»Ja, das stimmt«, sagte sie ernsthaft. »Das tun sie wirklich.«

»Aber was hat die Tatsache, daß ich Detektiv bin, damit zu tun, daß ...?«

»Ich habe jetzt keine Zeit. Ich muß dem Meister Bescheid sagen, daß Sie hier sind. Er liebt keine Überraschungen, besonders nicht bei den Mahlzeiten. Er hat einen schwachen Magen.«

»Kann ich mit Ihnen gehen?« fragte Quinn.

»O nein. Fremde sind im Turm nicht erlaubt.«

»Haben die Brüder und Schwestern etwas dagegen, wenn ich etwas umherlaufe?«

»Manche ja – manche nein. Wenn wir auch ein Gemeinschaftsleben führen, so sind wir doch so verschieden wie die Menschen überall.«

»Kurz gesagt, ich soll hierbleiben. Stimmt's?«

»Sie sehen müde aus«, sagte Schwester Segen. »Ruhen

Sie sich aus.« Schwester Segen verließ ihn und schloß energisch die Tür hinter sich.

Quinn legte sich aufs Bett und rieb sich das Kinn. Er brauchte eine Rasur, eine Dusche und einen Drink. Oder einen Drink, eine Dusche und eine Rasur. Er nickte über dem Versuch ein, die richtige Reihenfolge zu finden, und träumte, daß er wieder in seinem Hotelzimmer in Reno war. Er hatte zehntausend Dollar gewonnen, und erst als er sie zum Zählen auf dem Bett ausbreitete, fiel ihm auf, daß alle Scheine Fünfdollarnoten waren mit dem Bild von Schwester Segen statt Lincoln.

Es war immer noch hell, als er schwitzend und verwirrt aufwachte. Er brauchte eine Minute, um sich zu erinnern, wo er war, der kleine Raum sah wie eine Gefängniszelle aus.

Jemand klopfte an die Tür, und Quinn setzte sich hoch. »Wer ist da?«

»Bruder Licht der Unendlichkeit. Ich komme wegen der Matratze.«

»Matratze?«

Die Tür ging auf, und Bruder Licht der Unendlichkeit kam mit einem Blechkanister in der Hand herein. Er war ein großer Mann, dessen Gesicht wie eine zerknitterte Papiertüte von Falten durchzogen war. Sein Gewand war schmutzig und roch nicht unangenehm nach Vieh.

Quinn sagte: »Das ist sehr freundlich von Ihnen, Bruder.«

»Ist keine Freundlichkeit. Befehle. Ich habe hunderterlei Dinge zu tun, und diese Frau denkt sich noch immer hundert dazu aus. Geh und richte die Matratze, sagt sie. Kann den Fremden nicht verstechen lassen, sagt sie, deshalb bin ich hier und verschwende meine Zeit mit Flöhen. Überall verstochen?«

»Ich glaube nicht.«

Bruder Licht stellte den Kanister mit Desinfektionsmittel auf den Boden. »Ziehen Sie Ihr Hemd aus und schauen Sie Ihren Bauch an. Sie mögen Bäuche, dort ist die Haut weicher, sie kriegen leichter ihre Zähne dort rein.«

»Wenn ich mich schon ausziehe, kann man hier irgendwo duschen?«

»Im Waschraum ist Wasser, eigentlich keine Dusche ... Na, Sie haben ja keinen einzigen Biß. Müssen eine Haut haben wie ein Elefant. Lohnt sich nicht, das Zeug wegen Ihnen zu vergeuden.«

Er hob den Kanister auf und bewegte sich zur Tür.

»Einen Augenblick«, sagte Quinn. »Wo ist der Waschraum?«

»Dort hinten links.«

»Vermutlich haben Sie keinen Rasierapparat.«

Bruder Licht befingerte seinen rasierten Schädel, der ebenso wie der Kopf von Bruder Zunge voller Kratzer und Schrammen war. »Wir haben Rasierapparate, oder denken Sie, ich bin so geboren? Leider ist heute kein Rasiertag.«

»Für mich doch.«

»Wenden Sie sich an Bruder Beständiges Herz. Er ist der Frisör. Belästigen Sie mich nicht bei all den Sachen, die ich noch machen muß. Kühe melken, Ziegen tränken und Hühner füttern!«

»Tut mir leid, daß ich Ihnen Arbeit gemacht habe.«

Beim Hinausgehen stieß Bruder Licht heftig mit dem Kanister gegen den Türrahmen, um zu zeigen, wie wenig er von Entschuldigungen hielt.

Quinn ging mit seinem Hemd und seiner Krawatte über dem Arm hinaus. Nach dem Stand der Sonne mußte es ungefähr zwischen sechs und sieben sein, er hatte also einige Stunden geschlafen.

Aus dem Kamin des Eßraums stieg Rauch auf, und sein Geruch vermischte sich mit dem von gekochtem Fleisch und von Fichtennadeln. Die Luft war frisch und kühl. Sie schien Quinn sehr gesund, und er fragte sich, ob sie die reiche alte Dame, die den Turm gebaut hatte, geheilt hatte, oder ob sie hier, einen Schritt näher am Himmel, gestorben war. Den Turm selbst hatte er immer noch nicht gesehen, und der einzige Beweis seiner Existenz war der Gong, der das Ende der Gebete schlug. Gerne wäre er ein wenig herumgelaufen, um den Turm alleine zu finden, aber die Haltung von Bruder Licht ließ ihn daran zweifeln, ob dies klug wäre. Die anderen waren vielleicht noch unfreundlicher.

Im Waschraum pumpte er mit der Hand Wasser in einen Kübel. Es war kalt und trübe, und das graue, sandige Stück selbst hergestellter Seife widerstand Quinns Versuch, etwas Schaum zu erzeugen. Er blickte sich suchend nach einem Rasierapparat um. Aber auch wenn er einen gefunden hätte, hätte er nichts damit anfangen können, denn es war kein Spiegel da. Vielleicht hatte die Sekte ein religiöses Tabu gegen Spiegel. Das würde die Notwendigkeit erklären, daß Bruder Beständiges Herz als Barbier arbeitete.

Während er sich wusch und anzog, dachte er über die Bemerkung von Schwester Segen nach, daß der Herr seine Schritte zum Turm gelenkt habe. *Sie hat nicht alle Tassen im Schrank,* dachte er.

Als er wieder hinaustrat, war die Sonne untergegangen,

und die Berge hatten sich von dunklem Grün in Violett verfärbt. Zwei Brüder kamen an ihm vorbei und beugten kurz und schweigend ihre Köpfe. Quinn hörte das Klappern von Metallgeschirr und Stimmengewirr aus dem Eßraum und ging darauf zu. Er war auf halbem Wege, als er hörte, wie Schwester Segen seinen Namen rief.

Sie kam mit im Winde flatterndem Gewand auf ihn zugerannt. Wie eine Fledermaus, dachte er, ohne sich darüber zu amüsieren.

Sie hatte ein paar Kerzen und ein Paket Streichhölzer bei sich. »Mr. Quinn! Juhuu, Mr. Quinn!«

»Ja, Schwester? Ich wollte Sie gerade suchen.«

Sie war erhitzt und außer Atem. »Ich habe einen schrecklichen Fehler gemacht. Ich habe ganz vergessen, daß heute der Tag des Verzichts ist, ich war so beschäftigt, Bruder Zunge in sein Quartier im Turm zurückzubringen. Es geht ihm jetzt wieder so gut, daß er nachts die Hitze des Ofens nicht mehr braucht.«

»Verschnaufen Sie doch erst einmal einen Augenblick.«

»Ja, ja. Ich bin so aufgeregt, der Meister hat wieder Magenschmerzen.«

»Und?«

»Weil heute der Tag des Verzichts ist, dürfen wir nicht mit einem Fremden in unserer Mitte essen, weil – du liebe Zeit, ich habe den Grund vergessen, es ist halt die Regel.«

»Ich habe sowieso keinen großen Hunger«, log Quinn.

»Oh, Sie kriegen schon etwas zu essen, keine Angst. Sie müssen nur warten, bis die anderen fertig sind. Es dauert ungefähr eine Stunde, vielleicht etwas länger wegen der Zähne von Bruder Erblicke die Vision. Sie passen nicht sehr gut, und so braucht er immer etwas länger als die anderen. Macht es Ihnen nichts aus zu warten?«

»Überhaupt nicht.«

»Ich habe Ihnen Kerzen und Streichhölzer mitgebracht. Und schauen Sie nur, was noch.« Aus den Falten ihres Gewandes zog sie ein Buch mit Eselsohren hervor. »Etwas zu lesen«, sagte sie triumphierend. »Wir dürfen keine Bücher lesen, außer den Glaubenssätzen, aber dies ist von Schwester Karma, als sie zur Schule gehen mußte. Es handelt von Dinosauriern. Interessiert Sie das wohl?«

»O ja, sehr.«

»Ich habe es schon dutzendmal gelesen. Ich bin allmählich schon ein Experte für Dinosaurier. Versprechen Sie mir, niemandem zu erzählen, daß ich es Ihnen gegeben habe?«

»Ich verspreche es.«

»Ich sage Ihnen Bescheid, wenn die anderen gegessen haben.«

»Danke, Schwester.«

Quinn merkte an der Art, wie sie das Buch behandelte, daß es etwas sehr Wertvolles für sie war. Er war teils gerührt, teils etwas mißtrauisch wegen ihres Benehmens: Warum behandelt sie mich so? Was will sie von mir?

Im Vorratsraum zündete er zwei Kerzen an, setzte sich auf das Bett und versuchte, Zukunftspläne zu schmieden. Zunächst würde er mit Bruder Krone im Lastwagen nach San Felice fahren. Dann wollte er bei Tom Jurgensen vorbeigehen und die dreihundert Dollar kassieren. Danach ...

Weitere Pläne waren überflüssig. Er wußte nur zu gut, was passieren würde. Falls er genügend Geld zusammenkratzen konnte, würde er nach Reno zurückgehen. Und wenn es nicht Reno war, dann Las Vegas. Wenn nicht Las Vegas, dann einer der Pokerklubs außerhalb von Los Angeles. Eine Stellung: Geld – ein Spiel: kein Geld. Je öfter er sich in diesem Kreis bewegte, desto tiefer fraß sich die Gewohnheit ein. Er wußte, eines Tages mußte er ausbrechen. Vielleicht war jetzt der Augenblick gekommen.

Vielleicht konnte er in San Felice, wo man nur einmal in der Woche im Sportklub Bingo spielte, eine Stellung finden. Er würde Geld sparen, die Hotelrechnung in Reno bezahlen und sich seine Kleider und die sonstigen Dinge, die er als Pfand zurückgelassen hatte, schicken lassen. Wenn sich alles gut entwickelte, konnte er sogar Doris fragen, ob sie zu ihm kommen wolle. – Nein, Doris war Teil des Kreises. Wie die meisten Leute, die in den Klubs arbeiteten, verbrachte sie ihre Freizeit an den Spieltischen. Manche verbrachten ihr ganzes Leben unter demselben Dach. Sie schliefen, aßen, arbeiteten und spielten dort mit ebenso aufrichtiger Hingabe wie die Brüder und Schwestern vom Turm.

Doris. Es war erst 24 Stunden her, seit er sich von ihr verabschiedet hatte. Sie hatte ihm Geld leihen wollen, aber aus Gründen, die ihm immer noch nicht klar waren, hatte er abgelehnt. Vielleicht weil er wußte, daß mit Geld immer Verpflichtungen verbunden waren, wie gut sie auch verheimlicht wurden. Er blickte auf das Buch hinunter, das ihm Schwester Segen gegeben hatte, und fragte sich, welche Verpflichtungen wohl damit verbunden waren.

»Mr. Quinn?«

Er stand auf und öffnete die Tür. »Kommen Sie herein, Schwester. Haben Sie gut zu Abend gegessen am Tag des Verzichts?«

Schwester Segen sah ihn mißtrauisch an. »Gut genug bei den schweren Sorgen von Schwester Zerknirschung.«

»Auf was muß man denn heute verzichten? Auf Essen wohl nicht?«

»Nichts was Sie denken. Kommen Sie jetzt und hören Sie mit dem Geplauder auf. Der Eßraum ist leer, und ich habe Ihnen Lammeintopf aufgewärmt und eine gute Tasse Cola.«

»Ich dachte, Sie halten nichts von Aufputschmitteln.«

»Cola ist kein richtiges Aufputschmittel. Wir hatten letztes Jahr eine Vollversammlung zu diesem Thema, und wir beschlossen, Cola zuzulassen, weil es noch andere wichtige Nährstoffe enthält. Nur Schwester Ruhm der Auferstehung stimmte dagegen, weil sie so gei– sparsam ist. Ich habe Ihnen doch schon von den Haaren in der Matratze erzählt?«

»Ja«, sagte Quinn, der lieber nicht mehr daran gedacht hätte.

»Sie sollten das Buch verstecken. Nicht daß Ihnen irgendjemand nachspioniert, aber warum das Risiko eingehen?«

»Ja, warum.« Er versteckte das Buch unter der Decke.

»Haben Sie schon darin gelesen?«

»Ein wenig.«

»Finden Sie es nicht sehr interessant?«

Quinn hielt die Bande, die damit verknüpft waren, für interessanter, sagte es aber nicht.

Sie gingen nach draußen. Der fast volle Mond hing niedrig in den Bäumen. Der Himmel war mit Sternen übersät – Hunderte mehr, als Quinn jemals gesehen hatte, und als er stehenblieb und hinaufsah, tauchten noch mehr auf.

»Haben Sie noch nie einen Himmel gesehen?« fragte Schwester Segen leicht ungeduldig.

»So einen nicht.«

»Er ist genauso wie immer.«

»Mir scheint er anders.«

Schwester Segen sah ihm ängstlich ins Gesicht. »Meinen Sie, Sie bekommen eine religiöse Erleuchtung?«

»Ich bewundere das Universum«, sagte Quinn. »Wenn Sie das für Erleuchtung halten – bitte.«

»Sie verstehen mich nicht, Mr. Quinn. Mir wäre es lieber, wenn Sie jetzt im Augenblick keine Erleuchtung hätten.«

»Warum?«

»Es käme sehr ungelegen. Ich habe eine Bitte an Sie, und eine Bekehrung wäre jetzt hinderlich.«

»Sie können unbesorgt sein, Schwester. Was für eine Bitte ...?«

»Das erzähle ich Ihnen später, wenn Sie gegessen haben.«

Der Eßraum war leer und Bruder Zunges Schaukelstuhl verschwunden, ebenso der Vogelkäfig. Am Ende des Tisches, nahe dem Herd, war ein Platz gedeckt.

Quinn setzte sich, und Schwester Segen füllte einen Teller mit Lammfleisch und einen anderen mit dicken Brotscheiben. Wie am Nachmittag beobachtete sie mit einer Art mütterlichem Interesse, wie Quinn aß.

»Sie haben keine gute Farbe«, sagte sie schließlich. »Aber Ihr Appetit ist herzhaft, und Sie scheinen sonst gesund zu sein. Ich meine damit, wenn Sie hinfällig wären, könnte ich Sie natürlich nicht um den Gefallen bitten.«

»Welchen Gefallen?«

»Ich möchte, daß Sie jemanden für mich finden. Ihn nicht persönlich finden, meine ich, sondern herausfinden, was mit ihm passiert ist. Verstehen Sie?«

»Noch nicht.«

»Bevor ich es genauer erkläre, möchte ich etwas feststellen: Ich kann Sie bezahlen, ich habe Geld. Niemand hier weiß davon, weil wir auf unseren Besitz verzichten, wenn wir zum Turm kommen. Unser Geld, unsere Kleider, alles wird Gemeingut.«

»Aber Sie haben etwas für den Notfall für sich behalten?«

»Nein, keineswegs«, sagte sie scharf. »Mein Sohn in Chicago schickt mir Weihnachten immer einen Zwanzigdollarschein mit der Bedingung, daß ich ihn für mich behalte und nicht dem Meister abgebe. Mein Sohn ist mit allem hier nicht einverstanden.« Sie machte eine unbestimmte Handbewegung durch den Raum. »Er versteht nicht, wie befriedigend das Leben für den Herrn mit den Wahren Gläubigen ist. Er glaubt, ich wäre ein bißchen übergeschnappt, als mein Mann starb, und vielleicht bin ich das auch. Aber ich habe meinen richtigen Platz in der Welt gefunden, ich werde nie fortgehen. Wie könnte ich auch? Ich werde gebraucht. Bruder Zunge mit seiner schwachen Brust, der Meister und sein schlechter Magen, Mutter Purezas Herz – sie ist die Frau des Meisters und sehr alt.«

Schwester Segen stand auf, stellte sich vor den Herd und rieb ihre Hände gegeneinander, als verspürte sie einen plötzlichen kalten Luftzug.

»Ich werde selber alt«, sagte sie. »Manche Tage sind schwer zu ertragen. Meine Seele ist in Frieden, aber mein Körper rebelliert. Er sehnt sich nach Wärme und etwas Lindem, Weichem. Morgens, wenn ich aufstehe, spürt meine Seele eine himmlische Berührung, aber meine Füße – oh, diese Kälte und der Schmerz in den Beinen. Einmal habe ich in einem Katalog ein Bild von Pantoffeln gesehen. Ich muß oft an sie denken, wenn ich es auch nicht sollte. Sie waren rosa und flauschig, weich und warm. Es waren die schönsten Pantoffeln, die ich je gesehen habe, aber natürlich eine Versuchung des Fleisches.«

»Aber nur eine ganz kleine, nicht?«

»Man muß sich davor in acht nehmen. Sie breitet sich aus wie Unkraut. Zuerst sind es warme Hausschuhe, und dann wünscht man sich andere Dinge.« Sie sprach so ernsthaft, als argumentiere sie mit dem Teufel.

»Und die wären?«

»Ein heißes Bad in einer richtigen Badewanne mit zwei Badetüchern. Da, sehen Sie«, sagte sie und wandte sich an Quinn. »Schon ist es soweit. *Zwei* Badetücher verlange ich, wenn eins mehr als genug wäre. Das beweist meine Meinung über die menschliche Natur – nichts ist jemals genug. Hätte ich mein heißes Bad, dann wollte ich gleich noch eins, dann jede Woche eins oder sogar jeden Tag. Und wenn jeder im Turm dasselbe täte, würden wir alle im heißen Badewasser rumliegen, und das Vieh würde verhungern und der Garten verwildern. Nein, Mr. Quinn, auch wenn Sie mir jetzt ein heißes Bad anbieten würden, ich müßte ablehnen.«

Quinn wollte klarstellen, daß er fremden Frauen keine heißen Bäder anzubieten pflegte, fürchtete aber, die Schwester zu verletzen.

Nach einer Weile sagte sie: »Haben Sie je von einem Ort namens Chicote gehört? Es ist eine kleine Stadt, ungefähr hundertzwanzig Kilometer von hier entfernt.«

»Ich weiß, wo sie liegt, Schwester.«

»Ich möchte, daß Sie dorthin gehen und einen Mann namens Patrick O'Gorman finden.«

»Ein alter Freund von Ihnen? Ein Verwandter?«

Sie schien seine Frage nicht gehört zu haben. »Ich habe hundertzwanzig Dollar.«

»Das wären viele rosa Flauschpantoffeln, Schwester.«

Wieder gab sie keine Antwort. »Es kann ganz einfach sein, ich weiß es nicht.«

»Angenommen, ich finde O'Gorman – was dann? Soll ich ihm eine Nachricht überbringen?«

»Sie tun gar nichts. Sie kommen nur hierher zurück und erzählen mir davon – mir und nur mir.«

»Und wenn er nicht mehr in Chicote lebt?«

»Dann bringen Sie heraus, wohin er gegangen ist. Aber versuchen Sie bitte nicht, mit ihm in Verbindung zu treten. Es hätte keinen Sinn und könnte nur Unheil stiften. Wollen Sie den Auftrag annehmen?«

»Ich bin nicht in der Lage, wählerisch zu sein, Schwester. Ich muß Sie aber daran erinnern, daß Sie ein Risiko eingehen, mich mit dem Geld wegzuschicken. Vielleicht komme ich gar nicht wieder.«

»Das ist möglich«, sagte sie ruhig. »In diesem Fall habe ich eine weitere Lektion gelernt. Andererseits können Sie aber auch zurückkommen, und ich habe nichts zu verlieren als Geld, das ich weder ausgeben noch dem Meister aushändigen kann wegen des Versprechens an meinen Sohn.«

»Das sieht ja alles ganz vernünftig aus auf den ersten Blick.«

»Und auf den zweiten?«

»Was für ein Interesse an O'Gorman haben Sie denn?«

»Zerbrechen Sie sich nur den Kopf darüber. Es wird Ihnen nichts schaden. Ich kann Ihnen nur sagen, das, worum ich Sie gebeten habe, ist ziemlich wichtig für mich.«

»Gut. Wo ist das Geld?«

»An einem sicheren Platz«, sagte Schwester Segen bestimmt, »bis morgen früh.«

»Bedeutet das, daß Sie mir nicht trauen? Oder den Brüdern und Schwestern nicht?«

»Es bedeutet, daß ich keine Närrin bin. Sie bekommen das Geld, wenn Sie morgen bei Morgengrauen neben Bruder Dornenkrone im Lastwagen sitzen.«

»Morgengrauen?«

»Morgenstund hat Gold im Auge.«

»So kenne ich das Sprichwort aber nicht.«

»Der Meister hat die Sprichwörter ein wenig verändert, damit unsere Kinder sie leichter lernen können.«

»Der Meister macht mich neugierig«, sagte Quinn. »Ich würde ihn gerne kennenlernen.«

»Es geht ihm heute abend nicht gut. Vielleicht, wenn sie uns wieder besuchen ...«

»Sie scheinen ja ganz schön sicher, daß ich wiederkomme, Schwester. Sie wissen wohl nichts über Spieler.«

»Ich kannte Spieler schon«, sagte Schwester Segen, »lange bevor Sie Ihr erstes Pik-As gesehen haben.«

2

Es war noch dunkel, als Quinn davon erwachte, daß ihn jemand heftig rüttelte. Er öffnete die Augen.

Ein kleiner dicker Mann mit einer Laterne sah durch mächtige Brillengläser auf ihn herab. »Du liebe Zeit, ich dachte, Sie wären tot. Sie müssen sofort aufstehen.«

»Warum? Was ist los?«

»Nichts ist los. Es ist Zeit, aufzustehen und den neuen Tag zu begrüßen. Ich bin der Bruder vom Unerschütterlichen Herzen. Schwester Segen hat mir gesagt, ich soll Sie rasieren und ein Frühstück machen, bevor die anderen aufstehen.«

»Wieviel Uhr ist es?«

»Wir haben keine Uhr im Turm. Ich warte im Waschraum auf Sie.«

Quinn konnte bald feststellen, woher die Brüder ihre Schrammen auf Backen und Schädel hatten. Das Messer war stumpf, das Licht der Laterne schwach und der Bruder vom Unerschütterlichen Herzen kurzsichtig.

»Sie sind aber empfindlich«, sagte Bruder Herz mit liebevollem Interesse. »Sie leiden wohl an sehr schlechten Nerven?«

»Zeitweilig.«

»Wenn ich schon dabei bin, könnte ich Ihnen eigentlich auch die Haare etwas schneiden.«

»Nein, danke. Die Rasur genügt mir. Ich will keinen Eindruck machen.«

»Schwester Segen hat gesagt, ich solle Sie so herrichten, daß Sie wie ein Gentleman aussehen. Sie scheint Sie zu mögen. Das macht mich ziemlich neugierig.«

»Das macht mich auch neugierig, Bruder.«

Bruder Herz sah aus, als würde er das Thema noch gerne weiter verfolgen, wagte es aber nicht, in Schwester Segens Angelegenheiten herumzuschnüffeln.

»Ja, dann will ich jetzt Frühstück machen. Ich habe das Feuer schon angezündet, es dauert nicht lange, um für uns beide ein paar Eier zu kochen.«

»Wieso nur für uns beide?«

Das rundliche Gesicht von Bruder Herz wurde rot. »Es ist friedlicher ohne Schwester Zerknirschung: Sie kocht sonst. Aber die Frau ist morgens ein Teufel. Böse. Es gibt nichts Schlimmeres als eine böse Frau.«

Bis Quinn fertig angezogen und zum Eßraum hinübergegangen war, hatte Bruder Herz das Frühstück fertig auf dem Tisch stehen – gekochte Eier, Brot und Marmelade. Er fuhr mit der Unterhaltung fort, als seien sie nicht unterbrochen worden. »Zu meiner Zeit hatten die Damen nicht so scharfe Zungen, sie waren zurückhaltend und zerbrechlich und hatten kleine zarte Füße. Ist Ihnen aufgefallen, was für große Füße die Frauen hier haben?«

»Nicht besonders.«

»Leider ist es aber so. Sehr große, platte Füße.«

Trotz dieser Frisörladengeschwätzigkeit schien Bruder Herz nervös. Er rührte das Essen kaum an und sah dauernd über seine Schulter, als erwarte er, daß sich jemand heimlich hinter ihn schliche.

Quinn sagte: »Warum diese Eile, mich loszuwerden, bevor die anderen auf sind?«

»Nun, also – so würde ich es gerade nicht ausdrücken. Es hat nichts mit Ihnen persönlich zu tun, Mr. Quinn. Man könnte es vielleicht als Vorsichtsmaßregel bezeichnen.«

»Worum handelt es sich denn?«

Bruder Herz zögerte einen Moment und biß sich auf die Lippe, als sei er versucht zu reden. »Wahrscheinlich kann ich es Ihnen ruhig erzählen. Es handelt sich um Schwester Zerknirschung ältestes Kind Karma. Als der Lastwagen das letztemal zur Stadt fuhr, hatte sich das Mädchen hinten unter einem Sack versteckt. Bruder Krone war schon halbwegs in San Felice, als er sie entdeckte;

das Sackleinen brachte sie zum Niesen. Karma ist eine Zeitlang zur Schule gegangen, und da hat man ihr schlechte Gedanken in den Kopf gesetzt. Sie will hier fort und in der Stadt Arbeit suchen.«

»Ist das nicht möglich?«

»Oh nein, nein. Das Kind wäre in der Stadt verloren. Hier ist sie wenigstens arm unter Armen.«

Die Sonne begann aufzugehen, und ein schwacher rosiger Schimmer flog über den Himmel. Von dem unsichtbaren Turm klang der Ton eines Gongs, und fast gleichzeitig eilte Schwester Segen herbei. »Der Wagen steht bereit, Mr. Quinn. Sie dürfen Bruder Dornenkrone nicht warten lassen. Geben Sie mir noch schnell Ihre Jacke, ich will sie ausbürsten.«

Quinn hatte sie bereits gebürstet, gab sie ihr aber trotzdem. Sie nahm sie mit nach draußen und schüttelte sie aus.

»Kommen Sie, Mr. Quinn. Bruder Krone hat einen langen Tag vor sich.«

Er zog seine Jacke wieder an und folgte ihr den Weg auf die Landstraße hinunter. Sie sagte weder etwas über das Geld noch über O'Gorman. Quinn hatte das unsichere Gefühl, als habe sie die Geschehnisse des vergangenen Abends vergessen und sei doch etwas verrückter, als er zunächst angenommen hatte.

Ein alter Lastwagen parkte mit eingeschalteten Lichtern und ratterndem Motor mitten auf der Straße. Am Steuer saß, einen Strohhut über dem geschorenen Kopf, ein Mann, jünger als die Brüder, die Quinn bisher gesehen hatte. Quinn schätzte sein Alter auf ungefähr vierzig. Bruder Dornenkrone erwiderte Schwester Segens Vorstellung mit einem Lächeln, das einen fehlenden Vorderzahn enthüllte.

»Bruder Krone wird Sie in San Felice absetzen, wo Sie wollen, Mr. Quinn.«

»Vielen Dank«, sagte Quinn und stieg ein. »Aber was ist mit dem Geld und O'Gor . . .?«

Schwester Segens Gesicht blieb ausdruckslos. »Gute Reise. Fahr vorsichtig, Bruder Krone. Und vergiß nicht, wenn in der Stadt Versuchungen sind, dreh ihnen den Rücken. Wenn die Leute dich anstarren, senk den Blick. Wenn sie Bemerkungen machen, sei taub.«

»Amen, Schwester.«

»Und was Sie betrifft, Mr. Quinn, so kann ich Sie nur bitten, mit Diskretion vorzugehen.«

»Schwester, hören Sie – über das Geld –«

»*Au revoir,* Mr. Quinn.«

Der Lastwagen rollte die Straße hinunter. Quinn drehte sich nach Schwester Segen um, doch sie war bereits zwischen den Bäumen verschwunden. Er dachte: *Vielleicht ist die ganze Sache nie passiert, und ich bin verrückter als der ganze Verein zusammen. Was allerhand bedeuten würde.*

Er brüllte, um den Lärm des Motors zu übertönen: »Eine nette Frau, Schwester Segen.«

»Wie bitte, ich kann nichts verstehen.«

»Schwester Segen ist eine nette Frau, aber sie wird alt. Vergißt sie manchmal etwas?«

»Wenn sie's nur täte.«

»Nicht irgendwelche Kleinigkeiten gelegentlich?«

»Nicht sie«, sagte Bruder Dornenkrone kopfschüttelnd mit widerstrebender Hochachtung. »Ein Gedächtnis wie ein Elefant. Wollen Sie bitte das Fenster herunterdrehen? Gottes Luft ist frisch.«

Außerdem war sie auch kalt, doch Quinn kurbelte das

Fenster herunter, schlug den Kragen hoch und steckte die Hände in die Taschen. Seine Finger berührten glatte, weiche Scheine.

Er drehte sich um in die Richtung des Turms und sagte leise: »*Au revoir*, Schwester, denke ich.«

Wegen der gewundenen Straße, des Alters sowie des Temperaments des Lastwagens brauchten sie mehr als zwei Stunden bis nach San Felice, einem schmalen Streifen Land zwischen den Bergen und dem Meer. Es war eine alte, reiche und konservative Stadt, die nichts mit dem übrigen Südkalifornien zu tun haben wollte. Die Straßen waren voller gepflegter älterer Damen und sonnengebräunter älterer Herren und athletischer junger Männer, die aussahen, als seien sie auf Tennisplätzen, Stränden und Golfplätzen geboren. Beim Anblick der Stadt machte er sich klar, daß sich Doris mit ihrem wasserstoffblonden Haar und ihrem auffallenden Make-up hier ziemlich fehl am Platze fühlen würde, und weil dies so war, würde sie es darauf anlegen, noch auffallender auszusehen, und müßte sich schließlich geschlagen geben. Nein, Doris würde nie hierherpassen. Sie war ein Nachtgeschöpf, und San Felice war eine Stadt für Leute, die am Tag lebten. Für sie war die Morgendämmerung der Beginn des Tages, nicht das Ende einer Nacht, und Schwester Segen und Bruder Krone in ihrem komischen Aufzug paßten besser hierher als Doris. Oder *ich*, dachte Quinn, und er fühlte, wie sich seine Pläne und guten Vorsätze in Luft auflösten. *Ich gehöre nicht hierher. Ich bin zu alt für Tennis und Wasserski und zu jung für Dame und Canasta.*

Seine Finger schlossen sich um das Geld in seiner Tasche. Hundertzwanzig Dollar plus die dreihundert, die

Tom Jurgensen ihm schuldete, machten vierhundertzwanzig Dollar. Wenn er nach Reno zurückfuhr und vorsichtig spielte, wenn er Glück hatte ...

»Wo wollen Sie aussteigen?« fragte Bruder Krone. »Ich fahre bis zu dem großen Warenhaus.«

»Das paßt mir ausgezeichnet.«

»Haben Sie einen Freund in der Stadt?«

»Ich hatte einen. Vielleicht habe ich ihn noch.«

Bruder Krone fuhr in den Parkplatz des Warenhauses und bremste quietschend. »Da sind wir, gesund und munter, wie ich es Schwester Segen versprochen habe. Sie und die Schwester, kennen Sie sich von früher?«

»Nein.«

»Sie macht nicht immer soviel Aufhebens von Fremden.«

»Vielleicht erinnere ich sie an jemanden.«

»Mich erinnern Sie an niemanden.« Bruder Krone kletterte aus seinem Lastwagen und ging schlurfend auf die Hintertür des Kaufhauses zu.

»Vielen Dank fürs Mitnehmen, Bruder«, sagte Quinn.

»Amen.«

Es war neun Uhr, achtzehn Stunden, seit Schwester Segen ihn im Turm als Fremden willkommen geheißen und als Freund behandelt hatte. Wieder berührte er das Geld in seiner Tasche. Er spürte die Fäden, die ihn damit verbanden, und wünschte, er hätte es nicht angenommen. Er überlegte, ob er Bruder Krone nachlaufen und ihm das Geld geben sollte mit der Bitte, es Schwester Segen zurückzugeben. Dann fiel ihm ein, daß der Besitz von eigenem Geld im Turm verboten war, und wenn er es jetzt Bruder Krone gäbe, käme Schwester Segen vielleicht ernsthaft in Schwierigkeiten.

Er drehte sich um und ging schnellen Schrittes auf die State Street zu.

Tom Jurgensen verkaufte Boote und Marineversicherungen unten am Hafen. Er hatte ein winziges Büro, dessen Fenster mit Verkaufsschildern und Bildern von Jollen, Schaluppen, Kuttern und Schonern, die meisten davon unter Segel, zugeklebt waren.

Als Quinn eintrat, rauchte Jurgensen eine Zigarre und sprach ins Telefon, das ihm zierlich auf der Schulter wippte, wie Bruder Zunges kleiner Vogel auf der seinen. »Das Ding hat Klasse. Ich mache keine Sprüche.«

Er legte den Hörer auf und beugte sich über den Schreibtisch, um Quinn die Hand zu schütteln. »Na so was – Joe Quinn persönlich. Wie geht's denn dem alten Jungen?«

»Älter. Außerdem am Ende.«

»Ich hatte das Gegenteil zu hören gehofft, Joe. Das Geschäft ist mies. Das ist keine reiche Stadt mehr. Die knauserige Mittelklasse ist die führende Schicht, und die kümmert sich nicht um Teak oder Mahagoni. Alles, was sie wollen ...« Jurgensen unterbrach sich mit einem Seufzer. »Du bist völlig pleite?«

»Bis auf ein bißchen Geld, das jemand anderem gehört. Ich brauche das Geld jetzt.«

»Seit wann stört dich denn so was, Joe? Ist natürlich nur ein Späßchen, ha, ha.«

»Sicher«, sagte Quinn. »Hier ist dein Schuldschein über dreihundert Dollar.«

»Ich habe es aber nicht. Das ist verdammt dumm, alter Junge, aber ich habe es ganz einfach nicht. Wenn du dich zu einem Boot entschließen könntest, ich habe da eine süße kleine Jolle ...«

»Genau das, was ich brauche, um nach Venedig zu segeln. Nur will ich nicht nach Venedig.«

»Na ja, es war ja auch nur ein Vorschlag. Einen Wagen hast du wahrscheinlich.«

»Falsch geraten, Tom.«

»Tja, da wäre diese Kiste – dieser niedliche vierundfünfziger Ford, den meine Frau fährt. Sie wird zwar ein furchtbares Geschrei machen, wenn ich ihn ihr wegnehme, aber was soll ich tun? Der ist mindestens dreihundert wert. Blau und cremefarben, Weißwandreifen, Heizung, Radio.«

»In Reno könnte ich mit einem vierundfünfziger Ford mehr anfangen.«

»Du bist ebensowenig in Reno wie in Venedig«, sagte Jurgensen. »Das ist alles, was ich im Augenblick für dich tun kann. Nimm entweder den Wagen in Zahlung oder benutze ihn, bis ich das Geld zusammenkratzen kann. Mir paßt es besser, wenn du ihn nur leihst. Auf diese Weise werde ich eher mit Helen fertig.«

»Geht in Ordnung. Wo ist der Wagen?«

»In der Garage hinter meinem Haus. Er hat jetzt eine Woche gestanden – Helen ist auf Besuch bei ihrer Mutter – vielleicht startet er anfangs nicht gleich. Hier sind die Schlüssel. Bleibst du jetzt in der Stadt?«

»Ich fahre wahrscheinlich herum.«

»Komm in ein paar Wochen vorbei. Dann habe ich das Geld. Und paß auf den Wagen auf, sonst macht mir Helen noch Vorwürfe, ich hätte ihn beim Pokern verloren. Das macht sie mir wahrscheinlich sowieso, aber ...« Jurgensen hob die Hände und zuckte resigniert die Schultern. »Du siehst recht gut aus, Joe.«

»Morgenstund hat Gold im Auge, wie man so sagt.«

»Wie wer sagt?«

»Die Brüder und Schwestern vom Himmelsturm.«

Jurgensen hob die Augenbrauen. »Du bist doch nicht etwa fromm geworden?«

»Etwas«, sagte Quinn. »Und danke für das Auto und bis später.«

Quinn hatte keine Mühe, den Wagen zu starten. Er fuhr zu einer Tankstelle, tankte voll, ließ einen Viertelliter Öl nachfüllen und bezahlte mit dem ersten Zwanzigdollarschein von Schwester Segen.

Er fragte den Tankstellenwärter nach dem besten Weg nach Chicote.

»Wenn ich Sie wäre, würde ich bis Ventura die 101 nehmen und dort die 99. Sie ist zwar etwas länger, aber Sie bleiben nicht auf der 150iger stecken, die auf der ganzen Strecke nicht eine halbe Meile lang geradeaus geht. Sammeln Sie Rabattmarken, Sir?«

»Ich denke, ich sollte losfahren.«

Als er landeinwärts auf Ventura zufuhr, tat es ihm schon leid, daß er mit der Reise nicht bis zum Einbruch der Nacht gewartet hatte. Die kahlen Hügel, die mit Zitronenhainen und Walnußwäldchen abwechselten, schimmerten in der erbarmungslosen Sonne, und die Luft war so trocken, daß die Zigaretten, die er in San Felice gekauft hatte, zwischen seinen Fingern zerbröselten. Er versuchte, sich etwas abzukühlen, indem er an San Felice dachte, an die Brise, die vom Ozean her wehte, und an den Hafen mit den vielen Segeln, aber der Kontrast machte alles noch viel unangenehmer, und so dachte er eine Weile überhaupt nichts und überließ sich der Hitze.

Er erreichte Chicote gegen Mittag. Seit seinem letzten Besuch hatte sich die kleine Stadt verändert, war größer geworden, aber bestimmt nicht schöner. Umgeben von Öltürmen und bewohnt von Menschen, die davon lebten, lag sie flach, braun und hart da, wie etwas, das ein Koch vergessen hatte, aus dem Ofen zu nehmen. Armselige Bäume wuchsen verkümmert am Straßenrand und trennten das Neubaugebiet von alten Slums. Kleine Kinder spielten im Schmutz und Unkraut nicht bebauter Flächen und sahen genauso zufrieden aus wie die Kinder, die im sauberen, weißen Sand am Strand von San Felice spielten. Aber in den Gesichtern der Teenager sah Quinn das Unbehagen eines zu schnellen und leichten Wohlstandes. Ziellos fuhren sie in brandneuen Kabrios und Landrovern die Straßen auf und ab. Sie hielten nur in Autokinos, Auto-Bierläden und Restaurants und hingen an ihren Autos wie Soldaten im feindlichen Gebiet an ihren Panzern.

Quinn kaufte sich einige Sachen in einem Drugstore und nahm sich in einem Motel in der Nähe der Stadtmitte ein Zimmer. Dann aß er zu Mittag in einem Café mit Klimaanlage, wo es so kalt war, daß er den Kragen hochschlagen mußte.

Als er fertig war, ging er in eine Telefonzelle am Ende des Cafés. Patrick O'Gorman stand im Telefonbuch und wohnte in der Olive Street siebenhundertzwei.

Das war also alles, dachte Quinn mit einer Mischung von Freude und Enttäuschung. O'Gorman lebt noch in Chicote, und ich habe rasch hundertzwanzig Dollar verdient. Ich fahre morgen früh zum Turm zurück, berichte Schwester Segen und dann – auf nach Reno.

Es schien alles so einfach, aber gerade die Einfachheit beunruhigte Quinn. Wenn das alles war, warum hatte sich Schwester Segen dann so geheimnisvoll benommen?

Warum hatte sie nicht einfach Bruder Krone gebeten, O'Gorman von San Felice aus anzurufen oder seine Adresse im Telefonbuch auf der Hauptpost nachzusehen? Quinn konnte sich nicht vorstellen, daß sie nicht an diese Möglichkeiten gedacht hatte. Sie war, nach ihren eigenen Worten und nach Quinns Beobachtung, keine Närrin. Trotzdem hatte sie ihm hundertzwanzig Dollar für eine Information bezahlt, die sie durch ein kurzes Telefongespräch hätte erfahren können.

Er warf die Münze in den Schlitz und wählte O'Gormans Nummer. Eine Mädchenstimme antwortete atemlos, als wäre sie mit jemand um die Wette zum Telefon gerannt: »Hier bei O'Gorman.«

»Ist Mr. O'Gorman zu sprechen?«

»Richard ist kein Mister«, sagte das Mädchen kichernd, »er ist erst zwölf Jahre.«

»Ich meine, Ihren Vater.«

»Meinen Va ...? Einen Augenblick.«

Er hörte am anderen Ende ein Rascheln, dann eine steife, befangene Stimme: »Mit wem möchten Sie sprechen?«

»Mit Mr. Patrick O'Gorman.«

»Das tut mir leid, er ist – ist nicht da.«

»Wann erwarten Sie ihn zurück?«

»Ich erwarte ihn überhaupt nicht zurück.«

»Vielleicht können Sie mir sagen, wo ich ihn erreichen kann?«

»Mr. O'Gorman ist seit fünf Jahren tot«, sagte die Frau und hängte ein.

3

Die Olive Street lag in einem Stadtteil, der nicht mehr ganz neu war, sich aber bemühte, sein Ansehen zu bewahren. Nummer siebenhundertzwei war von guterhaltenen Rasenflächen eingerahmt. In der Mitte der einen blühte ein weißer Oleander und in der anderen ein Orangenbaum, der Früchte und Blüten zugleich trug. Ein Jungenfahrrad lehnte am Baum, als habe sein Besitzer plötzlich etwas Interessanteres entdeckt. Die Fenster des kleinen, mit Stuck verzierten Hauses waren geschlossen und die Jalousien heruntergelassen. Jemand hatte gerade den Gehweg und die Veranda abgespritzt. Kleine Wasserlachen verdampften in der Sonne und verschwanden, während Quinn zusah.

An der Haustür war ein altmodischer Klopfer in Gestalt eines Löwenkopfes aus glänzendem Messing. Quinn sah darin ein winziges, verzerrtes Spiegelbild seiner selbst, das in gewisser Weise seiner Vorstellung von sich entsprach.

Die Frau, die ihm die Türe öffnete, war wie das Haus, klein, ordentlich und nicht mehr ganz jung. Wenn ihre Züge auch hübsch waren und ihre Figur noch gut, so fehlte es ihrem Gesicht an jedem Funken von Interesse oder Lebendigkeit. Es war, als sei sie irgendwann einmal in ihrem Leben beiseite getreten und habe nie wieder den Weg zurückgefunden.

Quinn sagte: »Mrs. O'Gorman?«

»Ja, aber ich kaufe nichts.«

Sie verkauft auch nichts, dachte Quinn. »Ich bin Joe Quinn. Ich habe Ihren Mann gekannt.«

Sie taute nicht gerade auf, schien aber leicht interessiert. »Haben Sie eben angerufen?«

»Ja. Es war ein ziemlicher Schock für mich, plötzlich zu hören, daß er nicht mehr lebt. Ich bin gekommen, Ihnen mein Beileid auszusprechen und mich zu entschuldigen, wenn mein Anruf Sie irgendwie erschreckt hat.«

»Danke. Es tut mir leid, daß ich so schnell eingehängt habe. Ich wußte nicht, ob es ein Witz war oder nicht, irgendeine Boshaftigkeit, daß mich jemand nach all den Jahren nach Patrick fragte. Jeder in Chicote weiß, daß Patrick von uns – gegangen ist.«

Gegangen. Quinn registrierte das Wort und das Zögern, mit dem sie es aussprach.

»Woher kannten Sie meinen Mann, Mr. Quinn?«

Darauf gab es keine sichere Antwort, aber Quinn wählte eine, die halbwegs sicher schien. »Pat und ich waren zusammen beim Militär.«

»Oh! Bitte – treten Sie ein. Ich war gerade dabei, für die Kinder, wenn sie nach Hause kommen, eine Limonade zu machen.«

Das vordere Zimmer war klein und wirkte durch die Tapeten und Teppiche noch kleiner. Mrs. O'Gormans Geschmack – oder vielleicht Mr. O'Gormans – war auf Rosen eingestellt, große rote Rosen auf dem Teppich und weiße auf der Tapete. Eine Klimaanlage unter dem seitlichen Fenster surrte geräuschvoll, aber mit wenig Effekt. Das Zimmer war immer noch heiß.

»Bitte, nehmen Sie Platz, Mr. Quinn.«

»Danke.«

»Jetzt erzählen Sie mir bitte von meinem Mann.«

»Ich hatte gehofft, Sie würden mir etwas erzählen.«

»Ich dachte, das liefe anders«, sagte Mrs. O'Gorman.

»Wenn ein Mann einer Witwe sein Beileid zum Tod seines alten Kriegskameraden aussprechen will, werden doch meistens Erinnerungen hervorgeholt. Oder nicht? Also, bitte, fangen Sie mit den Erinnerungen an. Sie haben meine ungeteilte Aufmerksamkeit.«

Quinn saß in unbehaglichem Schweigen da.

»Gehören Sie zu den schüchternen Menschen, Mr. Quinn, die ein bißchen Hilfe brauchen? Wie wäre es mit: ›Ich werde nie die Zeit vergessen, als ...‹? Oder vielleicht ziehen Sie einen etwas dramatischeren Anfang vor? Zum Beispiel: Die Deutschen kamen in Schwärmen über den Hügel, und Sie lagen eingeschlossen in Ihrem zerstörten Panzer – verletzt, und nur Ihr guter Kamerad Pat O'Gorman betreute Sie. Wie gefällt Ihnen das?«

Quinn schüttelte den Kopf. »Tut mir leid, ich habe nie einen Deutschen gesehen. Koreaner wohl.«

»Gut, wechseln wir die Örtlichkeit. Der Schauplatz ist nun Korea. Wir brauchen den Hügel und den zerstörten Panzer nicht zu bemühen –«

»Was haben Sie vor, Mrs. O'Gorman?«

»Und Sie?« sagte sie mit einem kleinen kühlen Lächeln. »Mein Mann war nie beim Militär, und er hätte es niemandem gestattet, ihn Pat zu nennen. Also fangen Sie noch mal von vorn an und nehmen Sie es mit der Wahrheit etwas genauer.«

»In diesem Fall gibt es keine Wahrheit, oder jedenfalls nur sehr wenig Wahres. Ich habe Ihren Mann nie gekannt. Das einzige, was ich tatsächlich weiß, ist sein Name und daß er einmal in Chicote gelebt hat.«

»Warum sind Sie dann hier?«

»Eine gute Frage«, sagte Quinn. »Ich wollte, ich wüßte eine ebenso gute Antwort. Die Wahrheit ist ganz einfach nicht überzeugend.«

»Der Zuhörer soll beurteilen, wieweit etwas überzeugend ist oder nicht. Ich höre zu.«

Quinn dachte rasch nach. Er hatte bereits Schwester Segens Auftrag, sich mit O'Gorman in Verbindung zu setzen, überschritten. Ihren Namen jetzt hereinzubringen, hatte keinen Zweck. Und zehn zu eins – Mrs. O'Gorman würde sowieso kein Wort glauben, nachdem die Brüder und Schwestern des Turms keine sehr überzeugende Geschichte abgaben. Es gab nur einen Ausweg: Falls O'Gorman unter besonderen Umständen gestorben war (und Quinn dachte an das Zögern bei dem Wort »gegangen«), wollte sie vielleicht darüber sprechen. Und wenn sie sprach, brauchte er es nicht zu tun.

Er sagte: »Ich bin Detektiv, Mrs. O'Gorman.«

Ihre Reaktion war schneller und offenherziger, als er gedacht hatte. »Also soll alles wieder von vorn anfangen? Ein oder zwei Jahre habe ich Frieden gehabt, ich war soweit, daß ich auf die Straße gehen konnte, ohne daß die Leute hinter mir hersahen, mich bemitleideten und flüsterten. Soll jetzt alles wieder werden wie damals, mit Schlagzeilen und dummen Menschen, die dumme Fragen an mich stellten? Mein Mann ist durch einen Unfall gestorben. Können Sie das nicht in ihre dicken Schädel bekommen? Er ist nicht ermordet worden, hat nicht Selbstmord begangen, ist nicht weggelaufen, um ein neues Leben unter einem neuen Namen zu beginnen. Er war ein guter und treuer Ehemann, und ich will nicht, daß sein Andenken weiter beschmutzt wird. Bitte, gehen Sie jetzt und kommen Sie nicht wieder.«

Mrs. O'Gorman war keine Frau, mit der man streiten

oder die man beschwatzen konnte. Sie war intelligent, energisch und verbittert, und diese Kombination war zuviel für Quinn. Er verließ sie rasch und schweigend.

Während er über die Hauptstraße zurückfuhr, versuchte er, sich zu überzeugen, daß seine Aufgabe beendet war bis auf den Punkt, Schwester Segen berichten zu müssen. O'Gorman war bei einem Unfall gestorben, behauptete seine Frau. Aber bei was für einem Unfall? Wenn die Polizei einmal freiwilliges Verschwinden angenommen hatte, bedeutete dies, daß die Leiche nie gefunden worden war.

»Meine Arbeit ist beendet«, sagte er laut. »Das Wo, Wie und Warum seines Todes sind nicht meine Sache. Nach fünf Jahren sind die Spuren sowieso kalt. Auf nach Reno.«

Auch der Gedanke an Reno verscheuchte O'Gorman nicht aus seinem Kopf. Ein Teil von Quinns Aufgaben im Klub, oft ein beträchtlicher Teil, hatte darin bestanden, Männern und Frauen nachzuspüren, die die Polizei in anderen Staaten oder Ländern suchte. Photos, Beschreibungen und Suchmeldungen liefen täglich ein und wurden für die Sicherheitsbeamten aufgehängt. Ein großer Teil der Verhaftungen geschah ohne Aufsehen und schnell, ohne daß das Roulettspiel auch nur ein einziges Mal angehalten werden mußte. Quinn hatte einmal gehört, daß mehr von der Polizei gesuchte Leute in Reno oder Las Vegas geschnappt wurden als an irgendeinem anderen Ort des Landes. Die zwei Städte waren Magneten für Bankräuber und Betrüger, Mitläufer und Gangster, für jeden Gauner mit einer Rolle Banknoten, der alles auf eine Karte setzen wollte.

Quinn parkte seinen Wagen vor einem Zigarrenladen

und ging hinein, um eine Zeitung zu kaufen. Der Ständer enthielt verschiedene, drei aus Los Angeles, zwei aus San Francisco und eine örtliche Wochenzeitung, den *Chicote Beacon*. Quinn kaufte den *Beacon* und schlug die Seite mit dem Impressum auf. Die Redaktion der Zeitung lag in der Achten Avenue, und der Herausgeber und Redakteur war ein Mann namens John Harrison Ronda.

Rondas Büro war von zwei Meter hohen Wänden umgeben, deren untere Hälfte aus Holztafeln und deren obere aus Glas bestanden. Wenn Ronda aufstand, konnte er seine sämtlichen Angestellten übersehen, saß er, waren sie nicht vorhanden. Ein äußerst praktisches Arrangement.

Er war ein großer gemütlicher Mann in den Fünfzigern mit einer tiefen, volltönenden Stimme. »Was kann ich für Sie tun, Quinn?«

»Ich habe mich gerade mit der Frau von O'Gorman unterhalten. Oder sollte ich sagen, Witwe?«

»Witwe.«

»Waren Sie in Chicote, als O'Gorman starb?«

»Ja. Ich gab gerade meinen letzten Pfennig aus, um diese Zeitung zu kaufen. Sie lag in den letzten Zügen, als die Sache mit O'Gorman passierte. Ich hatte zwei große Knüller innerhalb eines Monats. Erst O'Gorman und dann, drei oder vier Wochen später, wurde eine Bankkassiererin, eine niedliche kleine Person – warum werden die tollsten Unterschlagungen oft von so niedlichen kleinen Personen gemacht? – mit den Fingern in der Kasse erwischt. Mit allen zehn. Die Auflage des *Beacon* verdoppelte sich innerhalb eines Jahres. Ja, ich schulde O'Gorman eine Menge, und das gebe ich auch gern zu. – Sie sind also ein Freund der Witwe?«

»Nein«, sagte Quinn vorsichtig, »das nicht gerade.«

»Sind Sie sicher?«

»Ganz sicher. Und sie ist noch sicherer.«

Ronda schien enttäuscht. »Ich hatte immer gehofft, eines Tages würde Martha O'Gorman mit einem versteckten Freund herausrücken. Es wäre großartig, wenn sie wieder heiratete – einen netten Mann in Ihrem Alter.«

»Tut mir leid, das bin ich nicht. Ich bin älter, als ich aussehe, und ich habe einen schlechten Charakter.«

»Schon gut, ich verstehe. Aber es stimmt, was ich sage. Martha sollte wieder heiraten und nicht nur in der Vergangenheit leben. In ihren Augen wird O'Gorman mit jedem Jahr vollkommener. Ich gebe zu, er war ein guter Kerl – ein treuer Ehemann und liebevoller Vater –, aber gute Kerls sind tot ebenso viel wert wie schlechte. Im Grunde wäre es für Martha besser, wenn sich herausstellte, daß O'Gorman ein Spitzbube erster Klasse war.«

»Das kann ja immer noch kommen.«

»Niemals!« sagte Ronda mit heftigem Kopfschütteln. »Er war ein sanfter, ängstlicher Mann, das genaue Gegenteil des kämpferischen Iren, den es ja geben soll, dem ich aber auch noch nie begegnet bin. Als die Polizei an Mord glaubte, wurden sie völlig verrückt, weil sich in ganz Chicote kein Mensch fand, der auch nur ein schlechtes Wort über O'Gorman sagte. Kein Neid, keine Mißgunst, kein Krach. Wenn O'Gorman umgebracht worden ist – und für mich besteht kein Zweifel daran –, dann muß es ein Fremder gewesen sein, wahrscheinlich jemand, den er im Wagen mitgenommen hat.«

»Ängstliche Menschen nehmen meist keine Leute von der Straße mit.«

»Er hat es getan. Übrigens einer der wenigen Punkte, in

denen er nicht mit Martha übereinstimmte. Sie hielt es für gefährlich, aber das hinderte ihn nicht. Aus Sympathie für die Unterdrückten. Wahrscheinlich kam er sich selbst wie ein Unterdrückter vor.«

»Warum?«

»Ach, er hat nie viel Erfolg gehabt, weder finanziell noch anderweitig. In der Familie war Martha diejenige mit Verstand und Energie, und das war ein Glück, denn in den folgenden Jahren brauchte sie es. Die Versicherung zahlte ungefähr ein Jahr lang nichts, weil seine Leiche nicht gefunden wurde. Inzwischen saßen Martha und die zwei Kinder ohne einen Pfennig da. Sie nahm wieder eine Stellung als Laborantin im Krankenhaus an, wo sie noch immer ist.«

»Sie scheinen sie gut zu kennen.«

»Meine Frau ist eine Schulfreundin von ihr, sie sind zusammen auf dieselbe Highschool in Bakersfield gegangen. In der Zeit, als ich eine Menge Zeug über O'Gorman drucken mußte, waren die Beziehungen zwischen mir und Martha ziemlich kühl. Aber sie hat kapiert, daß ich nur meine Arbeit getan habe. Und was für ein Interesse haben Sie an dem Fall, Quinn?«

Quinn murmelte etwas Unbestimmtes von seiner Arbeit in Reno über vermißte Personen. Ronda schien damit zufrieden – wenn er es nicht war, tat er wenigstens so. Offenbar war er ein Mann, der sich gern unterhielt und jede Gelegenheit dazu begrüßte.

»Also ist er von einem Anhalter ermordet worden«, sagte Quinn. »Unter welchen Umständen?«

»Nach so langer Zeit kann ich mich nicht an jedes Detail erinnern, aber ich gebe Ihnen einen allgemeinen Überblick, wenn Sie wollen.«

»Ja, bitte.«

»Es war Mitte Februar, ungefähr vor fünfeinhalb Jahren. Es hatte viel geregnet in diesem Winter – die meisten Nachrichten, die ich brachte, waren Regenstatistiken und Geschichten, wessen Keller überflutet und wessen Garten abgeschwemmt worden war. Der Rattlesnake River, ungefähr vier Kilometer östlich der Stadt, führte Hochwasser. Also, der langen Rede kurzer Sinn, O'Gormans Wagen sauste durch das Brückengeländer und in den Fluß. Er wurde ein paar Tage später, als sich das Wasser gesenkt hatte, gefunden. Ein Stück Stoff mit Blutspuren hing an der Türangel, für das bloße Auge kaum sichtbar, aber im Polizeilabor eindeutig zu identifizieren. Das Blut gehörte zu O'Gormans Blutgruppe, und der Stoff stammte von seinem Hemd, das er anhatte, als er an dem Abend das Haus verließ.«

»Und die Leiche?«

»Ein paar Kilometer weiter fließt der Rattlesnake River in den Torcido. O'Gorman war kein großer Mensch. Er kann leicht den Fluß hinunter bis in den Torcido getrieben worden sein, so daß er nie mehr gefunden wurde. Das hat die Polizei damals geglaubt und tut es auch heute noch. Es gibt die andere Möglichkeit, daß er nach einem Kampf im Wagen – daher das zerrissene Hemd – ermordet und dann irgendwo vergraben worden ist. Ich glaube eher an die Flußtheorie. O'Gorman nahm einen Anhalter mit – man darf nicht vergessen, ein weichherziger Mann wie O'Gorman wäre in einer so stürmischen Nacht an niemandem vorbeigefahren –, und dieser versuchte, O'Gorman zu berauben, und es entwickelte sich ein Kampf. Ich für meinen Teil glaube, der Mann muß hier fremd gewesen sein und wußte nicht, daß der Fluß nur zeitweise so hoch war. Er hat wohl geglaubt, das Auto würde nie gefunden.«

»Und was passierte mit dem Fremden?« fragte Quinn.

Ronda zündete sich eine Zigarette an und betrachtete mit gerunzelter Stirn das brennende Streichholz. »Tja, das ist natürlich der schwache Punkt bei der Geschichte. Er verschwand ebenso vollständig wie O'Gorman. Eine Zeitlang griff der Sheriff ungefähr jeden auf, der nicht gerade in Chicote geboren worden war, aber nichts kam dabei heraus. Ich befasse mich als Amateur mit Verbrechen, und mir scheint, daß ein Verbrechen im Affekt wie dieses, dem es an jeglicher Planung fehlt, oft gerade wegen der mangelnden Planung unaufgeklärt bleibt.«

»Wer behauptet, daß es ein Verbrechen im Affekt war?«

»Der Sheriff, der Untersuchungsrichter und die Leichenschaukommission. Warum? Meinen Sie nicht?«

»Ich weiß nur, was Sie mir erzählt haben«, sagte Quinn. »Und dieser fremde Anhalter scheint mir ein bißchen zu weit hergeholt.«

»Das gebe ich zu.«

»Wenn er einen blutigen Kampf mit O'Gorman hatte, müssen wir annehmen, daß der Fremde auch Blut an seinen eigenen Kleidern hatte. Waren dort in der Gegend irgendwelche Hütten oder Ferienhäuser, wo er eventuell eingebrochen sein könnte, um seine Kleider zu wechseln und etwas zum Essen zu stehlen und so?«

»Ein paar. Aber dort ist nicht eingebrochen worden, der Sheriff hat alle überprüfen lassen.«

»Es bleibt uns also ein sehr nasser, wahrscheinlich blutbefleckter Fremder.«

»Der Regen könnte es abgewaschen haben.«

»So leicht geht das nicht«, sagte Quinn. »Setzen Sie sich mal an die Stelle des Fremden. Was hätten Sie denn getan?«

»Ich wäre in die Stadt gegangen und hätte trockene Sachen gekauft.«

»Es war Nacht, die Geschäfte waren zu.«

»Dann hätte ich mir ein Motel gesucht.«

»Sie hätten sich ganz schön verdächtig gemacht, der Angestellte würde sich sicher erinnern und Sie wahrscheinlich melden.«

»Natürlich, verdammt nochmal, er muß irgend etwas getan haben«, sagte Ronda. »Vielleicht ist er mit jemand anderem mitgefahren. Ich weiß nur, daß er verschwunden ist.«

»Oder sie, oder mehrere.«

»Richtig, wer auch immer, sie oder er, sie sind verschwunden.«

»Wenn es sie überhaupt gegeben hat.«

Ronda lehnte sich über seinen Schreibtisch. »Worauf wollen Sie hinaus?«

»Angenommen, die Person im Wagen war nicht fremd. Sagen wir, es war ein Freund, ein naher Freund, sogar ein Verwandter.«

»Ich habe Ihnen schon gesagt, der Sheriff hat keinen einzigen Menschen entdeckt, der ein Wort gegen O'Gorman gesagt hat.«

»Der Mensch, den ich mir vorstelle, würde wahrscheinlich keinerlei Zerwürfnis mit O'Gorman zugeben, wenn er ihn gerade umgebracht hat. Oder sie.«

»Wie kommen Sie immer wieder auf ›sie‹?«

»Warum nicht? Wir unterhalten uns ja nur über Möglichkeiten.«

»Sie meinen wohl Martha O'Gorman?«

»Bekanntlich gibt es Frauen, die nicht mit ihren Männern auskommen«, sagte Quinn trocken.

»Aber nicht Martha. Außerdem war sie an dem Abend mit den Kindern zu Hause.«

»Die im Bett lagen und schliefen?«

»Natürlich lagen sie im Bett«, sagte Ronda gereizt. »Es war zehn Uhr dreißig. Richard war damals erst sieben und Sally fünf.«

»Wie alt war O'Gorman?«

»Ungefähr in Ihrem Alter, um die Vierzig.«

Quinn korrigierte ihn nicht. Er fühlte sich wie vierzig, es entsprach nur der Tatsache, daß er so wirkte. »Wie sah O'Gorman aus?«

»Blaue Augen, helle Haut, dunkles lockiges Haar, mittelgroß. Er hatte nichts besonders Auffallendes an sich, aber er sah nett aus.«

»Haben Sie ein Bild von ihm?«

»Fünf oder sechs Schnappschüsse. Martha hat sie mir gegeben, als sie noch hoffte, O'Gorman würde lebend gefunden, womöglich mit Gedächtnisschwund. Es dauerte lange, bis ihre Hoffnung endgültig starb. Sie ist fest davon überzeugt, daß sein Wagen gegen die Brücke stieß und er vom Fluß abgeschwemmt wurde.«

»Und das Stück Hemd mit der Blutspur?«

»Sie glaubt, daß er bei dem Stoß gegen das Geländer verletzt wurde. Die Windschutzscheibe war kaputt, ebenso zwei Fenster, also wäre es möglich. Dagegen spricht nur eine Tatsache: O'Gorman war nämlich ein sehr vorsichtiger Fahrer.«

»Wie steht es mit Selbstmord?«

»Auch das ist möglich«, sagte Ronda, »aber auch hier

gibt es Gegenargumente. Erstens war er ein gesunder Mann, ohne besondere finanzielle oder seelische Probleme – jedenfalls war davon nichts bekannt. Zweitens war er ein strenger Katholik, genauso wie Martha, einer von denen, die ihre Religion praktizieren und jedes Wort bis auf den I-Punkt glauben. Drittens liebte er seine Frau und war verrückt nach seinen Kindern.«

»Vieles, was Sie mir gerade erzählt haben, hat irgendwo einen Haken. Denken Sie nochmal darüber nach, Ronda.«

»Denken Sie darüber nach«, sagte Ronda und verzog das Gesicht. »Nachdem wir fünf Jahre lang alle möglichen Spuren verfolgt haben, brauche ich vielleicht einen neuen Zugang zu der Sache. Machen Sie weiter.«

»Nun gut. Wir wollen davon ausgehen, daß eine Tatsache etwas ist, was bewiesen werden kann. Tatsache Nummer eins, er war gesund. Tatsache Nummer zwei, er war praktizierender Katholik, für den Selbstmord eine Todsünde gewesen wäre. Die anderen Dinge, die Sie erwähnt haben, sind keine Tatsachen, sondern Schlußfolgerungen. Er hatte vielleicht finanzielle oder persönliche Probleme, über die er nicht sprach. Möglicherweise war er gar nicht so verrückt auf seine Frau und seine Kinder, wie er vorgab.«

»Dann muß er sich sehr verstellt haben. Und offen gesagt, glaube ich nicht, daß O'Gorman geschickt genug war, sich zu verstellen. Ich habe ja nie irgend etwas in dieser Art zu Martha gesagt, aber mir kam O'Gorman meistens ziemlich geistlos, eigentlich eher dumm vor.«

»Was war er von Beruf?«

»Er war bei einer der Ölgesellschaften in der Lohnbuchhaltung angestellt. Bestimmt hat Martha ihm abends bei seiner Arbeit geholfen, wenn sie auch eher sterben würde als es zuzugeben. Marthas Loyalität ist sehr stark – selbst ihren eigenen Fehlern gegenüber.«

»Von denen einer O'Gorman war?«

»Es wäre, glaube ich, für jede intelligente Frau ein Fehler gewesen, O'Gorman zu heiraten. Er hatte einfach keinen Schneid. Die beiden waren mehr wie Mutter und Sohn als wie Mann und Frau, wenn Martha auch ein paar Jahre jünger war. Für eine gescheite Frau wie Martha ist die Auswahl in Chicote nicht groß. O'Gorman sah, wie gesagt, nett aus, mit vielen schwarzen Locken und so weiter. Wenn Löcher im Kopf durch große blaue Augen versteckt werden, kann sogar eine Frau wie Martha schwach werden. Zum Glück sind die Kinder nach ihr geraten.«

»Mrs. O'Gorman«, sagte Quinn, »scheint eine ziemliche Abneigung gegen die Polizei zu haben.«

»Das ist sehr verständlich. Sie hat sehr viel durchgemacht, und diese Stadt ist nicht sehr kultiviert. Der Sheriff gibt sich zwar Mühe, bringt aber wenig zustande. Seine Meinung über die Sache war, daß Martha O'Gorman nicht hätte in den Regen rausgehen lassen sollen, dann wäre die ganze Sache nicht passiert.«

»Warum ist O'Gorman an jenem Abend überhaupt weggefahren?«

»Laut Martha glaubte er, an diesem Tag Buchungsfehler gemacht zu haben, und er wollte in die Firma zurück, um nachzusehen.«

»Hat sich irgend jemand die Mühe gemacht, die Bücher nachzuprüfen?«

»O ja. O'Gorman hatte recht. Ein Fehler war da. Der Buchhalter hat ihn gleich gefunden, ein einfacher Additionsfehler.«

»Was kann das beweisen?«

»Beweisen?« wiederholte Ronda mit gerunzelter Stirn. »Daß O'Gorman dumm, aber gewissenhaft war, genauso wie ich gesagt habe.«

»Es kann auch noch beweisen, daß O'Gorman den Fehler bewußt gemacht hat, um eine Entschuldigung zu haben, an diesem Abend in die Firma zurückzugehen. Hat er oft abends gearbeitet?«

»Ich sagte Ihnen, wahrscheinlich hat Martha ihm geholfen, aber sie würde es nicht zugeben. Auf jeden Fall befinden Sie sich auf der falschen Fährte, was die Tatsachen anlangt. O'Gorman besaß weder den Kopf noch den Charakter für irgendwelche Intrigen. Angenommen, jemand gibt sich für dümmer aus, als er ist. Aber er kann nicht 24 Stunden lang, 365 Tage im Jahr eine perfekte Vorstellung geben, wie es O'Gorman getan hat. Nein, Quinn, es gibt nur einen einzigen Grund, warum er ins Büro zurückgefahren ist in jener Nacht, während des schlimmsten Gewitters des Jahres – er fürchtete, bei einem Fehler ertappt zu werden und seinen Job zu verlieren.«

»Sie scheinen ja ziemlich sicher.«

»Hundertprozentig. Sie können dasitzen und von Intrigen, geheimen Zusammentreffen, Verschwörungen oder sonst was träumen. Ich kann es nicht. Ich habe O'Gorman gekannt. Er konnte kein Wässerchen trüben.«

»Wie Sie selbst festgestellt haben, hat ihm Mrs. O'Gorman bei seiner Arbeit geholfen. Vielleicht hat sie ihm auch bei anderen Dingen geholfen.«

»Hören Sie, Quinn«, sagte Ronda und schlug mit der flachen Hand auf den Tisch. »Wir sprechen über zwei sehr nette Leute.«

»Genauso nett wie die reizende Kleine, die mit den Fingern in der Kasse erwischt wurde, wie Sie vorhin gesagt haben? Ich will Sie nicht ärgern, Ronda, ich versuche nur, ein paar Möglichkeiten in Betracht zu ziehen.«

»Natürlich sind die Möglichkeiten in diesem Fall zahllos. Fragen Sie den Sheriff, wenn Sie mir nicht glauben. Ungefähr jedes Verbrechen, außer Brandstiftung und Kindsmord, ist im Zusammenhang damit aufgeworfen und untersucht worden. Vielleicht interessiert es Sie, meine Akte über den Fall einzusehen?«

»Ja, sehr«, sagte Quinn.

»Ich hatte mir eine persönliche Akte angelegt, zusätzlich zu dem, was wir im *Beacon* brachten – aus Rücksicht auf Martha. Und außerdem – ja, offengestanden – habe ich immer noch das Gefühl, daß der Fall eines Tages wieder aufgerollt wird und ein Verbrecher in Kansas City oder New Orleans gesteht, O'Gorman umgebracht zu haben.«

»Haben Sie nie daran gedacht, daß O'Gorman selber auftauchen könnte?«

»Ich habe es gehofft, aber nicht geglaubt. Als O'Gorman an jenem Abend das Haus verließ, hatte er einen Zweidollarschein in der Tasche, seinen Wagen und seine Kleider, die er auf dem Leib trug, und sonst nichts. Martha verwaltete das Geld für die Familie und wußte auf den Cent, wieviel O'Gorman bei sich hatte.«

»Hatte er ein Bankkonto?«

»Zusammen mit Martha. Er hätte leicht nachmittags einen Scheck einlösen können, und Martha hätte es erst später entdeckt, aber er hat es nicht getan. Er hat sich auch kein Geld geliehen.«

»Hat er vielleicht irgendeinen Wertgegenstand mitgenommen, den er versetzen konnte?«

»Er besaß eine Armbanduhr, die etwa hundert Dollar wert war, ein Geschenk von Martha. Sie wurde in seiner Schreibtischschublade gefunden.«

Ronda zündete sich noch eine Zigarette an, lehnte sich in seinen Drehstuhl zurück und studierte die Decke. »Außerdem kommt noch eins hinzu: O'Gorman wurde im Laufe der Jahre vollkommen abhängig von Martha; er hätte es keine Woche ohne sie ausgehalten; er war wie ein kleiner Junge.«

»Kleine Jungen seines Alters können manchmal eine Plage werden«, sagte Quinn trocken. »Vielleicht hätte die Polizei doch nicht Kindsmord ausschließen sollen.«

»Wenn das ein Witz sein soll, dann ist er schlecht.«

»Das sind meine immer.«

»Ich hole Ihnen die Akte«, sagte Ronda und stand auf. »Ich weiß nicht, warum ich das alles tue. Wahrscheinlich, weil ich mich freuen würde, wenn der Fall abgeschlossen wäre, damit Martha endlich ernsthaft daran denken könnte, wieder zu heiraten. Sie gäbe eine gute Frau ab. Sie haben sie sicher nicht in ihrer besten Verfassung gesehen.«

»Nein, und ich bezweifle, daß ich das je erleben werde.«

»Sie ist sehr lebendig, hat viel Humor –«

»Der Deckel paßt nicht auf den Topf«, sagte Quinn. »Und ich bin nicht auf dem Markt.«

»Sie sind sehr mißtrauisch.«

»Von Natur, aus Übung, Erfahrung und Beobachtung, ja.«

Ronda ging hinaus, und Quinn lehnte sich stirnrunzelnd in seinem Stuhl zurück. Durch die Glasscheiben konnte er drei Hinterköpfe sehen, Rondas buschigen grauen, denjenigen eines Mannes mit kurzen Haaren und den einer Frau mit einer sorgfältigen Bienenkorbfrisur von roter Farbe.

Das Hemd, dachte er, *das Hemd beunruhigt mich, das Stoffstückchen, das an der Türangel hing. Warum trug O'Gorman in der stürmischsten Nacht des Jahres nicht eine Jacke oder einen Mantel?*

Ronda kam mit zwei Pappkartons zurück, auf denen lediglich *Patrick O'Gorman* stand. Sie enthielten Zeitungsausschnitte, Fotografien, Kopien von Telegrammen und Briefen an und von Polizeistellen. Die meisten kamen aus Kalifornien, Nevada oder Arizona, andere aus weiter entfernten Teilen des Landes und aus Mexiko und Kanada. Das Material war chronologisch geordnet, aber es durchzusehen, würde ziemlich viel Zeit und Geduld erfordern.

Quinn sagte: »Kann ich die Sachen über Nacht mitnehmen?«

»Was wollen Sie damit?«

»Ich möchte sie in mein Motel mitnehmen und durchsehen. Es gibt den einen oder anderen Punkt, der mich interessiert – der Zustand des Wagens zum Beispiel. Hatte er eine Heizung, und war sie angestellt?«

»Was hat das mit der Sache zu tun?«

»Wenn der Unfall vor sich gegangen ist, wie Mrs. O'Gorman glaubt, dann fuhr O'Gorman in der stürmischsten Nacht des Jahres in Hemdsärmeln herum.«

Ronda sah ihn verblüfft an. »Ich glaube, eine Heizung im Wagen ist nicht erwähnt worden.«

»Das wäre aber gut gewesen.«

»Also, nehmen Sie das Zeug über Nacht mit. Vielleicht stoßen Sie auf etwas, das wir übersehen haben.«

Es klang, als halte er diese Aussicht für hoffnungslos, und gegen acht Uhr abends begann Quinn, dieses Gefühl zu teilen. Die Tatsachen waren mager, und die Möglichkeiten schienen endlos.

Einschließlich Kindsmord, dachte Quinn. *Vielleicht war Martha ihres kleinen Jungen Patrick überdrüssig.*

Eine Einzelheit, die Quinn besonders interessierte, war eine Durchschrift von Martha O'Gormans Aussage bei der Leichenbeschau: ›Es war ungefähr 8^{30}. Die Kinder schliefen schon, und ich las die Zeitung. Patrick war nervös und aufgeregt und konnte keine Ruhe finden. Schließlich fragte ich ihn, was los sei, und er sagte mir, daß er heute Nachmittag einen Fehler gemacht habe und ins Büro fahren wolle, um ihn zu verbessern, ehe jemand ihn entdeckte. Patrick war so schrecklich gewissenhaft, was seine Arbeit betraf – bitte, ich kann nicht mehr. Bitte. Oh Gott, hilf mir –‹

Sehr rührend, dachte Quinn. *Aber die Tatsache bleibt bestehen, die Kinder schliefen, und Martha und Patrick O'Gorman konnten das Haus zusammen verlassen haben.*

Eine Wagenheizung wurde nicht erwähnt, dafür das Stück Wollflanell mit den Blutspuren ausführlich diskutiert. Die Blutgruppe war die von O'Gorman, und der Flanell stammte von dem Hemd, das er getragen hatte. Martha sowie zwei seiner Kollegen hatten es identifiziert. Es war leuchtend gelb und schwarz kariert.

Angenommen, ich wäre O'Gorman, sagte Quinn zu sich selbst. *Mir hinge es zum Halse heraus, ein kleiner Junge zu sein. Ich möchte weglaufen und mir die Welt ansehen. Aber das kann ich Martha nicht beibringen, also muß ich verschwinden. Ich täusche einen Unfall vor, wo-*

bei ich ein Hemd trage, das von verschiedenen Leuten identifiziert werden kann. Ich suche mir sorgfältig die Zeit aus, da der Fluß Hochwasser hat und es noch regnet. Ich arrangiere den Unfall unter Hinterlassung eines blutigen Flanellstückchens. Und dann? Ich stehe in Unterwäsche im heftigen Unwetter viele Kilometer von der Stadt entfernt und nenne zwei Dollar mein eigen. Ganz groß geplant, O'Gorman, wirklich ganz groß.

Um neun Uhr war er mehr als bereit, Rondas Anhaltetheorie zu akzeptieren.

4

Im *El Bocado*, einer Grillbar gegenüber seinem Motel, aß Quinn zu Abend. Die Vergnügungsmöglichkeiten in Chicote waren begrenzt, und das Lokal war bis zum letzten Platz mit Farmern in riesigen Hüten und Ölarbeitern in ihren Arbeitsanzügen besetzt. Es waren nur wenige Frauen da, ein paar Ehefrauen, jetzt um neun Uhr bereits besorgt wegen ihrer Heimfahrt um zwölf; ein Quartett von befangenen Mädchen, die einen Geburtstag feierten und sich wesentlich lauter benahmen als die zwei Prostituierten an der Bar, und eine Frau von ungefähr dreißig Jahren mit einem affektierten Gesicht, die an der Tür stand. Sie trug einen blauen Turban, eine Hornbrille und war nicht geschminkt. Sie wirkte, als habe sie das Lokal mit einem Mädchenheim verwechselt und versuche nun, ihren Mut zusammenzunehmen, um wieder hinauszugehen.

Sie sprach kurz mit der Kellnerin. Die Kellnerin sah sich um, bis ihr Blick auf Quinn fiel.

Ohne Zögern ging sie auf ihn zu. »Hätten Sie etwas dagegen, wenn sich jemand an Ihren Tisch setzt, Mister? Da ist eine Dame, die essen muß, bevor sie mit dem Bus nach Los Angeles fährt. Das Essen, das man an den Bushaltestellen bekommt, ist scheußlich.«

Das im *El Bocado* gleichfalls, dachte Quinn, sagte aber höflich: »Von mir aus.« Und die Frau mit dem Turban forderte er auf: »Bitte, nehmen Sie Platz.«

»Vielen Dank.«

Sie setzte sich ihm gegenüber, als erwarte sie, daß eine Bombe unter ihrem Sitz läge.

»Sehr freundlich von Ihnen, Sir. Schrecklich«, fügte sie geringschätzig hinzu, »in dieser Stadt weiß eine Dame nie, was sie zu erwarten hat.«

»Sie mögen Chicote nicht?«

»Tut das irgend jemand? Es ist entsetzlich ungesittet. Darum gehe ich auch fort.«

Sie selbst sieht ein bißchen zu gesittet aus, dachte Quinn. Etwas Lippenstift und ein weniger strenger Kopfputz, der mehr von ihrem Haar freiließ, hätten ihr gut gestanden. Selbst ohne das war sie hübsch, aber von der blutleeren Hübschheit, die Quinn mit Kirchenchor und Amateurkammermusik in Verbindung brachte.

Bei Fisch und Chips mit Kohlsalat nannte sie Quinn ihren Namen: Wilhelmina de Vries, ihren Beruf: Sekretärin, und ihr Ziel: Privatsekretärin eines großen Direktors. Quinn sagte ihr seinen Namen, seinen Beruf: Sicherheitsdienst, und sein Ziel: sich zur Ruhe zu setzen.

»Sicherheitsdienst?« wiederholte sie. »Sie meinen Polizist?«

»Mehr oder weniger.«

»Ja – ist das nicht einfach fabelhaft? Meine Güte, arbeiten Sie hier an einem Fall?«

»Ich mache ein bißchen Ferien, sagen wir mal.«

»Niemand kommt nach Chicote, um Ferien zu machen. Von dieser Art Stadt wollen die Leute immer nur weg, wie ich.«

»Ich interessiere mich für die Geschichte Kaliforniens«, sagte Quinn. »Woher Städte wie diese ihren Namen haben zum Beispiel.«

Sie sah enttäuscht aus. »O, das ist ganz leicht. Irgend jemand ist aus Kentucky wegen seiner Gesundheit in den späten 90iger Jahren des letzten Jahrhunderts hierher gekommen. Er hat Tabak angepflanzt, Felder über Felder vom feinsten Tabak der Welt für die feinsten Zigarren der Welt. Das heißt nämlich Chicote, Zigarre. Nur ist der Tabak nicht gewachsen, und die Bauern versuchten es mit Baumwolle, die besser gedieh. Dann wurde Öl entdeckt, und das war das Ende von Chicote als landwirtschaftliches Zentrum. Aber ich sitze hier und rede die ganze Zeit, und Sie sagen gar nichts.« Beim Lächeln erschien ein Grübchen in ihrer linken Wange. »Jetzt sind Sie aber dran. Woher kommen Sie?«

»Reno.«

»Was tun Sie hier?«

»Ich beschäftige mich mit kalifornischer Geschichte«, sagte Quinn einigermaßen wahrheitsgemäß.

»Eine komische Art für einen Polizisten, seine Ferien zu verbringen.«

»*Chacun à son goût*, wie man in Hoboken sagt.«

»Wie wahr«, murmelte sie. »Hier ebenso wahr wie in Hoboken, nehme ich an.«

Wenn ihr Gesicht auch nicht seinen Ausdruck veränderte, so hatte Quinn doch das Gefühl, daß er veräppelt wurde und daß, wenn Miss de Vries im Kirchenchor sang oder im Quartett spielte, einige ihrer Noten falsch waren, nur so zum Spaß.

»Bitte, erzählen Sie mir wirklich und ehrlich und ernsthaft: Warum sind Sie in Chicote?«

»Mir gefällt das Klima.«

»Es ist entsetzlich!«

»Die Menschen.«

»Unfein!«

»Die Küche.«

»Nicht ein verhungernder Hund würde seine Nase in dieses gräßliche Zeug stecken. Wissen Sie was? Ich wette, Sie arbeiten an einem Fall.« Die blaugrünen Augen leuchteten hinter den dicken Gläsern der Brille. »Aber in letzter Zeit ist gar nichts Interessantes hier passiert, also müßte es eine alte Sache sein. Geht es um Geld, ganz viel Geld?«

Diese Frage konnte Quinn ohne Zögern beantworten: »Mit nichts, was ich anfasse, verdiene ich Geld, Miss de Vries. Warum fragen Sie?«

»Ach, nur so –«

»Sie fahren nach Los Angeles, um sich eine Stellung zu suchen?«

»Ja.«

»Wo ist Ihr Koffer?«

»Kof... O, den habe ich abgegeben. An der Bushaltestelle. Damit ich ihn nicht herumschleppen muß. Er ist so schwer, da meine ganzen Sachen darin sind. Und es ist sowieso ein großer, schrecklich schwerer Koffer.«

Wenn sie nur behauptet hätte, den Koffer aufgegeben zu haben, hätte er ihr vielleicht geglaubt. Aber sie redete zuviel darüber, als versuchte sie, sich selber ebenso wie Quinn zu überzeugen. Die Kellnerin brachte Quinns Rechnung.

»Ich muß gehen«, sagte er und stand auf. »Hat mich gefreut, Sie kennenzulernen, Miss de Vries. Und viel Glück in der großen Stadt.«

Er ging über die Straße auf sein Motel zu. Eine Garage stand offen. Er trat ein und beobachtete die Tür des *El Bocado*.

Er brauchte nicht lange zu warten. Miss Wilhelmina de Vries kam heraus, stand zögernd am Bürgersteig und sah die Straße hinauf und hinab. Der Wind wehte heftig, aber sehr warm, und sie mußte gleichzeitig ihren Rock und ihren Turban festhalten. Die Scham siegte. Sie band den Turban ab, der sich als langer blauer Schal entpuppte, und stopfte ihn in die Tasche. Unter der Straßenlampe schimmerte ihr offenes Haar rötlich auf. Sie ging ein Stück die Straße hinunter, stieg in einen kleinen dunklen Wagen und fuhr davon.

Quinn hatte keine Möglichkeit, ihr zu folgen. Bis er seinen Wagen aus der Garage geholt hatte und auf der Straße war, war sie zu Hause oder an der Busstation oder wohin junge Damen wie Miss de Vries nach einem erfolglosen Versuch, einen Fremden auszuhorchen, gehen mochten. Offensichtlich war sie eine Amateurin, und der Turban und wahrscheinlich auch die Brille waren plumpe Verkleidung. Quinn überlegte, warum sie sich die Mühe mit der Verkleidung gemacht hatte, wenn er sie nicht einmal kannte. Dann entsann er sich, wie er im Büro des *Beacon* gesessen und durch die Glasscheiben auf drei Hinterköpfe gesehen hatte. Einer davon hatte Haare von diesem bestimmten Rot gehabt.

Gut, angenommen, sie war dort gewesen, dachte Quinn. Ronda hatte eine laute, deutliche Stimme. Miss de Vries konnte etwas, das für sie von besonderem Interesse war, gehört haben, so daß sie sich daraufhin verkleidet und die Begegnung im *El Bocado,* vielleicht mit Hilfe der Kellnerin, arrangiert hatte. Aber was konnte sie schon gehört haben? Das einzige Thema, über das er mit Ronda gesprochen hatte, war der Fall O'Gorman, und ganz Chicote kannte alle Einzelheiten davon, und jeder konnte so viel darüber erfahren, wie er nur wollte.

Miss de Vries hatte eine Anspielung auf O'Gorman gemacht – »es muß ein älterer Fall sein« – und hatte sie dann praktisch wieder rückgängig gemacht, als sie fortfuhr: »Geht es um eine Menge Geld?« Im Fall O'Gorman war kein Geld im Spiel außer den zwei Dollarnoten, die O'Gorman bei sich hatte, als er das Haus zum letzten Mal verließ.

Er betrat das Büro des Motels, um seinen Schlüssel abzuholen. Der Nachtportier, ein alter Mann mit gichtgeschwollenen Händen, sah von der Filmzeitschrift auf, in der er las. »Ja, Sir?«

»Den Schlüssel von Nummer siebzehn, bitte.«

»Siebzehn, ja, Sir. Einen Augenblick.« Er schlurfte zum Schlüsselbrett. »Wie war die Nummer noch mal?«

»Siebzehn.«

»Der ist nicht da.« Der Alte schielte Quinn über den Brillenrand an. »Aber ich habe Ihnen Nummer siebzehn doch vor einer Stunde gegeben. Sie haben mir Ihren Namen und die Wagennummer genannt, genau wie es hier im Buch steht.«

»Vor einer Stunde bin ich nicht hier gewesen.«

»Doch, ich habe Ihnen den Schlüssel gegeben. Sie hatten nur einen Hut auf, einen grauen Filzhut, und Sie trugen einen Mantel. Vielleicht haben Sie etwas getrunken und können sich nicht mehr erinnern. Alkohol benebelt das Gedächtnis manchmal gewaltig.«

»Um neun Uhr habe ich meinen Schlüssel dem Mädchen gegeben, das hier im Büro saß«, sagte Quinn müde.

»Meine Enkelin.«

»Gut, Ihrer Enkelin. Seitdem bin ich nicht wieder dagewesen. Wenn Sie nichts dagegen haben, will ich jetzt in mein Zimmer, ich bin müde. Nehmen Sie Ihren Schlüssel, und dann wollen wir gehen.«

Brummend ging der Mann nach draußen, die Einfahrt entlang. Es war immer noch heiß und trocken, und nicht einmal der kräftige Wind konnte den schwachen Ölgeruch vertreiben, der über der Stadt hing.

Quinn sagte: »Ziemlich warmer Abend, um Hut und Mantel zu tragen, finden Sie nicht?«

»Ich trage weder Hut noch Mantel.«

»Aber der Mann, dem Sie den Schlüssel gegeben haben.«

»Die Trinkerei hat Ihr Gedächtnis durcheinandergebracht.« Sie hatten die Tür zu Quinns Zimmer erreicht, und der Alte stieß plötzlich einen triumphierenden Schrei aus. »Sehen Sie? Der Schlüssel steckt im Schloß, genauso, wie Sie ihn dagelassen haben. Ich habe es Ihnen ja gesagt. Ich habe Ihnen den Schlüssel gegeben, und Sie haben es vergessen. Was sagen Sie jetzt?«

»Nichts.«

»Ihr Reisenden werdet immer unvorsichtiger – diese Saufereien und so weiter.«

Da es keine Möglichkeit zu geben schien, den Alten

von seinem Irrtum zu überzeugen, wünschte Quinn ihm eine gute Nacht und schloß sich im Zimmer ein.

Auf den ersten Blick sah es genauso aus, wie er es verlassen hatte, das Bett zerdrückt, die Nachttischlampe eingeschaltet. Die beiden Pappkartons, die Rondas Akten über O'Gorman enthielten, standen noch auf dem Schreibtisch. Es war Quinn unmöglich, festzustellen, ob etwas daraus entfernt worden war. Wahrscheinlich würde es sogar Ronda schwerfallen, es festzustellen, obwohl er das Material selbst gesammelt hatte, weil er es sicher seit mehreren Jahren nicht mehr durchgesehen hatte.

Er hob den Deckel der ersten Schachtel. In einem dikken Umschlag steckten die Bilder, die Martha Ronda gegeben hatte: ein offizielles Foto, wohl ziemlich alt, denn O'Gorman sah darauf aus wie zwanzig, der Rest waren die Schnappschüsse: O'Gorman mit den Kindern, mit Hund und Katze, mit Martha. O'Gorman beim Reifenwechseln neben einem Fahrrad. Auf jedem Bild sah O'Gorman aus, als sei er ein Teil des Hintergrunds und die Katze, der Hund, die Kinder, Martha, das Fahrrad schienen das Wichtigste auf dem Bild. Nur ein offizielles Foto zeigte O'Gormans Gesicht ganz deutlich. Er war ein hübscher junger Mann mit lockigem schwarzem Haar und großen, sanften Augen, die etwas erstaunt in die Welt blickten, als fände er das Leben ziemlich verwirrend, als sei es nicht gerade das, was er erwartet hatte. Es war genau die Art von Gesicht, das vielen Frauen gefiel, besonders denen, die glaubten, sie könnten das Rätsel des Lebens für ihn lösen und alle Verletzungen und Narben des Lebens mütterlich hinwegküssen.

Quinn steckte die Bilder in den Umschlag zurück, und ihn befiel eine plötzliche Depression. O'Gorman war ihm unwirklich erschienen, bis er die Bilder gesehen hatte. Jetzt war O'Gorman ein menschliches Wesen geworden, ein Mann, der seine Frau liebte, seine Kinder, sein Haus und seinen Hund, der hart in seinem Beruf arbeitete, ein Mann, der zu weichherzig war, um einen Tramper in einer regnerischen Nacht an der Straße stehen zu lassen, aber auch mutig genug, sich einem Überfall zu widersetzen.

Er hatte zwei Dollar in der Tasche, dachte Quinn, als er sich auszog und ins Bett legte. *Warum ging er einen Kampf für lausige zwei Dollar ein? Da kann etwas nicht stimmen. Es muß etwas anderes dahinterstecken, etwas, das niemand erwähnt hat. – Ich muß mich morgen noch einmal mit Martha O'Gorman unterhalten. Vielleicht kann Ronda das für mich arrangieren.*

Erst kurz vor dem Einschlafen erinnerte er sich daran, daß er am Morgen eigentlich zum Turm hatte zurückfahren wollen und von dort nach Reno. Beide Orte schienen in weiter Ferne zu liegen, Traumorte im Vergleich zu der harten, hautnahen Realität von Chicote. Er konnte sich nicht einmal mehr Doris klar vorstellen, und Schwester Segen war nichts als ein unförmiges graues Gewand mit einem gesichtslosen Kopf am einen und zwei großen nackten Füßen am anderen Ende.

5

Früh am nächsten Morgen betrat Quinn wieder das Motelbüro. Ein Mann mittleren Alters mit einer sonnenverbrannten Glatze schnürte ein Bündel Zeitungen auf.

»Bitte sehr, Mr. – eh – Quinn? Siebzehn?«

»Ja.«

»Ich bin Paul Frisby, Besitzer und Leiter des Motels – mit Hilfe meiner Familie. Ist etwas nicht in Ordnung?«

»Gestern abend ist jemand in meinem Zimmer gewesen, während ich im Lokal dort gegenüber gegessen habe.«

»Das war ich«, sagte Frisby kühl.

»Gab es einen besonderen Grund dafür?«

»Zwei. Es ist unsere Gewohnheit, uns die Zimmer von Gästen ohne Gepäck in ihrer Abwesenheit einmal anzusehen. In Ihrem Fall kam noch ein Grund hinzu: Ihr Kraftfahrzeugschein lautet nicht auf Ihren Namen.«

»Ein Freund hat mir den Wagen geliehen.«

»Das glaube ich Ihnen. Aber im Geschäft muß man vorsichtig sein.«

»Stimmt«, sagte Quinn. »Warum dann aber diese Mantel- und Degen-Geschichte?«

»Wie bitte?«

»Warum haben Sie sich mit Hut und Mantel verkleidet, um den Schlüssel von dem alten Mann zu bekommen?«

»Ich weiß nicht, wovon Sie sprechen«, sagte Frisby mit zusammengekniffenen Augen. »Ich habe meine eigenen Schlüssel. Was hat das mit Großvater zu bedeuten?«

Quinn erklärte es kurz.

»Großvater hat schlechte Augen«, sagte Frisby. »Sie dürfen ihm keine Vorwürfe machen –«

»Ich mache niemandem Vorwürfe. Ich möchte nur gern wissen, wieso jemand einfach meinen Schlüssel verlangen kann und ihn auch bekommt.«

»Wir versuchen zu verhindern, daß so etwas geschieht. Aber im Motelgeschäft passiert so etwas gelegentlich, besonders, wenn der Eindringling Name und Autonummer des Gastes kennt. Ist etwas verschwunden?«

»Ich bin nicht sicher. Auf dem Schreibtisch standen zwei Kartons mit Dokumenten, die mir zur Durchsicht geliehen worden sind. Sie müssen sie gesehen haben, als Sie in meinem Zimmer waren, Frisby.«

»Ja – tatsächlich, ja.«

»Haben Sie sie geöffnet?«

Frisbys Gesicht wurde so rot wie seine sonnenverbrannte Platte. »Nein, nein, das war nicht nötig. Ich sah das Schild darauf: *O'Gorman.* Jeder in Chicote weiß alles über den Fall. Aber natürlich war ich neugierig, warum plötzlich ein Fremder mit einem Haufen Sachen über O'Gorman in der Stadt erscheint.«

Es herrschte ein langes unbehagliches Schweigen.

»Wie neugierig waren Sie?« fragte Quinn schließlich. »Haben Sie es zum Beispiel Ihrer Frau erzählt?«

»Nun ja, ich habe so etwas erwähnt, ja.«

»Sonst noch jemandem?«

»Mister, versetzen Sie sich doch mal an meine Stelle.«

»Wem noch?«

Nach einem weiteren Schweigen sagte Frisby nervös: »Ich habe den Sheriff angerufen. Ich dachte, da werde irgendein Schwindel gedreht, von dem er wissen müßte, vielleicht etwas wirklich Ernstes. Ich sehe jetzt, daß ich mich getäuscht habe.«

»So, und warum?«

»Ich habe eine ziemlich gute Menschenkenntnis, und Sie sehen nicht aus wie ein Mann, der etwas zu verbergen hat. Aber gestern war das anders. Sie kommen hier an ohne Gepäck, mit einem Auto, dessen Papiere auf einen anderen Namen lauten, und tragen eine Menge Papiere über O'Gorman mit sich herum. Da können Sie es mir doch nicht verübeln, daß ich mißtrauisch bin.«

»Deshalb haben Sie also den Sheriff angerufen?«

»Ich habe nur mit ihm gesprochen. Er hat versprochen, ein Auge auf Sie zu halten.«

»Würde das einschließen, daß er einen alten Mann irreführt, um den Schlüssel zu Nummer siebzehn zu bekommen?«

»Du liebe Zeit, nein«, sagte Frisby heftig. »Außerdem kennt Großvater den Sheriff von klein auf.«

»Jeder in Chicote scheint jeden zu kennen.«

»So ist es. Es ist keine größere Stadt in der Nähe, wir liegen nicht an der großen Durchgangsstraße, und es ist ein hartes Land. Hier braucht jeder den anderen zum Überleben, so ist es ganz natürlich, daß jeder jeden kennt.«

»Und selbstverständlich seid ihr Fremden gegenüber mißtrauisch.«

»Wir sind eine enge Gemeinschaft, Mr. Quinn. Und wenn so etwas wie der Fall O'Gorman passiert, fühlt sich jeder Einzelne betroffen. Die meisten von uns kannten ihn oder arbeiteten mit ihm oder trafen ihn in der Kirche oder bei sonstigen Veranstaltungen. Nicht daß sich O'Gorman viel um das Gemeinschaftsleben gekümmert hätte, aber Mrs. O'Gorman war ziemlich engagiert, und er ist halt mitgegangen.« Ein etwas bitteres Lächeln erschien auf Frisbys Gesicht. »Sie denken vielleicht, das ist genau das, was O'Gorman treffend charakterisiert, ›er ist halt mitgegangen‹.«

»Aber was für ein Interesse an dem Fall haben Sie, Mr. Quinn? Schreiben Sie womöglich in einem Kriminalmagazin darüber?«

»Vielleicht.«

»Sie müssen es mich wissen lassen, wenn es erscheint.«

»Das tu ich«, sagte Quinn.

Er frühstückte in einem Café an einem vorderen Tisch, damit er seinen Wagen beobachten konnte, der auf der anderen Straßenseite parkte. Die Akten über O'Gorman befanden sich im Kofferraum. Wenn ihm Frisby auch keinen Hinweis über den gestrigen Eindringling hatte geben können, so hatte Quinn doch etwas anderes von ihm erhalten, wofür er dankbar war: eine Entschuldigung dafür, herumzugehen und Fragen zu stellen. Danach war er ein Amateurschreiber, der nach neuen Gesichtspunkten im Fall O'Gorman suchte.

Er kaufte sich ein Notizbuch und ein paar Kugelschreiber, bevor er in die Redaktion des *Beacon* in der Achten Avenue fuhr. Sobald er die Tür öffnete, hörte er Rondas Stimme deutlich über dem Klappern der Schreibmaschinen und dann das Klingeln eines Telefons. Für die rothaarige Miss de Vries war es ein leichtes gewesen zu horchen, selbst wenn sie Oropax in den Ohren gehabt hätte.

Ronda sagte: »Guten Morgen, Quinn. Ah – Sie bringen mir meine Akten sicher zurück.«

»Ich weiß nicht, wie sicher.« Quinn erzählte ihm von dem Mann mit Mantel und Filzhut.

Ronda hörte mit gerunzelter Stirn zu und trommelte auf

den Tisch. »Vielleicht war das bloß ein Dieb, der etwas anderes suchte.«

»Etwas anderes war nicht da. Ich habe meine Sachen in Reno gelassen, ich wollte längst wieder zurück sein.«

»Warum sind Sie es nicht?«

»Ich habe angefangen, mich für O'Gorman zu interessieren«, sagte Quinn leichthin. »Vielleicht kann man aus dem Fall einen interessanten Artikel für ein Kriminalmagazin machen.«

»Das ist schon dutzendemal im Lauf der letzten fünfeinhalb Jahre geschehen.«

»Vielleicht finde ich einen neuen Gesichtspunkt. Gestern bei Mrs. O'Gorman habe ich es falsch angefangen, aber ich dachte, Sie könnten das vielleicht für mich in Ordnung bringen. Indem Sie sie anrufen und ein bißchen für mich reden?«

Ronda sah nachdenklich an die Decke. »Das könnte ich versuchen, aber ich weiß nicht, ob ich will. Ich weiß nichts über Sie.«

»Fragen Sie mich, und wir lernen uns kennen.«

»Gut. Allerdings will ich Sie zunächst warnen; ich habe gestern abend mit Martha O'Gorman gesprochen, und sie hat mir von Ihrem Anruf und Besuch bei ihr erzählt. Was mich dabei interessiert, ist, daß Sie bei Ihrem Anruf offenbar gar nichts von O'Gormans Tod wußten.«

»Ja, das stimmt.«

»Warum wollten Sie mit ihm sprechen?«

»Berufliche Grundsätze verbieten mir, Namen zu nennen; also will ich meine Klientin als Mrs. X bezeichnen. Mrs. X hat mich dafür bezahlt, einen Mann namens Patrick O'Gorman, der in Chicote lebte, ausfindig zu machen.«

»Und?«

»Das ist alles. Ich sollte nur herausfinden, ob er noch hier ist, nicht mit ihm sprechen oder ihm etwas ausrichten oder ihn treffen.«

»Nun mal langsam, Quinn«, unterbrach ihn Ronda. »Mrs. X hätte doch nur einen Brief an die Stadtverwaltung schreiben brauchen, an den Bürgermeister, den Sheriff oder die Handelskammer. Warum sollte sie Sie beauftragen, hier raufzufahren?«

»Sie hat es aber getan.«

»Und wieviel hat sie dafür bezahlt?«

»Hundertzwanzig Dollar.«

»Um Himmels willen, sie muß nicht ganz bei Trost sein.«

»Das trifft ziemlich ins Schwarze«, sagte Quinn. »Für den Himmel tut sie so ziemlich alles.«

»Ein Spaßvogel, was?«

»Manche Leute meinen es. Übrigens, das alles ist streng vertraulich.«

»Sicher. In welcher Beziehung steht Mrs. X zu O'Gorman?«

»Sie hat mir nicht gesagt, ob überhaupt eine besteht.«

»Ein recht merkwürdiger Auftrag für einen Mann wie Sie, scheint mir«, sagte Ronda.

»Wenn ich am Ende bin, nehme ich merkwürdige Aufträge an.«

»Wieso sind Sie am Ende?«

»Roulett, Würfelspiele, Black Jack, Casino.«

»Sind Sie professioneller Spieler?«

Quinn lächelte ohne Humor. »Amateur. Die Profis gewinnen. Ich verliere. Diesmal habe ich alles verloren. Mrs. X's Geld wirkte auf mich sauber, frisch und lecker.«

»Witwen faustdicke Lügen zu erzählen und Geld von verrückten alten Frauen zu nehmen, machen Sie nicht gerade zum Helden, Quinn«, sagte Ronda.

»Nicht unbedingt. Übrigens ist Mrs. X nicht alt, abgesehen von einer gewissen Exzentrik, intelligent.«

»Warum hat sie dann nicht einfach einen Brief geschrieben oder angerufen?«

»Wo sie wohnt, ist beides verboten. Sie ist Mitglied einer religiösen Sekte, die unnötigen Kontakt mit der Außenwelt untersagt.«

»Wie ist sie dann auf Sie gestoßen?« fragte Ronda trocken.

»Gar nicht. Ich auf sie.«

»Wie?«

»Sie werden es mir wahrscheinlich nicht glauben.«

»Ich habe Ihnen bisher sowieso nicht geglaubt. Sie können es ja mal versuchen.«

Quinn versuchte es, und Ronda hörte zu und schüttelte dabei ab und zu ungläubig den Kopf.

»Es ist verrückt«, sagte Ronda, als Quinn geendet hatte. »Die ganze Sache ist verrückt. Und Sie sind es möglicherweise auch.«

»Ich schließe die Möglichkeit nicht aus.«

»Wo ist der Ort, und wie heißt er?«

»Das kann ich Ihnen nicht sagen. Es ist eine der Sekten, wie man sie in Südkalifornien häufig findet. Ihre Mitglieder sind Versager, Neurotiker und Leute, die der Welt den Rücken kehren wollen. Meistens kümmern sie sich um ihre eigenen Angelegenheiten und machen keine Schwierigkeiten, außer vielleicht einigen Auseinandersetzungen mit den Behörden wegen der Einschulung ihrer Kinder.«

»Gut«, sagte Ronda mit einer vagen Handbewegung. »Angenommen, ich glaube diese ganze unwahrscheinliche Geschichte: Was soll ich dann für Sie tun?«

»Einmal, versuchen Sie, mich mit Martha O'Gorman zusammenzubringen.«

»Das wird nicht einfach sein.«

»Und dann sagen Sie mir bitte den Namen der rothaarigen Dame, die gestern nachmittag draußen in Ihrem Büro war, als Sie die Akten für mich holten.«

»Warum wollen Sie das wissen?«

»Sie hat mich gestern abend im *El Bocado* angesprochen«, sagte Quinn, »zur gleichen Zeit, als der Mann mit dem Filzhut mein Zimmer durchsuchte.«

»Sie glauben an einen Zusammenhang?«

»Ich wäre blöde, wenn ich das nicht täte. Sie sorgte dafür, daß ich das Lokal nicht verließ, bis der Mann mit seiner Arbeit fertig war.«

»Sie müssen sich irren, Quinn. Die in Frage kommende junge Dame würde nicht im Traum daran denken, einen fremden Mann in einem Lokal wie dem *El Bocado* anzusprechen, vom Beschützen eines Diebes gar nicht zu reden. Sie ist eine anständige Frau.«

»Das überrascht mich kaum«, sagte Quinn trocken. »Alle, die damit zu tun haben oder hatten, sind Säulen der Wohlanständigkeit. Das macht den Fall so einzigartig – keine Verbrecher, keine Schurken, keine dunklen weiblichen Gestalten. O'Gorman war ein guter Kerl, Martha O'Gorman ist eine Stütze der Gemeinde, und die rothaarige Frau lehrt wahrscheinlich in der Sonntagsschule.«

»Das tut sie tatsächlich.«

»Wer ist sie, Ronda?«

»Herrgott, Quinn, ich weiß nicht, ob ich Ihnen das sagen soll. Sie ist ein sehr nettes Mädchen, außerdem irren Sie sich vielleicht. Haben Sie denn wirklich ihr Gesicht gesehen, als Sie gestern mittag hier drin waren?«

»Nein, nur ihren Hinterkopf.«

»Das ist noch lange kein Beweis, daß sie dieselbe Frau ist, die Sie im Café angesprochen hat. Außerdem ist Willie viel zu geschickt, um einen solchen dummen Trick zu spielen.«

»Willie«, wiederholte Quinn. »Abkürzung von Wilhelmina?«

»Ja.«

»Wilhelmina de Vries?«

»Wieso, wieso ...?« sagte Ronda verblüfft. »Woher wissen Sie ihren Namen?«

»Sie hat ihn mir gestern beim Abendessen gesagt.«

»Tatsächlich heißt sie jetzt Willie King; sie war kurz verheiratet und ließ sich scheiden. Sie hat Ihnen ihren Namen gesagt?«

»Ja.«

»Das alleine beweist schon, daß sie nicht auf eine Gaunerei aus war.«

»Nennen Sie es, wie Sie wollen. Sie hat es getan – und mit Wonne.«

»Was hat sie Ihnen noch erzählt?«

»Ein paar Lügen, die nicht wiederholenswert sind. Übrigens, hat sie einen Freund?«

Die Frage schien Ronda zu ärgern. Er beugte sich mit hartem Blick vor. »Hören Sie, Quinn, Sie können nicht einfach hierherkommen und Klatsch über einen unserer besten Bürger verbreiten.«

»Also ist Willie King mit einem von Chicotes besten Bürger befreundet.«

»Das habe ich nicht behauptet. Ich ...«

»Hat Chicote überhaupt einen schlechten Einwohner? Alle, von denen ich bisher gehört habe, sind wirklich großartige Menschen – nein, stimmt nicht. Mit Ausnahme der kleinen niedlichen Dame, die bei der Bank Unterschlagungen gemacht hat.«

»Wie kommen Sie plötzlich auf sie?«

»Ich habe die ganze Zeit an sie gedacht«, sagte Quinn.

»Warum?«

»In meinem Beruf, ebenso wie in Ihrem, erregen die Sünder weit mehr Aufmerksamkeit als die Heiligen. Chicote strotzt zwar offensichtlich von Heiligen, aber –«

»Lassen Sie die Stadt aus dem Spiel. Es ist eine ganz normale Stadt mit normalen Leuten, wo normale Dinge passieren.«

»Erzählen Sie mir etwas von der Dame, die Unterschlagungen gemacht hat, Ronda.«

»Noch einmal: warum?«

»Ganz einfach – als Willie King gestern hier im Büro lauschte, haben Sie hauptsächlich über den Fall O'Gorman gesprochen, aber Sie erwähnten ebenfalls die unterschlagende Dame. Ich würde gern wissen, an wem Willie King – oder vielleicht ihr Freund – interessiert ist.«

»Jeder Mensch in Chicote ist an beiden Fällen interessiert.«

»Soweit, um in mein Hotelzimmer einzubrechen?«

»Nein, natürlich nicht.«

»Also bitte: Wer ist Willies Freund, Ronda?«

»Ich kann es nicht beschwören, aber ich habe Gerüchte gehört. Wenn in einer so kleinen Stadt eine junge attraktive Frau für und mit einem heiratsfähigen Witwer arbeitet, entsteht immer Gerede.«

»Sein Name?«

»George Haywood. Er ist Immobilienmakler. Willie war seine Sekretärin, aber jetzt ist sie befördert worden. Auf den Annoncen, die Haywood im *Beacon* veröffentlicht, wird Willie als Teilhaberin genannt. Wie eng diese Teilhaberschaft ist, geht niemanden etwas an.«

»Mich vielleicht«, sagte Quinn. »Willie ist nicht zufällig gestern abend ins *El Bocado* gekommen. Hatte Willie irgendeine Beziehung zu dem Fall O'Gorman?«

»Nicht daß ich wüßte.«

»Wie steht es mit der Unterschlagung?«

»Beziehung ist ein zu starker Ausdruck.« Ronda lehnte sich in seinem Stuhl zurück und verschränkte die Arme. »Willie selbst hatte mit der Unterschlagung nichts zu tun – es handelt sich nicht um eine, es war eine ganze Serie über eine Zeitdauer von zehn, elf Jahren –, außer daß sie für George Haywood arbeitet.«

»Und Haywood war an der Unterschlagung beteiligt?«

»Nicht bewußt«, sagte Ronda scharf. »Seine Ehrlichkeit ist nie in Frage gestellt worden, er konnte nichts dafür, beteiligt zu sein. Die Unterschlagungen wurden von seiner jüngeren Schwester Alberta Haywood begangen. Ihr Fall war in mancher Beziehung genauso tragisch wie O'Gormans. Sie waren beide ruhige, selbstgenügsame Menschen.«

»War? Lebt sie auch nicht mehr?«

»Mehr oder weniger. Sie sitzt seit über fünf Jahren im Frauengefängnis von Tecolote, und es besteht die Möglichkeit, daß sie noch weitere fünf oder zehn Jahre dort bleibt.«

»Wie steht es mit Bewährung?«

»Das Verfahren soll bald in Gang kommen, aber ich glaube nicht, daß sich etwas für sie ändert.«

»Warum nicht?«

»Wenn es sich bei einer Bewährungsverhandlung um einen Fall von Geldunterschlagung handelt, will das Gericht in zwei Punkten Sicherheit haben: Wo das Geld geblieben ist, und ob sich der Dieb reuig zeigt. Alberta Haywood wird sie da kaum zufriedenstellen. Soweit ich gehört habe, ist ihr Verhalten im Gefängnis fügsam, aber nicht reuig. Und was das Geld anbelangt, so ist es fraglich, ob sie ihr ihre Geschichte glauben oder nicht. Manche Leute tun es, manche nicht.«

»Glauben Sie sie?«

»O ja«, sagte Ronda. »Sie hat das Geld über einen Zeitraum von über zehn Jahren ausgegeben, so wie sie es unterschlagen hat. Sie hat es teils für Wohltätigkeitszwecke gegeben, teils hat sie Freunden und Verwandten etwas geschenkt, dann hat sie an der Börse spekuliert, und der Rest ist auf Wetten bei Pferderennen draufgegangen. Das alles paßt in das Bild eines Menschen, der Unterschlagungen macht. Ich habe den Fall eingehend studiert, nachdem Alberta Haywood gefaßt war, und habe dabei einige ganz überraschende Tatsachen herausgefunden. Z. B. daß der Geldbetrag, den sie in einem Jahr unterschlagen hat, größer war als alles, was bei Einbrüchen, Banküberfällen, Taschen- und Autodiebstählen im ganzen Land gestohlen wurde.«

»Das ist ja unglaublich.«

»Prüfen Sie es selbst nach. Es ist wirklich wahr. Noch etwas anderes interessierte mich. Es schien so unwahrscheinlich, daß Alberta Haywood so ein Verbrechen begangen haben sollte, und doch habe ich herausgefunden, daß sie diese Unwahrscheinlichkeit mit allen anderen Leuten, die Unterschlagungen machen, gemeinsam hat. Der durchschnittliche Typ ist vorher niemals straffällig geworden, er handelt nicht wie ein Verbrecher und fühlt sich auch nicht als solcher. Häufig sieht ihn auch die Gesellschaft nicht als solchen an, weil er gewöhnlich gerade den Leuten, die er betrogen hat, einen Teil des Geldes wieder zurückgegeben hat. Die Stadt Chicote stand fest hinter Alberta Haywood. Sie mag wohl hunderttausend Dollar gestohlen haben, aber die Pfadfinder hatten neue Möbel für ihr Klubhaus und die Gesellschaft für behinderte Kinder einen neuen Kombi. Es ist eine irrationale Art des Denkens, als ob man jemandem einen Dolch in den Rücken steckt und ihm dann einen Lutscher zur Linderung seiner Schmerzen anbietet.«

»Haben Sie Miss Haywood gut gekannt?«

»So gut wie jeder außerhalb der Familie, nehme ich an. Sie stand ziemlich mit jedem Menschen in der Stadt auf Grußfuß, hatte aber keine nahen Freunde. In Tecolote ist sie das Muster einer Gefangenen, gehorsam, ruhig, ohne Schwierigkeiten. Das wird natürlich für sie sprechen bei der Wiederaufnahme des Falles, aber es ist immer noch fraglich, ob man ihr ihre Geschichte glauben wird, wie sie das Geld ausgegeben hat, obwohl es für mich ganz klar ist, daß sie die Wahrheit sagt.«

»Ist jemals versucht worden, eine Verbindung zwischen den beiden Verbrechen, Miss Haywoods Unterschlagungen und dem Mord an O'Gorman, herzustellen?«

»Oh ja. Eine Zeitlang spielte die Polizei mit dem Gedanken, daß Alberta O'Gorman sogar umgebracht hätte.«

»Aus welchem Grund?«

»Zu der Zeit, als Alberta verhaftet wurde, war die Polizei noch auf der Suche nach einem Motiv für O'Gormans Ermordung. Jemand kam auf folgende Idee: O'Gorman ist zeitweilig, genauso wie Alberta, Buchhalter gewesen. Also hatte er vielleicht Albertas Unterschlagungen schon früher entdeckt, ihr gedroht, sie anzuzeigen, und sie tötete ihn, um ihn zum Schweigen zu bringen. Diese Theorie hat jedoch einige Fehler. Erstens war Alberta am Abend von O'Gormans Tod im Kino. Zweitens hatte O'Gorman keinen Zugang zu den Büchern der Bank, es sei denn durch Alberta selbst. Und es ist hundertprozentig sicher, daß sie keinen Fremden eingeladen hätte, ihren Nagellack anzusehen, während sie ihre Finger in der Kasse hatte.«

»Sie kannten sich nicht?«

»Praktisch nicht. Vielleicht hat sie ihn ein paarmal getroffen, als O'Gorman kurze Zeit für ihren Bruder George als Immobilienmakler arbeitete. Ich sage, kurze Zeit, weil die Sache nicht länger als einen Monat dauerte. Der arme O'Gorman war kein Geschäftsmann. Er hatte keine Durchschlagskraft, und Geld war für ihn nicht wichtig, jedenfalls war er nicht hinter dem Geld her wie ein richtiger Geschäftsmann. O'Gorman genügte es durchzukommen, und Martha auch, obwohl sie sich Sorgen machte, ob sie das Schulgeld für die Kinder aufbringen konnte.«

»Wurde ihr die Lebensversicherung von O'Gorman ausgezahlt?«

»Oh ja, die Versicherung hat bezahlt. Aber es war nicht viel. Fünftausend Dollar, glaube ich.«

»Fünftausend Dollar«, bemerkte Quinn, »ergeben ein besseres Motiv als zwei Dollar.«

»Was soll das heißen?«

»Ihr angeblicher Anhalter bekam zwei Dollar, Martha O'Gorman fünftausend.«

Ronda wurde ganz rot im Gesicht, blieb aber ruhig. »Natürlich hat man auch Martha verdächtigt. Nichts ist dabei herausgekommen. Es ist seltsam, die Leute waren viel freundlicher zu Alberta, die ein Verbrechen begangen hat, als zu Martha, die das unschuldige Opfer eines Verbrechens war. Aber da sind wir wieder bei den neuen Möbeln für die Pfadfinder und dem Kombi für die behinderten Kinder. Die guten, einfältigen Bürger von Chicote schienen nicht in der Lage einzusehen, daß man sie um hunderttausend Dollar erleichtert und ihnen ungefähr fünf Prozent davon zurückgegeben hatte. Der Rest ging für Wetten drauf, usw.«

»Hat sie Namen und Daten genannt?«

»Nein, sie hat sich geweigert, wollte wohl keinem Schwierigkeiten machen, jedoch hat der Besitzer eines Zigarrenladens der Polizei erzählt, daß sie schon sechs oder sieben Monate, bevor sie geschnappt wurde, jeden Tag Wettformulare gekauft hat.«

»Wie kamen die Unterschlagungen heraus?«

»Der Direktor der Bank wurde mißtrauisch, weil die Kundeneinlagen zurückgingen, während sie bei anderen Banken stiegen. Er bestellte einen Wirtschaftsprüfer. Das Bankpersonal weiß aus einleuchtenden Gründen nicht im voraus, wann ein Prüfer kommt. Er rief Alberta Haywood zu sich, um einen kleinen Fehler in der Buchführung zu klären, auf den er zufällig gestoßen war. Sie wußte sofort, daß das Spiel nun aus war. Sie gestand alles, und nach einem kurzen Verfahren wurde sie ins Gefängnis von Tecolote gebracht.«

»Hat sie außer ihrem Bruder noch weitere nahe Verwandte?«

»Eine Schwester Ruth, die ein Jahr zuvor nach einem großen Familienkrach wegen eines Mannes fortzog. Und eine Mutter, die ein Unikum ist. Mrs. Haywood weigerte sich, an Albertas Verhandlung teilzunehmen oder irgend etwas mit ihr zu tun zu haben; und ich glaube, sie hat auch George beeinflußt. Er hatte immer sehr gut mit seiner Schwester gestanden, hat sie dann aber nur einmal im städtischen Gefängnis besucht, bevor sie nach Tecolote überführt wurde. Für ihre Familie starb Alberta an dem Tage, an dem der Wirtschaftsprüfer kam.«

»Was für ein Mensch ist Mrs. Haywood?«

»Ein Schreckgespenst«, sagte Ronda mit einer Grimasse. »George verdient einen Orden, daß er mit ihr auskommt – oder einen Tritt in den Hintern.«

»Wohnt er mit ihr zusammen?«

»Ja. Er ist seit sieben oder acht Jahren verwitwet. Die Grundstücke gehen hier nicht mehr weg wie die warmen Semmeln, aber er steht sicher immer noch ganz gut. Nachdem Alberta verurteilt worden war, dachten wir alle, George würde aus Chicote wegziehen und sich in einer größeren Stadt niederlassen, wo man den Namen Haywood nicht kennt. Aber George ist ein Kämpfer. Er ist geblieben. Tja, das wäre Alberta Haywoods Geschichte, Quinn. Und die Moral davon ist, wenn man einen Haufen Geld unterschlägt, soll man ihn nicht verspielen, sondern an einem sicheren Platz verstecken, um in der Frage der Bewährung das Gericht nicht zu verschrecken.«

»Wann ist die Wiederaufnahme des Prozesses?«

»Nächsten Monat«, sagte Ronda. »Ich habe George daran erinnert, als er vor einigen Wochen mit seiner Anzeige hereinkam. Er hat sich so wenig dafür interessiert, daß er nicht einmal darüber sprechen wollte.«

»Sie sind wohl sehr daran interessiert?«

»Das gibt etwas zu berichten. Und wenn es etwas zu berichten gibt, geht es dem *Beacon* gut. Das ist unser Wahlspruch. Irgendwann werde ich mir etwas Besseres oder Treffenderes einfallen lassen. Aber jetzt muß ich Sie leider verabschieden, Quinn, ich habe zu arbeiten.«

»Wollen Sie mich nicht bei Martha O'Gorman anmelden?«

»Das ist nicht einfach. Sie haben nicht gerade einen guten Eindruck auf sie gemacht.«

»Vielleicht gelingt es mir beim zweitenmal besser.«

»Gut«, sagte Ronda. »Ich setze mich mit ihr in Verbindung. Rufen Sie mich gegen elf Uhr an.«

6

Von einer Telefonzelle aus rief Quinn in George Haywoods Büro an. Ein Mann, der sich als Earl Perkins vorstellte, sagte, Mr. Haywood sei wegen einer Erkältung zu Hause geblieben.

»Ist Mrs. King zu sprechen?« fragte Quinn.

»Nein, sie kommt erst nach dem Mittagessen wieder. Sie muß auswärts ein Grundstück zeigen. Falls es sich um etwas Dringendes handelt, können Sie Mr. Haywoods Wohnung unter der Nummer fünf-null-neun-sechsunddreißig anrufen.«

»Vielen Dank.«

Quinn wählte die Nummer und fragte nach George Haywood.

»Er ist krank.« Die Frauenstimme war brüchig vor Alter, aber immer noch kräftig. »Er liegt im Bett.«

»Könnte ich vielleicht eine Minute mit ihm sprechen?«

»Nein, das können Sie nicht.«

»Ist dort Mrs. Haywood?«

»Ja.«

»Ich bin nicht lange hier in der Stadt und möchte Mr. Haywood in einer dringenden Angelegenheit sprechen. Mein Name ist Joe Quinn. Wollen Sie ihm sagen, daß ich angerufen habe?«

»Zur gegebenen Zeit werde ich es ihm sagen.« Sie hängte ein und ließ Quinn darüber im Ungewissen, ob die gegebene Zeit mittags oder Weihnachten war.

Er kaufte eine Ausgabe des *Chicote Beacon* und bestellte eine Tasse Kaffee an der Bar. Der *Beacon* brachte ein Minimum an weltpolitischen Ereignissen vermischt mit langen, langweiligen Berichten über lokale Ereignisse und langen, langweiligen Listen mit Namen von Leuten, die sie leiteten. Kein Wunder, daß John Ronda für Leute wie O'Gorman und Alberta Haywood dankbar war. Durch sie hatte er wenigstens etwas Interessantes zu schreiben. Ronda würde die Wiederaufnahme einer der beiden Fälle unzweifelhaft begrüßen. *Vielleicht kommt er mir deshalb so entgegen,* dachte Quinn. *Der* Beacon *braucht eine neue Schlagzeile, und ein neues Beweisstück für den Mord an O'Gorman würde die Canastaparty der Frauenvereinigung und die Würstchenparties des CVJM von der Titelseite fegen.*

Um elf Uhr rief er Ronda in seinem Büro an.

»Ich habe es geschafft«, sagte Ronda selbstzufrieden. »Zunächst hat sich Martha natürlich gesperrt, aber ich habe sie überredet. Sie erwartet Sie zu Mittag in dem Café im Krankenhaus. Es liegt auf der C-Street. Das Café ist im Erdgeschoß.«

»Herzlichen Dank.«

»Haben Sie zu Haywood Verbindung aufgenommen?«

»Nein, er liegt mit einer Erkältung im Bett, und seine Mutter hat mich nicht mit ihm sprechen lassen.«

Ronda lachte wie über einen Witz, den nur er verstand und den er nicht erklären wollte. »Und was war mit Willie King?«

»Sie ist nicht in der Stadt.«

»Schlechtes Timing, was?«

»Für mich«, sagte Quinn. »Für Willie und George Haywood ist es nicht so schlecht.«

»Sie immer mit Ihren Verdächtigungen, Quinn. Wenn die Sache gestern abend im Café wirklich so war, wie Sie es gesagt haben, dann hat Willie sicher eine plausible Erklärung dafür. Sie ist eine respektable Geschäftsfrau.«

»Jeder in Chicote scheint respektabel«, sagte Quinn. »Wenn ich lange genug hier rumhänge, wird vielleicht sogar etwas davon auf mich abfärben.«

Das Krankenhaus war neu und das Café im Erdgeschoß hell und luftig mit großen Fenstern, die auf einen Platz mit einem Springbrunnen führten. An einem kleinen Tisch am Fenster wartete Martha O'Gorman. Sie sah in ihrer weißen Uniform gepflegt und attraktiv aus. Das Gesicht, das Quinn zuletzt ärgerlich verzogen gesehen hatte, war jetzt beherrscht.

Sie sprach zuerst. »Nehmen Sie Platz, Mr. Quinn.«

»Danke.«

»Wohin soll der Schuß denn heute gehen?«

»Kein Schuß«, sagte Quinn. »Der Schiedsrichter hat den Ball noch nicht eingeworfen.«

Sie hob ihre Augenbrauen. »Sie erwarten also Schiedsrichter in diesem schmutzigen Spiel. Sie sind wirklich naiv. Schiedsrichter garantieren ein faires Spiel und schützen beide Seiten gleichermaßen. Und so war es keineswegs für mich und meine Kinder, geschweige denn für meinen Mann.«

»Das tut mir leid, Mrs. O'Gorman. Ich wollte, ich könnte Ihnen – ja, helfen.«

»Ich habe mehr unter den Leuten gelitten, die mir helfen wollten, als unter Fremden, denen ich gleichgültig war.«

»Dann erlauben Sie mir, ein gleichgültiger Fremder zu sein.«

Sie saß steif und unversöhnlich da, die Hände auf dem Tisch gefaltet. »Machen Sie kein langes Gerede, Mr. Quinn«, unterbrach sie ihn. »Warum hat eine Frau Sie beauftragt, meinen Mann zu finden?«

»Das habe ich John Ronda im strengsten Vertrauen gesagt«, erwiderte Quinn hitzig. »Ich habe nicht erwartet, daß er es weitergibt.«

»Dann sind Sie ein schlechter Menschenkenner. Er ist das größte Klatschmaul der Stadt.«

»Oh.«

»Nicht daß er jemandem weh tun will – Klatschtanten tun das nie, nicht wahr, aber er tut nichts lieber als reden. Und drucken. Was ist mit der Frau, Mr. Quinn? Was ist ihr Motiv?«

»Ich weiß es wirklich nicht. Das hat Ihnen Ronda doch wahrscheinlich auch erzählt, oder nicht?«

»Doch.«

»Ich habe den Auftrag angenommen, weil ich ihn brauchte«, sagte Quinn. »Sie hat mich nicht nach Referenzen gefragt und ich sie auch nicht. Ich nahm an, Mr. O'Gorman sei ein Verwandter oder alter Freund, zu dem sie die Verbindung verloren hat. Wenn ich natürlich gewußt hätte, in was für eine Situation ich hier gerate, hätte ich sie mehr ausgefragt.«

»Seit wann lebt sie bei dieser Sekte oder was es ist?«

»Sie behauptete, ihr Sohn schicke ihr jedesmal zu Weihnachten zwanzig Dollar. Sie hat mir hundertzwanzig gegeben.«

»Also, sechs Jahre«, sagte Martha nachdenklich. »Wenn sie so lange von der Welt abgeschieden gelebt hat, hat sie wahrscheinlich nie etwas von Patricks Tod erfahren.«

»Sicherlich.«

»Wie sieht sie aus?«

Quinn beschrieb Schwester Segen so gut er konnte.

»Ich kann mich nicht erinnern, daß Patrick sie kannte«, sagte Mrs. O'Gorman. »Wir haben vor sechzehn Jahren geheiratet, und seine Freunde waren meine Freunde.«

»Meine Beschreibung ist nicht sehr gut, fürchte ich. Wenn eine Gruppe Leute alle die gleichen formlosen grauen Kutten tragen, ist es schwer, Unterschiede zu sehen. Deshalb tragen sie diese Kutten sehr wahrscheinlich auch, um persönlichen Stil und Individualität zu unterdrücken. Es funktioniert jedenfalls.«

Beim Sprechen wurde ihm klar, daß das eine Übertreibung war. Schwester Segen war es gelungen, ihre Individualität zu bewahren, und den anderen gewissermaßen auch: Bruder Licht mit seiner ängstlichen Sorge um das lebende Inventar, das ihm anvertraut war, Schwester Zerknirschung, die versuchte, ihre Kinder vor den bösen Seiten der Welt zu bewahren, die sie in der Schule lernen würden, Bruder Zunge, stumm, mit nur einem kleinen Vogel als Stimme, Schwester Ruhm der Auferstehung, die aus Sparsamkeit mit den Haaren der Brüder eine Matratze füllte, Bruder Beständiges Herz, der seinen Rasierapparat mit kurzsichtigem Eifer handhabte – sie alle waren und würden immer Individuen bleiben, keine Ameisen in einem Ameisenhaufen oder Bienen in einem Bienenstock.

»Ist sie einmal Krankenschwester gewesen?«

»Das hat sie mir gesagt.«

»Ich kenne jetzt natürlich viele Schwestern, aber damals nicht. Außerdem leben die meisten Menschen, mit denen Patrick und ich befreundet waren, immer noch in Chicote.«

»Wie John Ronda und seine Frau?«

»Seine Frau bestimmt, John, vielleicht.«

»Und George Haywood?«

Sie zögerte und blickte hinaus auf den Springbrunnen, als sei sie von dem Wasserspiel hypnotisiert. »Ich kenne Mr. Haywood, wenn auch nicht gesellschaftlich. Patrick hat einmal ein paar Wochen für ihn gearbeitet. Aber sie paßten nicht zusammen. Patrick war viel zu ehrlich für diese Arbeit.«

Ihre Version klang wesentlich anders als die Rondas, stellte Quinn fest. »Kennen Sie eine Mrs. King, eine Teilhaberin von Haywood?«

»Nein.«

»Oder Alberta Haywood?«

»Das ist die, die das Geld gestohlen hat? Wir sind uns

nie vorgestellt worden, aber ich habe sie gelegentlich gesehen, wenn ich einen Scheck für Patrick eingelöst habe. Aber warum, um Himmels willen, fragen Sie mich nach all den Leuten? Sie haben nichts mit mir oder Patrick zu tun. Es ist sieben oder mehr Jahre her, daß Patrick für Mr. Haywood gearbeitet hat, und ich wiederhole, ich habe keinen von ihnen gesellschaftlich kennengelernt.«

»Ihr Mann war Buchhalter, Mrs. O'Gorman?«

Sie wurde plötzlich vorsichtig. »Ja, er machte einen Kursus mit. Er besaß kein angeborenes Talent für Zahlen, aber ...«

»Aber Sie haben ihm geholfen.«

»Manchmal. Das haben Sie wahrscheinlich von Ronda gehört. Aber es ist kein Geheimnis. Es ist die Aufgabe einer Frau, ihrem Mann zu helfen, wenn er es braucht. Ich schäme mich weder, daß ich ihm geholfen habe, noch daß er meine Hilfe brauchte. Ich bin eine realistische Frau, Mr. Quinn, ich stelle mich nicht gegen die Fakten. Wenn Patrick nicht übermäßig mit Gehirn ausgestattet war, so konnte ich ihm damit ein wenig aushelfen, so wie auch ich mehr als nur ein wenig von seinen guten Eigenschaften wie Sanftmut, Großzügigkeit und Toleranz profitiert habe, Eigenschaften, die mir fehlen. Das sind meine schwachen und waren Patricks starke Seiten. Wir haben uns gegenseitig geholfen und gegenseitig voneinander gelernt, und wir waren glücklich zusammen.«

In ihren Augen glitzerten Tränen, und Quinn überlegte, was sie hervorgerufen hatte: die Trauer um das vergangene Glück oder die Erkenntnis, daß sie doch nicht so glücklich gewesen war, wie sie vorgab.

»Lange Zeit nach Patricks Unfall«, sagte sie und trocknete sich die Augen mit einem Taschentuch, »gab es Getuschel und Geflüster. Die Menschen starrten mich an, und ich wußte, was sie dachten: Ist das die Martha O'Gorman, die wir kennen, oder irgendein Ungeheuer, das ihren Mann um des Versicherungsgeldes willen ermordet hat? Nein, ich habe mir nichts eingebildet, Mr. Quinn. Meine eigenen Freunde waren mißtrauisch. Fragen Sie John Ronda, er war es auch. Für mich bedeutete es eine zweifache Tragödie: Ich hatte nicht nur meinen Mann verloren, sondern wurde auch noch verdächtigt, seinen Tod herbeigeführt zu haben, entweder indem ich ihn ermordete oder ihm Grund zum Selbstmord gegeben hätte.«

»Welchen Grund?«

»Er sei unterdrückt, ich beherrschte ihn, ich hätte die Hosen an in der Familie und solche Sachen. Ein paar Leute kannten die Wahrheit, nämlich, daß es keine Hosen in der Familie gegeben hätte, hätte ich nicht die Verantwortung übernommen. Patrick war freundlich, sanft und liebevoll, aber er konnte nicht mit Geld umgehen. Unbezahlte Rechnungen waren nichts als ein Fetzen Papier für ihn. Am liebsten hätte ich selbst einen Job angenommen, aber das hätte Patricks Selbstvertrauen zerstört, das niemals sehr groß gewesen war. Ich mußte einen Seiltanz zwischen Patricks Schwäche und den Realitäten aufführen.«

»Nicht viele Frauen hätten unter solchen Umständen ihr Leben glücklich gestalten können.«

»Sie scheinen nicht viel von Frauen zu verstehen.«

»Zugegeben.«

»Oder von der Liebe.«

»Vielleicht nicht. Ich versuche trotzdem, noch zu lernen.«

»Ich fürchte, Sie sind jetzt zu alt dazu«, sagte sie ruhig. »Liebe muß man erfahren, wenn man jung genug ist, um die Härten, die sie mit sich bringt, ertragen zu können und sich vor den Hieben abzudrehen oder sich wieder aufzurappeln, wenn man schon bei acht ist. Mein Sohn Richard«, sagte sie mit einem stolzen Lächeln, »ist ein Box-Fan, er lehrt mich den Jargon.«

»Ronda hat mir gesagt, er ist sehr intelligent.«

»Ich denke schon, obwohl ich da wohl nicht vorurteilsfrei bin.«

»Erzählen Sie mir von dem Unfall Ihres Mannes, Mrs. O'Gorman.«

Ihr Blick war ruhig. »Es gibt nichts zu erzählen, was nicht in den Akten steht, die Sie sich gestern von Ronda geliehen haben.«

»Ein Punkt war nicht erwähnt. Hatte der Wagen Ihres Mannes eine Heizung?«

»Nein. Wir haben nie Geld für Luxus ausgegeben.«

»Was hatte er an, als er von zu Hause wegging?«

»Das wissen Sie selber, wenn Sie die Aussagen gelesen haben – ein gelb-schwarzes Flanellhemd.«

»Regnete es an dem Abend?«

»Ja, es hatte seit Tagen geregnet.«

»Aber Mr. O'Gorman trug weder Mantel noch Jacke?«

»Ich weiß, worauf Sie hinauswollen«, sagte sie. »Aber es nützt nichts. Patrick brauchte keinen Regenmantel, weil unsere Garage ans Haus angebaut ist, und bei der Firma parkte er in einem ehemaligen Schuppen direkt neben dem Büro. Er mußte keinen Schritt durch den Regen.«

»Es war außerdem kalt, hörte ich.«

»Patrick machte Kälte nichts aus. Er besaß nicht einmal einen Mantel. Dafür war sein Hemd dick und schwer. Außerdem hatte er es schrecklich eilig, als er das Haus verließ. Er war ganz außer sich, ins Büro zu kommen, um den Fehler, den er gemacht hatte, zu korrigieren, bevor jemand anderer dahinterkam.«

»Außer sich«, wiederholte Quinn. Es schien ihm ein starker Ausdruck, der nicht zu dem Bild paßte, das er sich von O'Gorman als einem ruhigen, langsamen, unehrgeizigen Mann gemacht hatte. »Der Unfall passierte auf dem Weg zur Ölgesellschaft?«

»Ja.«

»Wenn er außer sich und in großer Eile war, klingt es unwahrscheinlich, daß er anhielt, um jemanden mitzunehmen.«

»Dieser Jemand existiert nicht«, sagte sie müde, »außer in der Phantasie von Ronda und dem Sheriff. Erst eine Woche vorher war ein Ehepaar aus Chicote von einem Anhalter ausgeplündert worden, und Patrick hatte mir fest versprochen, keinen Fremden von der Straße mitzunehmen.«

»Aber vielleicht einen Mann oder eine Frau, die er kannte?«

»Welchen Mann? Welche Frau? Kein Mensch hatte irgend etwas gegen Patrick. Und wenn jemand ihn aufgefordert hätte, das Geld herauszugeben, das er bei sich hatte, hätte er es ohne Zögern getan. Da wäre keine Gewalt notwendig gewesen.« Ihre Hände machten eine resignierte Geste. »Sie sehen nun, warum ich genau weiß, daß es ein Unfall war. Es gibt nichts, was eine andere Theorie stützen könnte. Patrick war in Eile, er fuhr schneller als normal, und die Sicht war schlecht wegen des heftigen Regens.«

»Sie haben Ihren Mann sehr geliebt, nicht wahr?«

»Ich hätte alles für ihn getan, alles in der Welt. Und

immer noch ...« Sie wandte sich ab und biß sich auf die Lippe.

»Sie würden immer noch alles für ihn tun?«

»Ich meine, wenn Patrick in dieser Nacht innerlich irgend etwas Schreckliches zugestoßen wäre – angenommen, er hätte plötzlich völlig den Verstand verloren – wenn er dann jemals wiederkäme oder gefunden würde, würde ich zu ihm halten.«

»Man verliert nicht plötzlich völlig den Verstand. Es gibt immer irgendwelche Anzeichen vorher; zeigte Ihr Mann irgendwelche Anzeichen?«

»Nein.«

»Keine Anfälle von Launenhaftigkeit, Wutanfälle, häufigeres Trinken oder Veränderungen in Schlaf-, Essens-, oder Kleidungsgewohnheiten?«

»Keine«, sagte sie. »Vielleicht war er ruhiger als gewöhnlich, gedankenvoller.«

»Mit gedankenvoll meinen sie abwesend oder nachdenklich?«

»Nachdenklich. Einmal habe ich ihn scherzhaft gefragt, ob er einen Tagtraum habe, und er sagte, es sei kein Tagtraum, sondern ein Tagalptraum. Ich erinnere mich daran, weil es so ein komisches Wort war, ein Wort, das ich vorher noch nie gehört hatte. Haben Sie es schon gehört?«

»Ja«, sagte Quinn. »Es ist etwas, von dem man nicht erwacht.«

7

Die Immobiliengesellschaft Haywood befand sich in einem Büro mit Klimaanlage im Erdgeschoß eines kleinen Hotels. An den Wänden hingen Landkarten, Stadtpläne und Luftaufnahmen von Chicote, ein Stich von Washington, der den Delaware überquert, und ein Bild des jungen Lincoln.

Ein hohlwangiger junger Mann in Hemdsärmeln gab sich als Earl Perkins zu erkennen. Obwohl eine Menge Schreibtische mit Namen darauf im Büro standen, war Perkins der einzige Anwesende, und Quinn fragte sich, ob das Geschäft so schlecht war, daß die anderen nicht zu erscheinen brauchten, oder ob es so gut war, daß sie alle wie Willie King dabei waren, Grundstücke oder Häuser vorzuführen.

»Wann erwarten Sie Mrs. King zurück?« fragte Quinn.

»Jederzeit. Und ich meine, jederzeit. In einer Stadt wie dieser können die Menschen ungestraft Morde begehen. Es gibt keine Gesetze. – Sind Sie Geschäftsmann, Mr. ...?«

»Quinn. Ich komme in Geschäften, ja.«

»Dann wissen Sie, daß kein Geschäft ohne harte, klare Gesetze durchgeführt werden kann. Was haben wir ohne Gesetze? Chaos!«

Quinn sah sich in dem fast leeren Büro um. »Hübsches, ruhiges kleines Chaos.«

»Chaos ist oft nicht an der Oberfläche zu erkennen«, sagte Perkins bitter. »Meine Tischzeit ist zum Beispiel von elf bis eins. Jetzt ist es fast eins, und ich habe noch nicht gegessen. Das mag für Sie vielleicht ein triviales

Beispiel sein, für mich nicht. *Ich* hätte z. B. dieses Haus zeigen können und um elf hier zurück sein, denn ich treibe mich nicht herum und versuche dann, mir etwas aus den Fingern zu saugen und dem Chef um den Bart zu schmieren.«

»Seit wann arbeitet Mrs. King für Haywood?«

»Ich weiß es nicht. Ich bin erst seit dem ersten Januar hier.«

»Gibt es einen Mr. King?«

»Nicht sichtbar«, sagte Perkins befriedigt. »Sie ist geschieden.«

»Leben Sie schon lange in Chicote?«

»Mein ganzes Leben lang, außer die zwei Jahre, die ich in San José auf dem College war. Können Sie das begreifen, zwei ganze Jahre College, und ich ende – na, ja. Na, ja, es wird Zeit.«

Die Tür öffnete sich mit einem Schwall heißer, trockner Luft, und Willie King trat ein; sie trug ein ärmelloses weißes Kleid und einen breitrandigen Strohhut. Wegen dieses Hutes bemerkte sie Quinn nicht sofort.

»Tut mir leid, daß ich mich so verspätet habe, Earl.«

»Das sollte es auch«, sagte Perkins. »Meine Magengeschwüre ...«

»Das Haus ist so gut wie verkauft. Allerdings habe ich ein bißchen wegen des Klimas gelogen.« Sie stellte ihre Handtasche auf den Tisch, nahm ihren Hut ab und sah Quinn. Bis auf ein kurzes Zusammenpressen des Mundes veränderte sich ihr Gesicht nicht. »Oh, ich – ich wußte nicht, daß ein Kunde da ist. Kann ich etwas für Sie tun, Sir?«

»Ich glaube, ja«, sagte Quinn.

»In einer Minute bin ich soweit. Sie gehen jetzt besser

zum Essen, Earl. Und denken Sie dran: kein Pfeffer, kein Ketchup.«

»Es ist nicht der Pfeffer, der an meinem Innern nagt. Es ist der Mangel an Gesetzen.«

»Dann gehen Sie und denken sich ein paar gute Gesetze aus. Machen Sie eine Liste.«

»Das habe ich bereits getan.«

»Machen Sie noch eine.«

»Bei Gott, das werde ich«, sagte Perkins und knallte die Tür hinter sich zu.

»Er ist nur ein Junge«, sagte Willie King mütterlich. »Viel zu jung, um Magengeschwüre zu haben. Sie haben wahrscheinlich keine, Mr. Quinn?«

»Ich werde mir bestimmt welche zulegen, wenn ich versuche, Ihre Geschichte zu schlucken, Mrs. King. Mit oder ohne Pfeffer und Ketchup. Hatten Sie eine gute Fahrt nach Los Angeles?«

»Ich habe es mir anders überlegt.«

»Ist Chicote doch fein genug für Sie?«

»Was ich über Chicote gesagt habe, stimmt nach wie vor. Es ist ein trauriges Loch.«

»Dann kriechen Sie hinaus.«

»Ich könnte in ein noch schlimmeres fallen«, sagte sie mit einem Zucken ihrer nackten Schultern. »Außerdem bin ich hier gebunden.«

»An Mr. Haywood?«

»Natürlich an Mr. Haywood. Er ist mein Chef.«

»Und außerhalb der Arbeitszeit?«

»Ich weiß nicht, wovon Sie reden«, sagte sie kühl. »Außer Sie beziehen sich auf gestern abend.«

»Vielleicht – ja.«

»Das war ausschließlich meine eigene Idee. Ich hörte,

wie Sie sich mit Mr. Ronda in seinem Büro unterhielten, als ich wegen unserer Annoncen für die nächste Ausgabe auf der Redaktion war. Sie sprachen über den Fall O'Gorman. Natürlich wurde ich neugierig. Für die Leute von Chicote ist das Wort O'Gorman dasselbe, was Erdbeben für die Leute von San Francisco bedeutet. Jeder hier kannte O'Gorman oder meinte, ihn gekannt zu haben. Also –«, sie holte tief Atem, »also kam ich auf den Gedanken, daß Sie den Fall bearbeiteten und etwas Neues entdeckt hätten und daß Sie und ich ...«

»Was – Sie und ich?«

»Daß wir den Fall zusammen lösen könnten. Es würde eine Sensation. Wir würden berühmt.«

»Ach, das war Ihr Gedanke? Der Traum vom Ruhm?«

»Ja, es klingt dumm, wenn ich es Ihnen jetzt so erzähle, aber bestimmt war das der Grund, warum ich gestern abend versucht habe, Sie auszuhorchen.«

»Und wer ist Ihr Freund?« fragte Quinn.

»Welcher Freund?«

»Der Mann, der mein Zimmer durchsucht hat.«

»Davon weiß ich nichts«, sagte sie.

»Wo war George Haywood gestern abend?«

»Im Bett mit einer Erkältung, glaube ich. Er war schon eine Woche nicht mehr im Büro. Mein Gott, Sie werden doch nicht eine Sekunde lang glauben, daß Mr. Haywood ...?«

»Ja, ich glaube eine Sekunde lang, daß Mr. Haywood in meinem Hotelzimmer war, während Sie Ihre kleine Vorstellung im *El Bocado* gaben.«

»Wie entsetzlich!« sagte Willie empört. »Wie kommen Sie auf so einen schrecklichen Gedanken? Mr. Haywood ist einer der angesehensten und beliebtesten Geschäftsleute der ganzen Stadt. Er ist ein wunderbarer Mensch.«

»Chicote scheint mehr wunderbare Menschen zu besitzen als der Himmel. Aber einer davon hat sich in mein Zimmer geschlichen, indem er dem alten Mann am Empfang den Schlüssel abgelistet hat, und ich glaube immer noch, daß es Haywood war und Sie ihm geholfen haben.«

»Das ist Verleumdung.«

»Warum wollen Sie mir nicht zur Abwechslung einmal die Wahrheit sagen? Warum interessiert sich George Haywood für mich? Was wollte er in meinem Zimmer, und – mehr noch – was hat er dort gefunden?«

»Sie würden erkennen, wie lächerlich dies alles ist, wenn Sie Mr. Haywood einmal kennenlernten.«

»Das möchte ich ja so gern.«

»Warum?« Ihr Gesicht wurde fast ebenso weiß wie ihr Kleid.

»Damit ich ihn fragen kann, warum er Sie als Köder benutzte, um ...«

»Nein, bitte, das dürfen Sie nicht tun. Er weiß nichts davon, daß ich Sie in diesem schrecklichen Lokal angesprochen habe. Er würde schrecklich böse, wenn es herauskäme, er würde mich vielleicht sogar rauswerfen. Er klammert sich an alle Konventionen, besonders seit der Geschichte mit seiner Schwester Alberta.

Weil sie etwas falsch gemacht hat, meint er, alles vermeiden zu müssen, was außerhalb der Normalität liegt oder schlechten Geschmack beweist. Und das gilt auch für seine Angestellten. Wollen Sie, daß ich rausgeschmissen werde?«

»Nein.«

»Dann erzählen Sie ihm bitte nichts von gestern abend. Er würde nie verstehen, daß es für mich nur eine

Art Spiel war – Sie verstehen, Willie King, der Detektiv. Mr. Haywood ist kein Spielertyp, dazu ist er zu nüchtern. Versprechen Sie, daß Sie nichts von mir erzählen?«

»Vielleicht«, sagte Quinn, »wenn Sie mir einen Gegendienst erweisen.«

Willie King sah ihn eine Minute lang prüfend an. »Wenn Sie das meinen, was ich meine –«

»Sie verstehen mich falsch, Mrs. King. Ich möchte Ihnen nur ein paar Fragen stellen.«

»Bitte, fragen Sie.«

»Kennen Sie Haywoods Mutter?«

»Nein«, sagte Mrs. King böse. »Was ist mir ihr?«

»Sie hat zwei Töchter, nicht wahr?«

»Das dürfte sie nicht hören. George – Mr. Haywood – darf ihre Namen nicht einmal erwähnen, vor allem nicht den von Alberta.«

»Was ist aus der anderen geworden?«

»Ruth? Sie ist weggelaufen und hat einen Mann geheiratet, der ihrer Mutter nicht paßte, einen Fischer aus San Felice, namens Aguila.«

»Wo ist Mrs. Aguila jetzt?«

»In San Felice, nehme ich an. Aber warum interessieren Sie sich so für die Familie Haywood?« fragte sie scharf. »Warum unterhalten Sie sich nicht mit den Leuten, die O'Gorman gekannt haben?«

»Mr. Haywood hat ihn gekannt, Alberta ebenfalls.«

»Sie kann ihn gelegentlich gesehen haben, aber dessen bin ich nicht einmal sicher.«

»George Haywood«, sagte Quinn, »stand seiner Schwester sehr nahe, glaube ich?«

»Ja, ich nehme es an.«

»So nahe, daß er selber nach Aufdeckung der Unterschlagungen der Polizei eine Menge Fragen beantworten mußte?«

Es war nur eine Vermutung von Quinn, und er war über die Heftigkeit ihrer Reaktion erstaunt. »Das waren mehr als Fragen, kann ich Ihnen versichern. Es waren geradezu Anschuldigungen mit Fragezeichen. Wo war das Geld? Wieviel hatte Alberta ihm davon geliehen? Wie konnte George in demselben Haus wie sie gelebt haben, ohne zu merken, daß sie etwas vorhatte? Hatte er nicht die Wettformulare gesehen, die sie täglich mitgebracht haben mußte?«

»Hatte er sie gesehen?«

»Nein, sie brachte sie nicht mit nach Hause. Kein einziges Stück ist in ihrem Zimmer oder sonstwo im Haus gefunden worden.«

»Eine vorsichtige Dame, diese Alberta. Oder ein anderer hat sich die Mühe gemacht, hinter ihr aufzuräumen. Haben Sie sie gekannt, Mrs. King?«

»Nicht gut. Das tat niemand. Ich meine, sie war eine von diesen unscheinbaren Menschen, die man jeden Tag sieht, aber nicht beachtet, bis etwas passiert.«

»Die man nicht beachtet, bis etwas passiert«, wiederholte Quinn. »Vielleicht war das ihr Motiv, sie wollte Aufmerksamkeit erregen.«

»Irrtum«, sagte Willie und schüttelte heftig den Kopf. »Sie hat schrecklich gelitten, unglaublich. Ich war bei der Gerichtsverhandlung dabei. Es war schrecklich, es war, als beobachte man ein schwerverletztes Tier, das einem nicht sagen kann, wo es weh tut, und dem man deshalb nicht helfen kann.«

»Und trotzdem hat sich George Haywood von ihr abgewandt?«

»Er war gezwungen dazu. Es muß Ihnen unmenschlich vorkommen. Sie waren nicht dabei. Aber ich. Die alte Dame bekam fast stündlich einen Wutanfall, um George daran zu hindern, irgend etwas für Alberta zu tun.«

»Warum all diese Rachsucht von ihrer Seite?«

»Einerseits ist es ihre Natur, andererseits war Alberta für ihre Mutter immer eine Enttäuschung gewesen. Sie war schüchtern und einfach, hatte keine Freunde, heiratete nicht und bekam keine Kinder – es war ganz einfach uninteressant, mit ihr zu leben. Sechzig Jahre der Enttäuschung für eine Frau wie Mrs. Haywood – also, ich hatte den Eindruck, daß sie die Unterschlagung als Vorwand für etwas benutzte, das sie schon immer hatte tun wollen – nämlich Alberta vor die Tür setzen, sie los sein, sie vergessen.« Willie King sah auf ihre schmalen, weißen, ringlosen Hände hinunter. »Und dann war da noch George, ihr Augapfel. Als seine erste Frau starb, ich glaube, sie hätte vor Freude auf der Straße getanzt, wenn es nicht wegen der Nachbarn gewesen wäre. Es bedeutete, daß George ihr wieder ganz gehörte, mit Kopf, Herz und Gallenblase. Diese Frau ist ein Ungeheuer. Aber lassen Sie mich nicht weiter über dieses Thema sprechen. Ich könnte immer so weiter reden.« Sie brauchte gar nicht weiterzureden, um einen Punkt völlig klarzustellen: Die alte Dame und Willie King kämpften um denselben Mann.

Das Telefon klingelte, und Mrs. King schlug einen knappen berufsmäßigen Ton an: »Immobilien Haywood. Nein – tut mir leid. Ja – ja, sobald wie möglich.« Sie legte den Hörer mit einer kleinen Grimasse auf. »Ich muß wieder an die Arbeit. Es war mir ein Vergnügen, mich mit Ihnen zu unterhalten, Mr. Quinn.«

»Vielleicht würde ich mich gern noch länger mit Ihnen unterhalten, wie wär's mit heute abend?«

»Da kann ich wirklich nicht.«

»Warum nicht? Fahren Sie mit dem Bus nach Los Angeles?«

»Nein, ich gehe mit meiner kleinen Schwester ins Kino.«

»Tut mir leid«, sagte Quinn und stand auf. »Vielleicht nächstes Mal, wenn ich wieder in die Stadt komme.«

»Fahren Sie weg?«

»Hier hält mich nichts mehr, da Sie ja eine Verabredung mit Ihrer kleinen Schwester haben.«

»Wann kommen Sie zurück?«

»Wann wollen Sie mich zurückhaben?«

Willie sah ihn lange und starr an. »Hören Sie mit dem Blödsinn auf. Ich weiß ganz genau, ob ein Mann ernsthaft daran interessiert ist, mit mir auszugehen oder nicht. Und Sie sind es nicht. Und ich auch nicht.«

»Warum interessiert es Sie denn, wann ich zurückkomme?«

»Nur aus Höflichkeit.«

»Danke«, sagte Quinn. »Und danke für die Auskünfte.«

»Bitte sehr. Auf Wiedersehen.«

Quinn ging auf die Straße hinunter bis zu seinem Wagen, fuhr einen Block weit, wendete und parkte auf dem Parkplatz eines Supermarktes. Von hier aus konnte er die Immobiliengesellschaft Haywood und den Rathausturm überblicken.

Um ein Uhr dreißig kehrte Earl Perkins vom Essen zurück, mit einem Gesicht, als sei es ihm nicht bekommen. Zwei Minuten später kam Willie King heraus, den breiten Strohhut auf dem Kopf und ihre Tasche fest in der Hand. Sie sah erregt, aber entschlossen aus, als sie in ihren Wagen stieg und in südlicher Richtung davonfuhr.

Quinn folgte ihr in einigem Abstand. Sie hielt vor einem alten Fachwerkhaus, an dessen Eingang ein Haywoodsches Firmenschild *Zu verkaufen* hing, schloß die Haustür auf und ging hinein. Eine Minute lang glaubte Quinn, er habe sich doch in ihr getäuscht – offenbar tat sie wirklich, was sie gesagt hatte: arbeiten. Das Haus lag gegenüber dem Roosevelt Park und war zweifellos das, über welches sie am Telefon gesprochen hatte.

Er wollte eben wegfahren, als ein grüner Pontiac-Kombiwagen vor dem Haus hielt und ein Mann ausstieg. Trotz der Hitze trug er einen dunkelgrauen Mantel und einen dazu passenden Filzhut. Er war groß, mager und bewegte sich mit besonderer Vorsicht, als habe ihm jemand gesagt, er dürfe sich nicht beeilen. Als er die Treppe hinaufging, überfiel ihn ein Hustenanfall. Er lehnte sich auf das Geländer, während er eine Hand vor den Mund, die andere vor die Brust hielt. Als er aufgehört hatte zu husten, verschaffte er sich mit einem Schlüssel, der an einem großen Schlüsselbund hing, Eintritt in das Haus.

Sauber, sicher und einfach, dachte Quinn. *Wenn sich George und Willie treffen wollen, ohne daß es die alte Dame oder sonst jemand erfährt, gehen sie in eines von Haywoods leeren Häusern – vielleicht jedesmal in ein anderes. Und Willies flehentliche Bitte, George nichts zu erzählen, weil sie sonst entlassen würde, sollte nur verhindern, daß ich Fragen an ihn stelle. Das war eine gute Vorstellung, ich wäre beinahe darauf reingefallen. Tatsächlich wäre ich fast auf Willie hereingefallen.*

Quinn starrte auf das alte Haus, als erwarte er, daß

einer der Fensterläden aufflöge und weitere Geheimnisse enthüllte. Nichts geschah. Er konnte nichts weiter tun. Auch wenn er wartete und George Haywood ansprach, würde er nichts Neues erfahren, er hatte keine Befugnis, ihm Fragen zu stellen und keinen Beweis, daß Haywood der Mann war, der sein Zimmer durchsucht hatte.

Er drehte den Zündschlüssel und fuhr den Wagen von der Bordkante. Es war fast zwei, und er mußte das Motel räumen. Wenn er die Straße durch die Berge nahm, an San Felice vorbei, konnte er gegen fünf beim Turm sein.

Willie hörte Georges Schlüssel im Schloß und wie die Eingangstür geöffnet und wieder geschlossen wurde. Sie hatte Lust, in die Halle zu laufen und sich in seine Arme zu werfen. Stattdessen wartete sie bewegungslos in dem verdunkelten Wohnzimmer und überlegte, ob jemals der Tag kommen würde, an dem sie in Georges Gegenwart das tun konnte, was sie fühlte. In letzter Zeit schien er ihre Begeisterung zu dämpfen, als habe er zu viele ernste Probleme im Kopf und könne keine Extraanforderungen an seine Person ertragen.

»Ich bin hier drin, George.« Der leere Raum ließ ihre Stimme widerhallen. Es klang zu herzlich. Sie mußte daran denken, leise zu sprechen.

George kam aus der Halle herein. Er hatte seinen Hut abgesetzt und hielt ihn vor der Brust, als höre er gerade die Nationalhymne. Sie fühlte, wie ihr ein Lachen in der Kehle aufstieg, und schluckte mehrmals, um es zu unterdrücken.

»Man ist dir gefolgt«, sagte er.

»Nein, ich schwöre, ich habe niemand –«

»Quinns Auto steht auf der anderen Straßenseite.«

Sie hob die Jalousie ein wenig hoch und sah hinaus. »Ich sehe kein Auto.«

»Es war aber da. Ich habe dir gesagt, du sollst vorsichtig sein.«

»Ich habe es versucht.« Der Lachreiz in ihrer Kehle hatte sich in einen Kloß verwandelt, und alles, was sie dagegen tun konnte, war, ihn zu ignorieren.

»Geht es dir heute besser, George?«

Er schüttelte ungeduldig den Kopf, als sei jetzt nicht der Zeitpunkt, mit solchen Trivialitäten belästigt zu werden.

»Quinn ist hinter etwas her. Er hat im Büro angerufen und dann zu Hause. Mutter hat ihn abgewiesen, als ich sie darum bat.«

Bei der bloßen Erwähnung von Mrs. Haywood wurde Willies Körper starr. »Das hätte ich auch tun können.«

»Ich fürchte, du hast sein Vertrauen verloren.«

»Ich glaube nicht. Er wollte sich für heute abend mit mir verabreden.«

»Hast du angenommen?«

»Nein.«

»Warum nicht?«

»Ich wußte nicht, daß du es wolltest.«

»Du hättest vielleicht etwas Wichtiges erfahren können.«

Sie starrte auf den alten gemauerten Kamin. Sie dachte an all die Feuer, die dort angezündet und erloschen waren, und fragte sich, ob jemals wieder ein Feuer dort brennen würde.

»Wenn ich deine Gefühle verletzt haben sollte«, sagte er mit etwas freundlicherer Stimme, »dann tut es mir leid.«

»Das braucht es nicht. Offensichtlich hast du wichtigere Dinge im Kopf als meine Gefühle.«

»Ich freue mich, daß du das einsiehst.«

»Oh ja. Du hast es ja ziemlich klar ausgedrückt.«

Er legte seine Hände auf ihre Schultern. »Nicht doch, Willie. Bitte. Hab doch Geduld mit mir.«

»Wenn du mir nicht erzählst, worum es hier geht –«

»Ich kann nicht. Es ist eine sehr ernste Angelegenheit. Viele Leute sind darin verwickelt, gute Leute.«

»Ist es nicht egal, um was für Leute es sich handelt? Und worin siehst du den Unterschied zwischen guten und schlechten Leuten? Fragst du deine Mutter?«

»Laß sie bitte aus dem Spiel. Sie hat nicht die geringste Ahnung, was vorgeht.«

»Ich lasse sie aus dem Spiel, wenn sie es auch tut.« Sie drehte sich um und sah ihn an, zum Streit bereit. Aber er sah zu müde und blaß aus für einen Streit. »Vergiß es, George. Komm, wir gehen hinaus und kommen noch mal herein.«

»Wie du willst.«

»Tag, George.«

Er lächelte. »Tag, Willie.«

»Wie geht's?«

»Danke. Und dir?«

»Auch gut.« Aber sie drehte ihr Gesicht zur Seite, als er sie küssen wollte. »Das war nicht viel besser als das erste Mal. Du denkst nicht wirklich an mich, du denkst an Quinn. Stimmt's?«

»Ich kann nicht anders.«

»Nicht mehr lange.«

»Was meinst du damit, nicht mehr lange.«

»Er verläßt die Stadt.«

Georges Hände fielen an den Seiten herunter, als hätte sie sie heruntergeschlagen. »Wann?«

»Ich nehme an, heute nachmittag. Vielleicht gerade jetzt.«

»Warum? Warum fährt er weg?«

»Er hat gesagt, er habe keinen Grund zu bleiben, weil ich heute abend nicht mit ihm ausgehen wollte. Natürlich sollte das ein Spaß sein.«

Sie wartete und hoffte, daß George das Gegenteil behaupten würde: *Natürlich hat Quinn keinen Spaß gemacht, mein Liebling. Du bist eine sehr attraktive Frau. Wahrscheinlich verläßt er die Stadt, um ein gebrochenes Herz zu vermeiden.*

»Er hat einen Spaß gemacht«, wiederholte sie.

Aber dieses Mal hörte George nicht einmal zu. Er ging durch den Raum und setzte seinen Hut auf.

»George?«

»Ich rufe dich morgen früh an.«

»Wohin gehst du? Wir haben ja noch nicht einmal miteinander gesprochen.«

»Ich habe jetzt keine Zeit. Ich muß einem Kunden das Wilson-Haus draußen in Greenacres zeigen.«

Sie wußte, daß das Wilson-Haus von Earl Perkins verkauft wurde und daß George sich nie einmischte, aber sie sagte nichts. Bei dem Torbogen, der in die Halle führte, drehte er sich um und sah zu ihr zurück. »Tu mir einen Gefallen, bitte, Willie.«

»Ja sicher. Du bist der Chef.«

»Sag meiner Mutter, daß ich nicht zum Abendessen nach Hause komme und daß sie nicht auf mich warten soll.«

»In Ordnung.«

Es war ein großer Gefallen, und beide wußten es.

Willie stand da und hörte, wie die Haustür geöffnet und geschlossen wurde, dann das Geräusch des Kombiwagens und das Quietschen der Reifen, als das Auto zu schnell anfuhr. Mit gesenktem Kopf ging sie hinüber zu dem alten Kamin. Die Innenseite war geschwärzt von der Hitze von tausend Feuern. Sie streckte ihre Hände aus, als habe eines der Feuer ein wenig Wärme für sie übriggelassen.

Nach einiger Zeit ging sie hinaus und verschloß das Haus und fuhr zur Post. Dort rief sie Georges Mutter von einer öffentlichen Telefonzelle an.

»Mrs. Haywood?«

»Ja.«

»Hier ist Willie King.«

»Mrs. King, ja, natürlich. Mein Sohn ist nicht zu Haus.«

Willie biß die Zähne aufeinander. In all ihren Gesprächen sprach Mrs. Haywood von George immer nur als von *meinem Sohn*, mit einer nachdrücklichen Betonung auf *mein*. »Ja, ich weiß, Mrs. Haywood, er hat mich gebeten, Ihnen zu sagen, daß er heute abend nicht nach Hause kommt.«

»Wo ist er denn?«

»Ich weiß es nicht.«

»Dann ist er also nicht bei Ihnen?«

»Nein.«

»Er ist in letzter Zeit häufig abends weg gewesen und tagsüber auch.«

»Er hat eben ein Geschäft«, sagte Willie.

»Und natürlich sind Sie eine große Hilfe für ihn.«

»Ich versuche es.«

»Er hat mir erzählt, daß Sie ein sehr aggressiver Verkäufertyp sind – oder sagt man Verkäuferin? Etwas erstaunt mich bei dem Geschäft meines Sohnes. Ich finde es ganz erstaunlich, wie viele Kaufabschlüsse abends gemacht werden – man sagt doch Abschlüsse, oder?«

»Das können Sie halten, wie Sie wollen, Mrs. Haywood.«

Danach war eine kurze Stille, während der Willie ihre Hand auf den Hörer legte, damit Mrs. Haywood ihr ärgerliches Atmen nicht hören konnte.

»Mrs. King, Sie und ich, wir mögen George doch beide, nicht wahr?«

Ich ja, dachte Willie. *Du kannst nicht lieben.* Aber sie sagte: »Ja.«

»Haben Sie sich nicht auch vielleicht gefragt, wohin er heute abend geht?«

»Das ist seine Sache.«

»Und nicht Ihre?«

»Nein.« *Noch nicht,* fügte sie im stillen hinzu.

»Du liebe Zeit. Es sollte aber Ihre Sache sein, wenn Sie so an meinem Sohn interessiert sind, wie es scheint. Selbstverständlich ist er ein Mann mit edlem Charakter, aber er ist auch nur ein Mensch, und es gibt viele Versuchungen.«

»Wollen Sie, daß ich ihm nachspioniere?«

»Wenn man seine Augen und Ohren offenhält, so heißt das noch lange nicht spionieren.« Wieder war Stille, als brauche Mrs. Haywood Zeit, einen weiteren vernichtenden Angriff zu planen. Aber als sie wieder sprach, klang ihre Stimme seltsam gebrochen. »Ich habe das Gefühl, das sehr schreckliche Gefühl, daß George in Schwierigkeiten steckt ... Oh, Sie und ich waren nie sehr freundlich miteinander, Mrs. King, aber ich habe Sie nie als wirkliche Bedrohung für Georges Wohlergehen angesehen.«

»Danke«, sagte Willie trocken. Sie war erstaunt über die plötzliche Veränderung in Mrs. Haywoods Stimme und Haltung ihr gegenüber. »Ich habe keinen Grund zu glauben, daß George in Schwierigkeiten ist, die er nicht meistern könnte.«

»Doch, er ist es. Ich fühle es und weiß es. Es handelt sich um eine Frau.«

»Eine Frau? Ich bin sicher, Sie irren sich.«

»Ich wollte, Sie hätten Recht, aber ich irre mich nicht. Es sind in letzter Zeit zu viele Sachen vorgefallen, zu viele nicht erklärte Fahrten außerhalb der Stadt. Wohin fährt er? Was macht er? Wen trifft er?«

»Haben Sie ihn gefragt?«

»Ja, er hat mir nichts erzählt, aber er konnte nicht verbergen, daß er sich schuldig fühlte. Und weshalb, wenn nicht wegen einer Frau, sollte er sich schuldig fühlen?«

»Ich bin ganz sicher, daß Sie sich irren«, sagte Willie noch einmal. Aber diesmal hörte sie den Zweifel in ihrer Stimme, und noch lange nachdem sie aufgehängt hatte, blieb sie in der engen, stickigen Zelle, den Kopf gegen das Telefon gelehnt.

8

Es war schwieriger, als Quinn gedacht hatte, die Abzweigung zum Turm zu finden. Er fuhr zwei oder drei Meilen zu weit, ehe ihm klar wurde, daß er sie verpaßt hatte. Er machte kehrt und fuhr ganz langsam in einem kleinen Gang, bemüht, das einzige in seiner Erinnerung gebliebene Kennzeichen, die Gruppe von Eukalyptusbäumen, zu entdecken. Die stechende Sonne, die Anstrengung, endlose Kurven zu fahren, die völlige Verlassenheit der Gegend fingen an, seine Nerven zu zermürben und seine Zuversicht zu untergraben. Ideen, die ihm in Chicote gut vorgekommen waren, Entscheidungen, die ihm richtig erschienen waren, kamen ihm in dieser nackten und braunen Landschaft angreifbar und töricht vor: und die Suche nach O'Gorman schien unwirklich, absurd, eine Fuchsjagd ohne Fuchs.

Ein junges Reh sprang aus einem Gebüsch und überquerte in anmutigen Sprüngen die Straße vor ihm, und er hätte es um ein Haar überfahren. Es sah gesund und wohlgenährt aus. Quinn dachte, *es ist nicht so geworden, mit dem Futter, das man hier um diese Jahreszeit findet. Ich muß in der Nähe von bewässertem Gebiet sein.*

Schließlich hielt er oben auf der Kuppe eines Hügels an und blickte sich um. In der Ferne gegen Osten sah er etwas in den schrägen Strahlen der Sonne glitzern. Es war sein erster Blick auf den Turm, eine Reflexion von Licht und Glas.

Er löste die Bremse, und der Wagen rollte leise den Hügel hinunter. Einen Kilometer weiter entdeckte er die Baumgruppe und die schmale Landstraße. Als er in sie eingebogen war, hatte er das seltsame Gefühl, als käme er nach Hause. Er war sogar ein wenig aufgeregt bei dem Gedanken, begrüßt zu werden. Dann sah er, daß einer der Brüder vor ihm die Straße entlangtrottete.

Es war Bruder Dornenkrone, der ihn am vergangenen Morgen nach San Felice gefahren hatte.

»Eine gute Fahrt verdient die andere«, sagte Quinn, sich über den Sitz beugend, um die Tür zu öffnen. »Steigen Sie ein.«

Bruder Krone blieb aufrecht stehen, die Arme unter seinem Gewand gekreuzt. »Wir haben Sie erwartet, Mr. Quinn.«

»Gut.«

»Nicht gut, überhaupt nicht gut.«

»Was ist los?«

»Fahren Sie Ihren Wagen hier an den Straßenrand und steigen Sie aus«, sagte Bruder Krone kurz. »Ich habe Befehl, Sie zum Meister zu führen.«

»Gut«, sagte Quinn und stieg aus. »Oder ist das auch nicht gut?«

»Ein Fremder, der im Turm herumschnüffelt, heißt den Teufel versuchen, uns alle zu vernichten, aber der Meister sagt, daß er mit Ihnen sprechen will.«

»Wo ist Schwester Segen?«

»Sie büßt für ihre Sünden.«

»Was hat das zu bedeuten, Bruder?«

»Geld ist die Quelle allen Übels.« Bruder Krone wandte sich ab, spuckte auf den Boden und wischte sich den Mund mit dem Handrücken ab, bevor er hinzufügte: »Amen.«

»Amen. Aber wir haben nicht von Geld gesprochen.«

»Sie haben es getan. Gestern morgen. Ich hörte, wie Sie sagten: ›Wegen des Geldes ...‹ Ich habe es gehört und mußte es dem Meister erzählen. Es gehört zu unseren Regeln, daß der Meister alles erfährt, damit er uns vor uns selber beschützen kann.«

»Wo ist Schwester Segen?« wiederholte Quinn.

Bruder Krone schüttelte nur den Kopf und begann, den

staubigen Weg entlangzugehen. Zögernd folgte ihm Quinn. Sie gingen an dem gemeinsamen Eßsaal, dem Vorratshaus und ein paar kleinen Gebäuden vorbei, die Quinn noch nicht gesehen hatte. Fünfzig Meter dahinter stieg ein Pfad plötzlich an, so steil, daß Quinn schwer und rasch atmen mußte.

Bruder Krone blieb einen Augenblick stehen und sah ihn verächtlich an. »Verweichlichtes Leben, schwache Konstitution, schlaffe Muskeln.«

»Aber meine Zunge ist nicht schlaff«, antwortete Quinn. »Ich petze nicht beim Lehrer.«

»Dem Meister muß man alles sagen«, sagte Bruder Krone errötend. »Ich habe zum Besten von Schwester Segen gehandelt. Wir müssen vor uns selbst errettet werden und vor dem Teufel, der in uns ist. Wir alle tragen einen Teufel mit uns herum, der an unseren Eingeweiden nagt.«

»So ist das also. Ich dachte, meine Leber kämpft dagegen an.«

»Machen Sie nur Ihre Witze. Lachen auf Erden, Weinen in der Ewigkeit.«

»Diesen Spruch kaufe ich Ihnen ab.«

»Kaufen«, sagte Bruder Krone. »Geld. Höllenworte, die zur ewigen Verdammnis führen. Ziehen Sie die Schuhe aus.«

»Warum?«

»Dies ist geweihter Boden.«

Auf einer Lichtung oben auf dem Hügel ragte der Turm fünf Stockwerke hoch zum Himmel. Er war aus Holz und Glas in Form eines Fünfecks um einen Hof herum gebaut.

Quinn ließ die Schuhe vor dem Eingang stehen, über dessen Bogen eine Inschrift stand:

DAS HIMMLISCHE KÖNIGREICH
STEHT ALLEN WAHREN GLÄUBIGEN OFFEN.
BEREUT UND JUBELT.

In dem inneren Hof wand sich eine Holztreppe mit einem Seil als Geländer die fünf Stockwerke des Turmes hinauf.

»Sie müssen allein hinaufgehen«, sagte Bruder Krone.

»Warum?«

»Wenn der Meister einen Befehl gibt oder einen Vorschlag macht, ziemt es uns nicht, zu fragen, warum.«

Quinn betrat die Treppe. In jedem Stockwerk waren schwere Eichentüren, die offenbar zu den Wohnräumen der Sektierer führten. Fenster auf den Hof zu waren nur im fünften Stock vorhanden. Hier stand die Tür offen.

Eine tiefe, volltönende Stimme sagte: »Kommen Sie herein. Bitte schließen Sie die Tür, ich spüre Zug.«

Quinn trat ein und sah augenblicklich, warum der Turm hier in der Wildnis gebaut worden war und warum die alte Dame, die das Geld zu dem Bau gestiftet hatte, glaubte, hier sei sie dem Himmel näher. Das Auge konnte das Licht und die Weite kaum fassen. Durch die Fenster an allen fünf Seiten blickte man über Berge und wieder Berge, und ein paar hundert Meter unterhalb lag ein blauer See in einem grünen Tal, wie ein Diamant auf einem Blatt.

Die Aussicht war so überwältigend, daß die Menschen im Raum ganz unwichtig wurden. Sie waren zu zweit, ein Mann und eine Frau, die die gleichen weißen Wollgewänder mit losen roten Seidengürteln trugen. Die Frau war sehr alt; ihr Körper durch die Jahre so zusammengeschrumpft, daß sie nicht größer als ein kleines Mädchen war, und ihr Gesicht so faltig und braun wie eine Walnuß. Sie saß auf einer Bank und schaute in den Himmel, als erwarte sie, daß er sich öffne.

Der Mann mochte zwischen fünfzig und siebzig sein. Er hatte ein hageres, intelligentes Gesicht, und seine Augen brannten wie Phosphor. Er arbeitete, mit gekreuzten Beinen sitzend, an einem kleinen Handwebstuhl.

»Ich bin der Meister«, sagte er mit großer Selbstverständlichkeit. »Dies ist Mutter Pureza. Wir heißen Sie willkommen.«

»Buena acogida«, sagte die Frau, als übersetze sie die Worte für eine vierte Person, die nicht Englisch verstand. *»Salud.«*

»Wir tragen Ihnen nichts nach.«

»No estamos malicios.«

»Mutter Pureza, es ist nicht nötig, daß du für Mr. Quinn übersetzt.«

Die Frau drehte sich um und sah ihn mit trotzigem Blick an. »Ich höre meine Muttersprache gern.«

»Ich auch, aber zur rechten Zeit und am rechten Ort. Wenn du uns jetzt entschuldigen würdest, Mr. Quinn und ich haben etwas Wichtiges zu besprechen.«

»Ich will aber bleiben und zuhören«, sagte sie zänkisch. »Es ist so langweilig, ganz alleine vor den Toren des Königreiches auf Einlaß zu warten.«

»Gott ist immer mit dir, Mutter Pureza.«

»Würde Er nur einmal mit mir sprechen. Ich werde so einsam, immer warten und zusehen ... Wer ist der junge Mann? Was will er hier in meinem Turm?«

»Mr. Quinn ist gekommen, um Schwester Segen zu besuchen.«

»Oh, oh, oh, das kann er doch nicht.«

»Das ist es gerade, was ich ihm unter vier Augen erklären muß.«

Der Meister faßte sie energisch am Ellbogen und führte sie zur Treppe. »Sei vorsichtig beim Hinuntergehen. Es ist ein tiefer Sturz in den inneren Hof.«

»Sage dem jungen Mann, wenn er meinen Turm besuchen will, muß er auf eine gedruckte Einladung von meinem Sekretär Capirote warten. Ruf sofort Capirote.«

»Capirote ist nicht da, Pureza. Das liegt schon lange Zeit zurück. Jetzt halt dich am Geländer und geh langsam.«

Der Meister schloß leise die Tür und kehrte an seinen Platz am Webstuhl zurück.

»Ihr Turm?«

»Sie hat ihn bauen lassen. Jetzt gehört er uns allen. In unserer Gemeinschaft gibt es kein Privateigentum, es sei denn, jemand begeht eine Sünde wie unsere arme Schwester Segen.« Er hob die Hand zu einer Schweigen gebietenden Geste. »Bitte, keine Einwände, Mr. Quinn. Schwester Segen hat ein volles Geständnis abgelegt und bereut voll und ganz.«

»Ich möchte mit ihr sprechen. Wo ist sie?«

»Was Sie möchten, hat nicht viel Bedeutung für uns. Als Sie auf unser Gebiet kamen, haben Sie sozusagen ein Land mit anderer Verfassung und anderen Gesetzen betreten.«

»Ich möchte darauf hinweisen, daß es immer noch Teil der Union ist«, sagte Quinn. »Oder liege ich da falsch?«

»Es hat keine offizielle Ablösung gegeben, aber es ist trotzdem so. Wir dulden nichts als Recht, was wir nicht richtig finden.«

»Mit ›wir‹ meinen Sie ›ich‹, nicht wahr?«

»Ich bin auserwählt worden, mehr Erleuchtungen und Visionen als die anderen zu haben. Aber ich bin nur ein Instrument des göttlichen Willens, nur ein Diener unter vielen anderen ... ich sehe, ich überzeuge Sie nicht.«

»Nein«, sagte Quinn und überlegte, was der Mann wohl vorher in seinem Leben gewesen sei, außer daß er ein Versager war. »Sie wollten mit mir sprechen? Worüber?«

»Geld.«

»Ich dachte, das gälte hier als ein schmutziges Wort.«

»Manchmal ist es notwendig, schmutzige Wörter zu gebrauchen, um schmutzige Handlungen zu beschreiben, wie zum Beispiel die, von einer Frau eine große Geldsumme für einen kleinen Dienst anzunehmen.« Er berührte seine Stirn mit der rechten Hand, während seine linke zum Himmel wies. »Sie sehen, ich weiß alles.«

»Das haben Sie nicht in einer Vision erfahren«, sagte Quinn. »Und es scheint für Sie kein Problem gewesen zu sein, von einer Frau eine große Geldsumme anzunehmen. Diese Häuser sind bestimmt nicht aus Luft gebaut.«

»Halten Sie Ihre Lästerzunge in Zaum, Mr. Quinn, und ich werde mein Temperament zurückhalten, das ebenfalls heftig sein kann, wie ich Ihnen versichern möchte. Mutter Pureza ist meine Frau, meinem Werk ergeben, und sie teilt meine Visionen des Heils, das uns erwartet. Oh, das Heil, oh, wenn Sie das Heil ermessen könnten, dann würden Sie begreifen, warum wir alle hier sind.« In dem Gesicht des Meisters vollzog sich eine plötzliche Änderung. Aus dem Visionär wurde ein Realist. »Sie wollen Schwester Segen von dem Mann O'Gorman berichten?«

»Ich möchte es nicht nur, ich werde es auch.«

»Das ist unmöglich. Sie befindet sich in Isolation, wo sie ihre Gelübde des Entsagens erneuert, eine bescheidene Strafe in Anbetracht der Größe ihrer Sünden, da sie Geld vom allgemeinen Besitz zurückgehalten und versucht hat, mit der Welt, die sie verlassen wollte, Verbindung aufzunehmen. Das sind grobe Verstöße gegen unsere Gesetze. Sie hätte ganz aus unserer Mitte verbannt werden können, aber der Herr hat mir in einer Vision empfohlen, sie zu verschonen.«

Der Herr, dachte Quinn, *plus dein gesunder Menschenverstand. Schwester Segen ist zu nützlich, um verbannt zu werden. Es wäre dann niemand mehr da, um für die anderen zu sorgen.*

»Sie haben Ihren Bericht an mich abzuliefern. Ich werde ihn weiterleiten.«

»Tut mir leid, mein Auftrag hat eine Klausel. Keine Schwester, kein Bericht.«

»Gut. Kein Bericht, kein Geld. Ich verlange die sofortige Rückgabe dessen, was von Schwester Segens Geld übriggeblieben ist. Das scheint mir gerecht und richtig.«

»Es ist nur ein Haken daran«, sagte Quinn. »Das Geld ist weg.«

Der Meister wischte den Einwand mit einer Handbewegung fort.

»Sie haben hundertzwanzig Dollar in anderthalb Tagen verbraucht? Sie lügen.«

»Die Lebenshaltungskosten sind in dem Land, in dem ich lebe, gestiegen.«

»Sie haben es verspielt, stimmt's? Verspielt, vertrunken und mit Weibern durchgebracht ...«

»Ja, ich hatte ziemlich viel zu tun. Und jetzt würde ich

gern das tun, wofür man mich bezahlt hat, und dann von hier weggehen. Das Klima in Ihrem Land bekommt mir nicht, die Luft ist mir hier zu heiß.«

Das Blut schoß dem Meister in Gesicht und Nacken, aber er hatte seine Stimme unter Kontrolle, als er sagte: »Ich habe mich an den Spott der Unwissenden und Ungläubigen gewöhnt. Ich kann Sie nur warnen, daß der Herr Sie mit dem Schwert seines Zorns vernichten wird.«

»Sehen Sie mich als vernichtet an.« Quinns Ton war beträchtlich leichter als seine Gefühle. Der Ort fing an, erdrückend auf ihm zu lasten. Die Verherrlichung des Todes hing darüber wie der Geruch von Öl über Chicote. Er dachte, *wenn man einmal daran glaubt, daß Sterben eine wundervolle Sache ist, ist es nur ein kleiner Schritt, daran zu glauben, daß man jemandem einen Gefallen tut, wenn man ihm hilft, zu sterben. Bisher ist der Junge ja noch harmlos, aber seine nächste Vision könnte mich ihm in einer ganz anderen Rolle zeigen.*

»Nun aber mal im Ernst«, sagte Quinn. »Ich bin gekommen, um Schwester Segen zu sehen. Abgesehen von der Tatsache, daß sie mich für den Job bezahlt hat, mag ich sie zufällig, und ich möchte mich vergewissern, daß es ihr gut geht. Es ist ja kein Geheimnis, daß Sie mit dem Gesetz in Konflikt gekommen sind – dem Gesetz in meinem Teil der Vereinigten Staaten natürlich –, und vielleicht wollen Sie ja noch mehr Schwierigkeiten haben.«

»Soll das eine Drohung sein?«

»Genau das, Meister. Ich gehe nicht von hier fort, bevor ich mich nicht vergewissert habe, daß Schwester Segen gesund ist, so wie gestern morgen, als ich hier wegging.«

»Warum sollte sie nicht? Was ist das für ein Unsinn? Sie reden, als wären wir Barbaren, Wilde, Verrückte ...«

»Sie sind nahe daran.«

Der Meister erhob sich schwerfällig und stieß den Webstuhl zur Seite, der gegen die Wand krachte. »Raus! Sofort raus, oder ich bin nicht verantwortlich für das, was passiert! Verschwinden Sie!«

Plötzlich öffnete sich die Tür, und Mutter Pureza kam, kleine schnalzende Laute ausstoßend, herein. »Oh, das ist nicht höflich, Harry. Das ist wirklich nicht höflich, nachdem ich ihm eine gedruckte Einladungskarte durch Capirote habe schicken lassen.«

»Oh, mein Gott«, sagte der Meister und bedeckte sein Gesicht mit den Händen.

»Und du solltest mich auch nicht schimpfen, weil ich gelauscht habe. Ich habe dir ja gesagt, daß ich einsam bin, *triste, desamparada* –«

»Du bist nicht verlassen, Pureza.«

»Aber wo sind denn alle? Wo ist Mama, und Dolores, die mir das Frühstück gebracht hat, und Pedro, der meine Reitstiefel geputzt hat, und Capirote? Wo sind sie alle? Wohin sind sie alle gegangen, Harry? Warum haben sie mich denn nicht mitgenommen? Oh, Harry, warum haben sie nicht auf mich gewartet?«

»Es ist schon gut, Pureza. Du mußt Geduld haben.« Er ging durch den Raum, nahm sie in die Arme und streichelte ihr schütteres Haar und ihre schmächtigen Schultern. »Du darfst nicht den Mut verlieren, Pureza. Bald wirst du sie alle wiedersehen.«

»Bringt mir dann Dolores wieder das Frühstück ans Bett?«

»Ja.«

»Und Pedro, darf ich ihn mit der Reitpeitsche schlagen, wenn er mir nicht zuhört?«

»Ja.« Die Stimme des Meisters war ein erschöpftes Flüstern. »Alles, was du willst.«

»Vielleicht schlage ich dich dann auch, Harry.«

»Wie du willst.«

»Aber nicht schlimm. Nur einen kleinen Schlag auf den Kopf, der ein bißchen weh tut, damit du weißt, daß ich lebe ... Aber dann lebe ich ja nicht mehr. Oh, ich bin so durcheinander. Wie kann ich dir einen Schlag auf den Kopf geben, damit du weißt, daß ich lebe, wenn ich dann gar nicht mehr lebe?«

»Ich weiß es nicht. Bitte hör auf damit. Bitte sei still und geh auf dein Zimmer.«

»Du hilfst mir gar nicht mehr beim Denken«, sagte sie und bewegte ihren Kopf hin und her. »Früher hast du das getan und hast mir immer alles erklärt. Jetzt sagst du, daß ich still sein soll, in mein Zimmer gehen, den Himmel anschauen und warten soll. Warum sind wir eigentlich hierhergekommen, Harry? Da war doch irgendein Grund.«

»Zum ewigen Heil.«

»Ist das alles? ... Oh, oh, oh, dort drüben steht ein komischer junger Mann, Harry. Sag Capirote, er soll ihn hinausbringen und in Zukunft niemand mehr ohne offizielle Einladungskarte hereinlassen. Und beeil dich. Meine Befehle müssen unverzüglich ausgeführt werden, ich bin Doña Isabella Constancia Querida Felicia de la Guerra.«

»Nein, nein, du bist Mutter Pureza«, sagte der Meister leise.

»Und du gehst jetzt auf dein Zimmer und ruhst dich aus.«

»Aber warum?«

»Weil du müde bist.«

»Ich bin nicht müde. Ich bin einsam. Du bist müde, stimmt's, Harry?«

»Vielleicht.«

»So müde. Armer Harry, *muy amado mio.*«

»Ich helfe dir, Pureza. Häng dich bei mir ein.«

Über den Kopf der Frau winkte er Quinn, ihnen zu folgen, und sie gingen alle drei die Treppe hinunter. Im vierten Stock öffnete der Meister die Tür und Mutter Pureza ging mit einem schwachen Protestgemurmel hinein. Der Meister lehnte sich an die Tür, und schloß die Augen. Eine Minute verging, zwei Minuten. Quinn dachte schon, der Mann sei in einer Trance oder stehend eingeschlafen.

Plötzlich öffnete er die Augen. Er berührte seine Stirn. »Ich spüre Ihr Mitleid, Mr. Quinn. Aber ich nehme es nicht an, Sie vergeuden Ihre Zeit und Energie, so wie ich die meine vergeudet habe mit Ärger. Sie sehen, ich bin nicht mehr verärgert, Mr. Quinn. Wie banal, einen Webstuhl umzustoßen, und wie gering, angesichts der Ewigkeit. Ich bin geläutert, ich bin gereinigt.«

»Wie schön für Sie«, sagte Quinn. »Jetzt möchte ich endlich Schwester Segen sehen.«

»Gut, Sie sollen sie sehen. Sie werden Ihre bösen Gedanken und dunklen Vermutungen bedauern. Sie befindet sich in geistiger Isolation. Habe ich sie dorthin gebracht? Nein, sie ist auf eigenen Wunsch gegangen. Sie erneuert ihr Gelübde der Entsagung. Auf mein Drängen? Nein, nein, Mr. Quinn. Sie ganz allein hat es gewollt. Ihr kleiner Verstand kann das wohl nicht begreifen.«

»Er kann's ja versuchen.«

»In geistiger Isolation existieren die Sinne nicht mehr.

Die Augen sehen nicht, die Ohren hören nicht, das Fleisch fühlt nichts. Ist die Isolation vollkommen, wird sie vielleicht nicht einmal wissen, daß Sie da sind.«

»Gelegentlich wird sie es aber wieder wissen. Besonders, wenn ich sie alleine sehen kann.«

»Natürlich, ich habe völliges Vertrauen in die Ergebenheit der Schwester in den Geist.«

Sie war in einem kleinen quadratischen Raum im Erdgeschoß untergebracht, der nichts enthielt als die Holzbank, auf der sie mit dem Gesicht zum Fenster in einem Sonnenstrahl saß. Schweiß oder Tränen hatten ihre Wangen und Stirn zerfurcht, und auf ihrem Kleid waren feuchte Flecken. Als Quinn ihren Namen sprach, antwortete sie nicht, sondern zuckte nur mit ihren gebeugten Schultern und blinzelte mit den Augen.

»Schwester Segen, Sie sagten mir, ich solle zurückkommen, und das habe ich getan.«

Sie wandte sich zu ihm um und sah ihn stumm und leidend an. Die Angst in ihren Augen war so stark, daß Quinn am liebsten geschrien hätte: Laufen Sie fort aus diesem Narrenhaus, bevor Sie kindisch werden wie die alte Frau, und erkennen Sie den Meister als das, was er ist, ein Schizophrener und Scharlatan!

Er sagte leichthin: »Entsinnen Sie sich an die rosa Flauschpantoffeln, die Sie in dem Katalog gesehen haben? Genauso ein Paar stand in einem Schaufenster in Chicote.«

Für eine Sekunde tauchte in ihren Augen noch etwas anderes als die Angst auf – Interesse und Neugier. Dann war es wieder verschwunden, und sie sprach leise: »Ich habe der Welt und dem Bösen entsagt. Ich habe dem

Fleisch und der Schwäche entsagt. Mich verlangt nach dem Trost des Geistes und dem Heil der Seele.«

»Ich habe übrigens O'Gorman nicht gefunden. Er ist vor fünfeinhalb Jahren verschwunden. Seine Frau glaubt, sie sei Witwe, und das tun auch viele andere Leute. Was glauben Sie?«

»Ich habe im Elend gelebt, jetzt wird der Herr mich trösten. Ich habe gehungert, jetzt werde ich gespeist.«

»Haben Sie O'Gorman gekannt? Waren Sie mit ihm befreundet?«

»Mit nackten Füßen bin ich über die rauhe Erde gegangen, jetzt werde ich den sanften goldenen Weg zum Himmel beschreiten.«

»Vielleicht treffen Sie O'Gorman einmal«, sagte Quinn. »Er scheint ein guter Mensch gewesen zu sein, er hatte keine Feinde und eine nette Frau und Kinder. Sogar eine sehr nette Frau, es ist schrecklich, daß sie ihr Leben in Ungewißheit zubringen muß. Ich glaube, wenn sie genau wüßte, daß O'Gorman nicht wiederkommen würde, könnte sie ein neues Leben anfangen. Sie hören mich doch, Schwester? Beantworten Sie mir nur eine Frage: Wird O'Gorman zurückkommen?«

»Ich habe allen Schmuck von mir geworfen, dafür werde ich später in ewiger Schönheit strahlen. Ich habe mich gedemütigt auf den Feldern, aber ich werde aufrecht wandeln im ewigen Leben, das den Wahren Gläubigen gehört. Amen.«

»Ich fahre nach Chicote zurück, Schwester. Kann ich Mrs. O'Gorman eine Nachricht von Ihnen überbringen? Sie verdient Hilfe, Schwester. Geben Sie sie ihr, Schwester, wenn Sie können. Sie sind eine großmütige Frau.«

»Ich habe der Welt und dem Bösen entsagt. Ich habe

dem Fleisch und seiner Schwäche entsagt. Ich habe im Elend gelebt, jetzt wird mich der Herr trösten –«

»Schwester, hören Sie –«

»Ich habe gehungert, jetzt werde ich gespeist. Mit nackten Füßen ...«

Quinn ging hinaus und schloß leise die Tür. Schwester Segen war ebenso wenig zu erreichen wie O'Gorman.

9

Im Innenhof standen ein paar Reihen roher Holzbänke um einen Steinaltar, der Quinn an den Unterbau für eine Feuerstelle erinnerte. Der Meister stand, den Kopf gebeugt, die Arme über der Brust gekreuzt, vor dem Altar.

Er sagte, ohne sich umzudrehen: »Nun, Mr. Quinn? Haben Sie Schwester Segen lebend und bei guter Gesundheit angetroffen?«

»Ich habe sie lebend angetroffen.«

»Und Sie sind immer noch nicht zufrieden?«

»Nein«, sagte Quinn, »ich würde gern wesentlich mehr über diesen Ort mit seinen Leuten erfahren, ihre Namen, Beruf, woher sie gekommen sind.«

»Und was wollen Sie mit solchen Auskünften anfangen?«

»Versuchen, den Fall O'Gorman zu lösen.«

»Sie sind für mich ein Fremder, Mr. Quinn. Ich habe Ihnen gegenüber keinerlei Verpflichtungen, aber lediglich aus Großzügigkeit will ich Ihnen etwas sagen. Der Name O'Gorman ist hier unbekannt.«

»Schwester Segen hat ihn ganz einfach erfunden?«

»Er kam zu ihr in einem Traum«, sagte der Meister ruhig. »Zumindest würden Sie es einen Traum nennen. Ich nicht. Ich glaube, daß Patrick O'Gormans Seele in der Hölle ist und sich nach Erlösung sehnt. Er sprach zu der Schwester und bat sie wegen ihres Namens ›Schwester Segen der Erlösung‹ um Hilfe. Sonst hätte er mich dazu ausersehen, da ich der Meister bin.«

Quinn starrte ihn verdutzt an. Offenbar glaubte der Mann, was er sagte.

Es war sinnlos, mit ihm zu streiten, sehr wahrscheinlich sogar gefährlich. »Warum ist O'Gorman in der Hölle, Meister? Alle Anzeichen weisen darauf hin, daß er gemäß seinen Fähigkeiten ein untadeliges Leben geführt hat.«

»Er war kein wahrer Gläubiger. Jetzt bereut er natürlich und fleht um eine zweite Chance. Er ruft Schwester Segen im Schlaf, und ihr Geist ist empfänglich für seine Vibrationen. Die gute Schwester war gleichzeitig neugierig und ängstlich. Diese Mischung hat ihren Geist verdüstert und sie veranlaßt, etwas sehr Törichtes zu tun.«

»Mich zu beauftragen.«

»Ja.« In dem fast unmerklichen Lächeln des Meisters lag eine Spur Mitleid.

»Sehen Sie, Mr. Quinn, Sie wurden beauftragt, jemanden zu finden, der durch die ewigen Abgründe der Hölle wandert. Eine großartige Aufgabe, sogar für einen draufgängerischen jungen Mann wie Sie, meinen Sie nicht auch?«

»Wenn ich Ihrer Geschichte glaube, muß ich Ihnen wohl zustimmen.«

»Aber Sie glauben mir nicht.«

»Nein.«

»Haben Sie eine bessere Geschichte?«

»Ich denke, daß Schwester Segen O'Gorman, Jahre, bevor sie hierherkam, gekannt hat.«

»Sie irren sich vollständig«, sagte der Meister. »Die gute Schwester hat den Namen O'Gorman nie gehört, bis er sie aus den Tiefen der Hölle anrief auf der Suche nach Erlösung.

Mein Herz blutet für diesen armen, elenden Wurm, aber was kann ich tun? Seine Reue kam zu spät, er wird bis in alle Ewigkeit für seine Unwissenheit und Hemmungslosigkeit büßen. Hüten Sie sich, Mr. Quinn, hüten Sie sich. Das wird auch mit Ihnen geschehen, wenn Sie nicht umkehren und der Welt und ihren Versuchungen, dem Fleisch und seinen Schwächen den Rücken kehren.«

»Danke für den Rat, Meister.«

»Es ist kein Rat. Es ist eine Warnung. Kehren Sie um, und Sie werden gerettet. Büßen Sie, und Sie werden frohlocken ... Sie sehen Mutter Pureza als alte Frau mit zerbrechlichem Körper und krankem Geist. Ich sehe sie als Kreatur Gottes, eine der Auserwählten.«

»Und eine der Ausgenommenen«, sagte Quinn. »Wieviel von ihrem Geld ist für diesen Ort ausgegeben worden?«

»Sie können mich doch nicht schon wieder ärgern wollen, Mr. Quinn. Es tut mir leid, daß Sie es versuchen. Habe ich Sie nicht rücksichtsvoll behandelt? Alle Ihre Fragen beantwortet? Ihnen erlaubt, Schwester Segen zu besuchen? Und Sie sind immer noch nicht zufrieden? Sie sind ein gieriger Mensch.«

»Ich will genau wissen, was mit O'Gorman passiert ist, damit ich seiner Frau die Wahrheit sagen kann.«

»Sagen Sie ihr, Patrick O'Gorman wandere in der Hölle und litte die Qualen der ewig Verdammten. Das ist die Wahrheit.«

Draußen zog Quinn seine Schuhe an und rückte seinen Schlips zurecht, während der Meister vom Torbogen aus zusah. Die Sonne begann unterzugehen, und aus dem Schornstein des Eßsaals stieg kerzengerade Rauch in die windstille Luft. Die einzigen Mitglieder der Sekte, die zu sehen waren, waren Schwester Zerknirschungs zwei jüngere Kinder, die auf Pappkartons einen Hügel hinunterrutschten, und Bruder Zunge mit seinem kleinen Vogelkäfig auf dem Weg zum Eingang des Turms. Hinter ihm stampfte schwer atmend und rotgesichtig Bruder Beständiges Herz, der Quinn am Morgen vor zwei Tagen rasiert hatte.

Die Brüder grüßten den Meister, indem sie ihre Stirn berührten und sich verbeugten. Sie nickten höflich in Quinns Richtung.

»Friede sei mit dir, Bruder«, sagte der Meister.

»Friede sei mit dir«, echote Bruder Herz.

»Was führt dich her?«

»Bruder Zunge meint, sein Vogel sei krank. Er möchte, daß Schwester Segen danach sieht.«

»Schwester Segen ist in Isolation.«

»Der Vogel benimmt sich sehr komisch«, sagte Bruder Herz entschuldigend. »Zeig ihn dem Meister, Bruder Zunge.«

Bruder Zunge legte seinen Kopf auf die Schulter und legte seine Hand auf den Mund.

»Der Vogel spricht nicht mehr«, übersetzte Bruder Herz, »und sitzt mit seinem Kopf unter den Flügeln.«

Bruder Zunge zeigte auf seine Brust und bewegte seine Hand schnell vor und zurück.

»Der Herzschlag des Vogels ist sehr schnell«, sagte Bruder Herz. »Bruder Zunge ist sehr beunruhigt, er möchte, daß die Schwester –«

»Schwester Segen ist in Isolation«, wiederholte der Meister in scharfem Ton. »Der Vogel sieht völlig gesund aus. Vielleicht ist er ebenso müde vom Sprechen, wie ich es vom Zuhören bin. Lege eine Decke über den Käfig und laß ihn ruhen. Alle Vögel haben einen schnellen Herzschlag, das ist ganz normal und nichts Beunruhigendes.«

Bruder Zunges Mund zitterte und Bruder Herz stieß einen langen, tiefen Seufzer aus, aber keiner sagte mehr etwas. Sie verschwanden um die Ecke des Gebäudes, wobei ihre nackten Füße kleine Staubwolken aufwirbelten.

Die kurze Begebenheit verwirrte Quinn. Auch ihm war der Vogel, ebenso wie dem Meister, ganz gesund vorgekommen, und er überlegte, ob man ihn als Vorwand benutzt hatte, um Schwester Segen zu besuchen. *Oder vielleicht auch,* dachte er, *um mich noch einmal in Augenschein zu nehmen. Nein, ich werde zu mißtrauisch. Noch ein paar Stunden an diesem Ort, und ich empfange die Vibrationen von O'Gorman aus der Hölle. Ich haue lieber ab.*

Der Meister hatte die gleiche Idee zur selben Zeit. »Ich kann keine Kraft mehr an Sie vergeuden, Mr. Quinn. Sie müssen jetzt gehen.«

»In Ordnung.«

»Sagen Sie Mrs. O'Gorman, daß ich dafür beten werde, damit die Qualen ihres Mannes gelindert werden.«

»Das wird wohl kein großer Trost für sie sein.«

»Daran kann ich nichts ändern, er ist in die Hölle gekommen. Wäre er zu mir gekommen, hätte ich ihn gerettet ... Friede sei mit Ihnen, Mr. Quinn. Ich wünsche Sie hier nicht mehr zu sehen, es sei denn, Sie kommen demütig und büßend als Bekehrter.«

»Mir wäre eine gedruckte Einladung von Capirote lieber«, sagte Quinn, aber der Meister hatte die Tür schon geschlossen.

Quinn wanderte auf die Landstraße zurück. Ungefähr ein Dutzend Brüder und Schwestern standen vor dem Eßsaal, als er vorbeiging, doch niemand grüßte ihn. Nur einer schaute neugierig in seine Richtung, und Quinn erkannte das lederhäutige Gesicht von Bruder Licht der Unendlichkeit, des Mannes, der zu ihm in den Schuppen gekommen war, um die Matratze von Flöhen zu befreien. Es war, als habe man die ganze Kolonie davor gewarnt, Quinn zu beachten, da er eine Bedrohung für sie sei. Doch sobald er vorbeigegangen war, spürte er ein Dutzend Augenpaare hinter sich.

Das Gefühl blieb sogar noch, nachdem er seinen Wagen erreicht hatte, obwohl niemand zu sehen war. Jeder Baum sah so aus, als stünde dahinter ein Bruder oder eine Schwester, um ihn zu beobachten.

Er löste die Bremse, und der Wagen rollte die Landstraße hinab. Er entsann sich seiner ersten Abfahrt vom Turm in Bruder Krones wackeligem Lastwagen, noch bevor die Sonne aufging. Es hatte einen Grund für den frühen Aufbruch gegeben: Sie mußten wegfahren, bevor Schwester Zerknirschungs älteste Tochter Karma versuchen konnte, in die Stadt zu entkommen.

Quinn brach der Schweiß aus. Er spürte die Augen in seinem Nacken wie krabbelnde Insekten. Er versuchte, sie mit der Hand wegzureiben, berührte aber nur seine feuchtkalte Haut.

Er sagte laut: »Karma?«

Keine Antwort.

Jetzt hatte er bereits die Hauptstraße erreicht. Er hielt den Wagen an, stellte die Zündung ab und stieg aus. Dann öffnete er die hintere Tür. »Endstation, mein Kind.«

Das graue Bündel auf dem Boden zuckte winselnd zusammen.

»Los!« sagte Quinn. »Wenn du jetzt gehst, kannst du vor Dunkelheit wieder beim Turm sein.«

Karmas lange schwarze Haare tauchten auf, dann ihr Gesicht, mit Pickeln übersät und wütend. »Ich gehe nicht zurück. Ich hasse Bruder Zunge. Ich hasse den Meister und Mutter Pureza, Schwester Glorie und Bruder Krone. Aber am allermeisten hasse ich meine Mutter und diese widerlichen heulenden Kinder. Ja, ich hasse sogar Schwester Segen.«

»Ziemlich viel Haß«, sagte Quinn.

»Ich hasse noch mehr: Bruder Erblicke die Vision, weil er beim Essen mit den Zähnen klappert, und ich hasse Bruder Licht, weil er gesagt hat, ich sei faul, und ich hasse ...«

»Schon gut, schon gut. Ich bin überzeugt, daß du eine erstklassige Hasserin bist. Jetzt aber raus! Los!«

»Bitte, bitte, nehmen Sie mich mit. Ich werde Ihnen nicht zur Last fallen, ich werde nicht einmal sprechen. Wenn wir in der Stadt sind, werde ich arbeiten. Sie sagen doch nicht nein!«

»Ja, ich sage nein.«

»Tun Sie es, weil Sie denken, ich sei noch ein Kind?«

»Nein, aus vielen anderen Gründen. Jetzt sei ein artiges Mädchen und erspare uns eine Menge Schwierigkeiten.«

»Die Schwierigkeiten habe ich schon«, sagte sie ruhig. »Sie auch. Ich höre Sachen.«

»Was für Sachen?«

Sie setzte sich auf den Rücksitz und strich ihr langes Haar hinter die Ohren. »Ach, Sachen. Sie reden vor mir, als wäre ich zu jung, um zu verstehen.«

»Hat Schwester Segen in deiner Gegenwart geredet?«

»Alle.«

»Ich interessiere mich vor allen Dingen für Schwester Segen«, sagte Quinn.

»Sie spricht viel.«

»Über mich?«

»Ja.«

»Was hat sie gesagt?«

»Ach, so Sachen.«

Er sah sie scharf an. »Du machst mir etwas vor, Karma, um Zeit zu schinden. Das nützt dir nichts. Komm jetzt, oder ich ziehe dich an den Haaren heraus.«

»Dann schreie ich. Ich kann gut schreien, daß man es bis in die Berge hört. Sie werden es alle hören und denken, Sie wollten mich entführen. Der Meister wird wahnsinnig, vielleicht bringt er Sie sogar um. Er hat ein schreckliches Temperament.«

»Vielleicht tötet er dich auch.«

»Das ist mir egal. Ich habe nichts, wofür es sich zu leben lohnt.«

»Na gut. Du hast es gewollt.«

Quinn beugte sich vor und packte sie. Sie holte tief Atem und öffnete den Mund zu einem Schrei, den er verhinderte, indem er seine Hand auf ihren Mund preßte.

»Du verrückter Balg, du bringst uns beide in des Teufels Küche. Ich kann dich unmöglich mit nach San Felice nehmen. Du brauchst Geld, Kleider, jemanden, der sich um dich kümmert. Warte, bis du älter bist. Hörst du zu, Karma?«

Sie nickte.

»Ich nehme jetzt meine Hand weg, und du versprichst mir, ruhig zu sein und die Sache vernünftig zu besprechen.«

Sie nickte wieder.

»In Ordnung.« Er nahm seine Hand von ihrem Mund und lehnte sich müde in den Sitz zurück. »Habe ich dir weh getan?«

»Nein.«

»Wie alt bist du, Karma?«

»Bald einundzwanzig.«

»Sicher, aber wie bald? Los, die Wahrheit.«

»Ich bin sechzehn«, sagte sie schließlich. »Aber in der Stadt könnte ich leicht Arbeit finden und mir Geld verdienen, um mir was für mein Gesicht zu kaufen, damit ich wie andere Mädchen aussehe.«

»Du hast ein sehr niedliches Gesicht.«

»Nein, es ist gräßlich, mit all diesen gräßlichen Dingern. Sie behaupten, mit der Zeit würden sie weggehen. Das tun sie bestimmt nicht. Ich brauche Geld, um mir ein Zeug zu kaufen, von dem sie weggehen. Eine Lehrerin hat mir voriges Jahr davon erzählt, als ich zur Schule ging; es heißt Hautwasser. Sie war wirklich nett und hat gesagt, daß sie auch mal Akne gehabt hat und nachfühlen könne, wie das ist.«

»Und darum willst du in die Stadt – um Hautwasser zu kaufen?«

»Ja, das tue ich als erstes«, sagte sie und strich mit ihren Händen über ihre Wangen. »Ich brauche es dringend.«

»Wenn ich dir nun verspräche, daß ich es dir kaufen

und irgendwie zukommen lasse? Wirst du dann deinen Ausflug in die Stadt verschieben, bis du etwas besser auf dich aufpassen kannst?«

Sie dachte lange Zeit darüber nach, während sie mit einer Haarsträhne spielte. »Sie wollen mich nur loswerden.«

»Das stimmt, aber ich will dir auch helfen.«

»Wann könnten Sie es besorgen?«

»Sobald wie möglich.«

»Wie wollen Sie denn wissen, daß es das Richtige ist?«

»Ich frage den Apotheker, den Mann, der es verkauft.«

Sie wandte sich um und sah ihn ernst an. »Glauben Sie, daß ich hübsch werde, so hübsch wie die Mädchen in der Schule?«

»Natürlich.«

Es wurde schon dunkel, aber sie machte keine Bewegung, aus dem Auto zu steigen und zum Turm zurückzugehen. »Alle hier sind so häßlich«, sagte sie. »Und schmutzig. Die Böden sind sauberer als wir. In der Schule waren Duschen mit warmem Wasser und richtige Seife, und jeder hatte ein großes, weißes Handtuch für sich.«

»Seit wann bist du schon im Turm, Karma?«

»Seit vier Jahren, seit er gebaut wurde.«

»Und vorher?«

»Wir waren in einem Ort in den Bergen, in den San-Gabriel-Bergen im Süden. Wir hatten nur Holzhütten. Dann kam Mutter Pureza, und wir bekamen den Turm.«

»Sie wurde bekehrt?«

»Ja, sie war reich. Zu uns kommen nicht viele Reiche. Ich glaube, die Reichen sind viel zu sehr damit beschäftigt, sich mit ihrem Geld zu amüsieren, um sich über das Nachher Gedanken zu machen.«

»Machst du dir Gedanken darüber, Karma?«

»Ich habe Angst vor dem Meister mit seinen komischen Augen«, sagte sie. »Aber vor Schwester Segen habe ich keine Angst. In Wirklichkeit hasse ich sie auch nicht, wie ich eben gesagt habe. Sie betet jeden Tag für meine Haut.«

»Weißt du, wo sie jetzt ist?«

»Jeder weiß es. Sie ist in Isolation!«

»Für wie lange?«

»Fünf Tage. Die Strafe dauert immer fünf Tage.«

»Weißt du, warum sie bestraft worden ist?«

Karma schüttelte den Kopf. »Es ist viel getuschelt worden zwischen ihr und dem Meister und Bruder Krone. Als meine Mutter und ich gestern mittag das Essen gemacht haben, war sie verschwunden, und Bruder Zunge lag weinend neben dem Herd. Er verehrt Schwester Segen geradezu, weil sie ihn umsorgt und viel Aufhebens um ihn macht, wenn er krank ist. Der einzige, der froh zu sein schien, war Bruder Krone, und er ist gemeiner als der Teufel.«

»Wie lange gehört er schon der Sekte an?«

»Er ist ungefähr ein Jahr nach dem Bau des Turms gekommen. Also ungefähr vor drei Jahren.«

»Und Schwester Segen?«

»Sie war schon in den San-Gabriel-Bergen bei uns. Und fast alle anderen auch, aber viele sind schon weggegangen, weil sie sich, wie mein Vater, mit dem Meister gestritten haben.«

»Wo ist dein Vater jetzt, Karma?«

»Ich weiß es nicht«, flüsterte sie. »Und ich kann nicht fragen. Wenn jemand verbannt ist, darf sein Name nicht mehr genannt werden.«

»Hast du je gehört, daß jemand hier den Namen Patrick O'Gorman genannt hat?«

»Nein.«

»Kannst du den Namen Patrick O'Gorman behalten?«

»Ja. Warum?«

»Es wäre schön, wenn du deine Ohren für diesen Namen offenhieltest«, sagte Quinn. »Du brauchst nicht jedem zu erzählen, daß ich dich darum gebeten habe, es ist eine Sache unter uns – wie das Hautwasser. Einverstanden?«

»Ja.« Sie berührte Wangen, Stirn und Kinn. »Glauben Sie wirklich und ehrlich, daß ich hübsch bin, wenn meine Akne weg ist?«

»Ich weiß es.«

»Wie wollen Sie mir das Wasser schicken? Der Meister öffnet alle Postpakete, und er wirft es sofort weg, wenn er sieht, daß es eine Medizin ist. Er glaubt nicht an Medizin und Ärzte, nur an den Glauben.«

»Ich bringe es dir selber.«

Es war jetzt zu dunkel, um ihr Gesicht zu sehen. Aber Quinn fühlte, wie sie eine ablehnende Bewegung machte. »Sie wollen nicht, daß Sie noch einmal herkommen, Mr. Quinn. Sie glauben, Sie wollen die Gemeinschaft in Schwierigkeiten bringen.«

»Das will ich nicht. Die Gemeinschaft an sich interessiert mich nicht.«

»Aber Sie kommen immer wieder.«

»Mein erster Besuch war ein Zufall, bei meinem zweiten wollte ich Schwester Segen die Auskunft geben, um die sie mich gebeten hatte.«

»Ist das wirklich die Wahrheit?«

»Ja«, sagte Quinn. »Es wird spät, Karma. Geh lieber zurück, bevor sie kommen und mich lynchen.«

»Die vermissen mich nicht. Ich habe Mutter gesagt, ich hätte Halsschmerzen und ginge ins Bett. Sie hat bis spät in der Küche zu tun. Um diese Zeit«, fuhr sie in bitterem Ton fort, »habe ich gehofft, schon auf halbem Wege in die Stadt zu sein. Aber ich bin es nicht. Ich bin immer noch hier. Ich werde noch hier sein, bis ich sterbe. Ich werde alt und häßlich sein, wie alle anderen auch. Ach, ich wollte, ich würde jetzt in dieser Minute sterben und in den Himmel kommen, ehe ich all die Sünden begehen kann, die ich wahrscheinlich begehe, wenn ich die Möglichkeit dazu habe, zum Beispiel, wenn ich schöne Kleider habe und Schuhe und dem Meister widerspreche und meine Haare jeden Tag mit parfümiertem Shampoo waschen kann.«

Quinn hielt die Tür für sie auf. Sie kletterte langsam und zögernd aus dem Wagen.

»Findest du den Weg im Dunkeln?«

»Ich bin diese Straße schon eine Million mal rauf und runter gegangen.«

»Also dann, auf Wiedersehen.«

»Kommen Sie wirklich wieder?«

»Ja.«

»Sie vergessen das Wasser für meine Haut bestimmt nicht?«

»Nein«, sagte Quinn. »Und du wirst nicht deinen Teil unserer Verabredung vergessen?«

»Ich halte meine Ohren offen, ob jemand von Patrick O'Gorman spricht. Ich glaube es aber nicht.«

»Warum nicht?«

»Wir dürfen nicht über die Menschen sprechen, die wir vor unserer Bekehrung gekannt haben, und in der Kolonie gibt es keinen O'Gorman. Wenn ich auf Mutter Pureza aufpassen muß, lese ich oft das Buch, das der Meister über unsere Namen in der Außenwelt führt. Ein O'Gorman ist nicht dabei. Ich habe ein sehr gutes Gedächtnis.«

»Weißt du Schwester Segens Namen?«

»Natürlich. Mary Alice Featherstone, sie hat in Chicago gewohnt.«

Quinn fragte sie nach ein paar anderen Namen, doch keiner bedeutete ihm mehr als Mary Alice Featherstone.

Im Licht des aufsteigenden Mondes sah er Karma nach, wie sie zum Turm zurückkehrte. Ihre Schritte waren schnell und beschwingt, als habe sie allen Kummer vergessen und konzentriere sich statt dessen auf die Sünden, die sie zu begehen dachte, wenn die Gelegenheit kam.

Quinn fuhr nach San Felice, stieg in einem Motel am Wasser ab und schlief ein, während gelegentlich ein Nebelhorn heulte und die Brandung gegen die Kaimauern schlug.

10

Gegen neun Uhr morgens hatte die Sonne den Nebel fast ganz vertrieben. Die jetzt bei Ebbe ruhige See schimmerte in allen Farben, himmelblau am Horizont, braun bei den Algenbänken und graugrün im Hafen selbst. Zwei Kinder, die kaum alt genug zum Laufen schienen, saßen geduldig in ihren winzigen Segelbooten und warteten auf eine Brise.

Quinn ging über den Sandstrand auf die Kaimauer zu. Tom Jurgensens Büro war geschlossen, aber Jurgensen saß auf der Betonmauer und sprach mit einem grauhaarigen Mann mit einer Seglermütze und einem makellos weißen Matrosenanzug. Nach einer Weile drehte sich der grauhaarige Mann mit einer ärgerlichen Geste um und ging die Rampe hinunter auf die Liegeplätze der Boote zu.

Jurgensen kam ihm ohne ein Lächeln entgegen. »Bist du zurück, oder warst du gar nicht fort?«

»Ich bin zurück.«

»Du hast mir nicht viel Zeit gelassen, das Geld zusammenzukratzen. Ich habe ein oder zwei Wochen gesagt, nicht ein oder zwei Tage.«

»Das ist ein Anstandsbesuch«, sagte Quinn. »Übrigens, wer ist denn dein Freund im Matrosenanzug?«

»Ein Spieler von Newport Beach. Er kann Steuerbord nicht von Backbord unterscheiden, hat aber eine Dreißig-Meter-Yacht und fühlt sich als Admiral einer Flotte und Herr der vier Winde ... Wie pleite bist du, Quinn?«

»Das habe ich dir gestern gesagt. Vollständig.«

»Willst du Arbeit für ein paar Tage?«

»Was für eine?«

»Der ›Admiral‹ sucht eine Leibwache«, sagte Jurgensen. »Oder richtiger: eine Bootswache. Seine Frau läßt sich scheiden, und er ist auf den intelligenten Gedanken gekommen, sämtliche Safes und Konten zu leeren und den Kram auf die *Briny Belle* zu bringen, bevor seine Frau einen Gerichtsbescheid beibringt, daß ihr gemeinsamer Besitz vorgelegt werden muß. Er hat Angst, sie kriegt heraus, wo er ist, und versucht, die *Briny* mit allem Drum und Dran zu beschlagnahmen.«

»Ich habe keine Ahnung von Booten.«

»Das brauchst du auch nicht. Die *Briny* bleibt an ihrem

Platz bis zur nächsten Flut, die sie über die Sandbank schwemmen könnte. Das ist in vier oder fünf Tagen. Deine Arbeit bestünde nur darin, an Bord zu bleiben und räuberische Blondinen vom Steg fernzuhalten.«

»Was bezahlt er?«

»Der alte Knabe ist ziemlich verzweifelt«, sagte Jurgensen. »Ich glaube, du könntest ihn auf fünfundsiebzig Dollar pro Tag bringen.«

»Wie heißt der Admiral?«

»Alban Connelly. Er hat irgendein Hollywood Starlet geheiratet, aber das will nicht viel heißen, weil dort jede Frau unter dreißig ein Starlet ist.« Jurgensen machte eine Pause, um sich eine Zigarette anzuzünden. »Denk mal darüber nach; den ganzen Tag in der Sonne liegen und bei ein paar Flaschen Bier Gin-Rommé spielen. Klingt doch gut?«

»Nicht schlecht, besonders, wenn der Admiral nicht zu viel Glück hat.«

»Mit zehn Millionen Dollar, wer braucht da schon Glück? Willst du, daß ich zu ihm gehe, ihm von dir erzähle und dich bei ihm aufbaue?«

»Ich könnte das Geld schon brauchen.«

»Schön. Ich springe eben zur *Briny* runter und spreche mit ihm. Ich nehme an, du kannst sofort mit der Arbeit anfangen.«

»Warum nicht?« sagte Quinn und dachte: *Ich habe sonst nichts zu tun: O'Gorman ist in der Hölle, Schwester Segen isoliert, Alberta Haywood im Gefängnis. Keiner kann weglaufen. »Kennst du die Berufsfischer hier in der Gegend?«*

»Alle vom Sehen, die meisten bei Namen.«

»Auch einen namens Aguila?«

»Frank Aguila, natürlich. Ihm gehört die *Ruthie K.* Wenn du dich auf die Mauer stellst, kannst du sie von hier aus sehen.« Jurgensen zeigte auf die letzte Reihe der vertäuten Schiffe. »Sie ist ein altes Schifferboot und liegt vor Anker, da, wo der Hafen einen Bogen macht. Siehst du?«

»Ich glaube, ja.«

»Warum das Interesse an Aguila?«

»Er hat vor sechs Jahren Ruth Haywood geheiratet. Ich frage mich, wie es ihnen so geht.«

»Es geht ihnen gut«, sagte Jurgensen. »Sie ist eine fleißige kleine Frau und kommt oft zum Hafen runter, um das Boot abzuschrubben und Frank beim Netzeflicken zu helfen. Die Aguilas haben nicht viel Kontakt zu anderen Leuten, aber sie sind freundliche, anspruchslose Leute... Komm mit, du kannst in meinem Büro warten, während ich zur *Briny Belle* gehe, um mit Connelly zu sprechen.«

Jurgensen schloß sein Büro auf und ging hinein. »Hier ist die Schreibmaschine, du kannst dir ein paar Referenzen tippen, damit Connelly das Gefühl hat, ein gutes Geschäft zu machen. Und gib dich nicht mit Nebensächlichkeiten ab. Ab zehn ist Connelly sowieso zu besoffen, um lesen zu können.«

Als Jurgensen gegangen war, sah Quinn Frank Aguilas Nummer im Telefonbuch nach und wählte. Eine Frau, die sich als Babysitterin vorstellte, sagte, daß Mr. und Mrs. Aguila für ein paar Tage bei einem Gewerkschaftstreffen in San Pedro seien.

Als Quinn die *Briny Belle* erreichte, überpinselte ein junger Mann im Overall den Namen am Bug, während Connelly über der Reling hing und ihn zur Eile antrieb.

Quinn sagte: »Mr. Connelly?«

»Quinn?«

»Ja.«

»Sie kommen spät.«

»Ich mußte mein Motel bezahlen und meinen Wagen unterstellen.«

»Dann stehen Sie nicht herum«, sagte Connelly. »Oder warten Sie darauf, daß Sie an Bord gepfiffen werden?«

Quinn ging über die Laufplanke, bereits überzeugt, daß der Job nicht so angenehm war, wie er gedacht hatte.

»Setzen Sie sich, Quinn«, sagte Connelly. »Dieser Dingsda, dieser Kerl, der die Boote verkauft – hat er Ihnen meine Lage geschildert?«

»Ja.«

»Frauen kennen nicht mehr von einem Boot als den Namen, darum verändere ich den Namen *Briny.* Klug, was?«

»Teuflisch.«

Connelly wippte auf seinen Absätzen zurück und kratzte sich seine lange rote Nase. »Sie sind also einer von diesen sarkastischen Lümmeln, die witzig sein wollen, was?«

»Ja, so einer bin ich.«

»Dann merken Sie sich, die Witze mache ich hier, Quinn. Ich mache die Witze, und alles lacht. Verstanden?«

»Dann kaufen Sie sich einen Lachsack, das ist billiger.«

»Ich glaube nicht, daß ich Sie mag«, sagte Connelly nachdenklich. »Aber für vier oder fünf Tage werde ich es wohl aushalten, wenn Sie einverstanden sind.«

»Das klingt fair.«

»Ich bin ein fairer Mann. Aber das versteht diese kleine blonde Schlampe Elsie nicht. Hätte sie nicht danach geschnappt, hätte ich es ihr nachgeworfen. Wäre sie nicht herumgelaufen und hätte wegen ihrer Karriere herumgeblökt, hätte ich ihr eine Karriere gekauft, wie andere eine Tüte Erdnüsse ... Dingsda hat gesagt, daß Sie Karten spielen?«

»Ja.«

»Um Geld?«

»Ich habe einmal um Geld gespielt«, sagte Quinn.

»Gut, gehen wir runter und fangen an.«

Wie dieser erste Tag, so verliefen auch die folgenden. Morgens war Connelly relativ nüchtern und sprach davon, was für ein guter Kerl er sei und wie schlecht ihn Elsie, seine Frau, behandelt habe. Nachmittags spielten die beiden Männer Gin-Rommé, bis Connelly unter den Tisch fiel; dann legte Quinn ihn in eine Koje und ging mit einem Feldstecher an Deck, um zu erkunden, ob sich auf dem Fischerboot *Ruthie K.* irgendwelches Leben zeigte. Abends fing Connelly wieder an zu trinken und redete von Elsie, was für eine herrliche Frau sie sei und wie schlecht er sie behandelt habe. Quinn gewann den Eindruck, als gäbe es zwei Elsies und Connellys. Die abendliche Elsie, die so herrlich war, hätte den morgendlichen Connelly, den guten Kerl, heiraten sollen, und alles wäre in Ordnung gewesen.

Am vierten Nachmittag schnarchte Connelly in seiner Koje, als Quinn mit dem Fernglas an Deck ging. Der Kapitän, ein Mann namens McBride, und zwei Mann der Besatzung waren an Bord gekommen, und es herrschte reges Leben.

»Morgen um Mitternacht segeln wir los«, sagte McBride zu Quinn. »Dann ist Flut. Wo ist Nimitz?«

»Schläft.«

»Gut. Wir können einige Arbeiten ausführen. Kommen Sie mit uns, Quinn?«

»Wohin fahren Sie?«

»Nimitz täuscht den Feind«, sagte McBride trocken. »Meine Befehle sind top-secret. Außerdem hat unser Freund die angenehme kleine Angewohnheit, unterwegs plötzlich den Kurs zu ändern.«

»Ich weiß gern, wohin ich fahre.«

»Ist doch egal. Machen Sie doch eine kleine Tour mit.«

»Warum diese plötzliche Zuneigung, Captain?«

»Verdammte Zuneigung«, sagte McBride. »Ich hasse Gin-Rommé. Wenn Sie mit ihm spielen, brauche ich es nicht.«

Quinn richtete das Fernglas auf die *Ruthie K.* Er sah niemanden an Bord, aber ein kleines Boot lag längsseits vertäut, das vorher nicht dagewesen war. Nach ungefähr einer Viertelstunde erschien eine Frau in Hosen und Sporthemd an Deck und hängte ein Tuch über die Reling. Dann verschwand sie wieder.

Quinn ging zu Kapitän McBride. »Wenn Connelly aufwacht, sag ihm, ich mußte an Land etwas erledigen.«

»Ich habe gerade nach ihm gesehen. Er würde auch bei einem Taifun nicht aufwachen.«

»Das paßt mir gut.«

Quinn ging an Land in Jurgensens Büro, lieh sich ein Boot und ruderte zu der *Ruthie K.* hinaus. Die Frau war an Deck, und inzwischen hing die ganze Reling voller Decken und Tücher, die in der Sonne lüfteten.

Quinn sagte: »Mrs. Aguila?«

Sie sah mißtrauisch zu ihm hinunter, wie eine ordentliche Hausfrau auf einen Hausierer vor der Tür. Dann schob sie eine Strähne sonnengebleichten Haars zurück. »Ja. Was wünschen Sie?«

»Ich heiße Joe Quinn. Kann ich Sie ein paar Minuten sprechen?«

»Warum?«

»Wegen Ihrer Schwester. Ich bin weder ein Reporter noch ein Beamter, sondern nur ein Bürger, der sich für sie interessiert. Ich weiß, ihr Bewährungsverfahren steht vor der Tür, und so wie die Dinge jetzt liegen, hat sie keine Aussicht auf Erfolg.«

»Warum? Sie hat ihre Schuld bezahlt, sie hat sich gut benommen. Warum sollten sie ihr nicht noch eine Chance geben? Und wie haben Sie mich gefunden? Woher wissen Sie, wer ich bin?«

»Ich erkläre es Ihnen, wenn Sie mich an Bord kommen lassen.«

»Ich habe nicht viel Zeit«, sagte sie abweisend. »Es gibt noch viel zu tun hier.«

»Ich werde mich kurz fassen.«

Mrs. Aguila beobachtete ihn, während er seinen Kahn am Fischerboot vertäute und dann vorsichtig die Leiter heraufkletterte. Das Schiff war weit von dem Lack und Glanz der *Briny Belle* entfernt, doch Quinn fühlte sich hier wesentlich mehr zu Hause. Es war ein Arbeitsschiff, kein Spielzeug, und das Deck glänzte von Fischschuppen statt von Firnis.

Quinn sagte: »Mrs. King, eine Mitarbeiterin Ihres Bruders, hat mir Ihren Ehenamen genannt und wo Sie wohnen. Ich war neulich in Chicote und habe mich mit ihr und ein paar anderen Leuten, wie zum Beispiel Mrs. O'Gorman, unterhalten. Entsinnen Sie sich an Mrs. O'Gorman?«

»Ich habe sie nie getroffen.«

»Und ihren Mann?«

»Was soll das?« fragte Mrs. Aguila scharf. »Ich dachte, Sie wollten über meine Schwester Alberta sprechen. Die O'Gormans interessieren mich nicht. Wenn ich Alberta irgendwie helfen kann, will ich das gern tun, aber ich verstehe nicht, was die O'Gormans dabei für eine Rolle spielen. Alle drei haben in Chicote gewohnt, aber das ist auch der einzige Zusammenhang.«

»Alberta war Buchhalterin. Das war O'Gorman in gewisser Weise auch.«

»Und ein paar hundert andere Menschen ebenfalls.«

»Der Unterschied ist, daß nichts Besonderes mit den paar hundert anderen passiert ist«, sagte Quinn. »Aber innerhalb eines Monats erlebten Alberta und O'Gorman ein recht ungewöhnliches Schicksal.«

»Innerhalb eines Monats?« wiederholte Mrs. Aguila. »Ich fürchte, nein, Mr. Quinn. Albertas Schicksal war vor vielen Jahren besiegelt, als sie anfing, die Bücher zu fälschen. Oder um es ungeschminkt auszusprechen: Sie hat die Bank bestohlen, bevor Patrick O'Gorman überhaupt nach Chicote kam. Gott weiß, warum sie es getan hat. Es fehlte ihr an nichts, und sie schien auch nicht mehr zu wollen, als sie hatte, außer vielleicht einem Mann und Kindern, aber auch darüber hat sie nie gesprochen. Ich denke oft an uns vier zurück, an Alberta, George, Mutter und mich, wie wir zusammen gegessen und unsere Abende zusammen verbracht haben wie eine richtige Familie. Und in all dieser Zeit, in all diesen Jahren hat man Alberta auch nicht im geringsten angemerkt, daß irgend etwas nicht stimmte. Als alles herauskam, war ich schon mit Frank verheiratet und lebte hier in San Felice.

Eines Abends habe ich die Zeitung geholt, und da war Albertas Bild auf der Titelseite, die ganze Geschichte ...« Sie drehte den Kopf weg, als sei die Erinnerung an diesen Tag zu schmerzlich für sie.

»Standen Sie Ihrer Schwester nahe, Mrs. Aguila?«

»In gewisser Weise schon. Manche Menschen haben behauptet, Alberta sei kalt, aber George und mir gegenüber war sie stets herzlich, zum Beispiel kaufte sie uns gern Sachen oder arrangierte Überraschungen für uns. Oh, jetzt ist mir bewußt, daß ihr das Geld, das sie ausgegeben hat, nicht gehörte, und sie es nur dazu benutzte, etwas zu kaufen, was sie nicht hatte: Liebe. Arme Alberta, sie streckte die eine Hand nach Liebe aus, und mit der anderen stieß sie sie weg.«

»Eine ernsthafte Liebesgeschichte hat sie nie gehabt?«

»Ab und zu war sie verabredet, aber Alberta schien die Männer immer irgendwie vor den Kopf zu stoßen. Es kam selten zu einem zweiten Treffen.«

»Wie verbrachte sie ihre Freizeit?«

»Sie übernahm freiwillige Arbeiten und ging ins Kino, zu Vorträgen, Konzerten.«

»Allein?«

»Meistens. Es machte ihr offenbar nichts aus, allein auszugehen, obwohl Mutter deswegen immer Theater machte. Sie sah es als Makel an, daß Alberta nicht viele Freunde hatte und kein reges gesellschaftliches Leben führte. Die Wahrheit ist, daß Alberta kein gesellschaftliches Leben wollte.«

»Wollte sie keines oder hatte sie die Hoffnung dafür aufgegeben?«

»Sie machte keineswegs einen hoffnungslosen Eindruck. Während meines letzten Jahres zu Hause schien sie sogar ganz zufrieden. Nicht in einem glücklichen, erfüllten Sinn, sondern als habe sie resigniert und mache nun das Beste aus ihrem Leben. Sie fand sich wohl damit ab, eine alte Jungfer zu werden, nehme ich an.«

»Wie alt war sie damals?«

»Zweiunddreißig.«

»Ist das nicht ein bißchen jung für eine alte Jungfer?« sagte Quinn.

»Nicht für eine Frau wie Alberta. Sie war immer sehr realistisch sich selbst gegenüber. Sie träumte nicht, wie ich das tat, von einem idealen Liebhaber, der in einem roten Kabrio vor unserer Tür vorfahren würde.« Sie lachte selbstbewußt und legte ihre Hand mit einer Bewegung auf das Geländer, die zugleich stolz und schützend war. »Ich hätte nie gedacht, daß ich einmal auf einem alten Kahn glücklich werden würde, der nach Fischschuppen und Schimmel riecht.«

Sie machte eine Pause, als erwarte sie, Quinn würde ihr widersprechen, und Quinn fühlte sich verpflichtet, festzustellen, daß die *Ruthie K.* kein alter Kahn, sondern ein gutes, seetüchtiges Schiff war. »Aber kehren wir zu Alberta zurück, Mrs. Aguila. Im Hinblick auf die langen Jahre, die sie ihre Unterschlagungen gemacht hat, kann ich ihnen nicht zustimmen, daß sie ›realistisch‹ war. Sie muß gewußt haben, daß man sie eines Tages schnappen würde. Warum hat sie nicht damit aufgehört? Oder warum ist sie nicht geflohen, als sie noch die Möglichkeit dazu hatte?«

»Sie wollte wohl bestraft werden. Das wird Ihnen komisch vorkommen, nehme ich an, aber Alberta hatte ein sehr strenges, unerbittliches Gewissen. Sie war ziemlich moralisch in allem, was sie tat. Wenn sie ein Versprechen gab, hat sie es auch gehalten, egal wie lange es dauerte und was sie alles dafür tun mußte. Ich erinnere mich, wenn wir als Kinder etwas angestellt hatten, hat Alberta immer als erste die Schuld auf sich genommen und die Strafe erhalten. Sie hatte viel mehr Mut als ich. Und das ist immer noch so.«

»Immer noch?« wiederholte Quinn. »Heißt das, Sie besuchen sie oft im Gefängnis?«

»Wenn ich kann, was nicht oft der Fall ist. Sieben oder achtmal, glaube ich.«

»Schreiben Sie ihr?«

»Einmal im Monat.«

»Und sie antwortet?«

»Ja.«

»Haben Sie noch einen Brief von ihr?«

»Nein«, sagte sie errötend. »Ich hebe sie nicht auf. Keines meiner Kinder kann schon lesen, aber sie haben ältere Freunde, und dann kommen Babysitter und Franks Verwandte. Ich schäme mich nicht wegen Alberta, aber wegen der Kinder und wegen Frank verschweige ich die Tatsache, daß sie meine Schwester ist. Außerdem würde es ihr nichts nützen.«

»Was schreibt sie für Briefe?«

»Kurz, freundlich, höflich. Genauso, wie ich es von ihr erwartet habe. Sie scheint nicht unglücklich zu sein. Sie beschwert sich nicht über das Gefängnis, sondern nur über George.«

»Weil sie nichts von ihm hört?«

Ruth Aguila starrte Quinn, den Mund vor Erstaunen leicht geöffnet, an. »Wie kommen Sie auf die Idee?«

»Soviel ich hörte, hat George auf Betreiben seiner Mutter alle Beziehungen zu Alberta abgebrochen.«

»Wer hat Ihnen das gesagt?«

»John Ronda, der Redakteur des *Beacon,* und Mrs. King, Georges Mitarbeiterin.«

»Ich kenne sie nicht, also kann ich sie nicht als Lügnerin bezeichnen. Aber ich habe in meinem Leben nicht einen solchen Unsinn gehört. George würde niemals einem Familienmitglied den Rücken kehren. Seine Zuneigung zu Alberta ist äußerst groß. Für ihn ist sie keine Frau von beinahe Vierzig, die wegen eines schweren Verbrechens bestraft wurde, sondern immer noch die kleine Schwester, die er beschützen muß. Ich bin auch seine kleine Schwester, aber verheiratet, und George weiß, daß jemand für mich sorgt, also bin ich nicht mehr so wichtig. Alberta liebt er, macht sich Sorgen und bemüht sich um sie. Warum haben diese beiden Leute Sie nur so angelogen?«

»Ich bin ziemlich sicher, daß sie beide daran glauben.«

»Warum? Wer hat ihnen so etwas erzählt?«

»George offenbar, denn sie sind beide mit ihm befreundet, vor allen Dingen Mrs. King.«

Ruth Aguila widersprach bestimmt. »Das ist wirklich absurd. George würde sich doch nicht freiwillig zum Schuft stempeln, wenn er in Wirklichkeit alles Menschenmögliche für Alberta tut – mehr als ihr lieb ist. Darüber beschwert sie sich in ihren Briefen. Georges Besuche bedrücken sie, weil er so gefühlsbeladen ist. Er will ihr helfen, und sie wehrt sich dagegen. Sie sagt, sie sei alt genug, ihre Last selber zu tragen, und der Anblick von Georges Leiden erschwert es ihr nur. Sie hat ihm gesagt, daß sie ihn nicht sehen will, jedenfalls nicht so oft, aber er läßt sich nicht abhalten.«

»Menschen im Gefängnis sind meistens sehr versessen darauf, Besuch zu bekommen.«

»Ich wiederhole, Alberta ist Realistin. Wenn der Anblick von Georges Leiden die ihrigen nur erschwert, dann folgt logisch daraus, daß sie nicht oft von ihm besucht werden möchte.«

»Das mag in einer Beziehung stimmen«, sagte Quinn. »Aber mir klingt es wie eine Erklärung, die sie benutzt, um den wahren Grund zu verbergen.«

»Aber was könnte das sein?«

»Ich weiß es nicht. Vielleicht fürchtet sie, George könne den Widerstand brechen, den sie aufgebaut hat, um ihre gegenwärtige Umgebung zu rechtfertigen und ertragen zu können. Sie sagten, sie wirke nicht unglücklich. Möchten Sie das glauben, Mrs. Aguila, oder ist es die Wahrheit?«

»Es ist zufällig beides.«

»Trotzdem hat sie von ihrem Leiden gesprochen«, sagte Quinn. »Gibt es so etwas wie glückliches Leiden?«

»Ja. Wenn man die Strafe will und sie bekommt. Oder wenn man sich auf etwas freut, was einen am Ende einer schweren Zeit erwartet.«

»Sagen wir, zum Beispiel, eine große Geldsumme?«

Sie blickte auf das ölige Wasser, das gegen den Bug der *Ruthie K.* schlug. »Das Geld ist fort, Mr. Quinn. Etwas davon hat sie verschenkt, das meiste verspielt. Sie hat mir in einem Brief geschrieben, daß sie die Wochenenden in Las Vegas verbracht habe, wenn George und Mutter glaubten, sie sei in Los Angeles oder San Francisco zum Einkaufen oder um ins Theater zu gehen. Komisch, nicht? – Alberta ist die letzte Frau, die ich mir am Spieltisch vorstellen kann.«

»Las Vegas ist voll von solch letzten Frauen, die man sich am Spieltisch vorstellen kann.«

Mrs. Aguila schüttelte traurig den Kopf. »Wenn man

an all die Schwierigkeiten denkt, die sie jahrelang auf sich genommen hat, um das Geld zu stehlen; und dann tat sie nichts damit, als es zum Fenster hinauszuwerfen – das kommt mir so sinnlos vor, Mr. Quinn. Alberta hat sonst nie derartig impulsiv gehandelt. Sie plante alles methodisch, Minute für Minute. Alles, was sie tat, wurde im voraus durchdacht, von ihrem Kleiderbudget bis zum Weg ins Büro. Eine einfache Sache wie einen Kinobesuch plante sie wie einen Feldzug. Fing der Film um 7.30 an, mußte das Abendessen pünktlich um sechs serviert werden, bis sieben mußte das Geschirr gespült und weggeräumt sein usw. Es war nicht sehr lustig, mit ihr irgendwohin zu gehen, weil man fühlen konnte, daß sie die ganze Zeit, während sie eine Sache tat, schon den nächsten Schritt plante.«

Quinn dachte, *sie tut eine Sache jetzt, sie sitzt im Gefängnis, aber welchen Schritt hat sie schon geplant? Wenn Ronda recht hat, wird sie noch jahrelang nicht frei sein.*

Er sagte: »Wie ich hörte, war es schließlich nur ein unbedeutender Fehler, über den Alberta strauchelte?«

»Ja.«

»Das erinnert mich an einen anderen unbedeutenden Fehler, der noch drastischere Folgen hatte als Albertas.«

»Was war das?«

»O'Gorman verschwand in einer Nacht, als er in seinem Büro einen Fehler verbessern wollte, der ihm tagsüber unterlaufen war. Zwei Buchhalter, zwei kleine Fehler, zwei schreckliche Schicksalsschläge innerhalb eines Monats in einer kleinen Stadt. Dazu kommt noch die Tatsache, daß O'Gorman einmal für George gearbeitet hat und Alberta wahrscheinlich kannte, jedenfalls vom Sehen. Dann die weitere Tatsache, daß, als ich nach Chicote kam und mich nach O'Gorman erkundigte, Georges Neugier soweit geweckt war, daß er in mein Hotelzimmer einbrach und es durchsuchte.«

»Wenn Sie George kennten, würden Sie ermessen, was für eine phantastische Geschichte das ist.«

»Ich habe es versucht, George kennenzulernen«, sagte Quinn. »Bisher hatte ich keine Möglichkeit dazu.«

»Und was Ihre anderen Verdächtigungen anbelangt, so scheinen Sie zu vergessen, daß die Polizei jeder Möglichkeit nachgegangen ist, als O'Gorman verschwand. Es gab kaum einen Menschen in Chicote, der nicht verhört worden ist. George hat mir jede Nummer des *Beacon* geschickt.«

»Warum?«

»Er dachte, es würde mich interessieren, da ich schließlich aus Chicote stamme und O'Gorman flüchtig kannte.«

»Was bedeutet flüchtig?«

»Ich habe ihn ein paarmal im Büro gesehen. Ein gutaussehender Mann, wenn er auch etwas Weibisches an sich hatte, das mich abstieß. Vielleicht ist das Wort zu hart, aber so wirkte er auf mich.«

»Manche Frauen zieht dieser Typ sehr an. Sie sagten, Sie hätten Martha O'Gorman nicht kennengelernt.«

»Sie ist mir auf der Straße gezeigt worden.«

»Von wem?«

Sie zögerte einen Augenblick lang. »Von George. Er fand sie sehr reizvoll und begriff nicht, warum sie sich an einen Mann wie O'Gorman weggeworfen hatte.«

Darüber wunderte sich Quinn ebenfalls, trotz der vielen guten Dinge, die Martha über ihre Ehe gesagt hatte. »Interessierte sich George für sie?«

»Er hätte es wahrscheinlich getan, wenn sie nicht bereits verheiratet gewesen wäre. Schade, daß sie es war. George brauchte und braucht noch eine Frau. Seine eigene starb, als er kaum dreißig war. Je länger er wartet und allein zu Hause mit Mutter lebt, desto schwieriger wird der Entschluß für ihn. Ich weiß, wie schwer es ist. Ich habe es erlebt, ich mußte mit allem brechen oder ich wäre gebrochen worden.«

Quinn kam es vor, als stieße er immerfort auf George Haywood, und es schien sicher, daß das Bindeglied zwischen den beiden Fällen, wie er von Anfang an vermutet hatte, nicht Alberta, sondern George war. George und Martha O'Gorman, der angesehene Geschäftsmann und die trauernde Witwe.

Und vielleicht hatte die Tatsache, daß Martha nicht wieder geheiratet hatte, nichts mit dem Andenken an O'Gorman zu tun, sondern sie wartete nur darauf, daß George mit seiner Mutter brach. *Da hätten wir also zwei,* dachte er. *Martha O'Gorman und Willie King, und ich wette keinen Groschen auf Willies Chancen.*

Er sagte: »Sie haben über Georges Treue und Liebe zu seiner Schwester gesprochen. War das gegenseitig?«

»Ja, fast zu sehr.«

»Zu sehr?«

Zwei rote Flecken erschienen auf ihren Wangen, und ihre Hände verkrampften sich um die Reling, als habe sie Angst, über Bord zu fallen. »Ich nehme an, ich hätte das nicht sagen sollen. Ich meine, ich bin kein Psychologe, ich habe kein Recht, herumzulaufen und andere Leute zu analysieren. Nur – ich meine, daß George einen Fehler gemacht hat, als er nach dem Tod seiner Frau nach Hause zurückgekommen ist. George war immer ein warmherziger, liebevoller Mann, ein Mann, der Liebe geben und nehmen konnte – ich meine richtige Liebe, nicht die neurotische Liebe wie bei meiner Mutter und Alberta. Vielleicht ist es unbarmherzig von mir, so über sie zu sprechen, und ich täte es sehr wahrscheinlich auch nicht, wenn sie bei meiner Heirat mit Frank anständig gehandelt hätten. Das ist eine lange Antwort auf eine kurze Frage, nicht wahr?

Zusammengefaßt heißt das, Alberta mochte George sehr. Ohne ihn wäre vielleicht ihr ganzes Leben anders verlaufen, befriedigender für sie, so daß sie nicht hätte spielen und stehlen müssen, sie hätte vielleicht geheiratet wie jede andere Frau. Ich denke, George sieht das auch so und fühlt sich deshalb schuldig. Also geht er sie besuchen, und beide sehen, wie der andere leidet – ach, es ist so ein gräßliches Durcheinander, es macht mich krank. Was ich damit sagen will, ist, daß ich sie hasse. Ich hasse sie alle drei. Ich möchte nicht, daß Frank oder meine Kinder irgend etwas mit ihnen zu tun haben.«

Quinn war überrascht über die Heftigkeit ihrer Gefühle, und er vermutete, daß auch sie es war. Sie schaute sich ängstlich nach den in der Nähe liegenden Booten um, um sich zu vergewissern, daß niemand ihren Ausbruch gehört hatte. Dann wandte sie sich mit einem etwas einfältigen Lächeln wieder an Quinn. »Frank sagt, das passiert immer, wenn ich über meine Familie rede. Ich fange immer an, als ginge mich das alles überhaupt nichts an, und am Ende werde ich hysterisch.«

»Wären nur alle Hysteriker, mit denen ich zu tun hatte, so ruhig wie Sie.«

»Eigentlich ist das einzige, was ich von meiner Familie wünsche, in Ruhe gelassen zu werden. Als ich Sie die Leiter heraufkletterten sah und wußte, daß Sie über Alberta sprechen wollten, hätte ich Sie am liebsten über Bord gestoßen.«

»Gott sei Dank haben Sie es nicht getan«, sagte Quinn. »Das ist mein einziger Anzug.«

Als er auf die *Briny Belle* zurückkehrte, war es fünf Uhr. Der Admiral rannte an Deck auf und ab, trug eine neue weiße Uniform und den gleichen alten mürrischen Ausdruck. »Wo, zum Teufel, sind Sie geblieben, Sie fauler Hund? Sie sollen vierundzwanzig Stunden am Tag an Bord sein.«

»Da drüben am Kai ging eine schicke Blondine. Sie sah wie Elsie aus, also hielt ich es für besser, ihr nachzugehen. Es war tatsächlich Elsie –«

»Großer Gott im Himmel! Nur weg hier. Rufen Sie den Kapitän. Sagen Sie ihm, wir fahren sofort los.«

» – Elsie Doolittle aus Spokane. Nettes Mädchen.«

»Sie elender Hund!« sagte Connelly. »Müssen Sie immer Witze machen? Auf meine Kosten? Ich sollte Ihnen die Zähne einschlagen.«

»Sie könnten sich dabei Ihre Uniform beschmutzen.«

»Bei Gott, wenn ich zwanzig Jahre jünger wäre ...«

»Wenn Sie zwanzig Jahre jünger wären, wären Sie genau der gleiche wie jetzt, ein hohlköpfiger Säufer, der keinen Dackel im Gin Rummy schlagen kann, ohne zu betrügen.«

»Ich habe nicht betrogen!« schrie Connelly. »Ich habe in meinem ganzen Leben nicht betrogen. Entschuldigen Sie sich sofort, oder ich zeige Sie wegen Verleumdung an.«

Quinn sagte amüsiert: »Ich habe Sie beim ersten Spiel durchschaut. Entweder hören Sie auf zu betrügen oder Sie nehmen Unterricht.«

»Sie haben gewonnen. Wie kann ich betrügen, wenn Sie gewinnen?«

»Ich habe Unterricht genommen.«

Connelly stand mit offenem Mund da und sah aus wie ein Fisch auf dem Trockenen. »Sie haben mich betrogen, Sie sind nichts als ein Dieb.«

Er fing an, nach Kapitän McBride, der Mannschaft, der Polizei und der Hafenwache zu schreien. Ungefähr ein Dutzend Menschen hatten sich bereits versammelt. Quinn ging ruhig über die Laufplanke, ohne auf seinen Lohn zu warten. In seiner Tasche hatte er ungefähr dreihundert Dollar von Connellys Geld, das entsprach einer Bezahlung für vier Tage. Es war ihm lieber so, als wenn er es aus Connellys Hand hätte nehmen müssen.

Und er begann den Spießrutenlauf über das Deck und verließ das Schiff.

11

Das Frauengefängnis in Tecolote bestand aus einer Reihe von Gebäuden, die auf einem großen Hochplateau über Deer Valley lagen. Quinn nahm an, daß diese Lage gewählt worden war, um Fluchtversuche zu vereiteln, da nirgendwo ein Fleck war, wohin man hätte fliehen können. Die Landschaft war noch öder als die am Turm. In fünfzig Meilen Umkreis gab es keine Stadt, und der steinige Boden und kärgliche Regen hatten Farmer und Rancher abgeschreckt. Die gepflasterte Straße, die nach Tecolote führte, endete am Gefängnistor, als hätten die Ingenieure, die sie bauten, hier alle Hoffnung aufgegeben und wären heimgegangen.

Im Verwaltungsgebäude erklärte Quinn der diensthabenden Frau, daß er Alberta Haywood sprechen wolle, und präsentierte seine vom Staat Nevada ausgestellte Zulassung als Privatdetektiv. Nach einer halben Stunde wurde er über einen gepflasterten Hof in eins der dreistöckigen Häuser geführt. Dort führte man ihn in einen Raum, der wirkte, als habe einmal jemand angefangen, ihn zu verschönern. Die Hälfte der Fenster hatte Vorhänge, und an den Wänden hingen ein paar Ölbilder. Einige Stühle waren gepolstert, doch die meisten Sitzgelegenheiten bestanden aus Holzbänken, ähnlich denjenigen im Eßsaal beim Turm.

Es warteten noch andere Leute: ein älteres Ehepaar, das eng nebeneinander am Eingang stand und ängstlich miteinander flüsterte, eine junge Frau, deren Identität unter einer dicken Schicht Make-up versteckt oder verlorengegangen war, ein Mann in Quinns Alter mit düsteren Augen und eleganter Kleidung, drei blau uniformierte Frauen mit dem gekünstelten Gehabe und der nervösen Fröhlichkeit einer Gruppe von freiwilligen Sozialarbeiterinnen, ein Mann mit seinem halbwüchsigen Sohn, die aussahen, als hätten sie sich gerade über ihr Kommen gestritten, und eine grauhaarige Frau mit einer Papiertüte mit einem Riß darin. Durch den Riß sah Quinn einen roten Apfel leuchten. Namen wurden aufgerufen, und die Leute wurden hinausgeführt, bis nur noch Quinn und der Vater mit dem halbwüchsigen Sohn übrigblieben.

Der Mann fing mit leiser, eindringlicher Stimme an zu sprechen. »Du mußt dieses Mal zu deiner Mutter höflicher sein, hörst du mich. Und nicht so mürrisch, sie ist schließlich deine leibliche Mutter.«

»Weiß ich das etwa nicht? Kriege ich das nicht jeden Tag in der Schule aufs Butterbrot geschmiert?«

»Sprich jetzt nicht darüber. Versetze dich mal an ihre Stelle. Sie ist einsam und freut sich, dich zu sehen. Das mindeste, was du tun kannst, ist lächeln, freundlich sein, sag ihr, daß sie gut aussieht und wir sie vermissen.«

»Ich kann nicht. Ich kann es nicht. Nichts davon ist wahr.«

»Sei still und hör mir mal zu. Denkst du, mir macht es Spaß? Du meinst wohl, alle anderen amüsieren sich? Du meinst, daß es deiner Mutter gefällt, in einem Käfig eingesperrt zu sein?«

»Ich meine nichts«, sagte der Junge tonlos. »Ich will auch nichts meinen.«

»Mach doch die Dinge nicht noch schlimmer, als sie sind. Mike. Ich kann es auch nur bis zu einer gewissen Grenze ertragen.«

Die Wache erschien wieder. »Sie können jetzt kommen, Mr. Williams. Na, wie geht's, Mike? Immer noch so ein phantastisches Zeugnis in der Schule?«

Als der Junge nicht antwortete, sagte sein Vater: »Er ist ein sehr guter Schüler. Schlägt nicht nach mir, kann ich Ihnen sagen. Seine Mutter hatte den Verstand in der Familie. Sie hat ihn ihm vererbt. Er sollte dankbar sein.«

»Ich bin es aber nicht. Ich möchte von ihr keinen Verstand, ich möchte überhaupt nichts.«

Die drei gingen hinaus in den Flur.

Quinn wartete weitere zehn oder fünfzehn Minuten. Er

studierte die Bilder an der Wand, den Stoff auf den Stühlen und die Aussicht von den Fenstern auf ein dreistöckiges Betongebäude, das dem aufs Haar glich, in dem er sich befand. Quinn überlegte, wie viele von seinen Bewohnerinnen wohl wieder in ihr altes Leben zurückkehrten. Dieselben Leute, die Raketen bauten, um zum Mond zu fliegen, schickten ihre Mitmenschen in Strafkolonien aus dem achtzehnten Jahrhundert, und für sieben Astronauten wurde mehr Geld ausgegeben als für eine Viertelmillion Leute in Gefängnissen.

Eine stämmige Frau in einer blauen Uniform erschien an der Tür. »Mr. Quinn?«

»Ja.«

»Ihr Name steht nicht auf Miß Haywoods genehmigter Besuchsliste.«

»Das habe ich im Verwaltungsgebäude bereits erklärt.«

»Ja. Es hängt ganz von Miß Haywood ab, ob sie Sie sprechen will oder nicht. Hierher, bitte.«

In dem Besuchszimmer schwirrte es von Stimmengemurmel, und beinahe jede Koje war besetzt. Alberta Haywood saß so beherrscht hinter dem Drahtgitter, als befände sie sich noch an ihrem Bankschalter. Ihre schmalen Hände lagen leicht auf der Platte vor ihr, und ihre blauen Augen hatten einen lebhaften, freundlichen Ausdruck. Quinn erwartete schon fast ein: ›Aber selbstverständlich, wir freuen uns, ein Konto für Sie eröffnen zu dürfen –.‹

Statt dessen: »Mein Gott, was glotzen Sie so? Ist das Ihr erster Besuch in einem Gefängnis?«

»Nein.«

»Die Aufseherin sagte, Ihr Name sei Quinn. Verschiedene meiner alten Kunden hießen so, und ich dachte, Sie wären einer von ihnen. Jetzt sehe ich, daß Sie es nicht sind. Wir kennen uns doch nicht –. Oder?«

»Nein, Miß Haywood.«

»Warum sind Sie dann gekommen?«

»Ich bin Privatdetektiv«, sagte Quinn.

»Tatsächlich? Sicherlich ein sehr interessanter Beruf. Ich kann mich nicht entsinnen, jemals vorher einem Privatdetektiv begegnet zu sein. Was tun sie eigentlich?«

»Das, wofür sie bezahlt werden.«

»Das nimmt man für gewöhnlich an«, sagte sie leicht abweisend. »Leider klärt das nicht, warum Sie mich sprechen wollen. Meine Welt ist in den vergangenen paar Jahren ziemlich eingeengt worden.«

»Ich wurde beauftragt, Patrick O'Gorman zu finden.«

Quinn war auf ihre Reaktion nicht vorbereitet. Ihr Gesicht verwandelte sich in eine wütende Grimasse, und ihr Mund öffnete sich, als ränge sie nach Atem. »Dann finden Sie ihn doch. Vertun Sie Ihre Zeit nicht hier, gehen Sie und suchen Sie ihn. Und wenn Sie ihn haben, geben Sie ihm, was er verdient. Schenken Sie ihm keine Gnade.«

»Sie müssen ihn recht gut gekannt haben, wenn Sie so starke Empfindungen ihm gegenüber haben, Miß Haywood.«

»Ich habe ihm gegenüber keine starken Empfindungen. Ich habe ihn kaum gekannt. Es dreht sich darum, was er mir angetan hat.«

»Und was ist das?«

»Ich säße nicht hier, wenn er nicht auf diese Weise verschwunden wäre. Einen Monat lang tat die Stadt nichts anderes als über ihn reden – O'Gorman hier, O'Gorman da, warum, wie, wann und so weiter. Ich hätte diesen blödsinnigen Fehler in den Büchern nie gemacht, wenn ich nicht durch das Geklatsche über O'Gorman abgelenkt worden wäre. Dieses lächerliche Getue um einen durchschnittlichen kleinen Kerl war einfach absurd. Natürlich mußte meine Arbeit darunter leiden. Sie erforderte große Konzentration und sorgfältige Planung.«

»Davon bin ich überzeugt«, sagte Quinn.

»Irgendein Idiot von einem Mann beschließt, von zu Hause wegzulaufen, und ich lande dafür im Gefängnis – ich, eine völlig unschuldige Außenstehende.«

Es klang, als hielt sie sich tatsächlich für eine unschuldige Außenstehende. Und Quinn überlegte, ob sie dies immer geglaubt hatte oder ob die Jahre in Tecolote, die Stunden der Langeweile, des Wartens ihren Geist leicht oder mehr als leicht verwirrt hatten. Sie war die Märtyrerin und O'Gorman der Bösewicht. Die Weiße und der Schwarze.

Sie starrte Quinn mit zusammengekniffenen Augen durch den Draht an. »Sagen Sie mir Ihre ehrliche Meinung, war das fair?«

»Ich kenne die Einzelheiten nicht genau genug, um mir eine Meinung bilden zu können.«

»Dazu brauchen Sie nichts weiter zu wissen. O'Gorman brachte mich hinter Gitter. Vielleicht hat er es sogar absichtlich getan.«

»Das ist kaum wahrscheinlich, Miß Haywood. Er konnte schwerlich voraussehen, welche Wirkung sein Verschwinden auf Ihre Konzentrationsfähigkeit haben würde. Sie kannten ihn ja sowieso nur flüchtig, ist das richtig?«

»Wir grüßten uns«, sagte sie, als bedaure sie selbst das einem Mann gegenüber, der für ihr Unglück verantwortlich war. »Wenn sich unsere Wege später einmal kreuzen sollten, werde ich ihn natürlich meiden wie eine Klapperschlange.«

»Ich glaube nicht, daß sich Ihre Wege jemals wieder kreuzen werden, Miß Haywood.«

»Warum nicht? Ich bleibe nicht ewig hier.«

»Nein, aber O'Gorman wahrscheinlich dort, wo er sich aufhält«, sagte Quinn. »Die meisten Menschen glauben, daß er ermordet worden ist.«

»Wer sollte sich die Mühe machen, O'Gorman zu ermorden? Außer natürlich, er hat den gleichen gemeinen Trick wie bei mir auch bei jemand anderem angewandt.«

»Es sind keine Beweise vorhanden, daß ihn jemand gehaßt hat.«

»Auf jeden Fall ist er nicht ermordet worden. Er ist nicht tot. Er kann es nicht sein.«

»Warum nicht?«

Sie erhob sich halb, als wollte sie vor dieser Frage davonlaufen. Dann merkte sie, daß die Aufseherin sie beobachtete, und setzte sich wieder. »Weil ich dann niemanden hätte, dem ich die Schuld zuschieben kann. Jemandem muß ich die Schuld zuschieben. Jemand ist verantwortlich. Bestimmt ist es O'Gorman. Er hat es mir absichtlich angetan. Vielleicht hat er gedacht, ich behandelte ihn hochmütig. Oder er war ärgerlich, weil George ihn rausgeschmissen hat.«

»Was O'Gorman passiert ist, geschah nicht, um Ihnen zu schaden, Miß Haywood.«

»Es hat mir aber geschadet.«

»Das lag bestimmt nicht in dem Plan«, sagte Quinn.

»Das sagen sie mir auch immer, nur wissen sie nicht alles.«

Sie erklärte nicht, wer »sie« waren, doch nahm Quinn an, daß es sich um die Gefängnispsychologin und vielleicht auch um George handelte.

»Ihr Bruder George besucht Sie häufig, nicht wahr?«

»Jeden Monat.« Sie preßte ihre Fingerspitzen fest gegen ihre Schläfen, als spüre sie einen plötzlichen, scharfen Schmerz. »Ich wollte, er täte es nicht. Es ist zu traurig. Er erzählt von alten Freunden, alten Plätzen, an die ich nicht mehr denken kann, ohne meinen Ver ..., ohne die Beherrschung zu verlieren. Oder er spricht von der Zukunft, und das ist fast noch schlimmer. Wenn man auch weiß, daß es eine Zukunft gibt, so kann man es hier nicht wirklich empfinden, weil jeder Tag wie ein Jahr ist. Nach meiner Rechnung«, fuhr sie mit einem bitteren Lächeln fort, »bin ich jetzt 1875 Jahre alt, und es ist zu spät, an die Zukunft zu denken. Natürlich erzähle ich ihnen so etwas nicht. Sie würden es Depression, Melancholie nennen, würden irgendwelche Namen dafür finden, nur nicht den richtigen: Gefängnis. Gefängnis. Es ist komisch, wie sie versuchen, das Wort hier zu ersetzen und es durch ›Besserungsanstalt‹ oder ›Zweigstelle der Erwachsenenstrafanstalt‹. Alles erfundene Namen, die niemanden täuschen. Ich bin eine Gefangene in einem Gefängnis, und George zuhören zu müssen, wie er fröhlich von einer Reise nach Europa oder einem Job in seinem Büro spricht, macht mich krank. Warum bin ich hier? Warum sind wir alle hier? Es muß eine bessere Methode geben.

Wenn die Gesellschaft die Vergeltung für unsere Verbrechen will, warum stellt sie uns nicht vor dem Rathaus an den Pranger? Warum foltert sie uns nicht, damit wir es überstanden haben? Warum sperrt sie uns hier ein zu endlosen, untätigen Stunden, wenn wir etwas Nützliches tun könnten? Wir vegetieren wie Gemüse, aber Gemüse wächst und wird gegessen, und wir haben nicht einmal diese Befriedigung. Man will uns nicht einmal als Hundefutter haben.« Sie streckte ihre Hände aus. »Steckt mich in einen Fleischwolf. Dreht mich durch, werft mich einem hungrigen Hund vor, einer verhungernden Katze!«

Ihre Stimme hatte sich gehoben, und die Menschen in den anschließenden Kojen standen auf und sahen über die Trennwände zu ihr herüber.

»Laßt mich nützlich sein! Dreht mich durch! Hört mir zu, alle! Wollt ihr nicht den hungernden Tieren vorgeworfen werden?«

Die Aufseherin eilte herbei, ihre Schlüssel klapperten. »Was ist, Miß Haywood?«

»Gefängnis. Ich bin im Gefängnis, und die Tiere verhungern.«

»Beruhigen Sie sich. Sie verhungern nicht.«

»Ihnen sind sie ja egal.«

»Ich kümmere mich lieber um Sie«, sagte die Aufseherin freundlich. »Kommen Sie, ich bringe Sie in Ihr Zimmer zurück.«

»Zelle. Ich bin eine Gefangene in einem Gefängnis, und ich lebe in einer Zelle, nicht in einem Zimmer.«

»Nennen Sie es, wie Sie wollen, Sie gehen jetzt dorthin zurück, und ich möchte keinen Lärm und keine Aufregungen. Also seien Sie ein gutes Mädchen.«

»Ich bin kein gutes Mädchen«, sagte Miß Haywood laut. »Ich bin eine böse Frau, die in einer Zelle lebt, in einem Gefängnis.«

»Großer Gott.«

»Und achten Sie auf Ihre Ausdrucksweise.«

Die Aufseherin faßte Alberta Haywood am Ellbogen

und führte sie hinaus. Die Unterhaltung in dem Raum begann wieder, aber die Stimmen waren leiser, kontrollierter, und als Quinn aufstand und hinausging, schienen die Augen, die ihm folgten, voller Anklage: *Sie haben ihre Frage ja nicht beantwortet, Mister. Warum sind wir alle hier?*

Quinn kehrte zum Verwaltungsgebäude zurück, und nach einigem Hin und Her wurde ihm die Erlaubnis erteilt, mit der psychiatrischen Sozialarbeiterin zu sprechen, die die Gefangenen betreute, welche für ein Bewährungsverfahren vorgeschlagen waren.

Mrs. Browning war jung, ernst und überarbeitet. »Dies ist natürlich eine ziemlich anstrengende Zeit für sie alle. Trotzdem überrascht mich der Bericht von Miß Haywoods Zusammenbruch. Das hätte nicht passieren dürfen. Ich habe in letzter Zeit sehr wenig mit ihr zu tun gehabt.« Sie richtete ihre Brille, als hoffe sie, Miß Haywood dadurch klarer zu sehen. »In einer Anstalt wie dieser, in der es viel zu wenig Psychologen gibt, bekommen nur die quietschenden Räder Öl, und wir haben weiß Gott genug quietschende Räder und können uns nicht auch noch um die ruhigen kümmern wie Miß Haywood.«

»Hat sie nie Schwierigkeiten gemacht?«

»Oh nein. Sie arbeitet gut – in der Gefängnisbibliothek – und gibt einige Kurse in Buchhaltung.« Für Quinn schien das ein ziemliches Stück Ironie, aber Mrs. Browning schien es nicht zu merken, denn sie fuhr fort. »Sie hat eine natürliche Begabung für Zahlen.«

»Das habe ich vermutet.«

»Ich habe schon häufig festgestellt, daß bei Frauen eine Beziehung besteht zwischen mathematischen Fähigkeiten und einem Mangel an Wärme und Gefühl. Miß Haywood wird von den anderen Einsitzenden respektiert, aber sie ist nicht beliebt und hat keine Freundinnen oder Vertrauten. Das muß auch so gewesen sein, ehe sie hierher gekommen ist, weil nur eine einzige Person sie besucht, ein Bruder, und seine Besuche sind alles andere als erfreulich.«

»In welcher Hinsicht?«

»Oh, sie scheint sich darauf zu freuen, aber danach ist sie immer ziemlich lange aufgeregt. Und unter aufgeregt verstehe ich nicht die Art, wie sie heute reagiert hat. Miß Haywood zieht sich zurück und wird völlig ruhig. So als habe sie sehr viel zu sagen, sich von der Seele zu reden, was sie sich aber nicht erlauben kann.«

»Heute hat sie angefangen.«

»Ja, vielleicht ist es ein Ausbruch.« Aber Mrs. Brownings Augen blickten müde, als sei der Silberstreifen am Horizont nur sehr schwach und weit entfernt. »Etwas anderes ist seltsam an Miß Haywood, wenigstens erscheint es mir so, wenn ich ihre Lage betrachte: Sie ist fast vierzig, sie hat eine lange Gefängnisstrafe vor sich, sie ist ohne Mann und Familie, zu denen sie zurückkehren könnte, sie kann kaum jemals wieder in ihrem Beruf arbeiten; mit anderen Worten, ihre Zukunft sieht ziemlich düster aus, und sie sagt ja auch, daß sie nur darauf wartet, zu sterben. Und trotzdem bemüht sie sich in außergewöhnlicher Weise um ihre Person. Sie lebt Diät, und das verlangt an einem Ort wie diesem, an dem es fast nur billiges, stärkehaltiges Essen gibt, eine große Willenskraft. Sie macht jeden Morgen eine halbe Stunde Gymnastik in ihrer Zelle und eine halbe Stunde am Abend, und die achtzehn Dollar von ihrem Bruder, die sie jeden Monat in der Kantine ausgeben darf, gehen drauf für Vitamintabletten statt für Zigaretten und Kaugummi. Ich kann nur vermuten, daß, wenn sie auf den Tod wartet, sie entschlossen ist, gesund zu sterben ...«

12

Die Nacht verbrachte Quinn in San Felice, und gegen Mittag am folgenden Tage war er wieder in Chicote. Das Wetter war im Laufe der Woche nicht besser geworden und Chicote nicht schöner. Es lag ausgedörrt und wohlhabend unter der gnadenlosen Sonne, eine Ölstadt, die Wasser brauchte.

Er stieg in dem gleichen Motel in der Stadt ab.

Mr. Frisby saß im Büro und sah ihn leicht erstaunt an. »Mein Gott, da sind Sie wieder, Mr. Quinn.«

»Ja.«

»Freut mich, daß Sie wegen des kleinen Zwischenfalls in Ihrem Zimmer vorige Woche nicht böse sind. Ich habe Großvater ermahnt, in Zukunft vorsichtiger zu sein, und ich kann Ihnen versichern, es wird nicht noch einmal passieren.«

»Nein, das glaube ich auch nicht.«

»Haben Sie Glück mir Ihrer Geschichte über O'Gorman gehabt?«

Frisby lehnte sich über die Theke. »Ich möchte nicht, daß sich das herumspricht – der Sheriff ist ein Freund von mir –, aber meiner Meinung nach ist der Fall schlecht bearbeitet worden.«

»Warum?«

»Aus Lokalpatriotismus, darum. Bei den höheren Stellen will niemand zugeben, daß wir hier jugendliche Verbrecher haben, genauso wie in den großen Städten, vielleicht noch schlimmer. Ich will Ihnen sagen, wie ich mir die Sache vorstelle: O'Gorman war auf der Heimfahrt von seinem Büro, als ein Wagen voll Halbstarker ihn sah und beschloß, sich einen Spaß mit ihm zu machen. Sie drängten ihn von der Straße ab. Letztes Jahr ist mir dasselbe passiert. Ich bin im Graben gelandet mit zwei gebrochenen Rippen und einer Gehirnerschütterung. Es waren noch halbe Kinder, und sie hatten überhaupt kein Motiv, sie wollten halt etwas erleben. Manche Kinder hier in der Gegend, besonders auf den Bauernhöfen, lernen schon mit zehn oder elf Jahren Autofahren. Und mit sechzehn wissen sie alles über Autos, außer, wie man sich darin benimmt. Na ja, ich hatte mehr Glück als O'Gorman. Ich bin in einem Graben gelandet, nicht in einem Fluß.«

»Gibt es irgendeinen Beweis dafür, daß O'Gorman von der Straße abgedrängt worden ist?«

»Eine tiefe Delle links an der Stoßstange.«

»Das muß doch dem Sheriff aufgefallen sein.«

»Selbstverständlich«, sagte Frisby. »Ich selber habe ihn darauf hingewiesen. Ich war dabei, als sie den Wagen aus dem Fluß zogen, und ich habe mich sofort nach Spuren umgesehen. Mir ist einmal etwas Ähnliches mit solchen Burschen passiert, und an meinem Wagen war damals die Delle an der gleichen Stelle. Eine Spur von einem grünen Lack war an der Stelle. Vielleicht nicht genug, um es im Labor zu analysieren, aber doch so viel, daß man es erkennen konnte, wenn man genau hinsah und wußte, wonach man suchte.«

In Erinnerung an die Aufregung war Frisby das Blut ins Gesicht geschossen. Es schien größer zu werden und jeden Augenblick zu platzen, wie ein großer rosa Luftballon. Aber während Quinn ihn ansah, wurde der Ballon wieder kleiner, und seine Farbe begann zu verblassen.

»Alles war da, um meine Theorie zu stützen«, sagte er mit einem plötzlichen tiefen Seufzer, »bis auf etwas.«

»Und was war das?«

»Martha O'Gorman.«

Der Name traf Quinns Ohr wie eine Dissonanz. »Was ist mit Mrs. O'Gorman?«

»Ich will nicht behaupten, daß die Dame gelogen hat. Nach dem, was ich von ihr gesehen habe, scheint sie eine nette, ruhige junge Frau zu sein, nicht eine dieser angestrichenen Schlampen, die man auf der Straße sieht.«

»Was hat Mrs. O'Gorman über die Delle gesagt?«

»Sie hätte sie sich selber eine Woche vorher geholt. Sie behauptete, beim Parken gegen einen Laternenmast auf der linken Seite einer Einbahnstraße gestoßen zu sein. In welcher Straße und an welchem Mast, daran konnte sie sich nicht erinnern, aber alle glaubten ihr.«

»Außer Ihnen.«

»Ich finde es komisch, so etwas zu vergessen.« Frisby blickte unsicher aus dem Fenster, als erwartete er, daß der Sheriff draußen herumschleiche. »Nehmen wir mal einen Augenblick an, daß ich mit meiner Annahme recht habe, O'Gorman sei von einem anderen Wagen von der Straße abgedrängt worden, nur daß in diesem Wagen keine Horde von Halbstarken, sondern jemand saß, der O'Gorman haßte und seinen Tod wünschte. In diesem Fall wäre Mrs. O'Gormans Geschichte eine ganz gute Deckung, nicht?«

»Für sie selber?«

»Oder einen – sagen wir – Freund. – Na ja, so etwas passiert«, sagte Frisby sich verteidigend. »Ich will keinen Verdacht auf eine unschuldige Frau werfen, aber – ist sie so unschuldig? Denken Sie an die Delle, Mr. Quinn. Wieso konnte sie sich nicht erinnern, wo sie sie sich geholt hat, damit man ihre Geschichte überprüfen konnte?«

»Es gibt einen Punkt zu ihren Gunsten, den Sie übersehen haben. Die Laternenmasten in Chicote sind alle grün.«

»Ebenso fünfzehn Prozent aller Wagen in jenem Jahr.«

»Woher wissen Sie das?«

»Ich habe es selbst nachgeprüft«, sagte Frisby. »Einen ganzen Monat lang habe ich alle Autos, die hierher kamen, im Auge behalten. Von fast fünfhundert waren über siebzig dunkelgrün.«

»Sie haben sich aber viel Mühe gegeben zu beweisen, daß Mrs. O'Gorman gelogen hat.«

Frisbys weiches rundes Gesicht schwoll an und wurde wieder rosa. »Ich habe nicht versucht zu beweisen, daß sie gelogen hat. Ich wollte nur die Wahrheit herausfinden, das ist alles. Außerdem bin ich sogar herumgefahren und habe die Lampenmasten in Einbahnstraßen überprüft, um den herauszufinden, gegen den sie angeblich gefahren ist.«

»Irgend etwas gefunden?«

»Sie waren alle ganz schön angekratzt. Sie stehen zu nahe an der Bordkante. Man hat sie aufgestellt, noch ehe man im Traum an diese verrückten Seitenflossen dachte.«

»Sie konnten also nichts beweisen.«

»Ich habe bewiesen«, sagte Frisby schroff, »daß fünfzehn Prozent der Autos in diesem Jahr dunkelgrün waren.«

Quinn rief von einem Drugstore aus im Krankenhaus, in dem Martha O'Gorman arbeitete, an, und erfuhr, daß sie sich wegen Krankheit einen Tag frei genommen hatte. Als er in ihrer Wohnung anrief, sagte ihr Sohn, seine Mutter läge mit Migräne im Bett und könne nicht ans Telefon kommen.

»Kannst du ihr etwas ausrichten?«

»Natürlich.«

»Sage ihr, Joe Quinn wohne in Frisbys Motel an der Main Street. Dort kann sie mich erreichen, wenn sie will.«

Sie wird es nicht wollen, dachte er, als er den Hörer auflegte. *O'Gorman ist für sie wirklicher als ich. Sie wartet immer noch darauf, daß er durch die Tür tritt, oder nicht?*

Oder nicht?

Diese kurze Frage mit der langen Antwort beschäftigte ihn unaufhörlich.

Martha O'Gorman rief aus dem Schlafzimmer: »Wer war das, Richard? Aber schrei nicht, die Fenster stehen auf. Komm hierher und sag es mir.«

Richard kam herein und blieb am Ende des Bettes stehen. Die Jalousien waren heruntergelassen, und das Zimmer war so dunkel, daß seine Mutter lediglich wie eine weiße formlose Masse wirkte. »Ein Mann. Er sagte, er hieße Joe Quinn, und ich solle dir sagen, er wohne in Frisbys Motel.«

»Ist das – ist das wahr?«

»Ja.«

Es herrschte ein langes Schweigen, nichts bewegte sich im Bett, doch der Junge spürte die Spannung, die in der Luft lag. »Was ist, Mutter?«

»Nichts.«

»Du bist in letzter Zeit so komisch. Machst du dir wieder Geldsorgen?«

»Nein, es geht uns gut.« Martha richtete sich plötzlich auf und streckte die Beine mit einem Versuch, lebhaft zu erscheinen, über den Bettrand. Die Bewegung verursachte ihr einen krampfhaften Schmerz in ihrer linken Kopfhälfte. Sie preßte die Hand gegen den Nacken, um ihren Schmerz zu mildern, und sagte mit falscher Heiterkeit: »Meine Kopfschmerzen sind übrigens viel besser geworden. Zur Feier sollten wir etwas unternehmen.«

»Das wäre prima.«

»Heute ist es für mich zu spät, ins Krankenhaus zu gehen, morgen ist mein freier Tag und übermorgen Sonntag. Wir hätten Zeit für einen kleinen Campingausflug. Würde dir und Sally das Spaß machen?«

»Klar, ja. Ganz groß!«

»Hol die Schlafsäcke heraus und sag Sally, sie soll ein paar Brote machen. Ich packe die Konserven ein.«

Das Aufstehen allein war eine Qual, aber sie wußte, es mußte sein. Sie mußte fort aus der Stadt. Es war leichter, es mit körperlichen Schmerzen aufzunehmen als mit Quinn.

Nach dem Essen fuhr Quinn ins Immobilienbüro Haywood. Earl Perkins, der junge Mann, den er bereits kannte, telefonierte im Hintergrund des Zimmers. Sein Gesichtsausdruck zeigte, daß ihn entweder sein Magen drückte oder er Schwierigkeiten mit dem Kunden hatte.

Willie King saß elegant und kühl in einem grünen Seidenkleid in der Farbe ihrer Augen am Schreibtisch. Ihre Freude über Quinns Rückkehr schien nicht übermäßig. »Was machen Sie denn schon wieder hier?«

»Chicote wächst mir immer mehr ans Herz.«

»Unsinn! Das gibt es gar nicht. Wir kleben nur hier fest.«

»Was hält Sie? George Haywood?«

Sie sah aus, als wollte sie ärgerlich werden, beherrschte sich aber. »Seien Sie nicht albern. Haben Sie noch nichts von mir und Earl Perkins gehört? Ich bin irrsinnig in ihn verliebt. Wir werden heiraten und glücklich sein, bis ans Ende unserer Tage – wir alle drei, Earl, ich und seine Magengeschwüre.«

»Eine große Zukunft«, sagte Quinn, »für die Geschwüre.«

Sie errötete leicht und sah auf ihre Hände hinab. Sie waren groß und kräftig und erinnerten ihn, bis auf den orangefarbenen Nagellack, an die von Schwester Segen. »Gehen Sie und lassen Sie mich allein, bitte. Ich habe Kopfschmerzen.«

»Heute scheint ein Tag der Kopfschmerzen für die Damen von Chicote zu sein.«

»Wirklich? Bitte, gehen Sie. Ich kann Ihre Fragen nicht beantworten. Ich weiß wirklich nicht, wie ich in dieses – dieses ganze Durcheinander geraten bin.«

»Was für ein Durcheinander, Willie?«

»Ach, alles.« Sie sah hinunter auf ihre ineinander verschlungenen Hände, als seien sie fremde Wesen, über die sie keine Kontrolle hatte. »Haben Sie schon von dem Jenkinson'schen Gesetz gehört? Es besagt, daß jeder verrückt ist. Da können Sie jetzt noch ein Gesetz hinzufügen, das Willie King'sche Gesetz: Alles ist ein großes Durcheinander.«

»Keine Ausnahmen?«

»Ich sehe keine, von meinem Platz aus.«

»Dann setzen Sie sich doch mal woanders hin.«

»Ich kann nicht, es ist zu spät.«

»Warum diese düstere Stimmung, Willie?«

»Ich weiß nicht. Vielleicht ist es die Hitze. Oder die Stadt.«

»Es ist dieselbe Hitze, die Sie schon den ganzen Sommer in derselben Stadt gehabt haben.«

»Ich müßte mal ausspannen, nehme ich an. Ich würde gerne an einen Ort reisen, wo es richtig kalt und neblig ist und jeden Tag regnet. Vor ein paar Jahren bin ich nach Seattle gefahren, weil ich dachte, das wäre so ein Ort. Und wissen Sie, was passiert ist? Als ich da war, hatte Seattle die schlimmste Hitzewelle und die größte Dürreperiode seiner Geschichte.«

»Das ist ein weiterer Beweis für das Willie King'sche Gesetz.«

Sie rutschte unruhig auf ihrem Platz hin und her, als reagiere sie etwas verspätet auf Quinns Vorschlag, den Platz zu wechseln. »Sie geben niemals eine direkte und ernsthafte Antwort?«

»Nicht, wenn ich es vermeiden kann. Das ist das Quinn'sche Gesetz.«

»Brechen Sie es einmal und erzählen mir, warum Sie hierher zurückgekommen sind.«

»Um mich mit George Haywood zu unterhalten.«

»Worüber?«

»Seine Besuche bei seiner Schwester Alberta in Tecolote.«

»Wie kommen Sie auf diese verrückte Idee?« fragte sie ungeduldig. »Sie wissen genau, daß George seine Beziehungen zu Alberta schon vor Jahren abgebrochen hat. Das habe ich Ihnen bereits erzählt.«

»Was Sie mir erzählen, braucht nicht unbedingt die Wahrheit zu sein.«

»Also gut, ich habe hie und da ein bißchen gelogen, aber nicht bei dieser Sache.«

»Vielleicht haben Sie nicht gelogen, Willie«, sagte Quinn. »Aber man hat Sie sicherlich nicht richtig informiert. George besucht seine Schwester einmal im Monat.«

»Das glaube ich nicht. Welchen Grund sollte er haben, mir etwas vorzumachen?«

»Das ist eine der Fragen, die ich ihm heute nachmittag stellen möchte, wenn ich kann.«

»Sie können nicht.«

»Warum nicht?«

Sie beugte sich in ihrem Stuhl vor, ihre Hände gegen den Magen gepreßt, als müsse sie einen scharfen Schmerz dämpfen. »Er ist nicht da. Er ist vorgestern einfach abgereist.«

»Wohin?«

»Hawaii. Es ist ihm in den letzten Monaten nicht gut gegangen mit seinem Bronchialasthma, und der Arzt hat ihm einen Klimawechsel empfohlen.«

»Wie lange wird er fortbleiben?«

»Ich weiß nicht. Alles passierte so plötzlich. Vor drei Tagen kam er ins Büro und verkündete aus heiterem Himmel, er flöge am nächsten Morgen nach Hawaii in Urlaub.«

»Haben Sie die Flugkarte für ihn bestellt?«

»Nein, er sagte, er würde das selber tun.« Sie suchte in ihrer Tasche nach einem Taschentuch und preßte es gegen die Stirn. »Es war wirklich ein – ein Schock. Ich hatte schon Pläne geschmiedet – oder ich sollte es wohl besser

Träume nennen –, daß George und ich dieses Jahr die Ferien zusammen verbrächten. Dann bekomme ich plötzlich diesen Schlag: Er fliegt nach Hawaii. Allein. Schluß –.«

»Das ist es also, was Ihren Himmel verdunkelt?«

»Er hätte mir wenigstens etwas davon sagen können, es tut mir leid, du kannst nicht mitkommen, Willie, oder etwas Ähnliches. Aber er hat nichts dergleichen gesagt. Ich fürchte, ich fürchte, das ist das Ende.«

»Sie interpretieren da zuviel hinein, Willie.«

»Nein, das glaube ich nicht. Weiß Gott, ich wünschte, es wäre so. George benahm sich wie ein anderer Mensch. Er war einfach nicht George. Der wirkliche George, mein George, würde so eine Reise nicht ohne sorgfältige Vorausplanung, wie lange und wo er bleiben wolle, machen. Er hat mir nicht die geringste Einzelheit erzählt, außer der Tatsache, daß er am nächsten Morgen abreisen würde. Ich habe Angst. Ich habe das entsetzliche Gefühl, daß er nicht wiederkommt. Ich muß immer an O'Gorman denken.«

»Warum O'Gorman?«

Sie wischte sich wieder mit dem Taschentuch über die Stirn. »Das Ende kann so plötzlich kommen. Ich hätte mit George reden und ihn bitten müssen, mich mitzunehmen. Wenn das Flugzeug abstürzt, würden wir wenigstens zusammen sterben.«

»Was für krankhafte Vorstellungen, Willie. Ich habe seit vorgestern von keinem Flugzeugunglück gehört. Wahrscheinlich wird George in diesem Augenblick von einer Schar braungebrannter Mädchen umschwärmt, die ihm Hula beibringen.«

Sie sah Quinn kalt an. »Wenn mich das aufheitern sollte, kann ich Ihnen versichern, daß es das nicht tut. Braungebrannte Mädchen – du liebe Zeit!«

»Mit Hibiskusblüten im Haar.«

»In meinem Hinterhof blüht ein Hibiskus. Wenn ich mir eine Blüte ins Haar stecken will, kann ich das jederzeit tun. Ich kann auch braun werden und Hula tanzen, wenn es sein muß.«

»Ich werde Sie eines Tages daran erinnern, Willie.«

»Wirklich?«

»Ganz sicher.«

»Hören Sie doch mit Ihren Spässen auf, Quinn«, sagte sie mit energischem Kopfschütteln. »Sie sind nicht mein Typ, und ich bin nicht Ihrer. Ich mag ältere, reifere Männer, nicht solche, die wissen, wohin sie gehen, sondern solche, die schon angekommen sind. Das Stadium mit Mondschein und Bohnen aus der Dose habe ich einmal durchgemacht. Nie wieder. Ich will Sicherheit. Was Sie wollen, wissen Sie wohl selbst nicht.«

»Ich bin dabei, es herauszufinden.«

»Seit wann?«

»Seit ich vor ein paar Wochen auf dem Tiefpunkt war.«

»Wie tief unten ist der Tiefpunkt bei Ihnen?«

»Tief genug«, sagte er. »So tief, daß es nur noch aufwärts gehen kann. Haben Sie je etwas von dem Turm des Himmels gehört?«

»Ich hatte eine sehr religiöse Tante, die dauernd solche Phrasen in die Unterhaltung einflocht.«

»Dies ist keine Phrase, sondern ein Ort in den Bergen hinter San Felice. Ich bin bereits zweimal dagewesen und habe versprochen, ein drittesmal hinzufahren. Dabei fällt mir ein, haben Sie jemals Pickel gehabt?«

Ihre fein gezupften Brauen schoben sich die Stirn hinauf. »Haben Sie nicht alle Tassen im Schrank?«

»Vielleicht nicht. Trotzdem hätte ich gern eine Antwort auf meine Frage.«

»Nein, ich habe keine gehabt«, sagte sie nachsichtig, wie um einen Idioten zu beruhigen, »aber meine kleine Schwester. Sie ist sie losgeworden, indem sie sechs- bis siebenmal täglich ihr Gesicht mit Nortons Hautwasser gewaschen und nichts Süßes oder Fettes gegessen hat. Wollten Sie das wissen?«

»Ja, danke, Willie.«

»Wenn ich Sie jetzt fragen würde, *warum* Sie das wissen wollen, dann würden Sie ...«

»Ich würde nicht.«

»Sie sind ein sehr komischer Kerl«, sagte Willie gedankenvoll.

»Aber sicher hat Ihnen das auch schon mal jemand gesagt.«

»Schon auf meiner Mutter Schoß. Wir sind eben nicht alle so perfekt wie George.«

»Ich habe nicht behauptet, daß er perfekt ist.« Es war ein scharfer Ton in ihrer Stimme, als habe sie plötzlich das lebhafte Bild von George inmitten all der sonnengebräunten Mädchen vor sich. »Erstens ist er starrköpfig wie seine Mutter. Wenn er eine Idee hat, führt er sie sofort aus, ohne jemanden um Rat zu fragen oder sich darum zu kümmern, was ich – was die anderen darüber denken.«

»Wie die plötzliche Reise nach Hawaii?«

»Das ist ein gutes Beispiel.«

»Sind Sie sicher, daß George nach Hawaii geflogen ist?«

»Warum, ich – natürlich. Natürlich bin ich das.«

»Haben Sie sich von ihm verabschiedet?«

»Natürlich.«

»Wo?«

»Er kam zu mir in meine Wohnung. Er wollte mit dem Wagen nach San Felice fahren, dort ein Flugzeug nehmen und in Los Angeles in die Maschine nach Honolulu umsteigen.«

»Den Wagen wollte er am Flughafen von San Felice lassen?«

»Ja.«

»Am Flughafen von San Felice gibt es keine Garagen.«

»Aber es muß doch Garagen in der Nähe geben, nicht?« fragte sie ängstlich.

»Ich nehme an. Was hat er für einen Wagen gefahren?«

»Seinen eigenen. Einen grünen Pontiac-Kombiwagen vom vergangenen Jahr. Warum stellen Sie alle diese Fragen? Es gefällt mir nicht. Es macht mich nervös. Sie scheinen zu denken, daß George überhaupt nicht nach Hawaii geflogen ist.«

»Nein, ich möchte mich nur vergewissern.«

»Warum? Es wäre mir nie in den Sinn gekommen, daran zu zweifeln, wären Sie nicht mir ihren Verdächtigungen gekommen«, sagte sie mit vorwurfsvoller Stimme. »Vielleicht wollen Sie ja nur aus eigennützigen Gründen zwischen mir und George Zwietracht säen.«

»Es ist doch schon genug Zwietracht zwischen Ihnen und George, meinen Sie nicht auch, Willie?«

Sie biß die Zähne aufeinander, und ihr Gesicht hatte plötzlich einen energischen Zug, den Quinn vorher nicht bemerkt hatte. »Nichts, womit ich nicht fertig werden könnte. Nur seine Mutter war ziemlich ... schwierig.«

»Letztes Mal, als Sie über sie gesprochen haben, war sie eine alte Vettel. Ist sie inzwischen besser geworden, oder sind Sie es?« Als sie nicht antwortete, fuhr Quinn fort: »Ich habe vor ein paar Tagen ein interessantes Gerücht aus einer ziemlich verläßlichen Quelle gehört. Es betrifft George.«

»Dann will ich es nicht hören. Ein Mann in Georges Position, besonders nach der Sache mit Alberta, wird zur Zielscheibe allen möglichen Klatsches. Er wird damit fertig auf die einzig mögliche Art, indem er ein untadeliges, zurückgezogenes und musterhaftes Leben führt. Und da ist noch etwas, was Sie nicht wissen können, da Sie George ja nicht kennen, – er ist ein außerordentlich mutiger Mann. Er hätte es sich einfach machen und die Stadt verlassen können, um einen Skandal zu vermeiden. Aber er hat es nicht getan. Er ist hiergeblieben und hat gekämpft.«

»Warum?«

»Ich sagte es schon. Er ist ein mutiger Mann.«

»Vielleicht hatte er ja Bindungen an Chicote, so wie Sie ja auch?«

»Sie meinen seine Mutter? Oder mich?«

»Keine von beiden«, sagte Quinn. »Ich meine Martha O'Gorman.«

Willies Gesicht war nahe daran zu zerfließen, aber sie hielt es noch rechtzeitig zusammen. Die Anstrengung machte sie zittern. »Das ist lächerlich.«

»Ich sehe nicht ein, warum. Sie ist eine attraktive Frau und sie hat Klasse.«

»Klasse? So nennen Sie das also, wenn jemand sich so benimmt, als sei er besser als alle anderen. Ich weiß alles über Martha O'Gorman. Meine beste Freundin arbeitet mit ihr im Labor des Krankenhauses, und sie sagt, sie bekommt einen Wutanfall, wenn jemand nur den kleinsten Fehler macht.«

»Der kleinste Fehler in einem Krankenhaus kann ganz schön groß sein.«

Es wurde Quinn bewußt, daß Willie eindeutig und nicht zum ersten Mal das Gespräch von George abgelenkt hatte. *Es gibt gewisse Vögel*, dachte er, *die ihr Nest beschützen, wenn sie bedroht werden, indem sie so tun, als sei das Nest anderswo. Das Manöver verlangt eine Menge Zwitschern und Flügelschlagen; Willie ist gut in beidem, aber sie ist ein wenig zu deutlich, und sie leidet darunter, daß sie nicht genau weiß, wo ihr Nest ist und was darin vorgeht.*

Willie zwitscherte unterdessen weiter. »Sie ist eine kalte, harte Frau. Sie brauchen ja nur ihr erstarrtes Gesicht anzusehen, um es selbst festzustellen. Die Mädchen im Labor haben alle Angst vor ihr.«

»Sie scheinen ja auch ganz schön Angst vor ihr zu haben, Willie.«

»Ich? Warum sollte ich?«

»Wegen George.«

Sie fing wieder an, Quinn zu versichern, wie lächerlich der Gedanke war, wie absolut absurd, zu glauben, daß George sich mit einer solchen Frau abgeben würde. Aber ihre Worte klangen hohl, und Quinn wußte, daß sie nicht einmal sich selbst überzeugte. Und er wußte noch etwas anderes: Willie King litt unter schwerer Eifersucht, und er überlegte, was wohl der Grund dafür sein könnte. Vor einer Woche schien sie noch erheblich selbstsicherer, und das einzige Haar in ihrer Suppe war Georges Mutter gewesen. Nun waren plötzlich noch andere Haare aufgetaucht. Martha O'Gorman und die braunen Mädchen mit dem Hibiskus im Haar und vielleicht sogar andere, die Quinn noch nicht entdeckt hatte.

13

Es war ein altes dreistöckiges Haus, das einer würdigen altmodischen Dame glich, die hochmütig versucht, ihre neureiche Umgebung zu ignorieren. Hinter schweren Spitzenvorhängen und verzierten Türmchen focht sie einen verlorenen Kampf gegen die flachdachigen Landhäuser und Holzbungalows. Quinn erwartete, daß die Frau, die die Tür öffnen würde, dem Haus entsprach.

Mrs. Haywood tat dies nicht. Sie steckte schmal und schick in hellem Leinen. Ihr Haar war platinrosa, und ihr Gesicht trug die kaum sichtbaren Narben kosmetischer Operationen. Sie sah so jugendlich aus wie ihr Sohn George, nur in ihren Augen zeigten sich Alter und Sorgen.

Quinn sagte: »Mrs. Haywood?«

»Ja.« Keine noch so gute Operation konnte ihre Stimme verändern, das gebrochene Plärren einer alten Frau. »Ich kaufe nichts von Hausierern.«

»Mein Name ist Joe Quinn. Ich möchte geschäftlich mit Mr. Haywood sprechen.«

»Das tun Sie bitte in seinem Büro.«

»Dort bin ich gewesen, und man sagte mir, er sei nicht da. Darauf habe ich es in seiner Wohnung versucht.«

»Er ist nicht da.«

»Dann entschuldigen Sie, wenn ich Sie gestört habe,

Mrs. Haywood. Wenn Ihr Mann nach Hause kommt, wollen Sie ihm bitte sagen, daß er sich mit mir in Verbindung setzt? Ich wohne in Frisbys Motel auf der Main Street.«

»Mann?« Sie stürzte sich wie eine verhungernde Katze auf das Wort. Quinn war teils abgestoßen, teils hatte er Mitleid mit dem verzweifelten Hunger in ihren Augen und dem verschämten mädchenhaften Lächeln. »Da liegt ein Irrtum vor, Mr. Quinn, aber ein sehr netter. George ist mein Sohn.«

Quinn fiel es schwer, so brutale Mittel anzuwenden, aber jetzt war es schon zu spät. »Das ist ja kaum zu glauben.«

»Offen gestanden, ich habe Schmeicheleien gern, darum wehre ich mich jetzt nicht dagegen.«

»Ich bin überzeugt, daß anderen vor mir dieser Irrtum unterlaufen ist, Mrs. Haywood.«

»Oh ja, mehrmals, aber es erstaunt und amüsiert mich immer wieder. Ich fürchte, George findet es gar nicht so lustig. Vielleicht erzähle ich es ihm diesmal nicht; es soll unser kleines Geheimnis bleiben, Mr. Quinn, nur zwischen Ihnen und mir.«

Und den nächsten hundert Leuten, die sie trifft, dachte Quinn. Jetzt, wo er Mrs. Haywood von Angesicht zu Angesicht gegenüberstand, war er nicht mehr über die völlige Ablehnung ihrer beiden Töchter erstaunt. In diesem Haus war kein Platz für jüngere Frauen, die einen Vergleich herausfordern konnten. Mrs. Haywoods mütterlicher Instinkt war erheblich schwächer als der Instinkt, ihre Jugendlichkeit zu erhalten. Sie beabsichtigte, auf ihre Weise zu überleben, und konnte sich nicht den Luxus von Gefühlen leisten. *Arme Willie, ihre Straße zur Sicherheit hatte mehr Schlaglöcher und Umwege, als sie bewältigen kann. Wenn schon für Alberta und Ruth kein Platz im Haus war, wird es für Willie erst recht keinen geben.*

Mrs. Haywood lehnte in der malerischen Pose einer Modezeitschrift am Türrahmen. »Selbstverständlich habe ich mich immer fit gehalten. Ich sehe nicht ein, warum sich die Leute, wenn sie älter sind als fün – vierzig, gehenlassen sollen. Ich habe immer versucht, meine Familie von meinem Wahlspruch zu überzeugen: Du bist, was du ißt.«

»Es tut mir leid, daß ich Mr. Haywood verpaßt habe. Kommt er heute nachmittag ins Büro?«

»O nein. George ist in Hawaii.« Ihr schien entweder der Wechsel des Gesprächsthemas oder der Gedanke, daß George in Hawaii war, nicht zu passen. »Auf Anordnung des Arztes. Es ist natürlich absurd. George fehlt nichts, was man nicht mit einer guten kalten Dusche oder Gymnastik wieder in Ordnung bringen könnte. Aber die Ärzte sind alle gleich. Wenn sie nicht helfen können, empfehlen sie Klima- oder Ortswechsel. Sind Sie ein Freund von George?«

»Ich möchte mich geschäftlich mit ihm unterhalten.«

»Ja, ich weiß nicht, wann er zurückkommt. Die Reise war für mich eine vollkommene Überraschung. Er hat mit mir erst darüber gesprochen, als er schon die Flugkarte hatte. Dann konnte ich nichts mehr dagegen unternehmen. Es kommt mir schrecklich dumm und extravagant vor, all das Geld auszugeben, weil irgendein unfähiger Doktor das so will. George hätte genausogut nach San Felice gehen können, das Klima ist dort wie in Hawaii. Ich habe auch meinen Teil an Wehwehchen und fliege nicht an irgendwelche exotischen Orte. Ich esse nur mehr Weizenkeime und Sauermilch und mache ein paar Kniebeugen mehr. Was halten Sie von Bodybuilding, Mr. Quinn?«

»Sehr viel, ja wirklich.«

»Das dachte ich mir. Sie sehen sehr gesund aus.«

Sie veränderte ihre Pose vom Mannequin zur Olympiasiegerin und sah Quinn erwartungsvoll an, als erhoffe sie weitere Komplimente. Quinn fiel keines ein, das er ohne herauszuplatzen anbieten konnte. Deshalb sagte er: »Wissen Sie zufällig, mit welcher Linie Mr. Haywood geflogen ist?«

»Nein. Wieso?«

»Sie haben doch gesagt, er hat sein Ticket gekauft. Ich dachte, er hat es Ihnen vielleicht gezeigt.«

»Er fuchtelte mit einem Umschlag vor meiner Nase herum; aber ich wußte, das tat er nur, um mich zu ärgern, also spielte ich ihm völlige Gleichgültigkeit vor. Ich will nicht in einen ordinären Streit hineingezogen werden, es ist zu schädlich für Herz und Arterien. Ich mache nur meinen Standpunkt klar und weigere mich ganz einfach, weiter über die Sache zu sprechen. George wußte sehr wohl, was ich von dieser Reise hielt. Ich halte sie für gänzlich überflüssig und extravagant, und ich habe ihm auch auf den Kopf zugesagt, wenn ihm an seiner Gesundheit wirklich gelegen wäre, würde er abends mehr zu Hause bleiben, statt hinter Frauen herzurennen.«

»Mr. Haywood ist nicht verheiratet?«

»Er war es. Seine Frau ist vor vielen Jahren gestorben. Es kam kaum unerwartet. Sie war ein armes, temperamentloses Geschöpf; das Leben war einfach zuviel für sie. Seit ihrem Tod werfen natürlich alle Frauen der Stadt ihre Netze nach ihm aus. Er ist hoffnungslos naiv und durchschaut sie nicht. Ein sehr gutes Beispiel ereignete sich vor ein paar Tagen. Eine Frau rief George an und sagte ihm, sie müsse ihn wegen eines mysteriösen Briefes unbedingt sprechen – ich hörte es, weil ich ganz zufällig den Nebenapparat aufhob. Mysteriöser Brief! Ein Kind hätte eine solche Finte durchschaut, aber George nicht. Trotz seines Hustens stürzte er fort. Als ich ihn später darauf ansprach, fuhr er mich an. Ich sage Ihnen, es ist nicht leicht, Mutter zu sein in diesem Zeitalter des scharfen Alkohols und der noch schärferen Frauen.« Sie lächelte ihn mit einem Aufblitzen ihrer Zähne an, die weiß und zu perfekt waren. »Ich finde Sie beruhigend und sympathisch, Mr. Quinn. Leben Sie in Chicote?«

»Nein.«

»Wie schade. Ich hatte gehofft, ich könnte Sie einmal zum Abendessen mit George einladen. Wir essen eine einfache, gesunde Kost, aber trotzdem recht wohlschmeckend.«

»Vielen Dank«, sagte Quinn. »Sie haben mein Interesse erweckt, Mrs. Haywood.«

»Habe ich das? Wieso?« fragte sie geschmeichelt.

»Dieser mysteriöse Brief. Hat er wirklich existiert?«

»Ich bin nicht sicher, weil George es mir nicht sagen wollte. Aber ich persönlich glaube, daß sie ihn erfunden hat. Es war nur ein Vorwand, um George in ihr Haus zu locken, damit sie sich in ihrer Umgebung präsentieren konnte, umringt von den zwei Kindern, ein Feuer im Kamin und ein brodelnder Topf auf dem Herd. Die häusliche Masche – wenn Sie mir folgen können.«

Ich folge Ihnen, dachte Quinn, *ich folge Ihnen genau bis zu Martha O'Gormans Haustür.*

Im Kamin brannte kein Feuer, und falls etwas auf dem Herd brodelte, so drang kein Duft davon durch die verschlossenen Fenster. Der messingne Löwenkopf an der Haustür wirkte, als sei er seit Quinns Besuch vor einer Woche nicht benutzt worden. Aus dem Garten nebenan sah ein ungefähr zehnjähriges Mädchen in Shorts und einem T-Shirt neugierig zu Quinn herüber, als er wartete, ob jemand sein Klopfen beantwortete.

Nach einer Weile sagte es mit einer verträumten Stimme: »Die sind nicht zu Hause. Sie sind vor ungefähr einer Stunde weggegangen.«

»Weißt du zufällig wohin?«

»Das haben sie mir nicht gesagt, aber Richard hat die Schlafsäcke in den Wagen getan, also sind sie sicher zum Camping gefahren. Das tun sie oft.«

Eine Minute lang kaute das Mädchen gedankenverloren auf seinem Kaugummi herum.

Quinn versuchte, es zum Sprechen zu ermutigen: »Bist du schon lange ein Nachbar von den O'Gormans?«

»Praktisch schon immer. Sally ist meine beste Freundin. Richard hasse ich, er ist zu rechthaberisch.«

»Bist du einmal mit ihnen zum Camping gefahren?«

»Einmal im vergangenen Jahr. Ich mochte es nicht.«

»Warum nicht?«

»Ich mußte immer an große schwarze Bären denken. Und an Klapperschlangen, weil der Campingplatz am Klapperschlangenfluß liegt. Wirklich zum Fürchten.«

»Wie heißt du, junge Dame?«

»Miranda Knights. Scheußlich, nicht?«

»Ich finde es sehr hübsch«, sagte Quinn. »Weißt du noch, wo ihr am Klapperschlangenfluß gezeltet habt, Miranda?«

»Klar. Bei den Paradiesfällen, wo der Klapperschlangenfluß in den Torcido fließt. Es ist kein richtiger Wasserfall, nur ein paar Felsen, über die das Wasser läuft. Richard findet es schön, weil er sich hinter den Felsen verstecken kann. Dann brummt er wie ein Bär und springt vor, um Sally und mich zu erschrecken. Er ist scheußlich.«

»Oh, das glaube ich.«

»Meine Brüder sind auch scheußlich, aber sie sind kleiner als ich, deshalb ist das nicht so ein Problem.«

»Du wirst das schon schaffen«, sagte Quinn. »Sag mal, Miranda, zelten die O'Gormans meistens bei den Paradiesfällen?«

»Sally hat mir nie von einem anderen Platz erzählt.«

»Weißt du, wie man dorthin kommt?«

»Nein«, sagte Miranda. »Aber es ist nicht weit, weniger als eine Stunde.«

»Bist du ganz sicher?«

»Natürlich. Letztes Jahr, als ich mit ihnen dort war und Heimweh bekam und Angst hatte vor schwarzen Bären und Klapperschlangen, hat mir Mrs. O'Gorman immer gesagt, daß ich weniger als eine Stunde von zu Hause weg bin.«

»Danke, Miranda.«

»Bitte schön.«

Quinn kehrte zu seinem Auto zurück. Er überlegte, ob er an einer Tankstelle nach dem Weg fragen und gleich zu den Paradiesfällen fahren solle. Aber die Mittagshitze war so groß, daß sie in Wellen von der Straße und dem Trottoir hochstieg, und die ganze Stadt sah verschwommen aus.

Er kehrte in sein Motelzimmer zurück, stellte die Klimaanlage voll an und legte sich aufs Bett. Je mehr er über Martha O'Gorman erfuhr, desto weniger schien er sie zu kennen. Ihr Bild verschwamm wie das der Stadt in der Hitze. Am Anfang war es noch ganz klar gewesen: Sie war eine Frau, die sich für ihre Familie aufopferte und immer noch um den geliebten Mann trauerte, eine Frau mit Verstand und Gefühl, die den Gedanken fürchtete, die Untersuchung über den Tod ihres Mannes würde wieder aufgenommen. Die Angst war ganz natürlich, denn es war eine schlimme Zeit für sie gewesen, in der sie von Klatsch und Gerüchten gequält wurde und im Rampenlicht der Öffentlichkeit stand. Das alles war jetzt verstummt, und Quinn verstand sehr gut, daß sie nicht alles wieder aufleben lassen wollte. Was ihn beunruhigte, war die Tatsache, daß sie bei der Voruntersuchung die Chance gehabt hatte, den Fall zu lösen. Sie hatte sich geweigert. Wenn sie nicht behauptet hätte, sie selber hätte die Delle in die hintere Stoßstange durch Zurückstoßen gegen einen Lampenmast verursacht, so hätte man wahrscheinlich fest angenommen, O'Gormans Wagen sei von der Straße gedrängt worden. Es konnte nur einen oder zwei Gründe für ihre Behauptung geben: Entweder es war die Wahrheit, oder sie konnte es sich nicht leisten, diesen besonderen Bereich der Untersuchung offen zu lassen. *Meine Herren Untersuchungsbeamte, ich habe diese Delle in die Stoßstange gemacht, sie brauchen nicht mehr weiter zu suchen.* Offensichtlich hatten sie auch nicht weiter gesucht, und nur ein paar Skeptiker wie Frisby glaubten, daß Martha gelogen hatte, um ihre Haut oder die von jemand anderem zu retten.

Eine Delle und eine leichte Spur von dunkelgrünem Lack – Kleinigkeiten, die in Quinns Augen durch den

Widerspruch in Marthas Charakter und Benehmen Bedeutung annahmen. Sie war zu krank, um zu arbeiten, trotzdem machte sie einen Campingausflug. Und der Platz, den sie sich dafür ausgesucht hatte, war nicht irgendein alter Campingplatz. Er befand sich dort, wo die Leiche ihres Mannes fortgeschwemmt worden war. Quinn entsann sich, wie Ronda ihm davon erzählt hatte: ein paar Kilometer hinter der Brücke, über die O'Gormans Wagen stürzte, floß der Klapperschlangenfluß in den Torcido, der zu dieser Zeit gerade ein reißender Strom aus angeschwollenen Gebirgsbächen und Schmelzwasser war.

Warum kehrte sie immer an den gleichen Platz zurück? überlegte Quinn. Hoffte sie, ihn nach all den Jahren noch zu finden, eingequetscht zwischen ein paar Felsen? Oder trieb sie das Schuldgefühl? Und was erzählte sie den Kindern? – *Laßt uns rausfahren und nach Papi suchen?*

Richard hatte Kleinholz gesammelt und wollte gern ein Feuer anzünden. Seine Mutter meinte jedoch, es sei noch nicht kühl genug und sie wollten lieber warten.

Sie und Sally kochten auf dem Holzkohlengrill das Abendessen: Bohnen, Maiskolben und Koteletts. Ab und zu fingen die Koteletts an zu brennen, und Sally löschte die Flammen, indem sie mit einer Plastikspritzpistole darauf schoß. Sie hielt die Pistole nicht wie ein Junge, der so tut, als wolle er etwas oder jemanden erschießen. Sie ging sehr sorgsam wie ein Erwachsener damit um.

Richard zog allein los. Irgendwann wollte er einmal ganz alleine hierher kommen, ohne die zwei Frauen, die die Illusion zunichtemachten, daß er ein Mann war und dies ein sehr gefährlicher Ort und er sich trotzdem nicht im geringsten fürchtete. Und doch fürchtete er sich, aber es war nicht wegen des Ortes, sondern wegen der Veränderung, die mit seiner Mutter vorgegangen war, seit sie hierher gekommen waren. Es war eine Veränderung, die er nicht verstehen und erklären konnte. Sie sprach und handelte genauso wie zu Hause und sie lächelte viel, aber ihre Augen waren oft traurig und seltsam, besonders, wenn sie sich unbeobachtet glaubte. Richard beobachtete immer. Er war zu flink und intelligent, um etwas zu übersehen, aber noch zu sehr ein Kind, um dem weiter nachzugehen, was er wahrgenommen hatte.

Er war sieben gewesen, als sein Vater verschwand. Er erinnerte sich noch sehr gut an seinen Vater, obwohl er nicht sicher war, was davon wirkliche Erinnerungen waren, und was Dinge, die seine Mutter oft erzählt hatte: *Erinnerst du dich an das lustige kleine Auto, das du und Daddy zusammen aus den Rädern deines alten Tretautos gemacht habt?* Ja, er erinnerte sich an das Auto und an die Räder, aber er konnte sich nicht daran erinnern, wie sein Vater mit ihm zusammen gearbeitet hatte, um irgendetwas zu bauen; und Marthas dauernde Anspielungen, die in ihm ein starkes Vaterbild erzeugen sollten, verwirrten den Jungen und ließen ihn sich wegen seiner Gedächtnislücken schuldig fühlen.

Er kletterte auf einen Felsen und legte sich oben auf den Bauch, unbeweglich wie eine Eidechse in der Sonne. Von hier aus konnte er die Straße übersehen, die auf den Campingplatz führte. Bald würden andere Leute kommen, und gegen Abend wurden alle Campingplätze belegt sein, und die Luft würde nach Holzkohlenfeuer und gebratenen Hamburger riechen, und überall wäre Kindergeschrei. Aber jetzt waren sie noch die einzigen; sie hatten den besten Zeltplatz am Fluß, den besten Stein für den Grill neben dem Picknicktisch und die höchsten Bäume.

Erinnerst du dich noch, wie uns Daddy das erstemal hierher gebracht hat, Richard? Du warst schon fast ganz oben auf einer Pinie, als wir dich vermißten. Daddy mußte raufklettern und dich runterholen. Er konnte sich daran erinnern, auf eine Pinie geklettert zu sein, aber nicht daran, von irgend jemandem heruntergeholt worden zu sein. Er war immer ein guter Kletterer gewesen – warum also war er nicht alleine heruntergeklettert? Als er so auf dem Felsen lag, kam es ihm zum ersten Mal in den Sinn, daß die Erinnerungen seiner Mutter vielleicht ebenso spärlich waren wie seine eigenen und sie nur behauptete, sie seien lebhaft und wahr.

Er hörte in der Ferne einen Wagen und hob den Kopf. Ein paar Minuten später bog das Auto in die Straße ein, ein blau- und cremefarbener Ford mit einem Mann am Steuer. Sonst war niemand im Auto, und keine Campingausrüstung war auf dem Dach oder auf dem Rücksitz gestapelt. Richard registrierte die Tatsache automatisch, ohne besondere Neugier. Erst einige Augenblicke später wurde ihm bewußt, daß er das Auto schon einmal gesehen hatte. Vor etwa einer Woche war es vor ihrem Haus abgefahren, als er gerade von der Schule nach Hause kam. Als er ins Haus ging, hatte er seine Mutter schweigend und mit blassem Gesicht vorgefunden.

14

Sie sah Quinn aus dem Wagen steigen und sagte betont beiläufig zu Sally: »Willst du nicht Richard suchen gehen? Das Abendessen dauert noch eine halbe Stunde. Du kannst auch noch Zapfen sammeln, dann haben wir welche für Weihnachten zum Vergolden.«

»Du willst mich ja nur loswerden.« Das Mädchen sah Quinn nachdenklich entgegen, der gerade von der Straße auf sie zukam. »Damit du mit ihm reden kannst.«

»Ja.«

»Ist es über Geld?«

»Vielleicht, ich weiß es nicht.«

Geld oder kein Geld war ein Schlüsselwort im O'Gorman-Haushalt, und die Kinder hatten gelernt, es zu respektieren. Sally ging rasch hinaus, um ihren Bruder und Tannenzapfen zu suchen.

Martha wandte sich um und sah Quinn an. Sie stand aufrecht wie ein Soldat bei einer überraschenden Inspektion. »Wie haben Sie mich gefunden? Was wollen Sie?«

»Darf ich es einen freundschaftlichen Besuch nennen?«

»Lieber nicht. Ich werde damit fertig, wenn Sie mir persönlich nachstellen, aber warum müssen Sie die Kinder mit hineinziehen?«

»Es tut mir leid, es hat sich so ergeben. Darf ich mich setzen, Mrs. O'Gorman?«

»Wenn es sein muß.«

Er setzte sich auf eine der Bänke, die vor dem hölzernen Picknicktisch standen, und nach einem kurzen Zögern trat sie an die andere Bank und setzte sich, als ginge sie auf einen Waffenstillstand ein. Es erinnerte Quinn an ihr letztes Treffen in der Cafeteria des Krankenhauses. Auch damals war ein Tisch zwischen ihnen gewesen, der wie dieser hier unsichtbar beladen war mit Fragen, Verdächtigungen, Anklagen. Quinn hätte sie gerne alle mit einer Hand vom Tisch gefegt und noch einmal von vorn angefangen. Aber die Feindseligkeit in ihrem Gesicht zeigte ihm, daß sie seine Gefühle nicht teilte.

Er sagte ruhig: »Sie sind nicht gezwungen, meine Fragen zu beantworten, Mrs. O'Gorman. Ich habe keinen offiziellen Auftrag, sie zu stellen.«

»Darüber bin ich mir im klaren.«

»Sie können mich sogar von dem Grundstück weisen.«

»Das Grundstück gehört dem Staat«, sagte sie mit einer unbestimmten Geste. »Sie können wie jeder andere diesen öffentlichen Campingplatz betreten.«

»Sie lieben diesen Platz?«

»Wir kommen seit vielen Jahren hierher, seit Sally geboren wurde.«

Diese Bemerkung überraschte Quinn. Er hatte geglaubt, Martha O'Gorman besuche diesen Campingplatz erst seit dem Verschwinden ihres Mannes. Also hatte sie nur eine Gewohnheit fortgesetzt, die sie vor Jahren schon begonnen hatte. Es paßte zu dem, was er schon über ihren Charakter wußte: Sie versuchte immer noch, ihr Leben in der gleichen Weise weiterzuführen wie zu der Zeit vor O'Gormans Verschwinden oder Tod, so, als könne sie dadurch, daß sie immer das gleiche tat, O'Gormans Geist wie durch einen Zauber wiedererwecken.

Er sagte: »Dann war Ihr Mann mit der Umgebung und dem Fluß vertraut?«

»Er hatte jeden Zentimeter des Flusses – beider Flüsse – viele Male durchforscht, genauso wie ich.«

Sie sah aus, als fordere sie ihn auf, etwas daran zu finden. Quinn brauchte das nicht, die Angelegenheit war ziemlich klar. Hätte O'Gorman sein Verschwinden geplant, dann hätte er für seine Pläne seine Kenntnisse beider Flüsse genutzt, ja, vielleicht hatte er sogar Experimente gemacht.

»Ich weiß, was Sie denken. Aber Sie irren sich.«

»Tue ich das?«

»Mein Mann ist ermordet worden.«

»Vor einer Woche haben Sie behauptet, er sei bei einem Unfall ums Leben gekommen. Sie waren damals ganz sicher.«

»Aus guten Gründen habe ich meine Meinung geändert.«

»Welche Gründe, Mrs. Gorman?«

»Ich kann sie Ihnen nicht sagen.«

»Warum nicht?«

»Ich traue Ihnen nicht«, sagte sie geradeheraus, »ebensowenig wie Sie mir.«

Quinn schwieg einen Augenblick lang. »Ich weiß nicht genau, wie wenig Sie mir trauen, Mrs. O'Gorman. Ich weiß nur, daß ich wünschte, es wäre mehr, auf beiden Seiten.«

»Es ist eben nicht so.«

Sie stand auf, ging zum Grill und schob die Koteletts beiseite. Sie waren beinahe so schwarz wie die Holzkohle.

»Es tut mir leid, wenn ich Ihr Abendessen verdorben habe, Mrs. O'Gorman.«

»Das haben Sie nicht«, sagte sie kurz. »Richard ist wie sein Vater; alles Fleisch muß verbrannt sein, damit es ihn möglichst wenig an – nun, an die Herkunft erinnert. Er liebt Tiere, ebenso wie Patrick es tat.«

»Sie sind jetzt sicher, daß Ihr Mann tot ist?«

»Dessen war ich immer sicher. Ich wußte nur nicht, wie er gestorben ist.«

»Und jetzt gerade, also innerhalb dieser Woche, sind Sie dahintergekommen, daß er ermordet wurde?«

»Ja.«

»Haben Sie das den Behörden gemeldet?«

»Nein.« In ihren Augen flammte es kurz auf. »Und ich werde es auch nicht tun. Meine Kinder und ich haben genug erduldet. Der Fall O'Gorman ist abgeschlossen und bleibt es auch.«

»Obwohl Sie den Beweis haben, ihn wieder zu eröffnen?«

»Wie kommen Sie auf die Idee?«

»Durch eine Unterhaltung, die ich heute nachmittag mit George Haywoods Mutter hatte«, sagte Quinn. »Mrs. Haywood kann einem telefonischen Nebenanschluß nicht widerstehen, wenn andere Leute sprechen.«

»So.«

»Ist das alles, was Sie zu sagen haben?«

»Ja.«

»Mrs. O'Gorman, das genügt nicht. Wenn Sie einen wirklichen Beweis für den Mord an Ihrem Mann haben, ist es Ihre Pflicht, ihn der Polizei zu übergeben.«

»Tatsächlich?« sagte sie mit einem leichten Schulterzucken. »Daran hätte ich wohl denken müssen, bevor ich ihn verbrannt habe.«

»Sie haben den Brief verbrannt?«

»So ist es.«

»Warum?«

»Mr. Haywood und ich hielten es für das beste.«

»Mr. Haywood und Sie«, wiederholte Quinn. »Seit

wann fragen Sie Mr. Haywood schon um Rat und befolgen ihn?«

»Geht Sie das etwas an, Mr. Quinn?«

»In gewisser Weise, ja.«

»In welcher?«

»Ich möchte wissen, welche Konkurrenz ich habe – ich habe mich in Sie verliebt, denke ich.«

Ihr Lachen war kurz und hart. »Dann denken Sie nochmal, Mr. Quinn.«

»Es freut mich auf jeden Fall, daß ich Sie amüsiere.«

»Das tun Sie nicht. Ich bin nicht amüsiert. Ich bin verblüfft, daß Sie mich für so naiv halten, eine derart plumpe Schmeichelei zu schlucken. Dachten Sie, ich würde Ihnen glauben? Haben Sie sich eingebildet, ich hätte so den Boden unter den Füßen verloren, daß ...«

»Hören Sie auf!« sagte er scharf.

Sie schwieg, mehr aus Überraschung, als weil er es ihr befohlen hatte.

»Ich habe eine Feststellung gemacht, Mrs. O'Gorman. Seien Sie amüsiert, verblüfft, was Sie wollen, aber ich bleibe dabei. Sie können es vergessen, wenn Sie wollen.«

»Ich glaube, wir vergessen es beide besser.«

»Gut.«

»Sie – ach, Sie haben mich durcheinandergebracht. Sie sind so undurchschaubar.«

»Niemand ist undurchschaubar«, sagte Quinn, »wenn sich jemand die Zeit nimmt und sich die Mühe macht, ihn zu durchschauen.«

»Sie sollten – wir sollten aufhören, so persönlich miteinander zu sprechen. Es regt mich auf. Ich weiß nicht mehr, was ich denken soll.«

»Fragen Sie aber bitte nicht George. Sein Ratschlag war

bisher nicht gut. War es sein Gedanke, den Brief zu verbrennen?«

»Nein, mein eigener. Er stimmte mir zu, weil er dachte, der Brief wäre nur ein Betrug oder ein schlechter Witz. Er hat ihn nicht so ernst genommen wie ich.«

»Wer hat ihn geschrieben, Mrs. O'Gorman?«

Sie starrte in den Himmel. Die Sonne ging unter, und die rotgoldenen Strahlen lagen auf ihrem Gesicht. »Eine Unterschrift war nicht vorhanden, und ich habe die Schrift nicht erkannt. Aber er kam von einem Mann, der schrieb, er habe meinen Mann im Februar vor fünf Jahren ermordet.«

Sie sah aus, als würde sie bei dem geringsten Zeichen von Teilnahme in Tränen ausbrechen, also sagte Quinn nur: »Woher kam der Brief?«

»Er war in Evanston, Illinois, abgestempelt.«

»Und wie war der Inhalt?«

»Er sagte, er hätte gerade erfahren, daß er Lungenkrebs habe, und bevor er sterbe, wolle er Frieden mit Gott und seinem Gewissen machen, indem er seine Sünden bekenne.«

»Hat er Einzelheiten des Mordes geschildert?«

»Ja.«

»Und das Motiv?«

»Ja.«

»Was war es?«

Sie schüttelte langsam den Kopf und stöhnte, als verursache ihr die Bewegung Schmerzen. »Das kann ich Ihnen nicht erzählen. Ich – ich schäme mich.«

»Sie haben sich nicht geschämt, George Haywood anzurufen und einzuladen, sich den Brief anzusehen.«

»Ich brauchte seinen Rat, den Rat eines erfahrenen Mannes.«

»John Ronda ist ein erfahrener Mann. Er ist auch ein guter Freund von Ihnen.«

»Und er ist auch«, sagte sie erbittert, »der Herausgeber einer Zeitung und ein unverbesserlicher Schwätzer. Und das ist Mr. Haywood nicht. Ich war sicher, daß ich seiner Diskretion trauen konnte. Und ich hatte noch einen Grund. Mr. Haywood kannte meinen Mann. Ich dachte, er könnte die Behauptung, die in dem Brief stand, entkräften.«

»Eine Behauptung über Ihren Mann, meinen Sie?«

»Ja. Es war etwas – etwas Schreckliches. Ich konnte es nicht glauben – keine Frau könnte das von ihrem Mann. Und trotzdem ...« Ihre Stimme, die kaum mehr als ein Flüstern gewesen war, erstarb jetzt ganz.

»Und trotzdem taten Sie es, Mrs. O'Gorman?«

»Ich wehrte mich dagegen, weiß Gott. Aber einige Zeit vor dem Tode meines Mannes spürte ich, daß sich unser Leben verdunkelte. Ich versuchte, es zu übersehen. Ich konnte mich nicht dazu zwingen, die Lichter anzuschalten und nachzuforschen, was die Dunkelheit verbarg. Und jetzt kam dieser Brief, und die Lichter sind an, ob ich will oder nicht.« Sie rieb sich die Augen, als wollte sie die Erinnerung wegwischen. »Ich war entsetzt und rief George Haywood an. Ich weiß jetzt, daß ich einen Fehler begangen habe, aber ich war verzweifelt. Ich mußte mit jemandem sprechen, der Patrick gekannt und mit ihm gearbeitet hatte, einem Mann. Es mußte ein Mann sein.«

»Warum?«

Um ihren Mund lag ein bitteres Lächeln. »Frauen sind leicht zu täuschen, sogar die klugen, die vielleicht sogar besonders. Mr. Haywood kam sofort zu mir herüber. Ich war wohl schon ziemlich hysterisch. Er blieb sehr ruhig, obwohl ich den Eindruck hatte, daß er innerlich ziemlich erregt war.«

»Was hielt er von dem Brief?«

»Er sagte, er sei ein großer Unsinn; jeder Mord rufe falsche Geständnisse von gefühlsmäßig verwirrten Menschen hervor. Ich weiß natürlich, daß das stimmt, aber an dem Brief war etwas Wirkliches, und jede Einzelheit paßte. Falls dieser Mensch verwirrt war, dann hat die Verwirrung bestimmt nicht sein Gedächtnis oder seine Formulierungsgabe getrübt.«

»Das kommt häufig vor.«

»Ich habe sogar die Möglichkeit erwogen, daß Patrick lebt und der Brief von ihm stammt. Aber dagegen sprach zuviel. Erstens war es nicht sein Stil. Der Umschlag war adressiert an Mrs. Patrick O'Gorman, Chicote, Kalifornien. Patrick hätte sich sicher an seine Straße und Hausnummer erinnert. Ebensowenig war es seine Schrift. Er war Linkshänder und schrieb mit einer ausgesprochenen Neigung nach links. Die Handschrift des Briefes neigte sich in die entgegengesetzte Richtung, sie war ungeschickt und kindlich, mehr die eines Volksschülers als eines erwachsenen Mannes. Aber der entscheidende Grund, warum Patrick ihn nicht geschrieben haben kann, war die Anschuldigung gegen ihn. Kein Mann würde so etwas von sich selber zugeben.«

»Behauptete der Schreiber, Ihren Mann gut gekannt zu haben?«

»Nein. Er hatte ihn bis zu diesem Abend nie gesehen. Er war ein Landstreicher, der am Fluß kampiert hatte. Als das Wetter zu schlecht wurde, beschloß er, nach Bakersfield zu gehen. Er stellte sich an die Straße und wartete, bis ihn jemand mitnahm. Patrick hielt an und ließ ihn einsteigen. Dann – o mein Gott, ich kann es nicht glauben – ich will es nicht.«

Quinn wußte, daß sie es trotzdem glaubte, und alle Tränen konnten diesen Glauben nicht fortschwemmen. Sie weinte beinahe lautlos, wobei die Hände ihr Gesicht bedeckten und die Tränen zwischen ihren Fingern über ihr Handgelenk in den Ärmel ihrer Jacke hinunterliefen.

»Mrs. O'Gorman«, sagte er, »Martha. Hören Sie zu, Martha. Vielleicht hat Haywood recht, und der Brief war ein sadistischer Witz.«

Sie hob den Kopf und starrte ihn an; sie sah aus wie ein verlorenes Kind. »Wie kann mich jemand so hassen?«

»Ein anomaler Mensch kann jeden hassen, mit oder ohne Grund. Wie war der allgemeine Ton des Briefes?«

»Traurig und bedrückt. Voller Angst – Angst vor dem Sterben. Und voller Haß, aber nicht gegen mich. Er schien sich selber zu verachten – und Patrick, für das, was er ihn gezwungen hatte zu tun.«

»Ihr Mann hat ihm einen unsittlichen Antrag gemacht –? Wollten Sie das sagen, Martha?«

»Ja.« Es war kaum mehr als ein Seufzer.

»Darum haben Sie den Brief verbrannt, statt ihn der Polizei zu zeigen?«

»Ich mußte ihn vernichten, wegen meiner Kinder, mir selber – ja, und wegen Patrick. Verstehen Sie das nicht?«

»Doch, natürlich.«

»Durch die Polizei könnte nichts gewonnen, aber alles verloren werden. Es ist schon so viel verloren, aber es ist mein eigener persönlicher Verlust, und ich kann es ertragen, solange meine Kinder geschützt sind und Patricks guter Name nicht beschmutzt wird. Und so wird es bleiben. Auch wenn Sie zur Polizei gehen und alles erzählen, was ich heute nachmittag gesagt habe, könnten sie nichts tun. Ich würde alles ableugnen, und das würde auch Mr. Haywood tun. Ich habe sein Wort. Der Brief hat nie existiert.«

»Aber ich nehme an, Sie wissen, wie gefährlich es ist, bei einem Mordfall einen Beweis zu verheimlichen?«

»Nach dem Gesetz ist es das wahrscheinlich, aber das interessiert mich jetzt nicht. Es ist schon komisch. Ich bin immer gesetzestreu gewesen, aber im Augenblick sind mir gesetzliche Vorschriften völlig gleichgültig. Wenn ein Mörder wegen mir ungestraft herumläuft, tut es mir nicht leid. Zu viele Unschuldige würden mit ihm zusammen bestraft. Gerechtigkeit und das Gesetz bedeuten nicht immer das gleiche – oder sind Sie noch zu jung und unrealistisch, um das herausgefunden zu haben?«

»Nicht jung«, sagte Quinn. »Und ganz bestimmt nicht unrealistisch.«

Sie betrachtete ihn genau mit einem ernsten und ein wenig traurigen Gesicht. »Ich glaube, Sie sind beides.«

»Wie Sie wollen.«

»Sie hätten gerne, daß ich zur Polizei gehe, stimmt's?«

»Nein, nur –«

»Doch. Sie glauben wirklich, wenn das Gesetz Auge um Auge fordert, muß es das auch haben. Sie irren sich. Das mathematische Gesetz, das hier angewandt wird, wird erstaunlich kompliziert, und irgendwie endet das Gesetz schließlich mit einem Dutzend Augen. Sechs davon gehören nicht mir und meinen Kindern. Wenn nötig, würde ich vor dem höchsten Gericht auf die Bibel schwören, daß ich nie einen Brief über den Tod meines Mannes erhalten habe.«

»Teilt George Ihre Einstellung?«

»Ja.«

»Weil er in Sie verliebt ist?«

»Was haben Sie für romantische Vorstellungen«, sagte sie kühl. »Nein, Mr. Haywood ist nicht in mich verliebt. Aber er sieht die Situation im gleichen Licht wie ich. Ob nun der Brief eine Fälschung war, wie er glaubt, oder die Wahrheit, wie ich meine, wir waren uns beide einig, daß es eine Katastrophe wäre, ihn zu veröffentlichen. Und das hätte es bedeutet, wenn ich ihn der Polizei übergeben hätte, also habe ich ihn verbrannt. Wollen Sie wissen, wo ich ihn verbrannt habe? Im Verbrennungsofen im Hof, damit seine Asche in alle Winde zerstreut wird. Er existiert nur noch im Kopf des Mannes, der ihn geschrieben hat, in Mr. Haywoods Kopf und in meinem eigenen.«

»Und in meinem.«

»In Ihrem nicht, Mr. Quinn. Sie haben ihn ja nie gesehen. Sie können nicht sicher sein, daß er überhaupt existiert hat. Ich hätte ihn ja erfinden können.«

»Das glaube ich nicht.«

»Ich wollte, ich hätte ihn erfunden, ich wollte ...«

Was für Wünsche sie auch hatte, der Wind trug sie fort, wie die Asche des Briefes. Sie sah Quinn an, trotzdem hatte er das Gefühl, als sähe sie ihn nicht und ihre Augen wären auf irgendeinen Punkt in der Vergangenheit gerichtet, auf einen glücklicheren und schuldloseren Ort als diesen.

»Martha ...«

»Bitte, nennen Sie mich nicht Martha.«

»Es ist Ihr Name.«

Sie hob den Kopf. »Ich bin Mrs. Patrick O'Gorman.«

»Das liegt lange zurück, Martha. Wachen Sie auf. Der Traum ist aus, die Lichter brennen.«

»Ich will es aber nicht. Ich kann es nicht ertragen«, flüsterte sie. »Ich dachte, wir wären so glücklich, eine so glückliche Familie. Und dann kam der Brief, und alles verwandelte sich in Schmutz. Und es war zu spät, ihn wegzuräumen, also muß ich weiter so tun, als ob ...«

»Tun Sie weiter, als ob Sie in einem goldenen Käfig säßen. Ich kann Sie nicht davon abhalten. Ich kann Sie nur warnen, daß Sie viel zuviel daraus machen. Ihr Leben hat sich nicht von Mondschein und Rosen in Schmutz verwandelt, nur weil O'Gorman einem Mann einen Antrag gemacht hat. Es hat immer aus etwas Mondschein, etwas Rosen und etwas Schmutz bestanden, genauso wie das Leben aller anderen Menschen. Sie sind nicht die tragische Heldin, die zu besonderem Ruhm und besonderem Unglück ausersehen ist, und O'Gorman war kein Held oder Bösewicht, sondern nur ein unglücklicher Mann. Bei unserem letzten Gespräch haben Sie mir erzählt, daß Sie sehr realistisch sind. Glauben Sie das immer noch?«

»Ich weiß es nicht. Ich – ich hatte geglaubt, ich wäre es. Ich bin mit den Dingen so fertig geworden, daß sie in Ordnung waren.«

»O'Gorman eingeschlossen?«

»Ja.«

»Sie haben sich aufgeopfert, um O'Gormans Schwächen und Fehler zu vertuschen. Jetzt, wo Sie merken, daß Sie sich umsonst aufgeopfert haben, können Sie den Dingen nicht ins Auge sehen. Mal halten Sie Ihren Kopf hoch und verkünden stolz, daß Sie Mrs. Patrick O'Gorman sind, und im nächsten Augenblick zetern Sie über den Schmutz. Wann sind Sie bereit, einen Kompromiß zu schließen?«

»Das ist alles nicht Ihre Angelegenheit.«

»Ich will es aber von jetzt ab zu meiner Angelegenheit machen.«

Sie sah ihn ein wenig erschreckt an. »Was wollen Sie tun?«

»Tun? Was kann ich tun?« sagte er leise. »Außer darauf zu warten, daß Sie es müde werden, von einem Extrem ins andere zu fallen. Vielleicht entschließen Sie sich eines Tages für etwas, das schlechter ist als das Paradies, aber besser als die Hölle. Halten Sie das für möglich?«

»Ich weiß es nicht. Ich kann darüber hier nicht sprechen.«

»Warum nicht?«

»Es wird dunkel, ich muß die Kinder rufen.« Sie stand auf. Ihre Bewegungen waren unsicher, ebenso ihre Stimme. »Ich – wollen Sie zum Abendessen bleiben?«

»Ich würde es sehr gern tun. Aber ich glaube, es ist nicht der richtige Augenblick, ich möchte den Kindern nicht als Eindringling bei ihrem Ausflug vorgestellt werden. Dieser Platz gehört Ihnen, den Kindern und O'Gorman. Ich möchte warten, bis ich Ihnen einen Platz anbieten kann, den Sie drei mit mir teilen.«

»Bitte, sprechen Sie nicht so. Wir kennen uns kaum.«

»Als wir uns das letztemal trafen, haben Sie etwas zu mir gesagt, das ich damals glaubte. Sie sagten, ich sei zu alt, um lieben zu lernen. Ich glaube es nicht mehr, Martha. Ich glaube, bis jetzt war ich zu jung und ängstlich, es zu lernen.«

Sie hatte sich abgewandt, den Kopf gebeugt. »Wir haben nichts gemein, gar nichts.«

»Woher wissen Sie das?«

»John Ronda hat mir von Ihnen erzählt, wie Sie leben und arbeiten. So ein Leben könnte ich niemals teilen, und ich bin nicht so dumm, zu glauben, ich könnte Sie ändern.«

»Die Veränderung hat bereits begonnen.«

»Wirklich?« Ihr Mund lächelte, aber ihre Stimme blieb traurig. »Ich habe vorhin gesagt, Sie sind unrealistisch. Sie sind es wirklich. Man ändert sich nicht, nur weil man es gerne will.«

»Sie hatten zuviel Kummer, Martha. Sie haben alle Illusionen verloren.«

»Und wie macht man das, wieder Illusionen bekommen?«

»Ich kann das nicht für jemand anderen beantworten. Ich weiß nur, ich habe es geschafft.«

»Wann?«

»Vor nicht langer Zeit.«

»Wie?«

»Ich weiß nicht genau, wie.« Trotzdem konnte er sich genau des Augenblicks entsinnen, des starken Duftes der Pinien, des aufgehenden Mondes, der wie eine goldene Melone in den Bäumen hing, der Sterne, mit denen der ganze Himmel übersät war. Und Schwester Segens Stimme: *»Haben Sie noch nie einen Himmel gesehen?« – »So einen nicht.« – »Er ist genauso wie immer.« – »Mir scheint er anders.« »Meinen Sie, Sie bekommen eine religiöse Erleuchtung?« »Ich bewundere das Universum.«*

Martha beobachtete ihn mit Interesse und Furcht. »Was ist mit Ihnen, Joe?«

»Ich glaube, ich liebe das Leben wieder, bin wieder Teil der Welt geworden nach einer langen Abwesenheit. Das Komische ist, daß dies im unweltlichsten Ort der Welt passiert ist.«

»Im Turm?«

»Ja.« Er sah auf den letzten Schein am Himmel. »Nachdem ich vorige Woche von Ihnen wegging, bin ich wieder zum Turm gefahren.«

»Haben Sie Schwester Segen gesprochen? Haben Sie sie gefragt, warum sie Sie beauftragt hat, Patrick zu finden?«

»Ich habe sie gefragt. Allerdings hat sie nicht geantwortet. Sie hat mich nicht einmal gehört.«

»Warum? War sie krank?«

»In gewisser Weise ja. Sie war krank vor Angst.«

»Vor was?«

»Nicht in den Himmel zu kommen. Indem sie mich beauftragt hat und etwas mit mir zu tun hatte, hat sie eine schwere Sünde begangen. Außerdem hatte sie ja auch nicht alles Geld in die Gemeinschaftskasse eingezahlt, und das Wort ›Geld‹ ist für den Meister ebenso heilig wie schmutzig. Er ist ein seltsamer Mann, unwiderstehlich, gewalttätig und ziemlich verrückt. Er hat seine Gemeinde fest im Griff, und je kleiner die Gemeinde wird, desto fester wird sein Würgegriff und desto extremer seine Proklamationen, Gesetze und Strafen. Sogar seine alten Gefolgsleute wie seine Frau und Schwester Segen zeigen Anzeichen von Unruhe. Und für die Jüngeren ist es nur noch eine Frage der Zeit, bis sie abhauen.«

Er dachte an das gequälte Gesicht von Schwester Zerknirschung, als sie ihre drei fügsamen Kinder mit den rebellischen Augen in das Eßzimmer führte, und an die zänkische Stimme von Mutter Pureza, die den Turm schon verlassen hatte und mit ihrem geliebten Diener Capirote in die lichteren Gefilde ihrer Kindheit geflohen war.

Martha sagte: »Fahren Sie wieder hin?«

»Ja, ich habe es versprochen. Außerdem muß ich

Schwester Segen sagen, daß der Mann, den ich für sie finden sollte, tot ist.«

»Sie werden den Brief nicht erwähnen?«

»Nein.«

»Zu niemandem?«

»Zu niemandem.« Quinn stand auf. »Ich gehe jetzt lieber.«

»Ja.«

»Wann sehe ich Sie wieder, Martha?«

»Ich weiß es nicht. Ich bin so verwirrt wegen des Briefes und – und wegen der Dinge, die Sie gesagt haben.«

»Sind Sie heute hierher gekommen, um von mir wegzulaufen?«

»Ja.«

»Tut es Ihnen leid, daß ich Sie gefunden habe?«

»Das kann ich nicht beantworten. Bitte fragen Sie nicht.«

»In Ordnung.«

Er ging zu seinem Wagen und stieg ein. Als er zurückblickte, zündete Martha das Feuer an, und in den aufsteigenden Flammen wirkte ihr ruhiges Gesicht lebendig und warm, genauso wie sie in der Cafeteria des Krankenhauses ausgesehen hatte, als sie über ihre Ehe mit O'Gorman gesprochen hatte.

»Wir sind gekommen, sobald wir den Wagen wegfahren hörten«, sagte Richard. Er hatte gerochen, daß etwas Geheimnisvolles in der Luft lag, er roch es ebenso deutlich wie die ersten Rauchwolken des Lagerfeuers. »Wer war der Mann?«

»Ein Freund von mir«, sagte Martha.

»Du hast nicht viele männliche Freunde.«

»Nein. Hättest du das gern?«

»Ich denke, es wäre O. K.«

»Nein, das wäre es nicht«, sagte Sally ernst. »Mütter haben keine Freunde.«

Martha legte ihre Hände auf die Schultern des Mädchens. »Manchmal haben sie welche, wenn sie keinen Mann mehr haben.«

»Warum?«

»Männer und Frauen sind dafür gemacht, sich füreinander zu interessieren und zu heiraten.«

»Und Kinder zu haben.«

»Manchmal ja.«

»Wieviele Kinder werdet ihr denn haben?«

»So eine blöde Frage habe ich im Leben noch nicht gehört«, sagte Richard verächtlich. »Man bekommt keine Kinder, wenn man alt und grau ist.«

Marthas Ton war schärfer, als sie beabsichtigt hatte. »Das ist ja kein großes Kompliment, Richard, meinst du nicht?«

»Ja, wirklich nicht. Aber du bist meine Mutter. Mütter erwarten keine Komplimente.«

»Es wäre eine hübsche Überraschung. Meine Haare sind übrigens braun und nicht grau.«

»Herrje, alt und grau ist halt so ein Ausdruck.«

»Gut, es ist ein Ausdruck. Ich möchte ihn aber trotzdem nicht hören, ehe es nicht wirklich so ist. Und vielleicht nicht mal dann. Ist das klar?«

»Mensch, was bist du heute abend empfindlich. Man kann hier ja wirklich nichts sagen, ohne daß man sie gleich kriegt. Wann essen wir?«

»Ihr könnt euch bedienen«, sagte Martha kühl. »Ich bin zu altersschwach, um noch etwas hochzuheben.«

Richard starrte sie mit großen Augen und offenem Mund an. »Menschenskind, jetzt bist du ja gar nicht mehr wie eine Mutter.«

Als die Kinder in ihren Schlafsäcken lagen und schliefen, nahm Martha einen Spiegel aus ihrer Handtasche, setzte sich und studierte ihr Gesicht im Schein des Feuers. Es war ziemlich lange her, daß sie sich mit wirklichem Interesse angesehen hatte, und sie war niedergeschlagen über das, was sie sah. Es war ein gewöhnliches, gesundes, ansprechendes Gesicht, das wohl einem Witwer mit Kindern gefallen könnte, der jemand suchte, der ihm den Haushalt machte, das aber keine Anziehungskraft für einen ungebundenen jungen Mann wie Quinn haben konnte. *Ich habe mich wie ein Idiot benommen,* dachte sie. *Ich habe ihm beinahe eine Weile geglaubt. Ich hätte lieber Richard glauben sollen.*

15

Auf dem Rückweg zum Motel kam Quinn an dem Gebäude vorbei, in dem der *Beacon* gemacht wurde. Die Lichter waren noch an.

Er hatte keine Angst, Ronda wiederzusehen, aber es gab zu viele Dinge, die er ihm nicht erzählen konnte. Er war jedoch ziemlich sicher, daß Ronda herauskriegen würde, daß er in der Stadt war, und mißtrauisch würde, wenn er ihn nicht aufsuchte. Er parkte sein Auto und ging in das Gebäude.

Ronda war alleine im Büro, las den *San Francisco*

Chronicle und trank ein Bier. »Hallo, Quinn. Setzen Sie sich, machen Sie sich's bequem. Auch ein Bier?«

»Nein, danke.«

»Ich habe gehört, daß Sie wieder in der Stadt sind. Was haben Sie denn die ganze Woche gemacht, wohl hinter einer Spur her?«

»Nein«, sagte Quinn. »Habe die meiste Zeit als Kindermädchen bei einem Möchte-gerne-Admiral in San Felice gearbeitet.«

»Irgendwelche Neuigkeiten?«

»Was für Neuigkeiten?«

»Sie wissen verdammt gut, was ich meine. Haben Sie was Neues über den O'Gorman-Fall herausgefunden?«

»Nichts, was Sie drucken könnten. Einen Haufen Gerüchte und Meinungen, aber keinen stichhaltigen Beweis. Ich glaube langsam auch an Ihre Theorie von dem fremden Anhalter.«

Ronda sah halb skeptisch, halb geschmeichelt aus. »Ach, wirklich? Warum?«

»Sie scheint viel besser als die anderen mit den Tatsachen zusammenzupassen.«

»Ist das der einzige Grund?«

»Ja. Warum?«

»Nur so. Ich dachte, Sie sind vielleicht auf etwas gestoßen, das Sie lieber für sich behalten.« Ronda warf die leere Dose in den Papierkorb. »Da Sie ja die meisten Informationen von mir bekommen haben, wäre es nicht sehr fair von Ihnen, jetzt etwas vor mir zu verheimlichen.«

»Ganz richtig«, sagte Quinn zustimmend. »Ich würde einen sehr schlechten Eindruck machen, wenn ich mich so unfair verhielte.«

»Es ist mir sehr ernst, Quinn.«

»Mir auch.«

»Dann sprechen Sie auch so.«

»In Ordnung.«

»Also fangen wir noch einmal von vorne an. Was haben Sie in der vergangenen Woche gemacht?«

»Das habe ich schon beantwortet. Ich hatte einen Job in San Felice.« Quinn war klar, daß er Ronda irgend etwas von seinen Nachforschungen erzählen mußte, um seinen Verdacht zu zerstreuen. »Als ich dort war, habe ich mit Albertas Schwester Ruth gesprochen. Ich habe nichts über O'Gorman erfahren, aber ich habe Neues über Alberta Haywood herausgefunden. Und ich habe noch mehr erfahren, als ich sie im Gefängnis in Tecolote besuchte.«

»Sie haben sie *gesehen*? Persönlich?«

»Ja.«

»Verdammt noch mal. Wie haben Sie das denn angestellt? Seit Jahren schon bemühe ich mich um ein Interview mit ihr.«

»Ich habe eine Lizenz als Privatdetektiv, ausgestellt in Nevada. Vollstreckungsbehörden sind normalerweise jederzeit zur Zusammenarbeit bereit.«

»Na und, wie geht es ihr?« fragte Ronda und lehnte sich aufgeregt über den Schreibtisch. »Hat sie irgend etwas gesagt? Worüber hat sie gesprochen?«

»O'Gorman.«

»O'Gorman. Verdammt. Das ist es doch, was Sie –«

»Bevor Sie sich unnötig aufregen, kann ich Ihnen gleich sagen, daß ihre Anspielungen auf O'Gorman nicht sehr vernünftig waren.«

»Was soll das heißen?«

»Sie bildet sich ein, daß wegen des Aufruhrs um O'Gorman ihre Konzentrationsfähigkeit nachgelassen und sie deshalb den Fehler gemacht hat, der sie ins Gefängnis brachte. Sie hat sogar versucht, mich davon zu überzeugen, daß O'Gorman das bewußt geplant hat, weil sie ihn von oben herab behandelt hat oder weil er von ihrem Bruder George herausgeworfen worden ist.«

»Das alles wirft sie O'Gorman vor?«

»Ja.«

»Das ist verrückt«, sagte Ronda. »Es würde ja unter anderem bedeuten, daß er einen Monat vor den Bankprüfern von ihren Unterschlagungen gewußt und alles geplant hat, den Aufruhr über sein Verschwinden und seine Wirkung auf sie. Ist ihr nicht klar, wie unmöglich das ist?«

»Sie befaßt sich mit ihrer Schuld, nicht mit den Wahrscheinlichkeitsgesetzen. Sie schließt völlig aus, daß O'Gorman tot ist, weil sie, nach ihren Worten, wenn er ermordet wurde, keinen mehr für ihre üble Lage verantwortlich machen könnte. Sie muß die Selbsttäuschung aufrecht erhalten, daß O'Gorman sein Verschwinden geplant hat, um sich an ihr zu rächen. Ohne O'Gorman als Sündenbock müßte sie sich selbst Vorwürfe machen, und das kann sie nicht ertragen. Vielleicht wird sie das nie können.«

»Wie weit ist sie denn schon heruntergekommen?«

»Ich weiß es nicht. Jedenfalls zu weit, um ihr zu folgen.«

»Wie kommt es, daß sie so zusammengebrochen ist?«

»Fünf Jahre in einer Zelle würden mich auch schaffen«, sagte Quinn. »Vielleicht haben sie auch Alberta geschafft.«

Die Erinnerung an die Szene im Gefängnis erfüllte ihn mit Verachtung und Ekel, nicht wegen Albertas Krankheit, sondern wegen der Krankheit einer Gesellschaft, die einzelne Teile herausschneidet, um das Ganze zu beschwichtigen, und sich dann wundert, warum sie sich krank fühlt.

Ronda schritt in seinem Büro auf und ab, als sei er selbst in einer Zelle gefangen. »Ich kann nicht drucken, was Sie mir gerade erzählt haben. Einer Menge Leute würde es mißfallen.«

»Natürlich.«

»Weiß das alles George Haywood?«

»Er sollte es wohl wissen. Er besucht sie einmal im Monat.«

»Wie haben Sie denn das herausgefunden?«

»Mehrere Leute haben es mir gesagt, und auch Alberta. Seine Besuche sind schmerzlich für sie und wahrscheinlich auch für George, aber trotzdem besucht er sie weiter.«

»Dann war sein Bruch mit ihr nur ein Schwindel, um die alte Dame zu täuschen?«

»Die alte Dame und vielleicht noch andere Leute.«

»George ist schon ein komischer Kerl«, sagte Ronda und sah stirnrunzelnd zur Decke hinauf. »Ich verstehe ihn nicht. Einmal ist er so zurückhaltend, daß er einem nicht die Uhrzeit sagen würde, und dann, das nächste Mal, wenn er hierher kommt, drückt er mir die Hand wie einem lange vermißten Bruder und erzählt mir von seiner Reise nach Hawaii. Warum nur?«

»Damit Sie es im *Beacon* drucken, nehme ich an.«

»Aber er hat uns noch nie Gelegenheit gegeben, etwas über ihn in der Gesellschaftsspalte abzudrucken. Ja, er beklagt sich bitter, wenn sein Name auf einer Gästeliste einer Party erscheint. Warum dieser plötzliche Sinneswandel?«

»Offensichtlich will er, daß jeder weiß, daß er nach Hawaii gefahren ist.«

»Soziales Geltungsbedürfnis oder so? Unsinn. Das paßt nicht zu George.«

»Vieles paßt nicht zu George«, sagte Quinn. »Und trotzdem gehört es zu ihm und sehr wahrscheinlich aus demselben Grund, aus dem ich als Kind die abgetragenen Kleider meines Bruders getragen habe – nämlich, weil ich mußte. Nun verschwinde ich aber wieder. Ich habe genug von Ihrer Zeit in Anspruch genommen.«

Ronda öffnete eine neue Bierdose. »Ich habe nichts Besonderes zu tun. Ich hatte einen kleinen Krach mit meiner Frau und gehe vorerst nicht nach Hause, bis sie sich wieder beruhigt hat. Wollen Sie wirklich kein Bier mittrinken?«

»Wirklich nicht.«

»Übrigens, haben Sie Martha O'Gorman schon gesehen, seit Sie wieder da sind?«

»Warum?«

»Nur so. Meine Frau hat heute nachmittag im Krankenhaus angerufen, um sie für Sonntag zum Essen einzuladen. Sie haben gesagt, daß sie sich wegen Krankheit einen Tag freigenommen hat, aber als meine Frau zu ihrem Haus rüberging, um ihr zu helfen, war Martha nicht da und das Auto auch nicht. Ich dachte, Sie wissen vielleicht etwas darüber.«

»Da überschätzen Sie mich aber. Bis bald, Ronda.«

»Einen Augenblick noch.« Ronda drückte die Bierdose zusammen und sah hinein. »Ich habe so ein komisches Gefühl, was Sie betrifft.«

»Das haben eine Menge Leute. Machen Sie sich nichts draus.«

»Aber es beunruhigt mich. Das komische Gefühl sagt mir, daß Sie mir etwas verheimlichen, vielleicht sogar etwas Wichtiges. Das wäre wirklich nicht schön. Ich bin Ihr Freund, Ihr Kumpel, Ihr Kamerad. Ich habe Ihnen die Fakten über den Fall O'Gorman gegeben, ich habe Ihnen meine persönlichen Akten geliehen.«

»Sie sind sehr vertrauensvoll gewesen«, sagte Quinn. »Gute Nacht Freund, Kumpel, Kamerad. Es tut mir leid, daß Sie so ein komisches Gefühl haben. Nehmen Sie ein Aspirin, vielleicht hilft das.«

»Meinen Sie wirklich?«

»Ich kann mich natürlich auch irren.«

»Sie können sich irren und tun es auch. Sie können keinen alten Zeitungshasen wie mich täuschen. Ich habe eine Nase für so was.«

Als Ronda aufstand, um die Tür zu öffnen, stieß er gegen die Ecke des Schreibtischs. Quinn fragte sich, wie lange er schon trank und was das Bier mit seinen intuitiven Fähigkeiten zu tun hatte.

Er war froh, als er wieder auf der Straße stand. Eine frische Brise wehte und hatte halb Chicote auf die Beine gebracht.

Die Stadt, um die Mittagszeit völlig ausgestorben, war zum Leben erwacht, kaum daß die Sonne unterging. Alle Geschäfte in der Hauptstraße waren offen, und vor den Kinos, den Bier- und Würstchenbuden standen die Leute Schlange. Autos voller Halbwüchsiger fuhren die Straßen mit lautem Hupen, kreischenden Radios und quietschenden Reifen auf und ab. Der Lärm überspielte die Ruhelosigkeit und überdeckte den Mangel an wirklichen Aktivitäten.

Am Motel parkte Quinn seinen Wagen für die Nacht in der Garage, und als er die Türe schließen wollte, hörte er eine Stimme aus dem Gebüsch. »Mr. Quinn – Joe.«

Er drehte sich um und sah Willie King, die an der Garage lehnte, als sei oder würde ihr schlecht. Ihr Gesicht war so weiß wie die Jasminblüten hinter ihr, und ihre Augen blickten glasig und leer.

»Ich warte schon seit Stunden«, sagte sie. »Ich wußte – weiß nicht, was ich tun soll.«

»Ist das wieder eine von Ihren dramatischen Vorstellungen?«

»Nein. Nein. Das bin *ich.*«

»Die wahre Willie, eh?«

»Ach, hören Sie doch auf damit. Können Sie nicht unterscheiden, wann jemand spielt und wann nicht?«

»In Ihrem Fall nicht.«

»Na gut«, sagte sie mit einem Versuch, Würde zu zeigen. »Dann will – dann werde ich Sie nicht länger belästigen.«

»Ich bitte Sie darum.«

Sie bewegte sich von ihm weg, und Quinn merkte erst jetzt, daß sie ein Paar alte Turnschuhe trug. Es schien unwahrscheinlich, daß sie alte Turnschuhe anzog, wenn sie ihm etwas vorspielte. Er rief ihren Namen, und nach einem sekundenlangen Zögern drehte sie sich um und sah ihn an.

»Was ist denn los, Willie?«

»Alles. Mein ganzes Leben, alles ist ruiniert.«

»Wollen Sie in mein Zimmer kommen und mit mir darüber sprechen?«

»Nein.«

»Sie wollen nicht darüber sprechen?«

»Ich will nicht in Ihr Zimmer kommen. Es wäre nicht anständig.«

»Vielleicht nicht«, sagte Quinn grinsend. »Da drüben ist ein kleiner Garten, wo wir sitzen können, wenn Sie wollen.«

Der Garten bestand aus ein paar Metern Rasen und einem hell erleuchteten kleinen Schwimmbecken in der Größe einer Badewanne. Niemand war im Becken, aber die Spuren nasser Kinderfüße waren auf dem Beton zu sehen, und ein kleiner Schwimmflügel schwamm auf der Wasseroberfläche. Eine Hecke üppig blühender Oleanderbüsche trennte den Garten von der Straße und dem Motel.

Die Möbel waren für die Nacht unters Dach gestellt, also setzten sie sich auf den Rasen, der immer noch warm von der Sonne war. Willie sah bestürzt aus, und es schien ihr leid zu tun, daß sie gekommen war. Sie sagte verlegen: »Das Gras ist wirklich sehr hübsch, so schwer, es in diesem Klima zu halten ...«

»Ist es das, was Sie auf dem Herzen haben: Gras?«

»Nein – George. George ist fort.«

»Das haben Sie schon vorher gewußt.«

»Er ist wirklich fort. Und niemand weiß, wohin. Niemand.«

»Sind Sie sicher?«

»Ich weiß sicher, daß er nicht nach Hawaii geflogen ist.« Ihre Stimme brach, und sie preßte eine Hand an ihren Hals, als versuche sie, den Bruch zu heilen. »Er hat mich angelogen. Er hätte mir alles erzählen können, alles auf der Welt, aber er hat mich bewußt angelogen und mich zum Narren gehalten.«

»Wie kommen Sie darauf, Willie?«

»Als Sie heute nachmittag weggingen, wurde ich plötzlich mißtrauisch – ich weiß nicht. Ich rief alle Fluglinien in Los Angeles an. Ich erzählte ihnen eine Geschichte von einer Familientragödie; ich müßte George Haywood erreichen und wäre nicht sicher, ob er nach Hawaii geflogen sei oder nicht. Darauf prüften sie ihre Passagierlisten von Dienstag und Mittwoch, aber kein George Haywood stand darauf.«

»Sie können sich geirrt haben«, sagte Quinn. »Oder George ist unter einem falschen Namen gereist. Das ist möglich.«

Sie wollte ihm gern glauben, konnte es aber nicht. »Nein, er ist weggelaufen, ich bin sicher. Vor mir, vor seiner Mutter und davor, wie wir beide um ihn kämpfen. Wahrscheinlich konnte er es nicht mehr ertragen; er konnte sich für keine von uns beiden entschließen, also lief er davon.«

»Das wäre ein feiger Entschluß, und nach allem, was ich von George gehört habe, ist er nicht feige.«

»Vielleicht habe ich ihn dazu gemacht, ohne zu wissen, was ich tat. Aber ich habe wenigstens eine Genugtuung – er hat ihr auch nicht die Wahrheit gesagt. Ich wünschte jetzt, ich wäre zu ihrem Haus gegangen, statt sie anzurufen. Ich hätte so gern den Gesichtsausdruck der alten Glucke gesehen, als sie erfuhr, daß ihr Liebling George nun doch nicht nach Hawaii geflogen ist.«

»Sie haben mit ihr gesprochen? Warum?«

»Ich wollte es«, sagte sie hart. »Sie soll leiden so wie ich – und darüber grübeln, wie ich nachgrüble, ob George jemals wiederkommt.«

»Werden Sie nicht ein bißchen dramatisch? Warum soll er nicht zurückkommen?«

Sie schüttelte hilflos den Kopf.

»Wissen Sie mehr, als Sie mir sagen wollen, Willie?«

»Nur daß ihn in letzter Zeit irgend etwas belastet hat, worüber er nicht sprechen wollte.«

»Unter ›letzter Zeit‹ verstehen Sie, seit ich in Chicote aufgetaucht bin.«

»Sogar schon vorher, obwohl es schlimmer geworden ist, seit Sie angefangen haben, herumzuschnüffeln und Fragen zu stellen.«

»Vielleicht hatte er Angst vor meinen Fragen«, sagte Quinn. »Und der Grund, warum er die Stadt verlassen hat, war, sich vor mir zu verstecken, nicht vor Ihnen und seiner Mutter.«

Sie schwieg einen Augenblick lang. Dann sagte sie: »Warum sollte er vor Ihnen Angst haben? George hat nichts zu verbergen außer – ja – außer der Geschichte am ersten Abend, als ich Sie in dem Café ansprach.«

»Das war Georges Idee?«

»Ja.«

»Und aus welchem Grund hat er es getan?«

»George sagte«, ihr Nachdruck auf dem Wort schien unfreiwillig, »er sagte, Sie könnten ein billiger Gauner sein, der eine Erpressung plane. Ich sollte Sie festhalten, während er Ihr Zimmer durchsuchte.«

»Woher wußte er, wo mein Zimmer war oder daß ich überhaupt existierte?«

»Ich hatte es ihm gesagt. Ich hatte Ihr Gespräch mit Ronda an dem ersten Nachmittag gehört. Ich hörte, wie Sie Alberta erwähnten, und ich hielt es für gut, George dies gleich zu erzählen. Daraufhin bat er mich, Ihnen zu folgen und herauszubekommen, wer Sie sind und wo Sie wohnen.«

»Dann war es also nicht der Name O'Gorman, der Ihre Aufmerksamkeit erregt hat, sondern Albertas Name.«

»Ihr Name wurde ja nicht erwähnt, aber Ronda hat auf eine Unterschlagung angespielt und auf eine nette kleine Dame, und ich wußte, es mußte Alberta sein.«

»Laufen Sie jedesmal zum Telefon und rufen George an, wenn jemand Alberta erwähnt?«

»Nein, Sie kamen mir verdächtig vor. Sie hatten so einen forschenden Blick, dem ich nicht traute. Außerdem benutzte ich wahrscheinlich die Gelegenheit, um mich George gegenüber wichtig zu machen. Dazu habe ich nicht oft Gelegenheit«, fuhr sie düster fort. »Ich bin nur eine ganz gewöhnliche Frau. Es ist schwer, mit Weizenkeimen und Sauermilch und all dem anderen Zeug zu konkurrieren, das Mrs. Haywood benutzt, um Aufmerksamkeit zu erregen und andere Frauen aus dem Feld zu schlagen.«

»Sie entwickeln ja einen richtigen Komplex wegen der alten Dame.«

»Ich kann nichts dafür. Ich kann sie nicht ausstehen. Manchmal denke ich, ich habe mich nur in George verliebt, weil sie so sehr dagegen war. Es mag vielleicht schrecklich klingen, aber sie ist ein Ungeheuer, Joe, und damit ist es mir ernst. Von Jahr zu Jahr kann ich besser verstehen, warum Alberta dieses Verbrechen begangen hat. Sie hat ihre Mutter herausgefordert. Alberta wußte, daß sie eines Tages erwischt werden würde. Vielleicht hat sie es extra darauf angelegt, erwischt zu werden, um die alte Dame zu erniedrigen und zu strafen. Mrs. Haywood ist nicht dumm – und das ist das einzige Kompliment, das ich ihr je machen werde –, und ich glaube, sie versteht Albertas unterschwelliges Motiv, und deshalb hat sie sich völlig von ihr distanziert und George dazu gebracht, dasselbe zu tun.«

Aber Quinn konnte sich nicht dazu durchringen, das zu glauben. »Es hätte hundert andere Möglichkeiten für Alberta gegeben, ihre Mutter zu strafen, ohne selbst ins Gefängnis zu gehen und George mit hineinzuziehen.«

Willie zupfte einen Grashalm nach dem anderen ab, wie ein junges Mädchen, das mit Margeritenblüten ›Er liebt mich – er liebt mich nicht‹ abzählt. »Was meinen Sie, Joe, wo er ist?«

»Keine Ahnung. Es wäre einfacher, wenn ich wüßte, warum er fortgegangen ist.«

»Um von mir und seiner Mutter fortzukommen.«

»Das hätte er auch schon früher tun können.«

Es war der Zeitpunkt, der Quinn interessierte. Martha hatte George den Brief vom Mörder ihres Mannes gezeigt, und wenn er auch behauptete, er halte ihn für eine Fälschung, so hatte er ihn doch aufgeregt. Unmittelbar danach hatte er dafür gesorgt, daß die ganze Stadt wußte, daß er aus Gesundheitsgründen eine Reise nach Hawaii antrat. Er hatte sich sogar darum bemüht, daß es in der Zeitung stand.

Quinn sagte: »War es nicht ungewöhnlich, daß George seine Pläne in der Öffentlichkeit bekanntgab?«

»Ein wenig schon. Es hat mich überrascht ...«

»Und warum hat er es Ihrer Meinung nach getan?«

»Ich habe keine Ahnung.«

»Doch. Aber Sie mögen diese Ahnung nicht.«

»Ich mag auch den jetzigen Zustand nicht. Könnte es denn noch schlimmer sein?«

»Viel schlimmer«, sagte Quinn. »All das Aufheben, das George um seine Reise gemacht hat, könnte heißen, daß er versucht hat, ein Alibi für etwas nachzuweisen, das geschehen ist oder das noch hier in Chicote geschehen wird.«

Sie riß immer noch Grashalme aus, grimmig entschlossen, ihre Angst zu verbergen. »Bisher ist noch nichts passiert.«

»Das ist richtig. Aber ich möchte, daß Sie vorsichtig sind, Willie.«

»Ich? Warum ich?«

»Sie waren Georges Vertraute«, sagte Quinn. »Er hat Ihnen vielleicht etwas erzählt, was er jetzt bereut.«

»Er hat mir überhaupt nichts erzählt«, sagte sie bitter. »George hat in seinem ganzen Leben keinen Vertrauten gehabt. Er ist ein Einzelgänger wie Alberta. Die beiden sind verschlossen wie die Austern. Nicht – nicht menschlich.«

»Vielleicht können sich Austern untereinander verständigen. Oder glauben Sie immer noch nicht, daß er Alberta jeden Monat besucht hat?«

»Doch, jetzt glaube ich es.«

»Denken Sie nach, Willie. Ist es denn nie passiert, daß er sich einmal gehenließ, wenn Sie zusammen waren? Sagen wir, in einem Zustand besonderer Angst, oder wenn er zuviel getrunken oder Tabletten geschluckt hatte.«

»George hat seine Sorgen nicht mit mir besprochen, und er trinkt sehr selten. Ab und zu muß er für sein Asthma einen Haufen Zeug einnehmen.«

»Haben Sie ihn bei solchen Gelegenheiten gesehen?«

»Manchmal. Aber er benahm sich nicht anders. Vielleicht ein bißchen benommen, sonst nichts.« Sie zögerte nachdenklich. »Vor ungefähr drei Jahren wurde ihm sein Blinddarm herausgenommen. Ich besuchte ihn im Krankenhaus und war bei ihm im Zimmer, als er aus der Narkose aufwachte.

Es war absurd. Hinterher wollte er nicht glauben, was er gesagt hatte. Die Schwestern wurden fast hysterisch, weil er ihnen dauernd erklärte, sie sollten ihre Kleider anziehen, ein Krankenhaus mit nackten Schwestern sei nicht anständig.«

»War er sich Ihrer Anwesenheit bewußt?«

»Halb und halb. Er hielt mich für Alberta. Er rief mich mit ihrem Namen und sagte, ich sei eine dumme alte Jungfer, die es besser wissen sollte.«

»Was besser wissen?«

»Das erklärte er nicht. Aber er war wütend, wahnsinnig wütend auf sie.«

»Warum?«

»Sie hätte einem Vagabunden, der an die Tür kam, Kleider von ihm gegeben. Er nannte sie eine leichtgläubige, weichherzige Person. Das war genauso ein Unsinn wie die nackten Schwestern. Alberta ist niemals leichtgläubig oder weichherzig gewesen. Falls dieser Vagabund tatsächlich existiert und sie ihm ein paar von Georges Kleidern gegeben hat, dann muß sie außer Großzügigkeit noch einen anderen Grund gehabt haben. Die Haywoods sind nicht der Typ, der an der Tür Almosen verschenkt. Vielleicht gehören sie organisierten Wohlfahrtsverbänden an, aber sie schenken nichts impulsiv her. Also glaube ich nicht, daß es wirklich passiert ist, ebensowenig wie die Striptease-Vorstellung der Schwestern.«

»Haben Sie George später darauf angesprochen?«

»Ja, ich habe ihm einiges von dem erzählt, was er gesagt hat.«

»Und wie hat er darauf reagiert?«

»Er hat gelacht, aber nicht sehr überzeugend. George ist schrecklich würdevoll, er haßte den Gedanken, sich lächerlich gemacht zu haben. Aber er hat auch Humor und mußte deshalb auch über die nackten Schwestern lachen.«

»Fand er seine Anspielungen auf Alberta auch lustig?«

»Nein, ich glaube, er fühlte sich schuldig, daß er sie mit solchen Namen beschimpft hatte, auch wenn er für seine Worte nicht verantwortlich war.«

Willie hatte ihr Interesse an den Grashalmen und dem kleinen Er-liebt-mich-Spiel verloren. Ihre Aufmerksamkeit galt jetzt einem Loch an der Zehe ihres linken Turnschuhs, und sie zupfte an dem zerrissenen Segeltuch herum wie ein Vogel, der Fäden für sein Nest sammelt. Jenseits der Oleanderhecke klangen die Geräusche der Stadt schwach und bedeutungslos.

»Wie sind Georges finanzielle Verhältnisse?«

Sie schien erstaunt über diese Frage. »Er ist kein Millionär, er arbeitet für sein Geld. Und wenn das Geschäft auch nicht so gut geht wie vor Jahren, so reichen seine Einnahmen doch aus. Er gibt nicht viel aus, außer für seine Mutter. Sie ist reichlich verschwenderisch. Die letzte Gesichtsoperation in Los Angeles kostete tausend Dollar.«

»Spielt George, wie seine Schwester?«

»Nein.«

»Bestimmt nicht?«

»Wie kann ich das mit Sicherheit sagen?« fragte sie müde. »Ich weiß nur, daß er nie darüber gesprochen hat und nicht das Temperament eines Spielers besitzt. George plant alles und überläßt nichts dem Zufall. Er war ganz außer sich, als ich letztes Jahr ein Los der irischen Lotterie gekauft habe. Er hat mich ziemlich beschimpft. Ich habe auch nichts gewonnen, vielleicht hatte er ja recht.«

George und Alberta, dachte Quinn. *Die beiden Planer, die beiden Austern, die sich miteinander durch geschlossene Schalen verständigen können. Haben sie einen neuen Plan geschmiedet? Albertas Verhandlung zur Bewährung soll bald sein. Ein komischer Zeitpunkt für Georges Verschwinden. Außer, das ist Teil eines neuen Planes.*

Willies kunstvoll aufgetürmte Frisur hatte sich aufgelöst und hing wie ein verlassener Bienenkorb zur Seite. Es gab ihr ein leicht beschwipstes Aussehen, das zu ihr paßte; Willies Urteile waren nicht die nüchternsten.

»Joe.«

»Ja.«

»Was meinen Sie, wo George ist?«

»Vielleicht hier in Chicote.«

»Sie meinen, daß er unter einem angenommenen Namen in einem Hotel oder einer Pension wohnt? Das wäre nicht möglich. Jeder in der Stadt kennt ihn. Außerdem, warum sollte er sich verstecken?«

»Vielleicht wartet er.«

»Worauf?«

»Gott weiß worauf. Ich nicht.«

»Hätte er sich mir doch anvertraut, hätte er mich um Rat gefragt –«

Ihre Stimme versagte, aber sie fing sich gerade noch rechtzeitig wieder. »Aber das ist dumm, meinen Sie nicht auch? George fragt nicht, er befiehlt.«

»Und Sie glauben, Sie können ihn ändern, wenn Sie verheiratet sind?«

»Ich will ihn nicht ändern. Ich mag es, wenn man mir

sagt, was ich tun soll.« Ihr Mund war eine dünne, verkrampfte Linie.

»Das stimmt wirklich.«

»Schon gut, schon gut. Sie mögen es, wenn man Ihnen sagt, was Sie tun sollen, also sage ich es Ihnen jetzt. Sie gehen jetzt nach Hause und schlafen sich gut aus.«

»Das habe ich nicht gemeint.«

»Dann wollen wir mal die Angelegenheit genauer betrachten. Sie mögen es überhaupt nicht, daß man Ihnen auch nur das Geringste befiehlt.«

»Doch. Wenn es die richtige Person ist.«

»Die richtige Person ist ja nicht hier. Also müssen Sie einen Vertreter akzeptieren.«

»Sie sind ein schlechter Vertreter«, sagte sie leise. »Sie sind nicht selbstsicher genug, um Befehle zu geben. Sie können niemandem etwas vormachen.«

»Oh, ich weiß nicht. Ein paar Damen haben mich schon ziemlich ernst genommen.«

Sie wurde rot und drehte den Kopf weg. »Ich gehe nach Hause, aber nicht, weil Sie es mir befohlen haben. Und machen Sie sich keine Sorgen über George und mich. Ich kann schon mit ihm umgehen, wenn wir erst verheiratet sind.«

»Das sind großartige letzte Worte, Willie.«

»Vermutlich sind sie das, aber ich muß daran glauben.«

Er begleitete sie zu ihrem Wagen zurück. Sie gingen schweigend und getrennt voneinander, wie Fremde, die zufällig die gleiche Richtung haben, beschäftigt mit ihren eigenen Problemen. Als sie in den Wagen stieg, berührte er leicht ihre Schulter, und sie sah ihn mit einem kurzen ängstlichen Lächeln an.

»Fahren Sie vorsichtig, Willie.«

»Ja, ja sicher.«

»Alles wird gut werden.«

»Geben Sie mir das schriftlich?«

»Niemand bekommt etwas schriftlich auf dieser Welt«, sagte Quinn. »Also sitzen Sie nicht herum und warten darauf.«

»Das tue ich nicht.«

»Gute Nacht, Willie.«

Auf seinem Weg in sein Zimmer kam er an dem Motelbüro vorbei. Die ganze Frisby-Sippe war um den Schreibtisch versammelt. Großvater, Frisby und seine Frau, die Tochter und ihr Mann und mehrere Leute, die Quinn noch nicht gesehen hatte. Sie sprachen alle gleichzeitig, und das Radio lief auf vollen Touren. Es war genauso laut wie bei einer Versammlung. Die dröhnende Musik paßte hervorragend zu dieser Atmosphäre.

Frisby sah Quinn durch das Fenster und kam durch die Tür gerannt, um seine Beine flatterte der Bademantel, sein Gesicht war glänzend vor Aufregung.

»Mr. Quinn! Warten Sie einen Augenblick!«

Quinn wartete. Eine Vorahnung ergriff ihn, und er war nicht sicher, ob es Einbildung war oder ob die Erde wirklich unter ihm bebte. Er sagte: *»Ich* habe meinen Schlüssel, danke Mr. Frisby.«

»Ich weiß, aber ich dachte, weil das Radio in Ihrem Zimmer nicht geht, Sie hätten die große Neuigkeit noch nicht gehört.« Die Worte kamen feucht aus Frisbys Mund, als kämen sie aus einer Waschmaschine. »Sie werden es nicht für möglich halten.«

»Nun, was gibt's denn?«

»So eine nette, ruhige, kleine Frau, der letzte Mensch

auf der Welt, dem ich einen solchen Schlag zugetraut hätte.«

Martha, dachte Quinn. *Martha ist etwas passiert.* Er wollte seine Hand ausstrecken, um sie Frisby auf den Mund zu legen und ihn so am Weitersprechen zu hindern, aber er zwang sich, stillzustehen und zuzuhören.

Als ich das hörte, hat es mich glatt umgeworfen. Ich habe nach meiner Frau geschrien, und sie kam hereingerannt und dachte, ich hätte einen Anfall. ›Bessie‹, hab ich zu ihr gesagt, ›Bessie, du wirst nie erraten, was passiert ist.‹ ›Die Marsmenschen sind gelandet‹, hat sie gesagt. ›Nein‹, habe ich gesagt. ›Alberta Haywood ist aus dem Gefängnis entflohen.‹

»Gott!« Das Wort war nicht Ausdruck von Erstaunen, sondern von Dankbarkeit und Erleichterung. Einen Augenblick lang konnte er nicht an die Neuigkeit über Alberta Haywood denken, sein Kopf weigerte sich, weiter als bis zu Martha zu gehen. Martha war in Sicherheit. Sie saß, wie er sie zuletzt gesehen hatte, sicher vor dem Feuer.

»Ja, Sir, Miß Haywood ist schlicht und einfach in einem Lieferwagen entflohen, der die Süßigkeiten für die Automaten in der Kantine liefert.«

»Wann?«

»Irgendwann heute nachmittag. Die Gefängnisverwaltung hat die Einzelheiten noch nicht bekanntgegeben, aber sie ist weg. Die Polizei hat sie bisher noch nicht finden können, weil der Lieferwagen an drei oder vier Stellen gehalten hat und sie irgendwo aussteigen konnte, ohne bemerkt zu werden. Vielleicht war alles geplant, und ein Freund erwartete sie mit einem Wagen. Das ist meine Idee. Was glauben Sie?«

»Klingt ganz vernünftig«, sagte Quinn und dachte: *bis auf einen möglichen Irrtum. Statt eines Freundes kann es auch der Bruder in einem grünen Kombi gewesen sein.*

Die Austern hatten Verbindung aufgenommen, die Planer waren an der Arbeit.

»Vielleicht«, meinte Frisby, »kommt sie hierher zurück.«

»Warum?«

»Wenn jemand im Fernsehen aus dem Gefängnis ausbricht, kommt er immer an den Ort der Tat zurück, um die Ungerechtigkeit der Justiz zu rächen. Es könnte ja sein, daß sie unschuldig ist und jetzt versucht, es zu beweisen.«

»Was immer sie versucht zu beweisen, Mr. Frisby, unschuldig ist sie nicht. Gute Nacht.«

Lange Zeit, nachdem Quinn zu Bett gegangen war, lag er noch wach und lauschte auf das Winseln der Klimaanlage und die lauten ärgerlichen Stimmen des Paares im Nebenzimmer, das sich um Geld stritt.

Geld, dachte Quinn plötzlich. Schwester Segens Geld war von ihrem Sohn in Chicago gekommen, und der Brief, den Martha vernichtet hatte, trug den Poststempel Evanston, Illinois. Ein Sohn in Chicago, ein Brief aus Evanston. Falls es einen Zusammenhang gab, war der einzige Mensch, den er deswegen fragen konnte, Schwester Segen.

16

Selbst als der Tag noch nicht mehr als ein schwacher Schein am Himmel war, wußte Schwester Segen, daß er gut werden würde. Ihre nackten Füße eilten den dunklen Pfad zum Duschraum hinunter, und während sie sich wusch, sang sie, ungeachtet des kalten Wassers und der Härte der selbstgemachten Seife. »Ein schöner Tag wird kommen; ja, Herr – ein schöner Tag wird kommen.«

»Friede sei mit dir«, rief sie, als Schwester Zerknirschung mit einer Petroleumlampe kam. »Ein schöner Morgen, nicht?«

Schwester Zerknirschung stellte die Lampe mit einem Klappern der Mißbilligung ab. »Was ist denn plötzlich in dich gefahren?«

»Nichts, Schwester. Mir geht es gut, ich bin glücklich.«

»Ein Mensch hat wohl was anderes zu tun in dieser Welt als herumzulaufen und glücklich zu sein.«

»Man kann doch glücklich sein und dabei etwas tun, kannst du das nicht?«

»Ich weiß nicht. Ich habe es nie versucht.«

»Arme Schwester, hast du wieder Kopfschmerzen?«

»Kümmere du dich um deinen eigenen Kopf, ich kümmere mich um meinen.« Schwester Zerknirschung schüttete etwas Wasser in eine Schüssel, wusch ihr Gesicht und trocknete es mit einem Wollfetzen aus einem alten Gewand. »Du solltest wahrhaftig einen nüchterneren Standpunkt einnehmen, besonders nach der Bestrafung.«

»Die Bestrafung ist überstanden.« Doch die Erinnerung daran ernüchterte sie etwas. Es war eine schwarze Zeit für sie gewesen, trotz der Befriedigung, die ihr das

Wissen gab, daß ohne sie die Dinge in der Kolonie nicht reibungslos liefen. Der Meister war schließlich gezwungen gewesen, ihre Isolation von fünf auf drei Tage abzukürzen, da er nicht mit Mutter Pureza fertig wurde und Bruder Krone sich den Knöchel verstaucht hatte, als er vom Traktor fiel. *Sie brauchen mich,* dachte sie, und ihre Stimmung wurde wieder besser, trotz des düsteren, kargen Raumes und des grämlichen Gesichts von Schwester Zerknirschung, das auch nach dem Waschen noch fettig glänzte. *Sie brauchen mich, und ich bin hier.* Sie klammerte sich an die Worte, wie ein Kind, das einen Drachen hoch in den Lüften festhält.

Sie begann wieder zu singen: »Ein schöner Tag wird kommen, ja, Herr.«

»Es wird auch Zeit«, sagte Schwester Zerknirschung gereizt. »Das andere langt mir jetzt, so wie Karma sich benimmt. Ich höre, ein neuer Bekehrter ist gekommen.«

»Man kann noch nichts sagen, aber ich habe Hoffnung, große Hoffnung. Vielleicht ist es ein neuer Anfang für die Kolonie. Vielleicht ist es ein Zeichen vom Himmel, daß wir wieder zu blühen beginnen, wie in den alten Tagen.«

»Ist es ein Mann?«

»Ja. Seine Seele soll sehr beschwert sein, höre ich.«

»Ist er jung? Ich meine, ist er so jung, daß ich jede Minute ein Auge auf Karma haben muß?«

»Ich habe ihn noch nicht gesehen.«

»Gott gebe, daß er alt und klapprig ist«, sagte Schwester Zerknirschung seufzend, »und wenn er schwache Augen hätte, wäre es auch nicht schlecht.«

»Haben wir nicht genügend Alte und Schwache?« sagte Schwester Segen. »Der Turm braucht Jugend, Kraft und Lebendigkeit.«

»Das ist in der Theorie alles gut und schön. In der Praxis muß ich an Karma denken. Ach, was ist es für ein schreckliches Problem, Mutter zu sein.«

Schwester Segen nickte nüchtern. »Ja, ja, das ist es.«

»Du hast es ja schließlich hinter dir. Meine Sorgen fangen jetzt erst an.«

»Wegen Karma, Schwester. Vielleicht sollte sie eine Weile von hier fortgehen.«

»Wohin?«

»Du hast eine Schwester in Los Angeles. Karma könnte bei ihr leben –«

»Sie kommt nie mehr hierher zurück, wenn sie einmal weg ist. Weltliche Vergnügungen verlocken sie, weil sie sie nie gekannt hat und nicht weiß, wie unwichtig sie sind, wie verräterisch. Sie zu meiner Schwester schicken, hieße sie der Hölle überlassen. Wie kannst du so etwas nur vorschlagen. Hast du während der Bestrafung den Verstand verloren?«

»Ich glaube nicht«, sagte Schwester Segen. Aber sie war sich nicht ganz sicher. Es war schon ziemlich seltsam, sich nach solchen Leiden so gut zu fühlen, aber schließlich war das Leiden schon mehr als eine Woche vorbei, und es verschwamm in ihrem Kopf wie ein Bild in einem zerbrochenen und schmutzigen Spiegel.

Draußen fing sie wieder an zu singen und hörte nur auf, um die Leute zu grüßen, die ihr auf ihrem Weg zur Kirche begegneten. »Guten Morgen, Bruder Herz ... Friede sei mit dir, Bruder Licht. Wie geht's dem neuen Zicklein?«

»Es springt fröhlich herum und ist rund und fett.«

»Jetzt schon.«

Ein neuer Morgen, ein neues Zicklein, ein neuer Bekehrter.

»*Ja, Herr, ein schöner Tag wird kommen.* Guten Morgen, Bruder Zunge des Propheten. Wie fühlst du dich?«

Bruder Zunge lächelte und nickte.

»Und deinem kleinen Vogel geht es besser?«

Wieder ein Nicken, wieder ein Lächeln. Sie wußte, er konnte sprechen, wenn er wollte, aber vielleicht war es genauso gut, wenn er es nicht tat. »*Ja, Herr ...*«

Sie machte sich auf den Weg in die Küche, wo sie im Herd ein Feuer bereitete mit Holz, das Bruder Zunge ihr brachte. Dann half sie Schwester Zerknirschung, Eier und Speck zu braten, und hoffte, der Meister würde vor dem Frühstück erscheinen und die Aufnahme des Neubekehrten verkünden. Bis jetzt hatten nur der Meister und Mutter Pureza ihn gesehen. Er verbrachte die Zeit im Turm, beobachtete die Kolonie bei der Arbeit, sprach mit dem Meister, stellte Fragen und beantwortete welche. Es war die schwierige Zeit der Probe für beide Teile. Schwester Segen wußte, daß es keine leichte Sache war, sich für die Aufnahme zu qualifizieren, und sie hoffte, der Meister würde milde mit dem Mann umgehen und ihn nicht abschrecken. Die Kolonie brauchte neues Blut, neue Kraft. In letzter Zeit waren die Brüder und Schwestern zu oft krank, weil sie überarbeitet waren. Wie willkommen wäre doch ein zusätzliches Paar Hände, um beim Melken, im Garten und beim Holzfällen zu helfen, und ein zusätzliches Paar guter, starker Beine zum Hüten des Viehs –. »Träumst du denn schon wieder, Schwester?« fragte Bruder Krone mit vorwurfsvoller Stimme. »Ich habe dich schon dreimal gebeten, mehr Brot zu schneiden. Mit leerem Magen heilt mein Knöchel nie.«

»Er ist ja praktisch schon geheilt.«

»Nein, das ist er nicht. Du sagst das ja nur, weil du mir

immer noch grollst, weil ich deine Sünden dem Meister erzählt habe.«

»Unsinn. Zum Grollen habe ich gar keine Zeit. Dein Knöchel ist überhaupt nicht mehr geschwollen. Laß ihn mich nochmal ansehen.«

Bruder Zunge hatte den Wortwechsel mit angehört, eifersüchtig auf die Aufmerksamkeit, die Schwester Segen einem anderen widmete. Er legte seine Hand auf die Brust und hustete laut und vernehmlich, aber Schwester Segen kannte seine Tricks schon und tat so, als höre sie es nicht.

»Er ist wieder ganz in Ordnung«, sagte sie und berührte leicht Bruder Krones Knöchel.

Neuer Knöchel, neuer Morgen, neues Zicklein, neuer Bekehrter. *»Ja, Herr –.«*

Aber der Meister erschien nicht, und Schwester Zerknirschung brachte das Frühstück für drei in den Turm, während Schwester Segen Karma half, den Tisch abzudecken und Geschirr zu spülen.

Zu dem Klappern der Zinnteller und Tassen begann Schwester Segen wieder zu singen: *»Ein guter Tag wird kommen, ja, Herr.«* Es war eine ungewöhnliche Melodie für den Turm, dessen Lieder althergebrachte, schwere Hymnen waren, deren Texte der Meister umgeschrieben hatte. Sie klangen alle gleich und erheiterten und trösteten niemanden.

»Warum machst du so einen Krach?« sagte Karma und wischte die Brotkrumen mit verächtlicher Miene vom Tisch, als sei jede einzelne eine persönliche Beleidigung für sie.

»Weil ich mich voller Leben und Hoffnung fühle.«

»Ich nicht. Ein Tag ist wie der andere. Nichts ändert sich, außer daß wir älter werden.«

»Aber, aber – jetzt hör auf, deine Mutter nachzumachen: Schlechte Laune kann man sich nur schwer wieder abgewöhnen.«

»Das ist mir egal. Was für einen Grund sollte ich haben, nicht schlechter Laune zu sein.«

»Das solltest du aber die anderen nicht hören lassen«, sagte Schwester Segen mit dem Versuch, streng zu erscheinen. »Es würde mir sehr weh tun, wenn man dich wieder bestrafen würde.«

»Ich werde sowieso vierundzwanzig Stunden am Tag bestraft, weil ich hier arbeiten muß. Ich hasse es. Bei der nächsten Gelegenheit haue ich ab.«

»Nein, Karma, nein. Es ist schwer, an die Ewigkeit zu denken, wenn man jung ist, aber du mußt es versuchen. Bist du hier mit nackten Füßen über die harte Erde gegangen, wirst du im Himmel über weiche, goldene Straßen gehen. Denke daran, mein Kind.«

»Woher soll ich denn wissen, daß das stimmt?«

»Es stimmt. Ganz gewiß.« Aber ihre eigene Stimme klang falsch in ihren Ohren. *Stimmte es wirklich?* »Du solltest deinen Kopf mit Bildern des Heils füllen.« *Solltest du wirklich?*

»Ich kann es nicht. Ich denke immer nur an die Jungen und Mädchen in der Schule und an ihre hübschen Kleider und wie sie dauernd lachen und an all die Bücher, die sie zum Lesen haben. Hunderte von Büchern über Sachen, von denen ich noch nie etwas gehört habe. Sie nur anzufassen und zu wissen, daß sie da waren – oh, es war so ein tolles Gefühl.« Karmas Gesicht war bleich unter den rot leuchtenden Pickeln, so daß es wie ein Clownsgesicht aussah. »Warum dürfen wir hier eigentlich keine Bücher haben, Schwester?«

»Wie sollte denn die Gemeinschaft überleben, wenn jeder seine Nase in Bücher vergraben würde? Die Arbeit muß doch getan –«

»Das ist nicht der wahre Grund.«

Schwester Segen sah verlegen aus. »Aber, aber, das ist kein geeignetes Thema. Die Regeln verlangen ausdrücklich, daß –«

»Niemand hört uns zu. Ich weiß den wahren Grund. Wenn wir aus den Büchern erfahren, wie die anderen Leute leben, dann wollen wir vielleicht nicht mehr hier bleiben und dann gäbe es vielleicht gar keine Gemeinschaft.«

»Der Meister weiß am besten, was unser Wohl ist, du mußt das verstehen.«

»Aber ich verstehe es nicht.«

»Ach, Karma, mein Kind, was fangen wir nur mit dir an?«

»Laßt mich fort.«

»Die Welt draußen ist grausam.«

»Grausamer als dies hier?«

Schwester Segen antwortete nicht, sie wandte sich ab und schrubbte einen Zinnteller, den sie in der letzten Minute schon zweimal geschrubbt hatte. *Es wird Zeit,* dachte sie, *Zeit, daß Karma fortkommt und ich ihr dabei helfe. Ich würde mein letztes Hemd hergeben, um ihr zu helfen, aber ich weiß nicht wie. Oh, Gott, zeige mir den richtigen Weg.*

»Mr. Quinn findet nicht, daß die Welt draußen so grausam ist«, sagte Karma.

Der Name traf Schwester Segen unvorbereitet. Sie hatte ihn seit Tagen bewußt unterdrückt. Immer, wenn er wieder wie ein Stehaufmännchen in ihrem Kopf auftauchte, zwang sie ihn in den Topf zurück, drückte den Deckel darauf und hielt ihn fest. Aber der Deckel war glitschig und ihre Hand nicht immer kräftig und schnell genug, und da war er wieder, der junge Mann, den sie am liebsten nie gesehen hätte. Sie sagte scharf: »Was Mr. Quinn denkt, ist unwichtig. Er ist endgültig und für immer aus unserem Leben getreten.«

»Nein, das stimmt nicht.«

»Was weißt du darüber?«

»Das sage ich nicht, wenn ich nicht will.«

Schwester Segen drehte sich weg von dem Stapel Teller und legte ihre noch nassen Hände auf Karmas Schultern. »Hast du ihn gesehen? Mit ihm gesprochen?«

»Ja.«

»Wann?«

»Als du eingesperrt warst«, sagte Karma. »Ich habe ihm von meiner schlechten Haut erzählt, und er hat mir versprochen, wiederzukommen und mir ein Wasser dafür mitzubringen. Und das wird er auch tun.«

»Nein, das wird er nicht.«

»Er hat es versprochen.«

»Er kommt nicht zurück«, sagte Schwester Segen und drückte den Deckel herunter und hielt ihn fest. »Er muß uns in Ruhe lassen. Er ist unser Feind.«

Ein boshafter Ausdruck erschien auf Karmas Gesicht wie ein Erröten, das sie nicht verhindern konnte. »Der Meister sagt, wir haben keine Feinde, nur Freunde, die noch nicht erleuchtet sind. Und wenn Mr. Quinn jetzt zurückkommt, um erleuchtet zu werden?«

»Mr. Quinn ist an seine Spieltische in Reno zurückgekehrt, wo er hingehört. Wenn er dir etwas versprochen hat, war er dumm, und du bist noch dümmer, ihm zu glauben. Hör zu, Karma, ich habe einen großen Fehler gemacht und Mr. Quinn mit hineingezogen, und ich bin schwer dafür bestraft worden. Das alles muß jetzt ein Ende haben. Wir werden ihn nicht mehr sehen und nicht mehr über ihn sprechen, ist das klar?« Sie machte eine Pause und fügte in ruhigerem Ton hinzu: »Mr. Quinns Absichten waren gut, aber er hat Schwierigkeiten verursacht.«

»Schwierigkeiten wegen Patrick O'Gorman?«

»Wie kommst du auf den Namen?«

»Ich – ich habe ihn irgendwo gehört«, sagte Karma, erschreckt durch die ihr unbegreifliche Reaktion der Schwester. »Er ist – einfach so durch die Luft in mein Ohr geflogen, glaube ich.«

»Das ist gelogen. Hast du ihn von Mr. Quinn gehört?«

»Nein, ich schwöre es, er ist mir durch die Luft zugeflogen.«

Schwester Segens Hände fielen mit einer hoffnungslosen Geste von Karmas Schultern. »Ich verzweifle an dir, Karma.«

»Das sollten alle tun«, sagte Karma mit leiser, störrischer Stimme. »Dann würden sie mich hinauswerfen, und ich könnte mit Mr. Quinn wegfahren, wenn er mit dem Gesichtswasser kommt.«

»Er wird nicht kommen. Er hat den Auftrag ausgeführt, für den ich ihn in einem Augenblick der Schwäche und Verwirrung bezahlt habe, und er hat keinen Grund zurückzukommen. Ein Versprechen an ein Kind heißt nichts für einen Mann wie Mr. Quinn. Du warst sehr naiv, ihn ernst zu nehmen.«

»Du nimmst ihn ja offensichtlich auch sehr ernst, sonst würdest du nicht so einen ängstlichen Eindruck machen.«

»Ängstlich?« Das Wort stand im Raum wie ein durch das Oberlicht geworfener Stein. Schwester Segen versuchte, den Stein zu verstecken, indem sie davon ablenkte. »Du bist ein liebes Kind, Karma, aber was hast du für eine ausschweifende Phantasie. Und ich vermute stark, du hast dich etwas in Mr. Quinn verliebt.«

»Ich weiß nicht, was das heißt, verliebt.«

»Es heißt, daß du dich in einen dummen Traum verrannt hast, daß er zurückkommt, um dich zu retten und dich mit einem Zauberwasser schön zu machen. Das ist alles, Karma, ein Traum.«

Die Schwester kehrte zu dem Stapel Teller zurück. Das Wasser war kalt geworden. Fett schwamm an seiner Oberfläche, und die rauhe Seife würde es nicht entfernen. Als sie widerwillig ihre Hände in das schmutzige Wasser tauchte, versuchte sie, ihr Lied wieder zu singen, aber sie konnte sich nicht an die Melodie erinnern, die Worte schienen nicht mehr prophetisch, nur noch ihr eigener Wunsch: *Kommt nicht wirklich ein guter Tag, Herr?*

Mittags fand die offizielle Verkündigung am Altar im Innenhof statt. Ein großer, magerer Mann mit Brille, bereits rasiert und eingekleidet, wurde kurz durch den Meister vorgestellt: »Voller Demut möchte ich euch mit Bruder Glauben der Engel bekannt machen, der gekommen ist, unser Leben in dieser Welt und unsere Erlösung in der jenseitigen zu teilen. Amen.«

»Amen«, sagte Bruder Glauben, und die anderen echoten: »Amen.«

Eine untergründige Erregung herrschte in der Gemeinde, doch verschwanden alle wieder schnell und kehrten zu ihrer Arbeit zurück.

Bruder Licht ging langsam zur Scheune zurück und dachte voller Befriedigung an die weichen, weißen Hände des neuen Bekehrten, und wie bald sie ganz anders aussehen würden; Schwester Zerknirschung rannte zur Küche, atemlos und mit vor Angst verzerrtem Gesicht: *Er ist nicht alt, aber ganz gewiß ist er auch nicht jung, und vielleicht hat er schwache Augen und wird Karma nicht bemerken. Wie grausam schnell ist sie zur Frau geworden.*

Bruder Krone eilte zum Traktor und pfiff dabei triumphierend durch die Lücke zwischen seinen Schneidezähnen. Er hatte das Auto des Bekehrten gesehen und ach, was war das für eine Pracht, und wie das Schnurren des Motors zu einem tiefen, mächtigen Röhren wurde. Er stellte sich vor, wie er selbst hinter dem Steuerrad saß, den Fuß hart auf dem Gaspedal, wie er mit quietschenden Reifen die Kurven der Bergstraße nahm. *Brem, brem, hier komme ich, brem brem.*

Bruder Beständiges Herz und Bruder Zunge hackten Unkraut im Gemüsegarten.

»Hat er einen kräftigen Rücken, das ist ein wichtiger Punkt«, sagte Bruder Herz. »Arme, Beine, Hände kann man durch Arbeit und Gymnastik kräftigen, aber ein starker Rücken ist eine Gabe Gottes. Habe ich nicht recht?«

Bruder Zunge nickte liebenswürdig und wünschte sich, Bruder Herz würde den Mund halten, er wurde eine schreckliche alte Nervensäge.

»Ja, Sir, ein starker Rücken bei einem Mann und schöne, zarte Gliedmaßen bei einer Frau sind Gaben Gottes, was, Bruder Zunge? Ach, die Damen, wie ich sie vermisse! Soll ich dir ein Geheimnis verraten? Ich habe nie nach viel ausgesehen, aber ich war ein großer Frauenverführer, hältst du das für möglich?«

Bruder Zunge nickte wieder. *Jemand muß diesen Bastard zum Schweigen bringen, oder ich bringe ihn um.*

»Dir ist wohl heute eine Laus über die Leber gelaufen, Bruder Zunge. Geht es dir nicht gut? Deine Rippenfellentzündung ist wohl wieder im Kommen, vielleicht solltest du dich lieber ausruhen. Schwester Segen hat gesagt, du darfst dich nicht überanstrengen. Geh und halt ein schönes kleines Nickerchen.«

Der Meister stieg bis zur Spitze des Turms hinauf und sah hinunter auf den blauen See in dem grünen Tal und dann über die grünen Berge, bis in den blauen Himmel.

Normalerweise inspirierte ihn die Aussicht, aber jetzt fühlte er sich alt und müde. Es war schwierig gewesen, Bruder Glauben der Engel zu prüfen und von diesem selbst geprüft zu werden und gleichzeitig mit Mutter Pureza fertig zu werden, dafür zu sorgen, daß sie ruhig und zufrieden war. In dem Maße, wie ihr Körper schwächer wurde, wurden auch ihre Flüge in die Vergangenheit zügelloser. Sie gab ihrem Diener Capirote, der schon dreißig Jahre tot war, Befehle, und sie wurde sehr heftig, wenn ihre Befehle nicht ausgeführt wurden. Sie rief nach ihren Eltern und Schwestern und weinte bitterlich, wenn diese nicht antworteten. Manchmal betete sie den Rosenkranz, den sie sich von niemandem hatte wegnehmen lassen, und trotz der Bemühungen des Meisters, sie daran zu hindern, betete sie das Ave Maria, das sie als Kind gelernt hatte. Sie hatte den neuen Bruder vom ersten Augenblick an nicht gemocht, hatte ihn auf spanisch verflucht, ihn beschuldigt, sie zu bestehlen, und drohte, ihn auspeitschen zu lassen. Der Meister wußte, daß die Zeit nahte, wo er sie wegschicken mußte. Er hoffte, sie würde sterben, ehe es soweit war.

Mutter Pureza hatte in ihrem Zimmer geschlafen, als er hinuntergegangen war. Jetzt klopfte er leise an ihre Türe und flüsterte, die Lippen an den Spalt gedrückt: »Liebste, schläfst du noch?«

Es kam keine Antwort.

»Pureza?«

Als immer noch keine Antwort kam, dachte er: *Sie schläft. Wäre Gott doch gnädig und ließe sie nicht mehr aufwachen.*

Er verriegelte die Tür, so daß sie nicht heraus konnte, und kehrte in sein Zimmer zurück, um zu beten.

Mutter Pureza, die sich unten im Innenhof hinter dem Altar versteckt hatte, beobachtete das sinnlose Verriegeln ihrer Tür und kicherte, bis sie außer Atem war und ihre Augen feucht wurden.

Sie blieb lange dort sitzen. Es war kühl und ruhig. Ihr Kinn fiel hinunter auf ihre dürre Brust, ihre Augen fielen zu, und mit einem großen Brausen flog Capirote vom Himmel zu ihr herab.

17

Sie begegnete Quinn auf der Landstraße. Sie ging ganz steif, die Hände seitlich ausgestreckt, wie ein kleines Mädchen, das ungehorsam war und sich schmutzig gemacht hat. Selbst aus der Entfernung konnte Quinn erkennen, daß der Schmutz Blut war. Ihr ganzes Gewand war damit bedeckt.

Er hielt den Wagen an, stieg aus und lief zu ihr. »Mutter Pureza, was machen Sie?«

Obwohl sie ihn nicht erkannte, schien sie weder erschreckt noch neugierig. »Ich suche den Waschraum. Meine Hände sind feucht. Sie fühlen sich klebrig an – nicht schön.«

»Wo sind sie so klebrig geworden?«

»Ach, da hinten. Ganz da hinten.«

»Der Waschraum ist in der entgegengesetzten Richtung.«

Sie sah ihn an, den Kopf auf die Seite gelegt wie ein Vogel. »Woher wollen Sie denn wissen, wo der Waschraum ist?«

»Ich bin schon einmal dort gewesen. Wir haben uns unterhalten, Sie wollten mir eine gedruckte Einladung durch Capirote schicken.«

»Das muß ich rückgängig machen. Capirote ist nicht mehr in meinen Diensten. Diesmal hat er seine Spielereien zu weit getrieben. Bis heute abend muß er den Besitz verlassen haben ... Ich glaube, Sie halten das für richtiges Blut?«

»Ja«, sagte Quinn ernst. »Ja, das tue ich.«

»Unsinn, es ist Saft, den Capirote gedickt hat, um mich irrezuführen. Natürlich bin ich nicht darauf hereingefallen. Aber es war ein böser Witz. Finden Sie nicht auch?«

»Wo ist er jetzt?«

»Ach, da hinten.«

»Wo?«

»Wenn Sie mich anschreien, junger Mann, lasse ich Sie prügeln.«

»Es ist sehr wichtig, Mutter Pureza«, sagte Quinn, bemüht, seine Stimme in der Gewalt zu halten. »Es ist kein Witz. Das Blut ist echt.«

»Ich bin ihm auf die Schliche gekommen – stimmt's?« Sie sah auf die schon dunkel und hart werdenden Flecken auf ihrem Gewand hinunter. »Echtes Blut? Sind sie ganz sicher?«

»Ja.«

»Meine Güte, ich hätte nie gedacht, daß er so weit gehen würde, echtes Blut zu sammeln und es über sich zu schütten. Man muß solche Gründlichkeit fast bewundern. Was meinen Sie, woher er es genommen hat, von einer Ziege oder von einem Huhn? Ach ja, jetzt habe ich es, er tut so, als habe er sich vor dem Altar geopfert –. Junger Mann, wo gehen sie hin? Rennen Sie doch nicht weg. Sie haben mir doch versprochen, mir zu zeigen, wo der Waschraum ist.«

Sie blieb stehen und sah ihm nach, bis er zwischen den Bäumen verschwunden war. Die Sonne schien unerbittlich auf ihr zerknittertes Gesicht. Sie schloß die Augen und dachte an das große, alte Haus ihrer Jugend mit den dicken Wänden aus luftdurchlässigen Steinen und dem schweren Ziegeldach, um die Sonne und die Straßengeräusche abzuhalten. Wie ordentlich doch alles gewesen war, wie ruhig und sauber, dort brauchte man nicht an Schmutz und Blut zu denken. Sie hatte noch nie Blut gesehen, bis Capirote –. ›*Du mußt dich auf etwas Schreckliches gefaßt machen, Isabella. Capirote ist von seinem Pferd abgeworfen worden, und er ist tot.*‹

Sie öffnete die Augen und schrie voller Verzweiflung: »Capirote? Capirote, bist du tot?«

Sie sah den Meister auf sich zukommen und die dicke, schlecht gelaunte kleine Frau, die ihr die Mahlzeiten brachte, und Bruder Krone mit seinen grausamen Augen. Sie riefen nach ihr ›Pureza‹, was nicht ihr Name war. Sie hatte viele Namen, Pureza war keiner von ihnen.

»Ich bin Doña Isabella Constancia Querida Felicia de la Guerra. Ich möchte, daß man mich korrekt anspricht.«

»Isabella«, sagte der Meister, »du mußt mit mir kommen.«

»Du wagst es, *mir* Befehle zu geben, Harry? Hast du vergessen, daß du nur ein kleiner Verkäufer in einem Krämerladen warst? Woher hast du denn all deine schönen Visionen, Harry, vom Einordnen von Suppen- und Bohnendosen?«

»Bitte, sei still, Pur- Isabella.«

»Ich habe nichts weiter zu sagen.« Sie straffte sich und sah hochmütig um sich. »Würdest du mich jetzt freundlicherweise zum Waschraum geleiten. Ich habe das Blut eines Menschen an meinen Händen. Ich möchte es loswerden.«

»Hast du gesehen, wie es passiert ist, Isabella?«

»Was passiert?«

»Bruder Glaube der Engel hat sich umgebracht.«

»Natürlich hat er sich umgebracht. Hat der blöde Idiot etwa gedacht, er könne fliegen, indem er mit den Armen wackelt?«

Die Leiche lag da, wo Mutter Pureza gesagt hatte, wie ein Opfer vor dem Altar. Das Gesicht des Mannes war gegen einen der vorspringenden Steine des Altars gestoßen, und es war blutig und zermalmt bis zur Unkenntlichkeit. Doch Quinn hatte den Wagen neben der Scheune gesehen, einen grünen Pontiac-Kombiwagen, und er wußte, daß er die Leiche von George Haywood vor sich hatte.

Gram schnürte ihm die Kehle zu wegen Haywood und der zwei Frauen, die um ihn gekämpft und verloren hatten, und die einander weder den Kampf noch den Verlust jemals verzeihen würden.

Wenn auch das Blut nicht mehr floß, so war der Körper doch noch warm, und Quinn nahm an, daß der Tod vor ungefähr einer halben Stunde eingetreten war. Der geschorene Kopf, die nackten Füße und das Gewand zeigten, daß Haywood als Bekehrter zum Turm gekommen war. Aber wie lange war er schon hier? War er gekommen, direkt nachdem er sich von Willie King verabschiedet hatte? Aber wer hatte dann Albertas Flucht in die Wege geleitet? Bestand die Möglichkeit, daß die beiden geplant hatten, sich hier im Turm zu treffen und zu verstecken?

Quinn schüttelte den Kopf, als habe ihm jemand laut diese Frage gestellt. *Nein, George hätte den Turm nie als Versteck gewählt. Er muß von Willie, Ronda oder Martha gehört haben, daß von hier aus die Fragen nach O'Gormans Tod wieder ausgegangen sind. Er hätte kein Versteck gewählt, das ich kannte und besuchte. Und überhaupt – warum sich überhaupt verstecken?*

Der Tod, die seltsame Art, wie er sich ereignet hatte, der Anblick und Geruch des frischen Blutes verursachten ihm Übelkeit. Er ging hinaus und schnappte nach Luft wie ein Schwimmer nach einem Kampf mit einer hohen Welle.

Mutter Pureza kam, von Schwester Zerknirschung und Bruder Krone gestützt, den Pfad entlang und plapperte etwas auf spanisch. Hinter den dreien ging der Meister mit gesenktem Kopf, das Gesicht grau und hager.

Er sagte: »Bringt sie hinauf in ihr Zimmer und säubert

sie. Seid vorsichtig. Ihre Knochen sind brüchig. Wo ist Schwester Segen? Bitte, holt sie.«

»Sie ist krank«, sagte Schwester Zerknirschung. »Irgend etwas mit dem Magen.«

»Gut, dann macht ihr es, so gut ihr könnt.« Als sie gegangen waren, wandte er sich an Quinn. »Sie sind in einem schlechten Augenblick gekommen, Mr. Quinn. Unser neuer Bruder ist tot.«

»Wie ist das passiert?«

»Ich habe in meinem Zimmer meditiert, ich war nicht Zeuge. Aber ist es nicht klar? – Bruder Glauben wurde von vielen Problemen gequält. Er hat einen Weg, sie zu lösen, gewählt, den ich nicht gutheißen kann, aber voller Mitleid hinnehmen muß.«

»Er ist vom Turm gesprungen?«

»Ja, vielleicht war es mein Fehler, seine seelische Verzweiflung zu unterschätzen.« Sein tiefer Seufzer war fast ein Stöhnen. »Sollte dies so sein, möge Gott mir vergeben und unserem Bruder ewiges Heil verheißen.«

»Wenn Sie ihn nicht haben springen sehen, wieso waren Sie so rasch an Ort und Stelle?«

»Ich hörte Mutter Pureza schreien. Ich lief hinaus und sah, wie sie sich über die Leiche beugte und rief, er solle aufstehen. Als ich sie anrief, lief sie weg. Bevor ich ihr folgte, stellte ich fest, ob ich unserem Bruder noch helfen könnte. Dann lief ich ihr nach. Ich traf Schwester Zerknirschung und Bruder Krone auf dem Weg und bat sie um Hilfe.«

»Dann wissen die anderen noch nichts von Haywood?«

»Nein.« Er wischte sich mit dem Ärmel den Schweiß von der Stirn. »Sie – Sie nennen ihn Haywood?«

»So heißt er.«

»War er ein – Freund von Ihnen?«

»Ich kenne seine Familie.«

»Er hat mir erzählt, er besäße keine Familie, er sei allein auf der Welt. Wollen Sie sagen, daß er mich belogen hat?«

»Ich will sagen, daß er Mutter, zwei Schwestern und eine Verlobte hat.«

Der Meister machte ein entsetztes Gesicht, nicht wegen der Existenz von Haywoods Familie, sondern, weil man ihn getäuscht hatte. Sein Stolz war getroffen. Nach kurzer Überlegung sagte er: »Ich bin sicher, es war keine bewußte Lüge. Er hat sich alleine gefühlt auf dieser Welt, und also hat er so getan, als sei er es wirklich. Das ist die Erklärung.«

»Glauben Sie, daß er als wahrer Bekehrter hierher gekommen ist?«

»Natürlich. Natürlich ist er das. Welchen anderen Grund hätte er haben sollen, an unserem bescheidenen Leben teilnehmen zu wollen. Es ist nicht leicht, so zu leben wie wir.«

»Was wollen Sie jetzt unternehmen?« fragte Quinn.

»Unternehmen?«

»Wegen seines Todes?«

»Wir versorgen unsere Toten selber«, sagte der Meister, »ebenso wie wir unser Leben selber bestimmen. Wir werden ihm ein gutes Begräbnis geben.«

»Ohne die Behörden zu verständigen?«

»Ich bin hier die oberste Autorität.«

»Sheriff, Coroner, Richter, Geschworener, Arzt und Seelentröster?«

»Ja, alles zusammen. Und, bitte, ersparen Sie mir Ihre läppische Ironie, Mr. Quinn.«

»Sie haben ein umfangreiches Pensum, Meister.«

»Gott hat mir die Kraft gegeben, es zu bewältigen«, sagte er ruhig, »und die Fähigkeit zu sehen, wie es bewältigt werden muß.«

»Es wird vielleicht etwas schwierig sein, den Sheriff davon zu überzeugen.«

»Der Sheriff kann sich um seine eigenen Angelegenheiten kümmern, ich kümmere mich um meine.«

»Es gibt Gesetze, und Sie leben unter ihrer Gerichtsbarkeit. Haywoods Tod muß gemeldet werden. Wenn Sie es nicht tun, tue ich es.«

»Warum? Wir sind friedliebende Menschen. Wir tun niemandem etwas zuleide, wir fragen die Welt draußen nach keiner Vergünstigung, wir wollen nur so leben, wie es uns richtig erscheint.«

»Also gut, dann wollen wir es mal so sehen: Ein Mitglied der Welt da draußen ist hier hereingewandert und hat sich getötet. Das ist die Aufgabe des Sheriffs.«

»Bruder Glaube der Engel war einer von *uns*, Mr. Quinn.«

»Er war George Haywood«, sagte Quinn. »Ein Makler aus Chicote. Und was auch immer seine Gründe für sein Kommen waren, ich weiß genau, es war nicht, um seine Seele zu retten.«

»Gott möge Ihnen Ihre Lästerungen und Lügen verzeihen. Bruder Glaube war ein wahrer Gläubiger.«

»Sie waren der Gläubige, nicht Haywood.«

»Sein Name war nicht Haywood. Er hieß Martin. Er war ein Bankier aus San Diego, ein Witwer ohne Familie, ein unglücklicher Mann.«

Einen Augenblick lang war Quinn fast überzeugt, daß er sich geirrt hatte und der grüne Pontiac-Kombi nur ein

Zufall war. Dann sah er die Unsicherheit in den Augen des Meisters größer werden und hörte den Zweifel in seiner Stimme, als er es abstritt.

»Hubert Martin. Seine Frau ist vor zwei Monaten gestorben.«

»Vor zehn Jahren.«

»Er war einsam und verzweifelt ohne sie.«

»Er hatte eine rothaarige Freundin namens Willie King.«

Der Meister lehnte sich schwer an den Türrahmen, als sei die plötzliche Bürde der Wahrheit zu schwer für ihn. »Er hat also – er hat also nicht das Heil gesucht?«

»Nein.«

»Warum ist er dann bloß hierhergekommen? Um uns auszurauben, zu betrügen? Wir haben nichts, was man rauben oder wegnehmen könnte, nur das Auto, das er selbst der Gemeinschaft als Eigentum überantwortet hat. Wir besitzen kein Geld.«

»Vielleicht hat er ja gedacht, Sie haben welches.«

»Wie hätte er das können? Ich habe ihm in allen Einzelheiten erklärt, daß die Gemeinschaft auf der Basis der Selbstversorgung lebt. Ich habe ihm sogar unsere Kontobücher gezeigt, um ihm zu beweisen, wie wenig Geld wir hier brauchen, denn wir müssen nichts kaufen, außer Benzin und einigen Ersatzteilen für den Traktor und gelegentlich eine Brille für einen unserer Brüder, dessen Augenlicht schwächer wird.«

»Schien sich Haywood dafür zu interessieren?«

»Oh, ja, sehr. Sehen Sie, als Bankier hat er sicher ...«

»Makler.«

»Ja, ich habe es schon wieder vergessen. Ich – es war ein sehr verwirrender Tag. Sie müssen mich jetzt entschuldigen, Mr. Quinn. Ich muß den anderen die traurige

Neuigkeit übermitteln und mit Schwester Segen besprechen, daß sie sich um den Leichnam kümmert.«

Quinn sagte: »Sie lassen am besten alles unangetastet, bis der Sheriff da ist.«

»Der Sheriff, ach ja. Sie werden ihn vermutlich verständigen.«

»Ich habe keine andere Wahl.«

»Bitte tun Sie mir einen Gefallen und halten Sie Mutter Pureza aus der Sache heraus. Es würde sie sehr erschrekken, verhört zu werden. Sie ist wie ein Kind.«

»Auch Kinder können gewalttätig sein.«

»Sie ist nicht gewalttätig, nur manchmal in ihren Reden. Sie ist zu gebrechlich, um ihn über das Geländer stoßen zu können. Gott vergebe mir, daß ich das auch nur angedeutet habe.«

Er griff in die Falten seines Gewands und zog einen Schlüsselbund heraus.

Voller Entsetzen erkannte Quinn, daß es seine Autoschlüssel waren. Er sagte: »Wollten Sie mich hier behalten?«

»Nein, ich wollte nur in der Lage sein, Ihre Abfahrtszeit zu überwachen. Ich wußte noch nicht, daß Haywood eine Familie und Freunde hatte und sein Tod von einer Person von außerhalb untersucht werden muß. Sie sind frei und können jetzt gehen, Mr. Quinn. Aber ehe Sie es tun, Mr. Quinn, möchte ich, daß Sie sich darüber klar sind, daß Sie uns einen unendlich großen Schaden zufügen, während wir Ihnen unsererseits nur Freundlichkeit entgegengebracht, Ihnen zu essen und zu trinken gegeben haben, als sie hungrig und durstig waren, Ihnen Unterkunft gegeben haben und für Sie gebetet haben, obwohl Sie nicht gläubig sind.«

»Ich bin nicht allein verantwortlich für den Lauf der

Ereignisse. Ich wollte niemandem Unannehmlichkeiten bereiten.«

»Das ist eine Angelegenheit, die Sie vor ihrem Gewissen verantworten müssen. Ob Sie es wollten oder nicht, ändert nichts. Ein Fluß hat bei Hochwasser auch nicht die Absicht, seine Ufer zu überschwemmen, und ein Eisberg will nicht ein Schiff rammen, und doch sind die Felder durch das Hochwasser zerstört, und das Schiff sinkt ... Und die Leute darauf müssen alle sterben. Ja, ja, ich sehe es ganz klar in meinem Kopf.«

»Ich gehe jetzt wohl besser.«

»Sie schreien nach mir um Hilfe. Das Schiff ist entzwei, die See kocht vor Wut ... Fürchtet euch nicht, meine Kinder. Ich komme und öffne Euch die Tore des Himmels.«

»Auf Wiedersehen, Meister.«

Quinn ging davon, sein Herz schlug gegen seine Rippen, als wollte es ausbrechen. Seine Kehle war zugeschnürt, und er hatte den Geschmack von altem Erbrochenem im Mund, die zerfetzten Teile des Vergangenen, die zu sehnig waren, um geschluckt zu werden.

Er sah zwischen den Bäumen Karma auf sich zulaufen, ungeschickt, als habe sie sich noch nicht an ihren neuen Körper gewöhnt. Sie schrie: »Wo ist der Meister?«

»Im Turm.«

»Schwester Segen ist krank. Oh, schrecklich krank. Und Bruder Zunge weint. Ich kann meine Mutter nicht finden, und ich weiß nicht, was ich tun soll.«

»Nur ruhig. Wo ist die Schwester?«

»In der Küche. Sie ist auf den Boden gestürzt. Sie sieht schrecklich aus, als ob sie stürbe. Bitte, lassen Sie sie nicht sterben. Sie hat mir heute morgen versprochen, mir fortzuhelfen. Bitte, bitte, lassen Sie sie nicht sterben.«

Quinn fand Schwester Segen auf dem Boden, vor Schmerzen gekrümmt. Ihre Lippen waren über die Zähne zurückgezogen, und eine dicke, farblose Flüssigkeit floß aus ihren Mundwinkeln. Bruder Zunge bemühte sich, ihr ein feuchtes Tuch auf die Stirn zu legen, doch sie drehte stöhnend den Kopf hin und her.

Quinn fragte: »Wie lange geht es ihr schon so, Karma?«

»Ich weiß nicht.«

»Schon vor oder nach dem Mittagessen?«

»Danach. Etwa eine halbe Stunde danach.«

»Worüber hat sie geklagt?«

»Krämpfe. Schlimme Krämpfe und ein Brennen in der Kehle. Sie ist hinausgegangen und hat sich übergeben, und als sie zurückgekommen ist, ist sie auf den Boden gefallen, und ich habe um Hilfe gerufen, und Bruder Zunge war im Waschraum und hat mich gehört.«

»Wir müssen sie ins Krankenhaus bringen.«

Bruder Zunge schüttelte den Kopf, und Karma schrie auf: »Nein, nein. Das können wir nicht. Der Meister würde es nicht erlauben. Er glaubt nicht ...«

»Sei ruhig!« Quinn kniete sich neben Schwester Segen und fühlte ihren Puls. Er war schwach, und ihre Hände und die Stirn waren heiß und trocken, als habe sie viel Flüssigkeit verloren.

»Können Sie mich hören, Schwester? Ich fahre Sie ins Krankenhaus nach San Felice. Haben sie keine Angst. Ich werde mich gut um Sie kümmern. Erinnern Sie sich an das heiße Bad, das Sie nehmen wollten, von dem Sie mir erzählt haben? Und an die weichen, rosa Hausschuhe? Sie werden so viele heiße Bäder nehmen können wie Sie wollen, und ich werde Ihnen die weichsten rosa Hausschuhe kaufen, die ich finden kann. Schwester?«

Sie öffnete ein wenig die Augen, zeigte aber kein Erkennen, und einen Moment später fielen sie wieder zu.

Quinn stand auf. »Ich bringe den Wagen so nahe wie möglich an die Tür.«

»Ich komme mit«, sagte Karma.

»Du bleibst besser hier. Versuch, ob sie etwas Wasser schlucken kann.«

»Das habe ich schon versucht und Bruder Zunge auch, aber es geht nicht.« Sie folgte Quinn den Weg hinunter, wobei sie aufgeregt sprach und immer wieder über die Schulter schaute, als fürchte sie, beobachtet zu werden. »Sie war so glücklich heute morgen, voller Leben und Hoffnung. Sie ärgerte sich nur über mich, als ich ihr erzählte, Sie kämen zurück und brächten mir das Hautwasser. – Haben Sie es bei sich?«

»Ja, im Wagen. Der Gedanke, daß ich zurückkäme, gefiel ihr nicht?«

»O nein! Es war, als ob sie Angst hätte, und sie sagte, Sie wären unser Feind.«

»Aber ich bin nicht dein Feind oder ihrer. In Wirklichkeit haben Schwester Segen und ich uns sehr gut verstanden.«

»*Sie* war aber anderer Meinung. Sie sagte, Sie seien an die Spieltische nach Reno zurückgekehrt, wohin Sie gehörten, und ich sollte Ihr Versprechen nicht ernst nehmen.«

»Warum hatte sie Angst, Karma?«

»Vielleicht wegen O'Gorman. Als ich den Namen aussprach, sah sie ganz wütend aus, als wollte sie nicht an Sie oder O'Gorman erinnert werden – wissen Sie, als ob eine Sache erledigt ist und man nicht mehr daran denken will.«

»Als ob eine Sache erledigt ist«, wiederholte Quinn mit gerunzelter Stirn. Nur ein Punkt war geklärt, die Tatsache, daß O'Gorman ermordet war. »Wird Post zum Turm gebracht, Karma?«

»Drei Kilometer die Autostraße hinunter, wo man zur Nachbarschaft abbiegt, sind zwei Briefkästen. Einer davon gehört uns, aber der Meister geht nur einmal die Woche hin, da wir doch nie etwas Wichtiges bekommen.«

»Wenn die Post gebracht wird, muß sie auch abgeholt werden.«

»Wir dürfen keine Briefe schreiben, außer um ein Unrecht wieder gut zu machen, das wir begangen haben.«

Ein Unrecht wieder gut machen, dachte Quinn. *Einen Mord gestehen und mit Gott und seinem Gewissen Frieden machen.* Er sagte: »Hat Schwester Segen je von ihrem Sohn erzählt?«

»Nicht mir. Aber ich weiß, daß sie einen hat.«

»Wie heißt er?«

»Ich glaube, so wie sie: Featherstone. Vielleicht Charley Featherstone.«

»Warum vielleicht?«

»Als Bruder Zunge hereinkam und sie auf dem Boden lag, sah sie ihn an und sagte ›Charley‹. Es klang so, als sollte er Charley sagen, daß sie krank ist.«

»Kann sie Bruder Zunge mit Charley angeredet haben?«

»Das wäre sinnlos gewesen. Sie weiß genauso wie ich, daß er Michael heißt. Michael Robertson.«

»Du hast ein gutes Gedächtnis, Karma.«

Sie wurde rot und machte eine ungeschickte Bewegung, dies zu verbergen. »Ich brauche nicht viel zu behalten.

Ich habe ja nur das Buch vom Meister, in dem ich lesen kann, wenn ich auf Mutter Pureza aufpasse. Ich lese es ihr manchmal vor wie eine Geschichte. Es hält sie ruhig, außer wenn sie mich unterbricht und fragt, ob die Leute glücklich lebten bis ans Ende ihrer Tage. Ich sage immer ja.«

Für Quinn war es ein seltsam rührendes Bild, das Mädchen, das mit ernstem Ton die Liste der Namen las und die verwirrte alte Frau, die daraus ein Märchen hörte: ›*Es war einmal eine Frau, die hieß Mary Alice Featherstone, und ein Mann, der hieß Michael Robertson –*‹ ›*Und lebten sie glücklich bis an ihr Ende?*‹ ›*Oh, ja, bis an ihr Ende*‹. Er sagte: »Ist Charles der wirkliche Name von irgendeinem der Brüder, die hier sind?«

»Nein, da bin ich ganz sicher.«

Sie hatten beinahe den Wagen erreicht. Das Mädchen lief voraus und öffnete die Tür. Mit einem Triumphschrei griff sie nach der Flasche auf dem Vordersitz und preßte sie gegen ihr Gesicht, als könne selbst das Glas Wunder wirken.

Sie flüsterte halb zu sich selber, halb zu Quinn: »Jetzt werde ich aussehen wie andere Mädchen. Und ich gehe nach Los Angeles und wohne bei meiner Tante, Mrs. Harley Baxter Wood. Ist das nicht ein herrlicher Name? Und ich gehe wieder in die Schule und ...«

»Und lebst glücklich, bis ans Ende deiner Tage?«

»Ja, das werde ich. Ganz bestimmt!«

Quinn gelang es, mit dem Wagen zwischen den Bäumen hindurch bis direkt an die Küchentüre heranzufahren. Dennoch mußten sie zu dritt – Karma, Bruder Zunge und er selbst – Schwester Segen hinaus auf den Rücksitz des Wagens tragen. Bruder Zunge legte eine zusammengefaltete Decke unter ihren Kopf und ein feuchtes Tuch auf ihre Stirn. Diesmal wandte sie ihren Kopf nicht protestierend ab. Sie hatte das Bewußtsein verloren.

Beiden Männern war klar, daß das ein schlechtes Zeichen war, aber Karma wußte es nicht. »Sie ist eingeschlafen. Das heißt, daß sie nicht mehr so große Schmerzen hat, und bald wird es ihr besser gehen, nicht wahr? Und sie wird glücklich leben bis ans Ende ihrer Tage.«

Quinn war zu beschäftigt, um zu antworten, und Bruder Zunge sagte: »Sei still«, mit einer seltsam krächzenden Stimme, die wie das Quietschen einer lange nicht geöffneten, verrosteten Tür klang.

Der ungewohnte Klang und die Wut, die herauszuhören war, erschreckten Karma so, daß sie sofort schwieg.

Quinn sagte zu Bruder Zunge, der seine Augen mit den Ärmeln seines Gewandes abwischte: »Glaubst du, daß sie vom Sitz herunterfallen kann?«

»Nicht, wenn Sie langsam fahren.«

»Ich kann es mir nicht leisten, langsam zu fahren.«

»Die Tore des Himmels öffnen sich für sie. Wollen Sie das andeuten?«

»Sie ist sehr krank.«

»Oh, Gott. Bitte Gott, erlöse sie von ihren Qualen.«

Quinn stieg in den Wagen und fuhr auf die Landstraße hinunter. Im Rückspiegel sah er Bruder Zunge, im Gebet kniend, die Hände flehend gen Himmel gehoben. Einen Augenblick später war der Bruder hinter den Bäumen verschwunden, ebenso der Turm und alle anderen Gebäude. Er kam ans Ende des bewässerten Landes, und die Bäume wurden allmählich immer verkrüppelter und spärlicher. Die karge braune Erde, die so unfruchtbar war, schien ein geeigneter Ort zum Sterben.

»Schwester?« rief er nach hinten. »Schwester, hören Sie mich? Wenn Ihnen jemand dies angetan hat, dann ist es meine Schuld. Sie haben mir gesagt, ich solle nicht mit O'Gorman in Verbindung treten, es könne viel Schaden anrichten. Ich hätte auf Sie hören sollen. Es tut mir leid. Bitte, hören Sie mich, Schwester. Es tut mir leid.«

Leid. Das Wort wurde von den kahlen Felsen am Straßenrand zurückgeworfen. *Es tut mir leid,* und die graue Masse auf dem Rücksitz bewegte sich leicht. Quinn sah es im Spiegel. »Warum haben Sie mich beauftragt, einen Toten zu finden, Schwester?«

Keine Antwort.

»Als Sie mir den Auftrag gaben, konnten Sie nicht wissen, daß er tot war. Trotzdem mußten Sie den Verdacht haben, daß etwas mit ihm nicht stimmte. Wer kann Ihnen das erzählt haben außer dem Mörder? Und warum hat er nach all diesen Jahren beschlossen, sein Verbrechen in einem Brief zu gestehen? Weil ich Sie neulich gebeten habe, Martha O'Gormans Unsicherheit ein Ende zu machen? – Haben Sie den Mörder zu diesem Brief gezwungen? Und warum haben Sie versucht, ihn zu schützen?«

Sie stieß einen Schrei aus; ob er Schmerz oder Protest bedeuten sollte, wußte er nicht.

»Glaubten Sie, er sei reuig, Schwester, und würde nie wieder töten?«

Wieder ein Schrei, diesmal stärker als der erste, wie das empörte Aufheulen eines Kindes bei einer ungerechten Behandlung. Die Wut war unmißverständlich, aber Quinn war nicht sicher, wem sie galt, ob ihm wegen seiner Fragen, dem Mörder wegen des Verrats oder aber einer dritten Person. Quinn konnte seinen Sinn nicht deuten. »Wer hat O'Gorman ermordet, Schwester?«

18

Schwester Segen wurde auf einer Bahre ins Krankenhaus von San Felice getragen. Ein junger Arzt führte Quinn in ein Wartezimmer, kaum größer als ein Verschlag, und die Fragen begannen.

Wie war der Name der Frau? Wer war ihr nächster Verwandter? Wie alt war sie? Nahm sie Tabletten gegen irgendeine chronische Erkrankung oder Infektion? Was waren die ersten Anzeichen ihrer jetzigen Krankheit? Wann hatte sie zum letzten Mal gegessen und was? Hatte sie erbrochen? War das Erbrochene farblos? Roch es nach irgend etwas? Hatte sie Schwierigkeiten beim Sprechen? Beim Atmen? Hatte sie blutigen Urin oder Stuhl? Hatte sie Muskelverkrampfungen? Zuckungen? Blasses oder gerötetes Gesicht? Kalte oder warme Hände? Hatte sie phantasiert? War sie apathisch? Waren ihre Pupillen geweitet oder verkleinert? Hatte sie Verbrennungen um den Mund oder am Kinn?

»Tut mir leid«, sagte Quinn. »Ich kann diese Fragen nicht beantworten. Ich verstehe nichts von medizinischen Dingen.«

»Sie haben das Richtige getan. Warten Sie hier.«

Ungefähr eine halbe Stunde lang wurde er allein gelassen. Es war eine erstickende Hitze und roch nach Desinfektionsmitteln und etwas Säuerlichem, dem Schweiß und der Angst all der Leute, die hier vor ihm gewartet, die Tür nicht aus den Augen gelassen und gebetet hatten. Der Geruch schien stärker zu werden, bis er sogar den Geschmack davon im Mund hatte.

Schließlich öffnete er die Tür und stieß an der Schwelle

beinahe mit einem großen schweren Mann zusammen, der wie ein Farmer aussah. Er trug einen breitrandigen Stetson-Hut, einen zerknitterten Westernanzug und statt einer Krawatte ein Lederband, das von einer großen türkisblauen und silbernen Spange zusammengehalten wurde. Er hatte die Miene eines gelangweilten Zynikers, als habe er zu viel Zeit in Wartezimmern von Notärzten verbracht und als sei niemals etwas Gutes dabei herausgekommen.

»Ihr Name ist Quinn?«

»Ja.«

»Kann ich Ihren Ausweis sehen?«

Quinn nahm die Karte aus seiner Brieftasche. Der Mann warf einen kurzen, uninteressierten Blick darauf, als folge er einer Vorschrift, von der er nicht viel hielt.

»Ich bin Sheriff Lassiter.« Er gab das Papier zurück. »Sie haben vor ungefähr einer Stunde eine Frau hierhergebracht?«

»Ja.«

»Freundin von Ihnen?«

»Ich habe sie vor zehn oder elf Tagen kennengelernt.«

»Wo?«

»Beim Turm des Himmels. Das ist eine religiöse Sekte in den Bergen, ungefähr fünfundfünfzig Kilometer von hier.«

Lassiters Ausdruck zeigte, daß er schon mit dem Turm zu tun gehabt und keine sehr erfreulichen Erfahrungen dabei gemacht hatte. »Wie sind Sie auf so eine Gesellschaft gestoßen?«

»Durch Zufall.«

»Sie haben nicht da gewohnt?«

»Nein.«

»Wenn Sie immer nur ja und nein sagen, dauert das die ganze Nacht. Können Sie nicht freiwillig was von sich geben?«

»Ich weiß nicht, wo ich anfangen soll.«

»Irgendwo.«

»Ich bin heute morgen von Chicote zum Turm gefahren.« Er berichtete, wie er Mutter Pureza auf dem Weg getroffen und dann den Toten entdeckt hatte. Er beschrieb den Bau des Innenhofes, die Lage der Leiche und die Umstände des Todes.

Der Sheriff hörte zu; sein einziges Zeichen von Interesse war ein leichtes Zusammenziehen der Augen. »Wer ist der Mann?«

»George Haywood. Ihm gehört ein Immobilienbüro in Chicote.«

»Fiel er, oder wurde er vom oberen Stock heruntergestoßen?«

»Das kann ich nicht sagen.«

»Ein schlechter Tag für Ihre Freunde, Mr. Quinn.«

»Ich habe Haywood vorher nur einmal in meinem Leben gesehen, man kann ihn also kaum als Freund bezeichnen.«

»Sie haben ihn einmal gesehen«, wiederholte Lassiter, »trotzdem haben Sie die Leiche sofort identifiziert, obwohl das Gesicht zerschmettert und blutverschmiert war? Sie müssen besser entwickelte Augen haben als wir anderen.«

»Ich habe den Wagen erkannt.«

»An der Nummer?«

»Nein, an der Marke und dem Modell.«

»Das ist alles?«

»Ja.«

»Nun mal langsam, Mr. Quinn. Sie haben ein Auto in der Umgebung gesehen, die gleiche Marke und das gleiche Modell wie Haywoods Auto, und Sie haben sofort geschlossen, daß es seins ist.«

»Ja.«

»Warum? Es gibt Hunderte der gleichen Sorte auf den Straßen.«

»Haywood hat Chicote vor ein paar Tagen unter merkwürdigen Umständen verlassen«, sagte Quinn. »Er hat seiner Mutter und seinen Freunden erzählt, daß er nach Hawaii fliege, aber eine seiner Angestellten hat bei den Fluggesellschaften Nachforschungen angestellt, und er stand auf keiner Passagierliste.«

»Das ist immer noch kein Grund, daraus zu schließen, daß der Tote Haywood sein muß. Außer natürlich, Sie erwarteten, ihn beim Turm zu finden.«

»Nein.«

»Sie sind nicht hingefahren, um nach ihm zu suchen?«

»Nein.«

»Seine Anwesenheit war eine völlige Überraschung für Sie?«

»Ja, eine Überraschung.«

»Selbst hier haben nur sehr wenige von dem Turm gehört, geschweige denn von dem Ort, wo er liegt. Was hat ein Immobilienhändler aus Chicote da zu suchen?«

»Er war angezogen wie ein Bekehrter. Er trug das Gewand, und sein Kopf war rasiert.«

Lassiters Miene nahm einen Ausdruck überraschter Betroffenheit an. »Sie haben seinen Körper an einem seltsamen Ort gefunden, er trug seltsame Kleider, hatte den Kopf kahl rasiert, sein Gesicht war bis zur Unkenntlichkeit zerschmettert, und Sie identifizieren ihn hundertprozentig als einen Mann, den Sie nur einmal gesehen haben.«

»Nicht hundertprozentig. Aber wenn Sie gerne wetten, Sheriff, was wollen wir wetten?«

»Offiziell wette ich nicht, aber was wetten wir?«

»Zehn zu eins.«

»Sehr gut«, sagte Lassiter und nickte ernst. »Wirklich sehr gut. Ich frage mich nur, wieso Sie so sicher sind. Ist es möglich, daß Sie mir nicht die ganze Wahrheit gesagt haben, Mr. Quinn?«

»Ich kann, was Haywood betrifft, nicht die ganze Wahrheit sagen, dafür kenne ich ihn zu wenig.«

Jemand klopfte an die Tür, und Lassiter ging für eine Minute auf den Flur. Als er zurückkam, war sein Gesicht rot und von Schweißperlen übersät.

Er sagte: »In den Mittagszeitungen stand eine Notiz über eine Frau namens Haywood. Haben Sie sie gelesen?«

»Nein.«

»Sie ist gestern in einem Lieferwagen aus dem Gefängnis von Tecolote entflohen. Heute morgen hat man sie gefaßt, als sie ungefähr zwanzig Kilometer nördlich von Tecolote in den Hügeln herumirrte. Sie hat einen Schock erlitten und kann keine Auskunft über ihre Handlungen geben. Sind die beiden Haywoods zufällig verwandt?«

»Sie sind Bruder und Schwester.«

»Ach, das ist interessant. Vielleicht war Miß Haywood auch eine Freundin von Ihnen?«

»Ich habe sie einmal gesehen«, sagte Quinn mürrisch. »Ebensooft wie ihren Bruder, wodurch wir nicht gerade Busenfreunde geworden sind.«

»Liegt ein Grund vor zu glauben, daß die beiden Haywoods ein Rendezvous am Turm geplant hatten?«

»Nein.«

»Trotzdem ein komischer Zufall, nicht? Haywood verschwindet, und ein paar Tage später versucht seine Schwester das gleiche. Haben sie sich gut verstanden?«

»Ja, ich glaube.«

»Sie enttäuschen mich, Mr. Quinn. Ich dachte, da Sie Privatdetektiv sind, würden Sie vor Auskünften platzen, die Sie mir selbstverständlich weitergeben wollen. Aber wahrscheinlich bekommt man leichter in Nevada eine Lizenz als in Kalifornien.«

»Das weiß ich nicht.«

»Jetzt zu dieser Frau, die Sie hergebracht haben. In welcher Beziehung steht sie zu Haywood?«

»Ich habe keine Ahnung.«

»Wahrscheinlich hat sie außer Schwester Segen der Erlösung noch einen anderen Namen?«

»Mrs. Featherstone, Mary Alice Featherstone.«

»Ist Ihnen ein naher Verwandter bekannt?«

»Ein Sohn, der in der Nähe von Chicago lebt. Sein Name ist möglicherweise Charley.«

»Ist das auch wieder so eine Vermutung von Ihnen, Mr. Quinn?«

»Keine, auf die ich wetten würde.«

Lassiter ging wieder zur Tür und sprach mit jemandem, der draußen auf dem Flur stand: »Sam soll mit dem Laborwagen rüberkommen. Und setzen Sie sich mit der Polizei in Chicago in Verbindung, ob sie einen Mann namens Featherstone feststellen können. Vorname wahrscheinlich Charley; man soll ihm mitteilen, daß seine Mutter tot ist. Jemand hat ihr soviel Arsen gegeben, daß man ein Pferd damit hätte umbringen können.«

Trotz der Hitze im Raum begann Quinn zu zittern,

ihm war, als griffe eine Hand nach seiner Kehle. *Sie war Krankenschwester,* dachte er. *Vielleicht hat sie sofort gewußt, daß man sie vergiftet hat und wer es getan hat, und doch hat sie keinen Versuch gemacht, jemanden zu beschuldigen oder ihr Leben zu retten, indem sie ein Gegengift nahm.* Er dachte an den ersten Abend, an dem er mit ihr gesprochen hatte. Damals stand sie vor dem Herd und rieb ihre Hände, als fühle sie die Kälte des Todes in der Luft. ›*Ich werde alt ... Manche Tage sind schwer zu ertragen. Meine Seele hat ihren Frieden, aber mein Körper lehnt sich auf. Er sehnt sich nach Weichheit, Wärme und Sanftheit. Morgens, wenn ich aufstehe, fühlt mein Kopf die Nähe des Himmels, aber meine Füße – ach, wie sind sie kalt, und die Schmerzen in meinen Beinen. Einmal habe ich in einem Katalog ein Paar Hausschuhe gesehen ... Es waren die schönsten Hausschuhe, die ich je gesehen habe, aber natürlich eine Schwäche des Fleisches ...*‹

»Kommen Sie, Quinn«, sagte Lassiter. »Sie müssen noch einen Ausflug zum Turm machen.«

»Warum?«

»Sie scheinen sich dort auszukennen. Sie können mir als Führer und Dolmetscher dienen.«

»Ich möchte lieber nicht.«

»Was ist los, sind Sie nervös? Haben Sie etwas auf dem Herzen?«

»Ein paar weiche, rosa Hausschuhe.«

»Es tut mir leid, die weichen, rosa Hausschuhe sind gerade ausgegangen. Wie wär's mit einem kuscheligen Teddy stattdessen?«

Quinn atmete tief ein: ›*Weil ich mit bloßen Füßen über die rauhe Erde gegangen bin, werde ich auf den weichen und goldenen Straßen des Himmels wandeln* ...‹ »Ich möchte Schwester Segen sehen, wenn ich darf.«

»Die können Sie später auch noch sehen, die läuft Ihnen nicht weg.« Lassiters Mund weitete sich zu einem erbarmungslosen Lächeln. »Solche Reden mögen Sie wohl nicht, was Quinn? Wenn ich Ihnen einen Rat geben darf, gewöhnen Sie sich an sie. Wenn Sie in diesem Geschäft anfangen, zu ernsthaft über den Tod nachzudenken, dann landen Sie eines Tages im Irrenhaus.«

»Ich lasse es darauf ankommen, Sheriff.«

Quinn saß zusammen mit Lassiter auf dem Rücksitz, während ein Polizist den Wagen fuhr. Ein zweiter Wagen mit zwei Polizisten und einer tragbaren Laborausrüstung folgte.

Es war vier Uhr und immer noch warm. Sobald sie außerhalb der Stadt waren, zog Lassiter seine Jacke aus und knöpfte den Kragen auf.

»Wie gut kannten Sie diese Schwester Segen, Quinn?«

»Wir haben uns ein paarmal unterhalten.«

»Wieso hat ihr Tod Sie dann so mitgenommen?«

»Ich mochte sie sehr gern. Sie war eine feine, intelligente Frau.«

»Offenbar hat irgend jemand Ihre gute Meinung von ihr nicht geteilt. Eine Ahnung, wer?«

Quinn sah aus dem Fenster und wünschte, er könnte dem Sheriff irgendwie von O'Gormans Mörder erzählen, ohne den Brief an Martha zu erwähnen. Er hatte Martha versprochen, niemandem davon zu erzählen, aber es wurde ihm langsam klar, daß er dieses Versprechen womöglich nicht würde halten können.

»Ich habe Grund zu glauben«, sagte er vorsichtig, »daß Schwester Segen die Vertraute eines Mörders war.«

»Jemand innerhalb der Kolonie?«

»Ja.«

»Eine reichlich dumme und leichtsinnige Haltung für eine Frau, die Sie als intelligent bezeichnen.«

»Um die Situation zu verstehen, müssen Sie die Gemeinschaft selbst besser verstehen. Sie arbeitet als Einheit, die fast völlig vom übrigen Teil des Landes abgetrennt ist. Die Wahren Gläubigen, wie sie sich nennen, fühlen sich nicht gebunden, unsere Gesetze und Bräuche zu befolgen. Wenn ein Mensch in den Turm eintritt, läßt er sein früheres Leben hinter sich, seinen Namen, seine Familie, seine weltlichen Güter und natürlich auch seine Sünden. In unserer Gesellschaft ist es strafbar, einen Mörder bei sich aufzunehmen. Aber vom Standpunkt der Sekte gehört das Opfer zu einer Welt, die sie nicht anerkennen, das Verbrechen wird mit Gesetzen bestraft, an die sie nicht glauben oder die sie nicht für rechtmäßig halten. In ihren Augen handelte Schwester Segen nicht als Mitschuldige eines Mords. Und auch nicht die anderen, *wenn* sie von dem Mord gewußt haben, und das ist ein großes wenn.«

»Sie haben eine Menge Entschuldigungen für sie bereit, Quinn.«

»Sie hat meine Entschuldigungen nicht nötig«, sagte Quinn. »Ich versuche nur, Ihnen klarzumachen, daß Sie es nachher mit Leuten zu tun haben, deren Sitten von den unseren weit entfernt sind. Sie werden sie kaum ändern, so könnten Sie sie vielleicht wenigstens verstehen.«

»Sie reden wie ein Mitglied des Peace Corps über das Kuckucksland.«

»Das Kuckucksland ist vielleicht gar nicht so hinter dem Mond, wie Sie denken.«

»Schon gut, schon gut, ich habe verstanden.« Lassiter riß gereizt an seinem Kragen, als drückten ihm neue Ideen die Kehle zu. »Und wie passen Sie in das Bild?«

»Ich hatte mein letztes Hemd in Reno verspielt und wollte nach San Felice, um Schulden zu kassieren. Ein Mann namens Newhouser, der auf einer Ranch in der Nähe vom Turm arbeitete, nahm mich mit. Er wollte so schnell wie möglich nach Hause und konnte mich nicht ganz bis San Felice bringen. Ich ging zum Turm und bat dort um etwas Essen und Trinken. Ich blieb über Nacht, und dabei fragte mich Schwester Segen, ob ich nicht einen Mann namens Patrick O'Gorman finden könnte. Nur finden, sonst nichts. Ich habe jetzt den Eindruck, daß sie damals nicht einmal sicher war, ob O'Gorman überhaupt existierte. Als der Täter den Mord an O'Gorman beichtete, hat ihm Schwester Segen womöglich gar nicht ganz geglaubt, sondern gedacht, es handle sich um eine Phantasterei. Natürlich wollte sie die Wahrheit herausbekommen, wenn sie damit auch die Gesetze der Kolonie verletzte und Bestrafung erwarten mußte. Wie sich herausstellte, war es keine Phantasterei. O'Gorman hat existiert. Er ist vor fünfeinhalb Jahren in der Nähe von Chicote ermordet worden.«

»Haben Sie das der Schwester erzählt?«

»Ja, vor einer Woche.«

»Hat es sie erschreckt?«

»Nein.«

»Sie hatte keine Angst, der Mörder könnte seine Beichte bedauern und sich versichern, daß sie niemandem davon erzählt hat?«

»Offenbar nicht. Karma, das Mädchen, das heute morgen bei ihr war, sagte, Schwester Segen sei in besonders guter Stimmung gewesen und habe gesungen, es werde ein guter Tag kommen.«

»Nicht für sie«, sagte Lassiter grimmig. »Wie kam sie darauf, daß ein guter Tag bevorstünde?«

»Ich weiß es nicht. Vielleicht dachte sie nicht an sich, sondern an die gesamte Kolonie. Sie bröckelte seit ein paar Jahren ab, und eine neue Bekehrung muß ermutigend gewesen sein.«

»Sie meinen George Haywood oder den Mann, den Sie für Haywood halten?«

»Ja, sie hatte keinen Grund, gegenüber Haywoods Bekehrung mißtrauisch zu sein.«

»Ein anderer war es offenbar«, sagte Lassiter. »Aber ist das nicht komisch? Schwester Segen wußte seit einer Woche, daß der Mord tatsächlich stattgefunden hatte, und trotzdem versicherte sich der Mörder erst, als Haywood auftauchte, daß sie nicht reden würde. Wie erklären Sie das, Quinn?«

»Ich weiß es nicht.«

»Wie groß ist die Kolonie jetzt?«

»Siebenundzwanzig Leute, einschließlich zwei Kindern und dem sechzehn Jahre alten Mädchen Karma.«

»Können Sie jemanden davon als unverdächtig streichen?«

»Die Kinder und Karma bestimmt. Schwester Segen war Karmas einzige Hoffnung, von der Sekte wegzukommen und bei ihrer Tante in Los Angeles zu leben. Den Meister selbst kann man wohl ausschließen – zur Zeit von O'Gormans Ermordung leitete er die Kolonie, die damals noch in den Bergen von San Gabriel war. Seine Frau, Mutter Pureza, ist schwach und senil, was sie ziemlich ungeeignet macht.«

»Vergiften erfordert weder Mut noch Verstand.«

»Ich glaube nicht, daß irgendein weibliches Mitglied der Sekte in den Mord verwickelt ist.«

»Warum?«

Quinn wußte die Antwort, aber er konnte sie nicht laut sagen: *Der Brief an Martha O'Gorman ist von einem Mann geschrieben worden.* »Es scheint mir unwahrscheinlich. Schwester Segen war für die Sekte fast ebenso wichtig wie der Meister. Sie war die Krankenschwester, der Manager, die Wirtschafterin. Die Mutterfigur, wie Psychologen sagen würden. Pureza hatte den Muttertitel nur dem Namen nach. Sie handelte nicht als solche und hat es wohl auch früher nie getan.«

»Erzählen Sie mir was von den Männern in der Kolonie.«

»Bruder Dornenkrone ist der Mechaniker, ein mißgelaunter Halbgebildeter und wahrscheinlich der fanatischste unter den Sektierern. Da er Schwester Segens Ungehorsam gemeldet hat, hatte sie Grund, ihn nicht zu mögen, und wahrscheinlich mochte er sie auch nicht. Aber ich kann mir nicht vorstellen, daß er einen Mord begangen hat, außer er erhielt den Befehl in einer Vision. Bruder Zunge des Propheten ist ein ängstlicher Neurotiker mit gelegentlicher Aphasie.

»Was zum Teufel ist Aphasie?«

»Unfähigkeit zu sprechen. Er hing an Schwester Segen wie ein kleiner Junge, und darum ist er kaum verdächtig. Der Bruder vom Unerschütterlichen Herzen, der Friseur, gibt sich als der vergnügte Dicke, aber ich weiß nicht, ob er das tatsächlich ist. Bruder Licht der Unendlichkeit, der die Tiere versorgt, ist humorlos und arbeitet hart. Es kann sein, daß er bis zur Erschöpfung arbeitet, um sich von Schuld zu reinigen. Jedenfalls hatte er Zugang zu Gift in Form eines Schafdesinfektionsmittels. Bruder Erblicke die Vision ist der Metzger und Käsemacher. Ich habe ihn nur kurz und von weitem gesehen. Die anderen kenne ich nicht mit Namen.«

»Sie wissen eine ganze Menge für jemanden, der angeblich nur so kurz am Turm war.«

»Schwester Segen war eine gute Erzählerin und ich bin ein guter Zuhörer.«

»Dann seien Sie es jetzt auch einmal«, sagte Lassiter trocken. »Hören Sie nur jetzt einmal zu: Ich glaube Ihnen kein Wort.«

»Sie machen die Probe nicht, Sheriff.«

Das Auto fuhr den Berg hoch, und die Höhe hatte ihre Wirkung auf Lassiter. Schon die geringe Anstrengung des Sprechens ließ ihn schwerer und schneller atmen, und obwohl er weder müde noch gelangweilt war, gähnte er häufig.

»Nimm die Kurven langsamer, Bill. Diese verdammten Berge nehmen mir den Atem.«

»Denken Sie an etwas anderes, Sheriff«, sagte der Polizist ernst. »Wissen Sie, an etwas Hübsches wie Musik, Bäume, Essen.«

»Essen, was?«

»Gegrillte Koteletts, halb durchgebraten, Bratkartoffeln –«

»Reden wir über etwas anderes, einverstanden?«

»Ja, Sir.«

Lassiter lehnte seinen Kopf an den Rücksitz und schloß die Augen. »Wissen sie dort, daß ich komme, Quinn?«

»Ich habe dem Meister gesagt, daß ich Haywoods Tod melden wollte.«

»Was meinen Sie, wie wird man mich wohl empfangen?«

»Erwarten Sie keine Blaskapelle.«

»Verdammt nochmal. Ich mag diese Fälle nicht, in die ein Haufen Verrückter verwickelt ist. Gesunde sind schon schlimm genug, aber wenigstens kann man einigermaßen vorhersagen, wie sie sich verhalten werden. Wie Sie sagten, betreten wir hier praktisch ein fremdes Land, wo man nicht unsere Sprache spricht, nicht nach unseren Gesetzen handelt –«

»Willkommen im Peace Corps«, sagte Quinn.

»Herzlichen Dank, aber ich trete nicht bei.«

»Sie sind schon einberufen worden, Sheriff.«

Die Schultern des Polizisten auf dem Vordersitz zuckten in lautlosem Gelächter. Der Sheriff lehnte sich nach vorn und sprach leise in sein Ohr.

»Was ist denn daran so komisch, Bill?«

»Nichts, Sir.«

»So sehe ich das auch. Nichts ist komisch. Also lache ich auch nicht.«

»Ich auch nicht, Sir. Es ist nur die Höhenluft. Ich kriege Schluckauf davon.«

Lassiter wandte sich wieder Quinn zu.« Glauben Sie, sie werden versuchen, uns nicht reinzulassen? Ich wäre gerne vorgewarnt, wenn Gewalttätigkeiten zu erwarten sind.«

»Eigentlich sind sie nicht für Gewalt.«

»Eigentlich bin ich es auch nicht. Aber manchmal muß ich Gewalt anwenden.«

»Sie haben keine Waffen, soviel ich weiß. Es sei denn, Sie rechnen mit ihren Körperkräften.«

»Keine Sorge, ich rechne schon richtig.«

Lassiters rechte Hand zuckte instinktiv nach der Waffe in seiner Pistolentasche. Quinn beobachtete die Geste und verspürte große Lust zu protestieren. Er dachte an Mutter Pureza, wie er sie zum ersten Mal gesehen hatte, als sie in den Himmel hinauf sah, als erwarte sie, er würde sich für sie auftun, und an den Meister, der, hin- und hergerissen zwischen Mitleid und Pflichtgefühl, versuchte, sie von den Wanderungen durch die Gemächer ihrer Kindheit zurückzugeleiten ... an Bruder Zunge mit dem kleinen Vogel auf der Schulter, der für ihn sprach ... an Bruder Beständiges Herz, der sein Rasiermesser öffnete und wie jeder andere Frisör auf der Welt über alles mögliche plauderte: »Zu meiner Zeit waren die Damen zierlich und hatten kleine, zarte Füße ...«

Er dachte an die rauhe Stimme von Bruder Licht, als er die Dose mit Schafsdesinfektionsmittel in den Schuppen brachte: »Ich habe tausend Dinge zu tun, aber die Schwester sagt, ich muß die Matratze desinfizieren, oder der Fremde wird von Flöhen gefressen.« ... Und an Bruder Krone, den Propheten des Unheils: »Wir alle tragen einen Teufel in unserem Innern mit uns herum, der an unseren Eingeweiden nagt.«

Quinn sagte mit einer Stimme, die ganz gepreßt klang, als habe sein Teufel daran genagt: »Es darf keine Gewalt geben.«

»Sagen Sie ihnen das.«

»Ich sage es zuerst Ihnen. Wenn Sie aggressiv sind, dann könnten sie vor lauter Angst vielleicht auch zerstörerisch werden.«

»Noch mehr Peace Corps-Geschichten, Quinn?«

»Nennen Sie es, wie Sie wollen.«

»Sie würden wohl auch am liebsten zu den Getreuen

der Armee des Herrn gehören? Hören Sie nicht vielleicht auch schon Stimmen, wie?«

»Sie haben recht«, sagte Quinn. »Ich höre Stimmen.«

Eine ganz besonders: *›Ich habe der Welt und ihren Übeln entsagt. Ich habe dem Fleisch und seinen Schwächen widerstanden. Ich suche die Tröstungen des Geistes, die Rettung der Seele. Und da ich hier ein hartes Leben geführt habe, wird Gott im Himmel sich meiner erbarmen. Weil ich mit bloßen Füßen über die harte Erde gegangen bin, werde ich auf den weichen und goldenen Straßen des Himmels wandeln. Und weil ich hier auf allen Schmuck verzichtet habe, werde ich von unendlicher Schönheit sein. Weil ich mich hier gedemütigt habe, werde ich in aufrechter Haltung geradewegs ins Jenseits gehen, das den Wahren Gläubigen gehört.‹*

Quinn schaute hinaus auf die trostlose Landschaft. *Ich hoffe, Sie haben es geschafft, Schwester. Ich hoffe zu Gott, Sie haben es geschafft.*

19

Nichts schien sich seit Quinns erstem Besuch verändert zu haben. Die Rinder standen mit den Schwänzen im Wind auf der Weide; die Ziegen waren unter dem Manzanitabaum angepflockt, und die Schafe in ihrem Pferch starrten neugierig auf den vorbeifahrenden Wagen. Selbst die Stelle, wo Quinn Mutter Pureza am Vormittag getroffen hatte, zeigte keine Spur der Begegnung, keinen Tropfen Blut, keinen Fußabdruck. Eichenblätter und Piniennadeln waren darüber geweht und die dunkel orangefarbenen Rindenstücke des Erdbeerbaums, die wie Zimt aussahen. Der Wald hatte seine Beweisstükke ebenso gut verwischt wie das Meer.

Sheriff Lassiter stieg aus dem Wagen und sah sich unruhig um, als erwarte er, von einem Baum aus beschossen zu werden. Er befahl seinen Leuten, in dem zweiten Wagen zu bleiben, bis er die Örtlichkeiten besichtigt hatte; dann folgte er mit Bill, dem Fahrer, Quinn den steil ansteigenden Weg hinauf.

Kein Laut war zu hören. Kein Lüftchen bewegte die reglosen Bäume, die Vögel hatten ihr abendliches Konzert noch nicht begonnen, und wenn die drei Männer beobachtet wurden, als sie auf den Eßraum zugingen, so gab der Beobachter keine hörbare Warnung. Ab und zu stieg eine kleine Rauchwolke aus dem Kamin und verschwand.

»Verdammt! Wo sind sie denn alle?« sagte Lassiter. Seine Stimme klang so laut in der dünnen Luft, daß er verwirrt innehielt und aussah, als wollte er sich entschuldigen, falls jemand erschienen wäre, um seine Entschuldigung entgegenzunehmen.

Aber niemand kam.

Er klopfte an die Küchentür, wartete und klopfte nochmals. »Hallo, da drinnen!«

»Vielleicht beten sie alle im Turm«, sagte Quinn. »Versuchen Sie, ob die Tür verschlossen ist.«

Sie war verschlossen. Als Lassiter sie öffnete, traf ein heißer Luftzug sein Gesicht, und die Sonne, die durch das riesige Oberlicht hereinschien, blendete ihn fast. Der lange Holztisch war für das nächste Mahl mit Zinntellern und Bechern gedeckt, die Petroleumlampen waren bereit, angezündet zu werden; das Feuer im Herd brannte, und weitere Scheite lagen sauber auf dem Boden daneben aufgeschichtet, um nachgelegt zu werden, wenn Schwester Zerknirschung kam, um das Essen zu bereiten.

Der Platz auf dem Steinfußboden, wo Schwester Segen hingefallen war, war sauber geschrubbt, und in der Luft hing ein scharfer Geruch wie nach verbrannter Wolle. Lassiter trat an den Herd und öffnete die Klappe. Die verkohlten Reste der Lumpen, mit denen der Boden gereinigt worden war, rauchten noch.

»Sie haben alle Beweise verbrannt«, sagte Lassiter in hilfloser Wut. »Ach, bei Gott, damit kommen sie mir nicht davon, und wenn ich sie alle hinter Gitter bringen muß. Stecken Sie sich das in Ihre Friedenspfeife, Quinn.«

Er machte vergeblich den Versuch, einige Stoffreste mit einem Schürhaken aus dem Feuer zu ziehen; sie lösten sich bei der Berührung auf. Er warf den Schürhaken auf den Boden. Fast hätte er seinen Fuß getroffen, und er sah Quinn an, als habe dieser ihn geworfen. »Also, wo ist der Turm? Ich möchte Ihren Kumpeln ein paar Fragen stellen.«

Bill sah seinen Chef ängstlich an. »Ärgern Sie sich nicht, Sheriff. Wie Mr. Quinn schon gesagt hat, dies ist ein fremdes Land. Wir sollten vielleicht eine Art Übersetzer haben, jemand, der ihre Sprache sprechen kann. Ich meine, selbstverständlich haben Sie Ihre Meinung, aber vielleicht haben die hier auch eine, und wenn wir gelassen an die Sache rangehen –«

»Was ist denn los mit Ihnen?« sagte Lassiter. »Werden Sie auch schon weich im Kopf wie dieser Quinn hier?«

»Nein, aber –«

»Dann ist's ja gut. Keine Aber mehr, Billy-Junge.«

Als sie zum Turm gingen, hörte man nichts als das gelegentliche Knirschen eines welken Eichenblattes unter ihren Füßen und den Alarmruf eines Eichelhähers.

Schweigend durchschritten die drei Männer den Eingangsbogen, der in den inneren Hof führte. Der Tote lag vor dem Altar, so, wie er hingefallen war.

Die Leiche war mit einem Laken bedeckt, und auf einer Bank in der Nähe saß Mutter Pureza, klapperte mit einem Rosenkranz und beobachtete die Eindringlinge mit starren Augen. Sie war gewaschen und trug ein sauberes weißes Gewand.

Quinn sprach sie vorsichtig an. »Mutter Pureza?«

»Doña Isabella, bitte.«

»Natürlich. Wo sind die anderen, Doña Isabella?«

»Weg.«

»Wohin?«

»Fort.«

»Sie haben Sie hier allein gelassen?«

»Ich bin nicht allein. Da ist Capirote–« Sie wies mit ihrem knöchernen Finger auf den Toten, dann auf Quinn. »Und Sie. Und Sie. Und Sie. Das sind vier, und ich sind fünf. Ich bin nicht so allein wie sonst, wenn ich in meinem Zimmer sitzen muß und niemanden habe, mit dem ich sprechen kann. Zu fünft können wir uns gut unterhalten. Was wollen wir als Gesprächsthema wählen?«

»Ihre Freunde: den Meister, Schwester Zerknirschung, Karma.«

»Sie sind alle fort. Das habe ich Ihnen doch gesagt.«

»Kommen sie wieder?«

»Ich glaube nicht«, sagte sie mit einem gleichgültigen Schulterzucken. »Warum sollten sie?«

»Um für Sie zu sorgen.«

»Capirote wird für mich sorgen, wenn er aufwacht.«

Lassiter hatte das Laken von dem Toten zurückgeschlagen und beugte sich über ihn, um die Kopfwunden zu untersuchen. Quinn sagte zu ihm: » – Ich kann mir nicht vorstellen, daß ihr Mann sie hier im Stich gelassen hat.«

Lassiter richtete sich mit grimmigem Gesicht auf. »So, können Sie das nicht?«

»Er schien in sie sehr verliebt zu sein.«

»Das ist ein fremdes Land, denken Sie daran. Vielleicht ist verliebtsein kein Wort in ihrer Sprache.«

»Ich denke doch.«

»Also gut, was schlagen Sie vor? Daß sie in Wirklichkeit gar nicht weg sind, sondern zwischen den Bäumen Verstecken spielen?«

»Nein.«

»Was sonst?«

»Entweder will der Meister zurückkommen, oder er hat sie bewußt zurückgelassen, weil ihm klargeworden ist, daß er sie nicht mehr länger versorgen kann. Er wußte, daß wir kommen und sie nicht lange allein bleiben würde.«

»Sie meinen, er glaubte, die alte Dame würde ihnen bei ihrer Flucht lästig werden?«

»Nein. Ich glaube, er hoffte, daß sie gefunden und in ein Heim gebracht würde. Sie braucht richtige Pflege.«

»Sie beurteilen die Motive des Meisters reichlich milde«, sagte Lassiter. »Aber das ändert nichts an den Tatsachen: Ein Mord ist begangen worden, vielleicht sogar zwei, und eine alte Dame, die nicht mehr richtig im Kopf ist, hat man zurückgelassen.«

»Nur aus eigennützigen Gründen hätte er sie nie zurückgelassen.«

»Sie haben schon wieder einen Friedenspfeifentraum, Quinn, und der Rauch ist Ihnen in die Augen gestiegen.«

»Ich kann Sie nicht verstehen«, unterbrach ihn Mutter Pureza in scharfem Ton. »Sagen Sie etwas Interessantes? Sprechen Sie lauter, sprechen Sie lauter. Was soll eine Konversation, wenn man sie nicht versteht?«

»Um Himmels willen, bringen Sie sie zum Schweigen«, sagte Lassiter. »Ich bekomme eine Gänsehaut. Ich kann nicht denken.«

Bill, der zu einer kurzen Inspektion in die oberen Stockwerke des Turms gestiegen war, kehrte mit der Nachricht zurück, daß alles leer sei. Er sah Mutter Pureza mitfühlend an. »Ich habe eine Großmutter, die ist genauso.«

»Was machen Sie denn mit der, um sie ruhig zu halten?« sagte Lassiter.

»Sie lutscht gern Lutschbonbons.«

»Dann geben Sie ihr, um Gottes willen, ein Lutschbonbon.«

»Aber sicher. Komm, Oma. Setz dich draußen hin. Ich habe was Schönes für dich.«

»Sind Sie ein guter Unterhalter?« fragte Mutter Pureza mit einem Stirnrunzeln. »Können Sie Gedichte rezitieren?«

»Wetten, daß ...« Bill half ihr beim Aufstehen und führte sie langsam zum Torbogen. »Wie gefällt dir das? ›Backe, backe Kuchen, der Bäcker hat gerufen ...‹«

»Das habe ich noch nie gehört. Von wem ist das?«

»Shakespeare.«

»Komisch. Das muß er in einem seiner lichten Momente geschrieben haben.«

»Sehr richtig.«

»Kennen Sie Geschichten?«

»Einige.«

»Erzählen Sie mir eine, wie sie glücklich lebten bis an ihr Ende?«

»Sicher.«

Mutter Purezas Augen leuchteten, und sie klatschte entzückt in die Hände. »Fangen Sie sofort an. ›Es war einmal eine Frau‹ – los, sagen Sie es.«

»Es war einmal eine Frau«, wiederholte Bill.

»Und die hieß Mary Alice Featherstone.«

»Und die hieß Mary Alice Featherstone.«

»Und sie lebte glücklich bis an ihr Ende.«

Lassiter sah ihnen nach und wischte sich mit dem Hemdsärmel den Schweiß von der Stirn. »Wir müssen sie mit ins Krankenhaus nach San Felice nehmen. Eine Schweinerei, eine alte Dame so allein zu lassen.«

Das dringende Problem, das Mutter Pureza darstellte, hatte die Tatsache von Haywoods Tod zurückgedrängt. Sein Körper schien kaum mehr als ein Stück Kulisse, vor der wirkliche, lebendige Menschen ihr persönliches Drama spielten.

»Was für Gebäude gibt es hier sonst noch?«

»Einen Stall, ein paar Waschräume, einen Vorratsschuppen.«

»Bitte, sehen Sie sich um. Ich spreche über Funk mit der Polizeistation, damit sie eine Ambulanz schicken.«

Quinn ging zuerst zum Stall. Die einzige Bewohnerin war eine Ziege, die ihr Junges nährte. Der Lastwagen und der grüne Kombiwagen waren fort. Auch der Waschraum war leer; das einzige Zeichen vorheriger Benutzung war ein Stück glitschige, graue Seife, die in einem eisernen Becken im Wasser schwamm. Die Wollfetzen, die als Handtücher benutzt wurden, waren alle trocken, ein Zeichen für Quinn, daß die Sektenmitglieder den Ort kurz nach seiner Abfahrt verlassen hatten. Sie waren nur so lange geblieben, um die Küche sauber zu machen, die Beweisstücke zu verbrennen und Haywoods Körper zuzudecken, dann waren sie weggefahren.

Die große Frage war: Wohin waren sie gegangen? Welches auch ihr Ziel war, sie konnten kaum hoffen, es in ihren Gewändern, barfuß und – was die Brüder betraf – mit geschorenen Köpfen unbemerkt zu erreichen. Wahrscheinlich hatten sie, um sofortige Aufmerksamkeit zu vermeiden, gewöhnliche Kleidung angezogen, vielleicht die gleiche Kleidung, die sie getragen hatten, als sie zum Turm kamen. Es paßte nicht zu den Brüdern, irgend etwas wegzuwerfen.

Quinn ging rasch den Pfad entlang auf den Vorratsschuppen zu. Der kleine Raum, in dem er die erste Nacht beim Turm verbracht hatte, schien im gleichen Zustand, wie er ihn verlassen hatte. Die beiden Decken lagen noch auf dem eisernen Bettgestell; und darunter lag auch noch Karmas altes Schulbuch, das Schwester Segen ihm zum Lesen gegeben hatte. Das Fenster stand noch auf, die Vorhängeschlösser zu den anderen Verschlägen waren noch an ihrem Platz. Doch bei näherer Untersuchung merkte er, daß er sich irrte. Eins der Vorhängeschlösser war zu hastig oder zuwenig sorgfältig geschlossen worden und daher nicht zugeschnappt. Quinn schob es beiseite und öffnete die Tür.

Er befand sich in einem kleinen fensterlosen Raum, in dem es modrig und staubig roch. Als sich seine Augen an das dämmrige Licht gewöhnt hatten, entdeckte er, daß überall Pappkartons aller Größen herumstanden, manche mit, manche ohne Deckel, manche leer, manche vollgestopft mit Kleidern, Büchern, Handtaschen, Hüten, Bündeln von Briefen, Handspiegeln, Haarbürsten und Medizinflaschen. Weiter lagen da ein Fächer aus Pfauenfedern, ein altmodisches handbetriebenes Grammophon, das Modell eines Auslegerboots aus Streichhölzern, ein rotes Samtkissen voller Löcher, eine Muschel, ein paar Eishokkeyschuhe, eine Lampe mit einem zerrissenen Seidenschirm, eine gerahmte Reproduktion von Custer, eine Puppe ohne Kopf und eine riesengroße Kaffeetasse mit *Vater* darauf. Jeder Karton war mit dem Namen eines Mitglieds der Kolonie versehen.

Einer der Kartons sah neu aus und trug den Namen eines Waschmittels, das erst vor kurzem auf den Markt gekommen war. Er war mit ›Bruder Glauben der Engel‹ beschriftet. Quinn nahm ihn mit hinaus, stellte ihn auf die Bettstelle und hob den Deckel.

Obenauf lag der dunkelgraue Filzhut, den George Haywood getragen hatte, als er Willie King in dem leeren Haus in Chicote getroffen hatte. Der Hut sowie der dunkelgraue Anzug darunter stammten von Hadley & Son, Chicote, Kalifornien. Das weiße Hemd, Unterhemd, Unterhose und zwei Taschentücher trugen das gleiche Wäschereizeichen HA dreizehnneunundachtzig X. Die schwarzen Schuhe und der dunkelblaugestreifte Schlips waren von bekannten Firmen und konnten überall gekauft worden sein. Persönliche Papiere oder eine Brieftasche waren nicht vorhanden.

Er wollte eben die Kleider in den Karton zurücklegen, als Sheriff Lassiter in die Tür trat.

»Etwas gefunden?« fragte Lassiter.

»George Haywoods Kleider, glaube ich.«

»Lassen Sie mal sehen.« Er untersuchte sie sorgfältig und hielt jedes Stück gegen das Licht. »Sind da noch mehr Kästen?«

»Dutzende.«

»Gut. Sehen wir sie uns an.«

Als erster wurde der Kasten von Schwester Segen herausgebracht. Eine dicke Staubschicht auf dem Deckel bewies, daß er lange nicht geöffnet worden war. Er enthielt einen schwarzen Wollmantel, ein paar weiße Uniformen, ein geblümtes Sommerkleid, Wäsche, eine goldene Herrenuhr mit Kette und ein Päckchen Briefe, manche davon sehr alt und mit ›Dein Dich liebender Mann Frank‹ unterschrieben, die anderen, jüngeren Datums, mit ›Charley‹.

Der letzte war vom vergangenen Dezember:

Liebe Mutter,

ich schreibe Dir wieder einmal, um Dir frohe Weihnachten zu wünschen, dasselbe auch von Florence und den beiden Jungen. Ich wünschte nur, Weihnachten wäre auch froh für Dich. Wann wirst Du endlich wieder zur Vernunft kommen und diesen Ort verlassen? Es gibt doch genug Elend in der Welt, ohne daß man sich noch extra freiwillig quälen muß und das noch dazu aus keinem vernünftigen Grund. Wir haben hier mehr als genug Platz für Dich, wenn Du es Dir anders überlegen solltest.

Flo und die Jungen hatten letzten Monat Grippe, aber jetzt geht es uns allen wieder gut. Ich lege zwanzig Dollar bei. Gib sie aus, spare oder zerreiße sie, aber händige sie um Himmels willen nicht dem unglückseligen Verrückten aus, der Dich wohl hypnotisiert hat.

Frohe Weihnachten
Charley

Auch als er versuchte, zwischen den Zeilen zu lesen, gelang es Quinn nicht, irgendein Zeichen von Zuneigung oder Liebe in dem Brief zu entdecken. Charley hatte ihn im Zorn geschrieben, und wenn er ihn als wirkliche Einladung für seine Mutter, bei ihnen zu leben, gemeint hatte, so klang sie ziemlich dürftig. Vier kurze Worte hätten genügt: *Wir brauchen Dich hier.*

»Wir haben jetzt keine Zeit, Briefe zu lesen«, sagte Lassiter in scharfem Ton.

»Sie müssen einen Blick darauf werfen. Er ist von ihrem Sohn Charley.«

»Na, und?«

»Sie werden ihn wahrscheinlich anrufen und die Neuigkeit mitteilen müssen.«

»Das wird mir ein Vergnügen sein. ›Hallo, Charley, Ihre alte Dame ist gerade von uns gegangen.‹« Er nahm den Brief, den Quinn ihm aushändigte, und steckte ihn in die Tasche. »Gut. Sehen wir uns den restlichen Kram an. Ich habe keine Lust, die ganze Nacht hier herumzuhocken.«

Die Eishockeyschuhe gehörten Bruder Licht, die Muschel Bruder Erblicke die Vision, die Lampe und Kaffeetasse Schwester Zerknirschung. Bruder Beständiges Herz hatte das Grammophon angekurbelt, Bruder Zunge das Boot gebastelt, und Karma hatte die Puppe ohne Kopf und das Samtkissen liebkost.

Unter dem Kissen fand Quinn einige Blätter Papier, die auf beiden Seiten mit der Maschine beschrieben waren, offensichtlich von jemandem, der gerade erst tippen lernte, und auf einer Maschine, deren Farbband vertrocknet war. Es waren Sätze, halbe Sätze, Zahlen, Buchstaben in alphabetischer Reihenfolge und wieder zurück, Linien voller Bindestriche und anderer Satzzeichen, und ab und zu tauchte auch der Name Karma auf.

Manche Sätze waren klar und vernünftig, andere voller jugendlicher Träume:

Mein Name ist Name ist Karma: und ich hasse ihn.

Wegen meiner wegen meiner großen Schönheit Schönheit werde ich am Turm im Wald gefangen gehalten. es ist eintrauriges Schicksal für eine Prinzessin.

Quinn hat gesagt das daß er mir ein Zaubermittel Mittel für mein Gesicht bringt aber ich glaube nicht daß er es tud tut.

Heute habe ich dreimal laut Hölle Hölle Hölle gesagt.

Die Prinzessin machte einen Zobf aus ihrem langen Haar und erwürgte alle ihre Feinde und entkam und kehrte in ihr Königreich zurüg.

»Was ist das?« fragte Lassiter.

»Karmas Tippversuche auf der Schreibmaschine.«

»Hier ist keine Schreibmaschine.«

»Der Besitzer muß sie mitgenommen haben.«

Dies schien eine logische Schlußfolgerung, und das Thema wurde fallengelassen.

Der Karton, auf dem der Name ›Bruder Dornenkrone‹ stand, enthielt keinerlei sentimentale Erinnerungen an die Vergangenheit, lediglich ein paar Kleidungsstücke: einen Tweedanzug und einen Pullover, beide von Motten zerfressen, ein paar Schuhe und durchlöcherte Wollstrümpfe. Sämtliche Gegenstände hatten seit langer Zeit unberührt in dem Kasten gelegen.

Quinn sagte plötzlich: »Warten Sie einen Augenblick.«

»Was ist los?«

»Halten Sie sich einmal eins von den Hemden gegen die Brust, als wollten Sie die Größe messen.«

Lassiter hob das Hemd. »Paßt mir ganz gut.«

»Welche Größe tragen Sie?«

»Sechzehneinhalb.«

»Können Sie auch die Jacke anprobieren?«

»Was haben Sie vor, Quinn? Ich fummele nicht gern mit anderer Leute Kleidern herum.« Trotzdem probierte er die Jacke an. Sie war zu eng an den Schultern und die Ärmel zu lang.

»Und jetzt wohl auch noch den Pullover?«

»Wenn Sie so nett wären.«

Der Pullover paßte gut, außer den Ärmeln, die wieder zu lang waren.

»Das hätten wir dann also, Quinn.« Lassiter warf die Jacke in den Kasten zurück. »Was soll das alles?«

»Eine wirkliche Entdeckung«, sagte Quinn. »Diese Kleidungsstücke gehören nicht Bruder Dornenkrone. Er ist mittelgroß, eher etwas kleiner.«

»Vielleicht ist er magerer geworden, seit er hierher gekommen ist –«

»Seine Arme und Beine sind nicht kleiner geworden.«

»– oder der Karton ist falsch beschriftet. Dafür kann es ein Dutzend Erklärungen geben.«

»Möglich, ja. Aber ich will die richtige.«

Quinn trug Jacke, Pullover und Hemden an die Tür und untersuchte sie im Sonnenlicht. Weder der Pullover noch die Jacke wiesen irgendwelche Firmenschilder auf. Im Hemdkragen war ein Schild, Arrow, 16½, 100% Baumwolle, peabody & peabody, und die kaum lesbaren Reste eines Wäschereizeichens.

»Haben Sie ein Vergrößerungsglas, Sheriff?«

»Nein, aber sehr gute Augen.«

»Sehen Sie sich mal dieses Wäschereizeichen an.«

»Sieht so aus, als finge es mit einem H an«, sagte Lassiter blinzelnd. »HR. Oder vielleicht HA. Ja, das ist es: HAI oder HAT.«

»Könnte es auch HA eins sein?«

»Vielleicht. HA eins. Das nächste sieht aus wie eine Drei oder Zwei. Dann eine Acht.«

»HA dreizehn neunundachtzig X«, sagte Quinn.

Lassiter nieste, teils aus Ärger, teils wegen des Staubes, der wie Nebel in der Luft hing. »Wenn Sie es schon wußten, warum fragen Sie mich dann?«

»Ich wollte sichergehen.«

»Ist es so wichtig?«

»Es ist George Haywoods Wäschezeichen.«

»Ich werde verrückt!« Lassiter nieste wieder. »Den Mottenlöchern und dem Staub nach zu urteilen, würde ich sagen, daß diese Sachen seit Jahren hierliegen. Wie soll das also zusammenhängen?«

»Offenbar hat Bruder Krone George Haywoods Kleider getragen, als er zum Turm kam.«

»Warum? Und wie ist er an sie gekommen?«

Quinn war noch nicht bereit, die Antwort auf diese Frage zu geben, wenn er auch ziemlich sicher glaubte, sie zu kennen. Willie King hatte sie ihm gestern im Hof des Motels gegeben. Sie hatte erzählt, wie George aus der Betäubung erwacht war: »Es war absurd ... Er hielt mich für Alberta und sagte mir, ich sei eine dumme alte Jungfer, die es besser wissen sollte. Er war wütend auf sie, weil sie einem Vagabunden, der an die Tür kam, Kleider von ihm gegeben hatte. Er nannte sie eine leichtgläubige, weichherzige Person. Alberta ist niemals weichherzig oder gar leichtgläubig gewesen. Und falls dieser Vagabund tatsächlich existiert und sie ihm ein paar von Georges Kleidern gegeben hat, dann muß sie aber außer ihrer Großzügigkeit ja noch einen anderen Grund gehabt haben.«

Quinn spürte, wie ein schmerzlicher Triumph in ihm aufstieg. Die Verbindung zwischen Alberta und dem Mörder von Patrick O'Gorman, nach der er gesucht hatte, wurde langsam sichtbar. Der Vagabund, dem sie Georges Kleider gegeben hatte, der Landstreicher, den O'Gorman in seinem Wagen mitgenommen hatte, der Schreiber des Beichtbriefes an Martha O'Gorman – sie alle waren der gleiche Mann: Bruder Dornenkrone.

Noch unbeantwortete Fragen wirbelten in Quinns Hirn: Wo war Bruder Dornenkrone jetzt? Wieso hatte er die gesamte Kolonie zu überreden vermocht, zu verschwinden, damit er nicht verhaftet werden konnte? War es George Haywoods plötzliches Auftauchen am Turm, das Schwester Segens Tod notwendig machte? Und aus welchem Grund hatte Alberta einem Fremden die Kleider ihres Bruders gegeben? Oder angenommen, es war gar kein Fremder beziehungsweise blieb es nicht lange. Als Alberta ihm die Tür öffnete, spürte sie in ihm vielleicht die gleiche Verzweiflung und bot ihm Geld, damit er O'Gorman umbrachte.

Der Gedanke, daß O'Gorman in irgendeiner Beziehung zu Albertas Unterschlagungen gestanden hatte oder daß er zum mindesten davon wußte, war immer wieder in Quinn aufgetaucht. Es war kaum vorstellbar, daß er sein Wissen zu einer Erpressung ausgenutzt hatte, aber vielleicht hatte er versucht, vernünftig mit ihr zu reden: *Hören Sie, Miß Haywood, Sie sollten wirklich kein Geld von der Bank nehmen. Das ist gar nicht nett. Meiner Meinung nach sollten Sie damit aufhören. Sie haben mich in eine unangenehme Situation gebracht. Wenn ich den Mund halte, unterstütze ich Ihr Verbrechen ...*

Alberta war so ein ängstliches kleines Wesen, und O'Gorman kam wahrscheinlich gar nicht auf die Idee, daß sie fähig war, einen Mann zu heuern, der ihn umbringen sollte.

Ja, es paßte alles zusammen, dachte Quinn. Sogar jetzt noch in ihrer Zelle gab Alberta O'Gorman die Schuld für ihre Lage. Ihre irrationale Behauptung, daß er nicht tot war, kam vielleicht daher, daß sie nicht in der Lage war, ihre Schuld anzuerkennen und sich weigerte, die Verantwortung für seinen Tod einzugestehen. Allerdings, was hatte George damit zu tun? Und seit wann verdächtigte er seine Schwester, den Mord an O'Gorman geplant zu haben? Und wollte er bei seinen regelmäßigen Besuchen bei Alberta die Wahrheit herausfinden oder sie eher vertuschen?

»Helfen Sie mir mit den Kartons«, sagte Lassiter. »Wir nehmen sie besser mit, falls die Brüder auf die Idee kommen, sie zu holen.«

»Das glaube ich nicht.«

»Ich auch nicht. Aber die Möglichkeit besteht. Wohin sind sie Ihrer Meinung nach gegangen?«

»Wahrscheinlich nach Süden. Ihre erste Kolonie lag in den Bergen von San Gabriel.«

Lassiter zündete sich eine Zigarette an und warf das Streichholz zur Tür hinaus. »Wenn ich der Meister wäre, was Gott verhüten möge, wäre das das letzte, was ich täte. Selbst wenn sie normale Kleider tragen, fallen fünfundzwanzig Menschen in einem Lastwagen und einem Kombiwagen auf.«

»Was würden Sie also tun?«

»Zerstreuen. Zur nächsten Großstadt fahren, Los Angeles, und mich dort von allen trennen. In den Bergen haben sie keine Möglichkeiten.«

»In der Stadt ebensowenig«, sagte Quinn. »Sie haben kein Geld.«

Auf dem Rücksitz, eingelullt von dem Schwanken des Wagens und an einem Bonbon lutschend, schlief Mutter Pureza. Die Beine hochgezogen, das Kinn auf der Brust, sah sie wie ein sehr alter Fötus aus.

Lassiter saß vorn. Als sie auf die Hauptstraße kamen, wandte er sich mit einem Stirnrunzeln an Quinn. »Haben Sie nicht gesagt, daß hier eine Ranch liegt?«

»Ja. Die Abzweigung ist ein paar Kilometer weiter.«

»Wir müssen hinfahren und Hilfe holen.«

»Wieso Hilfe?«

»Das kann nur ein Stadtmensch fragen«, sagte Lassiter verächtlich. »Die Tiere müssen versorgt werden. Kühe können sich nicht selber melken. Wirklich komisch, daß die Brüder fortgegangen sind, ohne die wertvolle Herde mitzunehmen.«

»Mit einem Lastwagen und einem Kombiwagen hatten sie keine andere Wahl.«

»Ich frage mich, ob sie sich nicht irgendwo in den Bergen hier in der Nähe versteckt haben und vorhaben, wegen des Viehs zurückzukommen, vielleicht in der Nacht. Sie Stadtmensch können ja nicht wissen, wie sehr eine Gemeinschaft wie der Turm von ihrem Vieh abhängig ist. Die Herde sah gesund und wohlgenährt aus.«

»Das stimmt«, sagte Quinn und dachte daran, mit welcher Inbrunst Bruder Licht von dem Vieh gesprochen hatte, von den Schafen und Ziegen. Wo auch immer Bruder Licht nun gerade war, in den Hügeln in der Nähe, in den San Gabriel Bergen oder in der Stadt, Quinn wußte, woran er bei Sonnenuntergang dachte.

Die Abzweigung zur »Rancho Arido« war durch einen Holzwegweiser mit Hufeisen darauf gekennzeichnet. Eine halbe Meile die Straße hinauf begegneten sie einem Mann in einem Jeep mit mehreren Collies auf dem Rücksitz, die wild bellten und mit dem Schwanz wedelten.

Als das Auto des Sheriffs näher kam, hielt der Mann seinen Jeep an und stieg aus.

»Was ist los, Sheriff?«

»Tag, Newhouser«, sagte Quinn.

Newhouser beugte sich vor und sah durch das Autofenster.

»Ich fress einen Besen, Sie sind's wieder, Quinn.«

»Ja.«

»Ich dachte, Sie seien schon längst wieder in Reno.«

»Ich habe einen kleinen Umweg gemacht.«

»Ich muß Ihnen was sagen, Quinn. Ich hatte ein ziemlich schlechtes Gewissen, daß ich Sie so einfach an der Straße hab stehen lassen. Ich bin froh, daß es Ihnen gut geht. Man weiß ja nie, was alles passieren kann.«

Quinns tiefer Atemzug war wie der eines Mannes, der in den Fluten seiner Erinnerung ertrinkt. Und auf den Schaumkronen der Flut saß Schwester Segen und lächelte ihm grüßend zu: *›Willkommen, Fremder ... Wir weisen die Armen niemals ab, weil wir selbst arm sind.‹*

»Nein«, sagte er ruhig, »man kann nie sagen, was alles passieren kann.«

20

Um neun Uhr wartete Quinn immer noch im Büro des Sheriffs auf das Ferngespräch mit Charley Featherstone. Als das Telefon schließlich klingelte, warf Lassiter erst einen Blick darauf und dann auf Quinn. »Ich kann so was nicht gut. Gehen Sie ran.«

»Es ist nicht meine Aufgabe.«

»Sie haben seine Mutter gekannt. Ich nicht. Also gehen Sie schon ran.«

»Also gut«, sagte Quinn. »Aber ich möchte lieber alleine mit ihm sprechen.«

»Das ist mein Büro.«

»Es ist auch Ihr Telefon.«

»Na dann, in Gottes Namen«, sagte Lassiter, ging hinaus und schlug die Tür hinter sich zu.

Quinn nahm den Hörer auf. »Hallo!«

»Ja.«

»Mr. Featherstone?«

»Ja, wer spricht da?«

»Mein Name ist Quinn. Ich spreche aus San Felice, Kalifornien. Ich versuche schon eine Weile, Sie zu erreichen.«

»Ich war nicht zu Hause.«

»Ich fürchte, ich habe eine schlechte Nachricht für Sie.«

»Das erstaunt mich nicht.« Featherstones Stimme hatte das Quengelige eines chronischen Nörglers. »Aus der Gegend bekomme ich nie eine gute Nachricht.«

»Ihre Mutter ist heute nachmittag gestorben.«

Lange kam keine Antwort. Dann sagte er: »Ich habe sie gewarnt. Ich habe ihr gesagt, es sei Wahnsinn, dort ihre

Gesundheit zu vernachlässigen und sich nicht zu pflegen.«

»Das sind nicht die Ursachen für ihren Tod, Mr. Featherstone. Sie ist vergiftet worden.«

»Großer Gott, was sagen Sie? Vergiftet? Wieso? Wer hat das getan?«

»Über die Einzelheiten bin ich mir noch nicht klar.«

»Wenn dieser Verrückte dafür verantwortlich ist, reiße ich den ganzen heiligen Zirkus in Stücke.«

»Es war nicht seine Schuld.«

»Alles ist seine Schuld.« Featherstone schrie nun ins Telefon, denn sein Kummer hatte sich in Wut verwandelt. »Wenn er nicht gewesen wäre und sein großspuriges Gerede, dann wäre sie hier und hätte ein anständiges Leben geführt.«

»Ihr Leben war anständig, Mr. Featherstone. Sie hat getan, was sie tun wollte: anderen Menschen dienen.«

»Und diese anderen waren so voller Dankbarkeit, daß sie sie vergiftet haben? Das paßt genau zu dem, was ich über den Ort weiß, es paßt wirklich haargenau. Ich hätte eigentlich wissen müssen, daß etwas Seltsames im Gange war, als ich letzte Woche den Brief von ihr bekam. Ich hätte – hätte handeln müssen.«

Bei diesen Worten mußte er wohl zusammengebrochen sein.

Quinn hörte unterdrücktes Schluchzen und eine Frauenstimme, die in flehendem Ton sprach. »Charley, bitte, nimm es nicht so schwer. Du hast alles Menschenmögliche getan, um sie zur Vernunft zu bringen. Bitte, Charley.«

Nach einer Weile sagte Quinn: »Mr. Featherstone? Sind Sie noch da?«

»Ja, ja – ich ... Sprechen Sie weiter.«

»Bevor sie starb, sprach sie Ihren Namen. Ich dachte, das wollten Sie vielleicht wissen.«

»Nein, nein – ich will es nicht wissen.«

»Entschuldigen Sie.«

»Sie war meine Mutter. Es war meine Pflicht, mich um sie zu kümmern, aber seit dieser Verrückte sie eingefangen hatte, konnte ich nichts mehr tun. Andere Frauen verlieren auch ihre Männer, und das heißt nicht, daß sie keine Schuhe mehr tragen dürfen.«

»Dieser Brief, den sie Ihnen geschrieben hat ...«

»Es waren zwei Briefe«, sagte Featherstone. »Der eine enthielt nur ein paar Zeilen, daß es ihr gut gehe und ich mir keine Sorgen um sie zu machen brauchte. Der andere Brief war ein versiegelter Umschlag, den ich für sie in Evanston aufgeben sollte.«

»Hat sie den Grund dafür angegeben?«

»Nur daß der Brief eine Situation klären würde, die jemanden unglücklich mache. Ich dachte, es handle sich wieder um so einen religiösen Blödsinn, also habe ich ihn aufgegeben. Es war ein Luftpostbrief an eine Frau namens O'Gorman in Chicote, Kalifornien.«

»Wie war die Handschrift?«

»Es war nicht die meiner Mutter. Sie wirkte mehr wie die eines Kindes, oder als hätte ein Rechtshänder mit der anderen Hand geschrieben.«

»Mit der anderen Hand?«

»Ja, als ob ein Rechtshänder mit der linken Hand geschrieben hätte oder umgekehrt. Oder derjenige, der ihn geschrieben hat, konnte nicht richtig schreiben.«

Das stimmt, dachte Quinn. *Es mußte für Bruder Krone eine schwere Arbeit gewesen sein, den Brief zu schreiben. Warum hatte er es überhaupt getan? Aus Angst zu ster-*

ben, ohne Absolution erhalten zu haben? Das schien kaum glaublich. Er wirkte völlig gesund, viel gesünder als alle anderen. Aber wenn es nicht die Angst war, die das Bekenntnis erzwungen hatte, was oder wer dann?

Quinn dachte an seinen zweiten Besuch im Turm, als er Schwester Segen in der Isolation besucht hatte. Er hatte ihr von Martha O'Gormann und ihrer Unsicherheit über den Tod ihres Mannes erzählt. ›*Sie hat eine Entlastung verdient. Geben Sie ihr eine, wenn Sie können, Schwester. Sie sind eine großherzige Frau.*‹ Damals hatte er geglaubt, Schwester Segen höre ihn nicht, aber sie mußte ihn verstanden, Marthas Notlage begriffen und dann Bruder Dornenkrone gebeten haben, den Brief zu schreiben, um die Situation zu klären. Sie war eine Frau von großer Überzeugungskraft und starkem Willen, und Bruder Dornenkrone war ihrem Wunsch gefolgt.

So mußte es vor sich gegangen sein, trotzdem erschien Quinn die Situation nicht überzeugend. Er konnte sich Schwester Segens Rolle vorstellen, aber nicht diejenige von Bruder Dornenkrone. Bruder Dornenkrone hatte seine Antipathie gegen die Schwester nicht verhehlt, er war nicht von ihr abhängig wie die anderen; er war stur und selbstgerecht. So ein Mann würde nie auf Bitten einer Frau um einer anderen willen einen Brief schreiben, um einen Mord zu gestehen. *Nein,* dachte Quinn. *Nicht die Situation ist unrealistisch, es sind die Charakteranlagen. Ich kann mir zwar vorstellen, daß Schwester Segen Krone einen Befehl gibt, aber ich kann mir nicht vorstellen, daß Krone ihr gehorcht. In ihrer Beziehung lag die Waagschale der Macht in seinen Händen, nicht in ihren.*

Featherstone war zu seinem Lieblingsthema zurückgekehrt: Seine Mutter war von einem Verrückten beschwatzt worden, der Mann müsse verhaftet, die gesamte Kolonie ins Irrenhaus und sämtliche Gebäude niedergebrannt werden.

Quinn unterbrach ihn schließlich: »Ich kann Ihre Gefühle verstehen, Mr. Featherstone, aber ...«

»Nein, das können Sie nicht. Sie war ja nicht Ihre Mutter. Sie wissen nicht, was es heißt, wenn ein Mitglied Ihrer eigenen Familie von einem Verrückten hypnotisiert wird und dann ein Leben führt, bei dem ein Hund eingehen würde.«

»Ich bedaure, daß Sie keine Gelegenheit hatten, Ihre Mutter vor ihrem Tod zu sehen. Ihr Leben war glücklicher, als Sie anzunehmen scheinen. Sie hat Opfer gebracht, aber sie wurde auch dafür belohnt. Sie hat mir gesagt, daß sie endlich ihren Platz auf dieser Welt gefunden habe und ihn nie wieder verlassen würde.«

»Das war nicht ihre Sprache, es war *seine*.«

»Es war Ihre Mutter, die mir sehr ernsthaft gesagt hat, was sie wirklich glaubte.«

»Die arme, verrückte Närrin. Ja, eine *Närrin*, das war sie wirklich.«

»Wenigstens war sie eine Närrin auf ihre eigene Art.«

»Legen Sie sich jetzt für ihn ins Zeug?«

»Nein, für sie, Mr. Featherstone.«

Am anderen Ende ertönte ein Stöhnen, und eine weibliche Stimme sagte: »Entschuldigen Sie, mein Mann kann nicht weitersprechen, er ist zu aufgeregt. Aber wir müssen Entscheidungen treffen. Findet eine Autopsie statt?«

»Ja.«

»Wenn sie vorbei ist, wenn sie hierher überführt werden kann, geben Sie mir dann Bescheid?«

»Natürlich.«

»Dann ist wohl sonst nichts weiter zu sagen, außer – also bitte, entschuldigen Sie Charley.«

»Ja. Auf Wiedersehen, Mrs. Featherstone.«

Quinn legte den Hörer auf. Seine Hände zitterten, und obwohl das Zimmer kalt war, schwitzte er, als er in den Flur hinausging. Lassiter stand vor der Tür und unterhielt sich mit einem ernst aussehenden jungen Mann in Polizeiuniform.

Er sagte zu Quinn: »Die Sache mit Charley erledigt?«

»Erledigt.«

»Danke. Dies ist Sergeant Castillo. Er hat die Kartons aus dem Vorratsschuppen durchgesehen. Erzählen Sie, Sergeant.«

Castillo nickte. »Ja, Sir. Also, die Kleiderstücke in dem ersten Karton mit dem Namen Bruder Glaube der Engel lagen nicht länger als eine Woche drin, vielleicht noch weniger.«

»Das wissen wir«, sagte Lassiter ungeduldig. »Sie haben George Haywood gehört. Weiter, Sergeant.«

»Ja, Sir. Der Inhalt des Kartons, der mit ›Bruder Dornenkrone‹ beschriftet war, ist mehrere Jahre nicht angerührt worden. Ich schätze die Zeit auf sechs Jahre, und zwar auf Grund des Mottenschadens. Insektenforschung ist mein Hobby. Wenn Sie wollen, gebe ich Ihnen eine genaue Erklärung über den Lebensrhythmus dieser besonderen Mottenart und wie jede Generation ...«

»Nicht nötig. Wir glauben Ihnen. Also sechs Jahre.«

»Ein weiterer interessanter Punkt ist Bruder Dornenkrones Etikett auf dem Karton. Meiner Meinung nach ist es erst kürzlich aufgeklebt worden. Als ich es ablöste, zeigten sich darunter Spuren eines anderen Schildes, das vor kurzem abgerissen worden ist. Es ist nur noch eine Spur davon übriggeblieben.«

»Irgendwelche Buchstaben noch zu sehen?«

»Nein.«

»Gut. Danke.« Lassiter wartete, bis der Sergeant außer Hörweite war. »Sechs Jahre. Was beweist das, Quinn?«

»Daß die Kleider nicht Bruder Dornenkrone gehört haben. Er ist erst vor drei Jahren zu der Kolonie gestoßen.«

»Woher wissen Sie das?«

»Karma hat es mir erzählt. Sie ist die Tochter der Köchin, Schwester Zerknirschung.«

»Also waren wir hinter dem Falschen her«, sagte Lassiter rauh. »Allerdings kommt es auf eins heraus. Niemand hat auch nur eine Spur von ihnen gesehen. Der ganze elende Verein ist verschwunden, und ich sitze da mit einer Kuhherde, Schafen, fünf Ziegen und ein paar Hühnern. Wie finden Sie das?«

Quinn fand es in einer Weise ganz gut so, sagte aber nur: »Kann ich jetzt gehen?«

»Wohin?«

»In ein Restaurant zum Abendessen und in ein Motel zum Schlafen.«

»Und dann?«

»Das weiß ich noch nicht. Ich muß eine Stelle finden. Vielleicht in Los Angeles.«

»Warum bleiben Sie nicht noch ein bißchen hier?«

»Ist das ein Befehl?«

»San Felice ist eine hübsche kleine Stadt. Berge, Meer, Anlagen, Strand, Hafen.«

»Und keine Arbeit.«

»Man muß sich danach umsehen, zugegeben. Aber

nach und nach siedeln sich hier ein paar abgasfreie Industrieunternehmen an. Bewerben Sie sich doch einmal.«

»Ist das ein Befehl?« wiederholte Quinn. »Hoffentlich nicht, Sheriff. Ich muß nach Chicote zurück. Hat übrigens jemand George Haywoods Mutter benachrichtigt?«

»Ich habe den Polizeichef drüben angerufen. Er wird es inzwischen getan haben.«

»Jemand müßte es auch Alberta sagen. Vielleicht hat sie daraufhin etwas zu erzählen.«

»Zum Beispiel?«

»Warum sie einen der Brüder beauftragt hat, O'Gorman zu ermorden, und wie Haywood dahintergekommen ist.«

21

Alberta Haywood lag da und starrte gegen die weiße Decke. Allerdings war es keine gewöhnliche Dekke. Manchmal wich sie weit zurück in den Himmel, manchmal sank sie dicht auf sie herunter, bis sie seidig weich ihr Gesicht streifte und sie dachte, sie läge in einem Sarg. Aber selbst in ihrem Sarg war sie nicht so allein, wie sie es im Gefängnis gewesen war. Menschen bewegten sich um sie herum, stießen sie gegen die Brust oder den Rücken, steckten Kanülen in ihre Nase und Nadeln in ihren Arm und redeten. War das, was sie sagten, interessant, antwortete sie, wenn nicht, tat sie so, als habe sie nichts gehört.

Gelegentlich stellte sie selber eine Frage: »Wo ist George?«

»Aber, Miß Haywood, das haben wir Ihnen doch schon vor ein paar Tagen gesagt. Ihr Bruder George ist tot.«

»Wirklich? Also dann muß er sich einen eigenen Sarg besorgen. In diesem ist wirklich kein Platz mehr. Für mich ist er schon zu eng.«

Stimmengewirr. »Sie spricht immer noch im Delirium ... Aber die Lungenentzündung geht zurück, ihre Leukozyten sind praktisch normal ... Es ist jetzt schon fast eine Woche ... Geben Sie noch weiter Glukose ... Wenn wir doch ein ordentliches Röntgenbild machen könnten ... Sie versucht immer noch, die Kanüle aus der Nase zu reißen ... Apathie – Hysterie – Delirium ...«

Die Stimmen kamen und gingen. Sie zog die Kanüle heraus, und sie wurde zurückgesteckt. Sie warf die Dekke beiseite, und sie wurde wieder über sie gebreitet. Sie kämpfte und wurde geschlagen.

»Miß Haywood, da ist ein Mann, der ein paar Fragen an Sie richten möchte.«

»Er soll weggehen.«

Aber der Mann ging nicht weg. Er stand neben ihrem Bett und sah mit merkwürdigen, traurigen Augen auf sie herab. »Haben Sie jemanden beauftragt, O'Gorman zu ermorden, Miß Haywood?«

»Nein.«

»Haben Sie jemals einem Bettler Kleider Ihres Bruders gegeben?«

»Nein.«

Das war absolut richtig. Sie hatte beides nicht getan. Der Mann, der diese absurden Fragen stellte, mußte ein Idiot sein. »Wer sind Sie?«

»Joe Quinn.«

»Sie sind ein Idiot, Joe Quinn.«

»Ja, wahrscheinlich bin ich das.«

»Ich mache Bettlern nicht die Tür auf und plane auch keine Morde. Fragen Sie George.«

»Ich kann George nicht fragen. Er ist vor sechs Tagen getötet worden.«

»Natürlich.«

»Wieso ›natürlich‹, Miß Haywood?«

»George mischte sich in anderer Leute Leben ein. Natürlich brachte ihn dann einer um.«

»Hat er sich auch in Ihres gemischt?«

»Jedesmal, wenn er hierherkam, hat er mich mit Fragen gequält. Das hätte er nicht tun dürfen.« Tränen, ein paar für George, ein paar für sich selber, quollen unter ihren geschlossenen Augenlidern hervor. »Er hätte es nicht tun sollen. Warum konnte er die Menschen nicht in Frieden lassen.«

»Welche Menschen, Miß Haywood?«

»Uns.«

»Wer ist ›uns‹?«

»Uns Menschen. Uns Menschen auf der Welt.«

An der plötzlichen Stille im Zimmer spürte sie, daß sie einen schweren Fehler begangen hatte. Um die Aufmerksamkeit des Mannes abzulenken, griff sie nach der Kanüle und zog sie aus der Nase. Sie wurde zurückgesteckt. Sie warf die Decke vom Bett, und sie wurde wieder über sie gebreitet. Sie kämpfte selbst im Schlaf, und selbst im Schlaf wurde sie geschlagen. Es gab keine süßen Träume mehr.

Es war das erstemal nach Georges Beerdigung, daß Willie King ins Büro kam. Nichts hatte sich verändert. Schreibtische und Stühle und Papierkörbe standen noch am selben Platz, und an der Wand überquerte Washington immer noch den Delaware, und der junge Lincoln lächelte sein unergründliches Lächeln. Sie sah sich um, voll Ärger darüber, daß sich nichts geändert hatte. Am liebsten hätte sie ein Brecheisen genommen und den ganzen Raum zertrümmert, Fenster, Aschenbecher und Telefon zerschlagen, Stühle und Schreibtisch demoliert, damit alles so aussah, wie sie sich in ihrem Innern fühlte.

Earl Perkins, der ihren Mantel aufhängte, warf ihr ein schüchternes Lächeln zu. »Hallo, Willie! Wie geht's?«

»Herrlich, einfach herrlich. Danke.«

»Mein Gott, Willie, tut mir leid. Ich meine ... Mein Gott, was soll ich schon sagen?«

»Versuchen Sie, den Mund zu halten.« Sie sah auf den Berg von Post auf Earls Schreibtisch. »Geschäft wie üblich?«

»Mrs. Haywood hat angeordnet, wir sollten so weitermachen, als wenn George nicht gestorben wäre.«

»Daß ich nicht lache. Sie ist schon eine komische Frau. Ich werde hysterisch, wenn ich an sie denke.«

»Fangen Sie doch nicht wieder damit an, Willie.«

»Warum nicht?«

»Es hat keinen Zweck. Auf ihre Weise ist sie vielleicht gar nicht so schlimm, wie Sie denken.«

»Sie ist schlimmer.«

»Also gut, sie ist schlimmer«, sagte Earl resigniert. »Aber Sie können auch nichts daran ändern.«

»Doch, das kann ich.« Sie ging an den Schreibtisch und nahm den Telefonhörer auf. »Ich kann sie anrufen und ihr ein paar Dinge sagen, die ich früher, als George noch lebte, nicht sagen konnte.«

»Das werden Sie nicht tun, Willie.«

»O ja. Das habe ich schon seit Tagen vor. Hören Sie,

Sie alter Drachen, werde ich sagen. Hören Sie, Sie selbstsüchtige alte Hexe. Sie wollen wissen, wer George umgebracht hat? Sie haben es getan. Nicht vergangene Woche oder vergangenen Monat, sondern seit vielen Jahren. Sie haben mit Ihren gierigen Klauen das Leben aus ihm herausgepreßt –«

»Geben Sie mir den Hörer«, sagte Earl.

»Warum?«

»Reden Sie nicht, sondern geben Sie ihn mir.«

Sie schüttelte widerspenstig den Kopf und wählte. George war tot. Es war ihr egal, was passierte, für sie gab es keine Zukunft. »Hallo? – Mrs. Haywood?«

»Ja, hier ist Mrs. Haywood.«

Wie alt ihre Stimme klingt, dachte Willie erstaunt. *Wie alt, krank und niedergeschlagen.*

»Hier ist Willie, Mrs. Haywood. Verzeihen Sie, wenn ich nicht früher angerufen habe. Wie kommen Sie zurecht?«

»Den Umständen entsprechend, danke.«

»Möchten Sie, daß ich einmal abends vorbeikomme? Wir könnten uns gegenseitig Gesellschaft leisten. Auch ich bin einsam.«

»Wirklich? Sie müssen mit Ihrer Einsamkeit fertig werden, wie ich mit der meinen.«

»Falls Sie es sich anders überlegen, lassen Sie es mich wissen.«

Willie legte den Hörer auf und wandte Earl ihr Gesicht zu. Sie hatte ihn im Grunde nie recht beachtet, nur bemerkt, daß er ein Junge war, der im gleichen Büro saß und Verdauungsschwierigkeiten hatte. Er war vielleicht ein bißchen jung, aber er sah nett aus und arbeitete fleißig. Und wenn sie ihn bei seiner Diät halten konnte ...

Sie sagte: »Ich bin Ihnen dankbar, Earl.«

»Wofür? Ich habe doch nur hiergestanden.«

»Vielleicht ist das genug. Bleiben Sie nur da stehen. Ja?«

»Klar. Ich weiß nur nicht, wovon Sie eigentlich reden.«

»Das werden Sie schon noch verstehen.«

Vom Telefon in der Diele ging Mrs. Haywood zurück in die Küche und nahm ihre Vorbereitungen für das Frühstück wieder auf. Sellerie, Spinat, Karotten, ein Salatkopf, Weizenkeime, Proteine in Pulverform und zwei Eier verschwanden im Mixer und kamen als dicke graugrüne Flüssigkeit unten heraus, die den Auftakt zu Mrs. Haywoods Diättag bildete.

Bis jetzt hatte sie es weder sich noch irgend jemand anderem eingestanden, daß George ermordet worden war. In ihrer Version seines Todes stand George auf der Spitze des Turms und war in einem Schwindelanfall heruntergefallen, weil er so erbärmliche Eßgewohnheiten hatte, seinen Körper nicht richtig trainierte und ihm nicht die nötige Ruhe gönnte. Gegenüber Quinn, Sheriff Lassiter, der Polizei von Chicote und Ronda, dem Redakteur der Lokalzeitung, hatte sie dies so wiederholt, ohne den Versuch, zu erklären, warum George zum Turm gefahren war oder was er dort erreichen wollte. Über Alberta sprach sie nicht.

»Einsam bist du also, Willie«, sagte sie laut. »Also, das hast du verdient. Wer hat George nächtelang wach gehalten, so daß er nicht seine acht Stunden Schlaf bekam? Wer hat ihn dazu gebracht, Mahlzeiten mit hohen Cholesterol- und niedrigen Kalzium- und Riboflavinwerten im Restaurant zu essen? Wer hat ihn dazu überredet, stundenlang im Kino zu sitzen, wenn er seine Muskeln mit dem Expander hätte trainieren sollen?«

In den letzten zwei Wochen hatte sie angefangen, Selbstgespräche zu führen und mit Leuten zu reden, die nicht da waren und auch nie da sein würden. Vieles von dem, was sie sagte, waren Auszüge und Homilien aus ihren gesammelten Selbsthilfebüchern für Ernährung, positive Lebenseinstellung, dynamisches Leben und die Anwendung und Weiterentwicklung der Willenskräfte. Sie nahm all diese Autoritäten von eigenen Gnaden äußerst ernst, obwohl sie häufig sich selbst und einander widersprachen. So hatte sie etwas zu tun und mußte nichts denken.

»Die Behörden sind zu dumm, um eine einfache Wahrheit zu erkennen. Erstens war es die Anstrengung des Treppensteigens, auf die sein Körper nicht vorbereitet war. Sein Herzmuskel war geschwächt, seine Arterien waren vollgepumpt mit Cholesterol. Außerdem hätte er mindestens 85 Gramm Protein an diesem Tag zu sich nehmen müssen und ein volles Gramm Kalzium, und natürlich hat er das nicht.«

Sie leerte die Mischung aus dem Mixer in ein Glas und hielt sie gegen das Fenster über dem Spülbecken. In der trüben grauen Farbe sah sie Jugend, Gesundheit und Stärke, Willenskraft, Glück, Seelenfrieden, nicht verkalkte Arterien, feste Bauchmuskeln, ein Vermögen als Wohnungsmakler und ewiges Leben.

Sie nahm einen Schluck von ihrem Cocktail.

»Hätte George seinen Tag damit begonnen, dann wäre er jetzt noch am Leben. Er wäre nie schwindlig geworden.«

Der erste Schluck schmeckte bitter, und die Konsistenz

war nicht richtig. Sie nahm einen zweiten, und es war dasselbe, zu dünnflüssig zum Essen, zu dick zum Trinken.

»Ich muß etwas vergessen haben. Was habe ich nur vergessen?«

Der September kam. Die Kinder gingen wieder zur Schule, und jeden Abend half Martha ihnen bei ihren Schularbeiten. Richard hatte einen Aufsatz über das Thema *Wie ich meine Sommerferien verbracht habe* geschrieben und ihn ihr zum Korrigieren gegeben.

»Deine Handschrift ist entsetzlich«, sagte Martha. »Gibt es denn keinen Schönschreibunterricht mehr in der Schule?«

»Doch«, sagte Richard. »Aber ich lerne es einfach nicht.«

»Ich glaube nicht, daß ich das lesen kann.«

»Versuche es doch einfach einmal, Mami.«

»Ich versuche es ja, aber wird es dein Lehrer auch versuchen?« Martha las den Aufsatz durch. Richard beschrieb den Sommer so, als habe er mehr als ein ganzer Bienenschwarm gearbeitet. »Schreibst du eigentlich über dich?«

»Natürlich. Das ist doch das Thema, oder nicht? Wie *ich meinen* Sommer verbracht habe. Hör zu, Mami. Weißt du, was Kinder heutzutage so tun?«

»Natürlich weiß ich das«, sagte Martha trocken. »Das habt ihr mir oft genug erzählt. Manche fahren ihren eigenen Cadillac, andere bekommen fünfzig Dollar Taschengeld in der Woche, dürfen bis Mitternacht aufbleiben –«

»Nein, ernsthaft, Mami. Manche Kinder – also eins auf jeden Fall, macht seine Hausaufgaben auf einer Schreibmaschine.«

»In deinem Alter?«

»Klar. Warum nicht?«

»Wenn du jetzt eine Maschine benutzt, hast du vergessen, wie man mit der Hand schreibt, wenn du ins College kommst.«

»Du sagst ja sowieso, ich kann nicht schreiben.«

Martha sah ihn kühl an. »Was ich nicht gesagt habe, aber was ich jetzt ausdrücklich sage, mein Herr Sohn, ist, daß du lieber deine Handschrift üben solltest. Ist das klar?«

Richard stöhnte und verdrehte die Augen, aber er sagte: »Ja, gnädige Frau.«

»Fangen wir gleich damit an. Du solltest den Aufsatz noch einmal abschreiben, ehe du ihn dem Lehrer gibst, wenn du daran interessiert bist, eine gute Note dafür zu bekommen.«

»Haben wir nicht einmal eine Maschine gehabt? Vor langer Zeit?«

»Ja.«

»Wo ist sie geblieben?«

Martha zögerte, bevor sie antwortete. »Ich weiß es nicht genau.«

»Ach, vielleicht ist sie noch irgendwo in der Rumpelkammer oder in der Garage. Ich will einmal nachsehen.«

»Nein, du wirst sie nicht finden, Richard.«

»Vielleicht doch. Du hast ja gesagt, du wüßtest nicht genau, wo sie ist.«

»Ich weiß, wo sie nicht ist. Es hat keinen Sinn, die Rumpelkammer und die Garage nach etwas zu durchstöbern, das nicht dort ist. Jetzt erzähle mir bitte nicht, was andere Kinder dürfen. Nimm die Tatsache hin, daß du entrechtet bist, mißhandelt und vernachlässigt wirst, und nun verschwinde. Tust du das bitte?«

»Zum Donnerwetter, ja.«

»So wird es gleich enden, mit einem Donnerwetter.«

Sie sprach in leichtem Ton, damit der Junge nicht merken sollte, wie sie die plötzliche Erwähnung der Schreibmaschine erschreckt hatte. Sie hatte Patrick gehört, eine alte Reiseschreibmaschine, die er aus zweiter Hand gekauft und die nie richtig funktioniert hatte. Die Buchstaben blieben hängen, der Randregler ging nicht immer, und die Klingel klingelte nach Lust und Laune. Sie dachte daran, wie ernsthaft und geduldig Patrick daran gesessen und versucht hatte, sich das Zwölf-Finger-System beizubringen, und wie er genausowenig damit zurechtkam wie mit all den anderen Dingen, die er versucht hatte. *Ich habe ihm zu sehr zugeredet,* dachte sie. *Ich habe ihn zu hoch klettern lassen, und wenn er fiel, habe ich ein zu weiches Kissen darunter gelegt, so daß er nie einen Knochen gebrochen hat oder wußte, wo seine Grenzen sind.*

Als Richard in sein Zimmer zurückgegangen war, um den Aufsatz neu zu schreiben, nahm Martha den Telefonhörer auf und meldete ein Ferngespräch nach San Felice an.

Quinn antwortete beim zweiten Läuten. »Hallo!«

»Ich bin es – Martha, Joe.«

»Ich habe gerade dagesessen und überlegt, ob ich dich noch einmal belästigen und anrufen sollte. Ich habe eine Neuigkeit für dich. Eines der Mitglieder vom Turm, Bruder Dornenkrone, ist in San Diego aufgegriffen worden, wo er in einer Garage arbeitete. Sheriff Lassiter und ich sind gestern hingefahren, um ihn zu befragen, aber wir haben nichts herausgekriegt. Sogar als er mir gegenübergestellt wurde, wollte Dornenkrone seine Identität nicht zugeben, also scheinen wir auch da nicht weiterzukommen. Ich dachte, du würdest es aber trotzdem gern wissen.«

»Danke«, sagte Martha. »Wie ist die neue Stellung?«

»Nicht schlecht. Ich habe zwar noch keine Boote verkauft, aber es macht Spaß, es zu versuchen.«

»Kommst du zum Wochenende?«

»Ich kann es nicht versprechen. Ich muß nach Los Angeles und noch einmal versuchen, Mrs. Harley Baxter Wood zu erreichen.«

»Karmas Tante?«

»Ja.«

»Du hast doch gesagt, das Haus sei abgeschlossen.«

»Ja, aber wahrscheinlich kommt sie doch zum Schulanfang zurück. Sie hat Kinder, die zur Schule müssen.«

»Warum glaubst du, ist sie weggefahren?«

»Wenn ich mich nicht irre, ist Karma bei ihr, und die Tante will kein Risiko eingehen, daß irgendein Mitglied der Sekte zu ihr Kontakt aufnimmt.«

Sekundenlang herrschte ein leicht beklemmendes Schweigen, wie zwischen Menschen, die über etwas reden, aber an etwas anderes denken.

»Joe ...«

»Vermißt du mich, Martha?«

»Ja – das weißt du ... Joe, ich muß dir etwas sagen. Ich weiß nicht, ob es wichtig ist. Bei der Untersuchung von Patricks Tod wurde es nicht erwähnt, weil ich es ganz einfach vergessen hatte, und später, als es mir wieder einfiel, kam es mir zu nebensächlich vor, um jemanden darauf aufmerksam zu machen. Richard sprach vor ein paar Minuten darüber.«

»Worüber sprach er?«

»Patricks Schreibmaschine. Er hatte sie eine Woche vorher in den Wagen gelegt, um sie zum Reparieren zu bringen. Aber er hat es immer wieder vergessen. Sie muß noch hinten im Wagen gelegen haben, als er den Landstreicher in der Nacht mitnahm.«

22

Eine halbe Stunde hatte Quinn in seinem Wagen vor Mrs. Woods Haus gewartet. Als er an der Tür geläutet hatte, war ihm nicht geöffnet worden; aber er war ziemlich sicher, daß sich jemand darin aufhielt. Die Vorhänge waren zurückgezogen, die Fenster offen, und ein Radio spielte.

Er sah auf die Uhr: zehn Uhr. Die baumbestandene Straße war ruhig, außer daß von Zeit zu Zeit ein Auto vorbeifuhr und in der Ferne Kirchenglocken läuteten. Nach einiger Zeit wurde ihm klar, daß ihn jemand aus einem Fenster im zweiten Stock beobachtete. Der Wind war nicht stark genug, um für die plötzliche Bewegung des rosa Netzvorhangs verantwortlich zu sein. Er ging wieder zur Haustür und drückte auf die Klingel. Eine Katze miaute leise als Antwort.

»Mrs. Wood!« rief er. »Mrs. Wood –!«

»Sie ist nicht da.« Es war die Stimme eines Mädchens, die durch einen Türspalt sprach. »Und ich darf die Tür nicht aufmachen, wenn sie nicht da ist.«

»Bist du das, Karma?«

»Sie gehen besser weg, oder meine Tante ruft die Polizei.«

»Hör zu, Karma. Ich bin es – Joe Quinn.«

»Ich weiß. Ich habe schließlich Augen.«

»Ich muß mit dir reden«, sagte Quinn. »Ich tue dir nichts. Habe ich nicht immer auf deiner Seite gestanden?«

»Halbwegs.«

»Dann komm hier auf die Veranda und sprich mit mir. Ich möchte dich gern wiedersehen. Du hast dich bestimmt verändert.«

»Sie würden mich nicht wiedererkennen«, sagte sie mit einem plötzlichen Kichern.

»Ich kann's ja mal versuchen.«

»Und Sie sagen meiner Tante nichts?«

»Natürlich nicht.«

Die Tür öffnete sich, und Quinn sah, daß sie recht gehabt hatte: Er hätte sie niemals wiedererkannt. Ihr dunkles Haar war kurz geschnitten, und eine tiefe Bräune bedeckte die restlichen Pickel. Sie trug ein enges Seidenkleid, Schuhe mit Pfennigabsätzen, ein Pfund orangefarbenen Lippenstift und so viel Schminke auf den Augen, daß sie Mühe zu haben schien, sie offenzuhalten, oder aber sie wollte bewußt schwül und verschlafen aussehen.

»Großer Gott!« sagte Quinn.

»Erstaunt?«

»O ja. Ja, sehr.«

Sie trat auf die Veranda und placierte sich kunstvoll auf das Geländer. »Wenn meine Mutter mich jetzt sehen könnte, würde sie sicher der Schlag treffen, nicht?«

»Ja, zu Recht«, sagte Quinn. »Erlaubt dir deine Tante, daß du so zur Schule gehst?«

»O nein. Ich darf nur Lippenstift benutzen – nur rosafarbenen – und diese scheußlichen Jungmädchenpullover und Röcke und flache Absätze. Aber wenn sie ausgeht, versuche ich, meinen Typ zu finden.«

»Bist du glücklich hier, Karma?«

Nach langem Zögern nickte sie. »Alles ist so anders. Ich muß soviel lernen. Ich glaube, meine Tante mag mich, aber ich mache eine Menge Fehler, und meine Vettern und Kusinen lachen manchmal über mich. Ich wollte, ich könnte auch lachen.«

»Kannst du das nicht?«

»Nicht wirklich. Ich tue nur so.«

Ein Flugzeug flog über ihre Köpfe hinweg, und Karma starrte zu ihm hoch, als wünsche sie, darin zu sitzen.

Quinn sagte: »Hast du schon etwas von deiner Mutter gehört?«

»Nein.«

»Hört deine Tante von ihr?«

»Nein, ich glaube nicht. Aber sie spricht auch nicht mit mir darüber.«

»Erzähl mir, Karma, was ist am letzten Tag am Turm passiert?«

»Meine Tante sagt, ich dürfe mit niemandem über den Turm sprechen. Ich muß mich benehmen, als hätte er nie existiert.«

»Aber er hat existiert. Du hast mit deiner Mutter und deinen Geschwistern ein Viertel deines Lebens da verbracht.«

»Ich soll alles vergessen«, sagte sie mit ängstlicher Stimme. »Und das versuche ich auch. Sie dürfen mich nicht erinnern, das ist nicht recht. Es ist . . .«

»Wie bist du hierher ins Haus deiner Tante gekommen?«

»Mit dem Bus von Bakersfield.«

»Und wie nach Bakersfield?«

»Mit dem Lastwagen.«

»Wer hat ihn gefahren?«

»Bruder Dornenkrone.«

»Wer saß sonst noch darin?«

»Ich darf nicht ...«

»Wer noch, Karma?«

»Eine ganze Menge von uns. Meine Familie, Schwester Gloria und Bruder Vision – ach, ich kann mich nicht an alle erinnern.« Ihre Augen waren finster geworden, als würde der Turm durch die bloße Nennung der Namen schon zu lebendig, zu wirklich. »Ich hatte Angst, ich wußte nicht, was passierte. In Bakersfield gab mir meine Mutter Geld und sagte mir, ich sollte mit dem Bus nach Los Angeles fahren und von dort mit einem Taxi zum Haus meiner Tante.«

»Wieviel Geld?«

»Fünfzig Dollar.«

»Woher kam das Geld?«

»Ich weiß es nicht, aber ich glaube, der Meister hat es ihr gegeben, bevor wir den Turm verlassen haben.«

»Warum habt ihr alle den Turm verlassen?«

»Ich glaube, weil Schwester Segen krank geworden war.«

»Sie war nicht krank«, sagte Quinn. »Sie ist vergiftet worden. Sie ist, bald nachdem wir ins Krankenhaus kamen, gestorben.«

Karma preßte ihre Fäuste gegen den Mund. Tränen quollen aus ihren Augen, vermischten sich mit der Schminke und flossen schwärzlich ihre Wangen hinunter. »Sie kann nicht wirklich tot sein.«

»Sie ist es.«

»Am letzten Tag hat sie mir versprochen, daß sie mich herausholen und zu meiner Tante bringen würde, und sie hat es wirklich getan, nicht wahr? Sie hat ihr Versprechen wirklich gehalten.«

»Ja, Karma.«

Sie bückte sich und wischte sich ihre Wangen mit dem Saum ihres Kleides ab. Sie weinte nicht mehr. Obwohl Schwester Segen ihre Freundin war, gehörte sie doch zu dem Teil ihres Lebens, den sie lieber vergessen wollte.

»Was geschah mit den anderen in dem Lastwagen?«

»Ich weiß es nicht. Ich bin als erste ausgestiegen.«

»Solltest du noch etwas anderes machen, als zum Haus deiner Tante fahren?«

»Nein.«

»Es wurden keine weiteren Pläne für die Zukunft gemacht?«

»Keine wirklichen Pläne, aber ich denke, sie beabsichtigen zurückzukehren, wenn sie denken, daß alles wieder sicher ist.«

»Zum Turm zurückkehren?«

»Ja, sie geben nicht so leicht auf. Wenn Leute so sehr an etwas glauben, dann können sie nicht von einer Minute zur anderen damit aufhören.«

»Wann hast du Bruder Zunge zuletzt gesehen, Karma?«

»Als er Ihnen half, Schwester Segen in den Wagen zu legen.«

»Er war nicht im Lastwagen mit dir?«

»Nein. Er muß mit dem Meister in dem neuen Kombiwagen gesessen haben. Ich kann es allerdings nicht beschwören, weil der Lastwagen zuerst abfuhr, und es war ein solches Durcheinander und Gehetze, und alle rannten hin und her, und die Kinder schrien alle durcheinander und so weiter.«

»War Bruder Licht des Unendlichen mit im Lastwagen?«

»Nein.«

»Bruder vom Unerschütterlichen Herzen?«

»Auch nicht.«

»Wurde die Entscheidung wegzugehen sehr schnell gefällt?« fragte Quinn.

»Ja.«

»Vom Meister?«

»Er war der Meister«, sagte Karma schlicht. »Kein anderer hat jemals Entscheidungen gefällt. Wie sollten sie auch?«

»Denke genau nach, Karma. Ist dir aufgefallen, daß irgend jemand außer deiner Mutter in dem Lastwagen noch Geld hatte?«

»Schwester Gloria hatte etwas. Sie zählte es dauernd. Sie nahm es sehr genau; ich glaube, sie wollte sichergehen, daß sie nicht betrogen worden war.«

»Um ihren Anteil betrogen?«

»Ja.«

»Woher kam das Geld?«

»Vom Meister, glaube ich.«

»Soviel ich weiß, hatte er keines, und Mutter Purezas Geld ist beim Bau des Turms draufgegangen.«

»Vielleicht hatte sie etwas übrigbehalten und es versteckt. Sie hat allen Leuten Streiche gespielt, sogar dem Meister.«

Karma stieg von dem Geländer und sah unruhig die

Straße hinunter. »Sie müssen jetzt gehen, Mr. Quinn. Meine Tante kann jede Minute zurückkommen, und ich muß mir vorher noch das Gesicht waschen und das Kleid von meiner Kusine ausziehen. Es ist ihr zweitbestes, echte Seide.«

»Vielen Dank für die Auskünfte, Karma. Ich gebe dir eine Karte mit meiner Adresse und Telefonnummer. Wenn dir etwas einfällt, was du mir noch nicht erzählt hast, willst du mich dann anrufen?«

Sie warf einen kurzen Blick auf die Karte und wandte sich dann ab, ohne sie zu nehmen. »Ich will sie nicht.«

»Behalte sie doch auf jeden Fall.«

»Gut, aber ich rufe Sie nicht an. Ich will nicht mehr an den Turm denken.« Die Tür schloß sich hinter ihr.

Quinn fuhr nach San Felice zurück und ging direkt in Sheriff Lassiters Büro. Zehn Minuten später traf Lassiter schlechtgelaunt und außer Atem ein.

»Das ist heute eigentlich mein freier Tag, Quinn.«

»Meiner auch.«

»Also? Haben Sie das Mädchen gefunden? Was hat sie gesagt?«

»Nicht viel. Sie weiß nicht viel. Bruder Dornenkrone hat den Lastwagen nach Bakersfield gefahren. Karma wurde an der Bushaltestelle abgesetzt, damit sie nach Los Angeles zu ihrer Tante fahren konnte. Ihre Mutter hat ihr fünfzig Dollar für die Reise gegeben. Offenbar haben alle Mitglieder des Turms Geld zur Überbrükkung bekommen, bis sich die Kolonie wieder zusammenfinden kann.«

»Ich dachte, Sie haben gesagt, sie nehmen ihre Armut ernst.«

»Das tun sie auch.«

»Woher haben sie dann das Geld?«

»Karma weiß es nicht«, sagte Quinn, »ich ebensowenig.«

»Vielleicht hat George Haywood eine Menge Bargeld mitgebracht und es dem Meister übergeben.«

»Das glaube ich nicht. Sein Sparkonto war unberührt, und den letzten Scheck auf sein Geschäftskonto hatte er zwei Wochen, bevor er Chicote verließ, ausgestellt. Es war ein Scheck über zweihundert Dollar. Verteilen Sie zweihundert Dollar auf fünfundzwanzig Leute, und Sie erhalten keine fünfzig Dollar oder mehr pro Person.«

»Warum sagen Sie ›oder mehr‹?«

»Karma hat fünfzig Dollar bekommen, aber sie war ein Kind auf dem Weg zu einem sicheren Ort. Die anderen brauchten wesentlich mehr, besonders die Frauen.«

»Sie wissen auch nicht genau, ob sie tatsächlich alle Geld bekommen haben?«

»Es kommt mir unwahrscheinlich vor, daß eine gesamte Kolonie zustimmen sollte, sich aufzulösen, ohne Geld in der Hand zu haben. Sie sind äußerst loyal gegeneinander, trotzdem kann ich mir nicht vorstellen, daß sich diese Leute um eines Mannes willen völlig entwurzeln, außer es ist ihnen irgendeine Garantie oder Entschädigung geboten worden.«

»Ich kann es mir vorstellen«, sagte Lassiter, »sofern dieser Mann der Meister war. Sie waren doch daran gewöhnt, ihm zu gehorchen?«

»Ja.«

»In allen Dingen?«

»In allen Dingen.«

»Sie glauben nicht, daß er den Befehl zu verschwinden gegeben hat?«

»Doch, das glaube ich wohl«, sagte Quinn langsam. »Nur ist es vielleicht nicht seine eigene Idee gewesen.«

»Sie meinen, er ist bestochen worden?«

»Er sah es vielleicht nicht als das an.«

»Ich würde es tun. Wenn Geld den Besitzer wechselt, aber weder Waren noch Dienstleistungen noch Wohltätigkeiten damit verbunden sind, so gilt dies als Bestechung.«

»Bitte, nennen Sie es so. Aber versetzen Sie sich an seine Stelle: Mit der Kolonie ging es bergab, einige verschwanden, und neue Bekehrte tauchten nicht auf. Selbst schon vor Haywoods und Schwester Segens Tod muß er den Anfang vom Ende gesehen haben. Zwei Morde brachten es bedenklich nahe.«

»Sie brechen mir das Herz, Quinn.«

»Ich versuche zu rekonstruieren, was geschehen sein mag.«

»Machen Sie weiter. Das Ende ist bedenklich nahe. Und?«

»Vielleicht hat ihm der Mörder einen Vorschlag gemacht: Die Kolonie löst sich für eine Zeitlang auf und kommt später unter besseren Umständen wieder zusammen.«

»Sie meinen mit einem Grundkapital?«

»Ja.«

»Das ist eine ganz hübsche Theorie, Quinn«, sagte Lassiter ironisch. »Allerdings mit ein paar winzigen Löchern.«

»Ich weiß, aber ...«

»Nach dem Beichtbrief, von dem mir Martha O'Gorman ja schließlich erzählt hat, ist O'Gorman von einem Landstreicher in einem Wutanfall getötet worden.

O'Gorman hatte zwei Dollar bei sich, und hinten im Wagen lag eine alte Schreibmaschine. Gesamtwert, sagen wir, zehn Dollar. Vielleicht bin ich ein Pessimist, aber wenn ich eine religiöse Sekte finanzieren wollte, finge ich mit etwas höherem Grundkapital als mit zehn Dollar an. Nein, unterbrechen Sie mich nicht. Ich erinnere mich an Ihre Idee, daß Alberta Haywood den Mann bezahlt hat, damit er O'Gorman umbrächte. Aber hier fangen Ihre wirklichen Schwierigkeiten erst an. Erstens: In dem Brief ist nichts dergleichen erwähnt worden. Zweitens: Alberta Haywood hatte keinen Grund, O'Gormans Tod zu wünschen. Drittens: Sie hat sehr überzeugend bestritten, jemals einen Landstreicher gekannt zu haben, dem sie Geld oder Kleider von George Haywood gegeben hat. Also, wo bleiben Sie jetzt?«

Quinn zuckte die Schultern. »Wie Sie sagen, in wirklichen Schwierigkeiten.«

Lassiter trat ans Fenster. Er sagte, ohne sich umzudrehen: »Vierundzwanzig Menschen geben alles auf, was sie besitzen, zugunsten eines fünfundzwanzigsten – Wohnung, Gemeinschaftsleben, Schafe und Kühe – sogar, bis zu einem gewissen Grade, ihren Glauben –, denn sie können in der übrigen Welt nicht leben, ohne gewisse Dinge zu akzeptieren, die sie als sündig empfinden. Was treibt sie dazu? Mir scheint es nur zwei Gründe zu geben, die hierfür stark genug sind. Entweder sehr viel Geld, oder der Meister selbst ist der Mann, den wir suchen. Sie haben die Wahl.«

»Ich wähle das Geld.«

»Und woher kommt es?«

»Alberta Haywoods Unterschlagungen.«

»Du lieber Himmel!« Lassiter fuhr ungeduldig herum.

»Sie waren derjenige, der mich überzeugt hat, sie hätte die Wahrheit gesagt und tatsächlich niemanden bezahlt, der O'Gorman umbringen sollte, sie hätte keinem Landstreicher George Haywoods Kleider gegeben ...«

»Ich glaube noch immer, daß es die Wahrheit war.«

»Sie widersprechen sich selber.«

»Nein«, sagte Quinn. »Ich glaube nicht, daß sie einem Landstreicher Geld und Kleider gegeben hat. Ich glaube, sie hat sie einem anderen gegeben.«

23

Er war Teil des Waldes geworden.

Selbst die Vögel hatten sich inzwischen an ihn gewöhnt. Die Wildtauben, die vor ihren Nestern einherstolzierten oder sich im raschen schwirrenden Flug paarten, die Spechte, die geräuschvoll mit beiden Füßen im trockenen Laub nach Nahrung suchten, die Zikaden, die sich, den Kopf nach unten, an die Pinienstämme klammerten, die Buntfinken, gelb und schwarz zwischen den grünen Blättern aufleuchtend – keiner von ihnen beachtete die Gegenwart des bärtigen Mannes. Sie achteten nie auf seine Versuche, sie anzulocken, indem er ihren Ruf nachahmte oder ihnen Futter anbot. Sie ließen sich nicht durch sein Gurren und Pfeifen irreführen; es gab noch genügend Nahrung im Wald: Beeren und Feldmäuse, Insekten, die in der Eukalyptusrinde versteckt waren, Motten in den Eichen und Raupen in der Dachrinne des Turms.

Die Vögel konnten sich sogar besser ernähren als er. Er konnte nur hastig und bei Nacht kochen, damit der Rauch des Feuers nicht von den Farmern gesehen wurde. Selbst in guten Zeiten waren die Vorräte im Turm mager gewesen, und jetzt waren sie modrig. Er aß Reis mit Rüsselkäfern, er bekämpfte die Küchenschaben in den Resten von Weizen und Gerste, er fing Wildkaninchen und enthäutete sie mit einer Rasierklinge. Seine Rettung war der Gemüsegarten. Trotz des Unkrauts und der Zerstörungen durch Rehe, Hasen und Erdhörnchen konnte man noch Tomaten und Zwiebeln, Karotten und rote Rüben ernten, Kartoffeln ausgraben und sie gar oder halbgar kochen, je nachdem, wie lange er es wagte, das Feuer anzulassen.

Die Rehkitze, die einzigen Tiere, die bereit waren, Freundschaft mit ihm zu schließen, wurden zwangsläufig seine Feinde. Wenn sie bei Morgengrauen oder zur Dämmerung in den Gemüsegarten kamen, verjagte er sie mit Steinen, wobei ihm das Herz weh tat.

Manchmal entschuldigte er sich bei ihnen und versuchte, es zu erklären: »Es tut mir leid. Ich habe euch gern, aber ihr stehlt mir das Essen, das ich brauche. Wißt ihr – jemand wird zu mir kommen, aber ich weiß nicht, wie lange ich noch warten muß. Wenn sie kommt, gehe ich mit ihr fort, und alles Gemüse gehört euch. Ich habe soviel durchmachen müssen. Ihr werdet mich doch jetzt nicht verhungern lassen, jetzt, da unser Plan in Erfüllung geht.«

Er nannte es immer noch »unser Plan«, wenn es auch von Anfang an immer der ihre gewesen war. Das Ganze hatte damals so unschuldig angefangen, eine Begegnung an einer Straßenecke, ein schüchternes Lächeln und ein morgendlicher Gruß: »Ich fürchte, es wird wieder ein heißer Tag werden.«

»Ja, Madam, das fürchte ich auch.«

Darauf begegnete er ihr unerwartet an allen möglichen Orten – einem Supermarkt, der Bücherei, einem Parkplatz, einem Café, einem Kino. Als er zu ahnen begann, daß diese Begegnungen kein reiner Zufall waren, spielte es schon keine Rolle mehr, da er wußte, er hatte sich in sie verliebt. Ihr Schweigen regte ihn zum Reden an, ihre Zurückhaltung machte ihn kühn, ihre Furchtsamkeit mutig, ihre mangelnde Kritik selbstsicher.

Ihre Begegnungen waren notwendigerweise kurz und fanden an Plätzen statt, die von anderen Leuten gemieden wurden wie etwa das trockene, staubige Flußbett. Hier, ohne sich nur zu berühren, gaben sie ihrer Liebe und ihrem Leiden Worte, bis diese beiden in dem einen Wort ›Liebesleid‹ zu verschmelzen schienen. Ihr Leiden wurde ein krankhafter Ersatz für ihr Glück, bis zu einem Punkt, an dem es kein Zurück mehr gab.

»Ich kann nicht mehr so weitermachen«, sagte er zu ihr. »Das einzige, woran ich denken kann, ist, alles über Bord zu werfen und wegzulaufen.«

»Nur Kinder laufen weg, Liebster.«

»Dann bin ich kindisch. Ich will fort und niemanden mehr sehen – selbst dich nicht.«

Sie wußte, zu diesem Zeitpunkt hatte sein Elend einen solchen Grad erreicht, daß er jedem Plan zustimmen würde. »Wir müssen Pläne auf lange Sicht machen. Wir lieben uns, wir haben Geld, wir können an einem anderen Ort ein völlig neues Leben anfangen.«

»Wie um Himmels willen?«

»Zuerst müssen wir O'Gorman loswerden.«

Er hielt es für einen Witz. Er lachte und sagte: »Aber, hör mal. Das hat der arme O'Gorman wirklich nicht verdient.«

»Das ist mein Ernst. Nur dann können wir sicher sein, daß wir immer zusammenbleiben und niemand versuchen wird, uns zu trennen.«

Während der nächsten Monate überlegte sie jede Einzelheit, bis zu den Kleidern, die er tragen sollte. Sie kaufte ein und versorgte eine alte Hütte in den Bergen von San Gabriel mit Vorräten. Dort sollte er sich verstecken, bis sie kam. Seine nächsten Nachbarn waren Mitglieder einer merkwürdigen religiösen Sekte. Zunächst lernte er die Kinder kennen, das älteste war ein Mädchen von ungefähr zehn Jahren. Sie war fasziniert vom Geräusch seiner Schreibmaschine und beobachtete ihn, versteckt hinter Bäumen oder Büschen, während er hinterm Haus saß und tippte, weil es sonst nichts zu tun gab.

Sie war ein ängstliches kleines Geschöpf, das manchmal merkwürdige Anwandlungen von Kühnheit zeigte. »Was ist das für ein Ding?«

»Eine Schreibmaschine.«

»Es klingt wie eine Trommel. Wenn sie mir gehörte, würde ich fest draufschlagen und noch mehr Krach machen.«

»Wie heißt du?«

»Karma.«

»Hast du noch einen anderen Namen?«

»Nein, nur Karma.«

»Möchtest du gern auf der Maschine schreiben, Karma?«

»Gehört sie dem Teufel?«

»Nein.«

»In Ordnung.«

Er benutzte Karma als Vorwand für seinen ersten Besuch in der Kolonie. Als seine Einsamkeit immer unerträglicher wurde, folgten weitere. Entschuldigungen wurden überflüssig. Die Brüder und Schwestern stellten keine Fragen: Es schien ihnen völlig natürlich, daß er, wie sie selber, der Welt den Rücken gekehrt hatte und in die Berge geflohen war. Er hingegen schätzte ihr Gemeinschaftsleben. Immer war jemand da, immer gab es etwas zu tun, was ihn vom Grübeln abhielt, und ihre strengen Regeln verliehen ihm ein Gefühl von Sicherheit.

Er war schon über einen Monat in den Bergen, als die schreckliche Nachricht in einem Brief kam:

Liebster, ich habe nur eine Minute, um Dir zu schreiben. Ich habe einen Fehler gemacht, und sie sind mir auf die Spur gekommen. Ich werde eine Zeitlang fort müssen. Bitte, warte. Dies bedeutet nicht das Ende für uns, es ist nur ein Aufschub, Geliebter. Wir dürfen nicht versuchen, in Verbindung zu treten. Habe Vertrauen zu mir wie ich zu Dir. Ich kann alles ertragen, wenn ich weiß, daß Du auf mich wartest. Ich liebe Dich, ich liebe Dich ...

Bevor er den Brief verbrannte, las er ihn viele Male und wimmerte dabei wie ein verlassenes Kind. Dann nahm er sein Rasiermesser und schnitt sich beide Pulsadern auf.

Als er das Bewußtsein wiedererlangte, lag er auf einem Bett in einem fremden Zimmer. Seine Handgelenke waren fest bandagiert, und Schwester Segen stand über ihn gebeugt: »Bist du jetzt wach, Bruder?«

Er versuchte zu sprechen, konnte es aber nicht, und so nickte er nur.

»Der Herr hat dich bewahrt, Bruder, weil du noch nicht für die Ewigkeit bereit bist. Du mußt ein wahrer Gläubiger werden.« Ihre Hand auf seiner Stirn war kühl und ihre Stimme fest und sanft. »Du mußt der Welt und dem Bösen entsagen. Dein Puls ist ruhig, und du hast kein Fieber. Kannst du ein bißchen Suppe trinken? Du kannst das himmlische Königreich nicht betreten, ohne dafür zu arbeiten. Du solltest damit am besten gleich anfangen.«

Er hatte weder die Kraft noch den Wunsch nachzudenken. Aus Schwäche kehrte er der Welt den Rücken, und er trat in die Sekte ein, weil sie da war und er sonst keinen Ort und keinen Menschen hatte, zu dem er gehen konnte. Als die Brüder und Schwestern nach Norden in ihr neues Heim am Turm zogen, grub er das Geld, das er in einem alten Koffer vergraben hatte, aus und ging mit. Zu dieser Zeit war die Kolonie seine Heimat geworden, seine Familie und, bis zu einem gewissen Grade, seine Religion. Er vergrub den Koffer wieder, und das lange Warten nahm seinen Fortgang.

Bei einer Fahrt nach San Felice, zusammen mit Bruder Dornenkrone, hatte er Albertas Schicksal aus einer Zeitung erfahren, die in der Straßenrinne lag. Er schickte ihr ein religiöses Traktat, in dem er manche Wörter leicht unterstrichen hatte, um sie wissen zu lassen, wo er lebte. Er konnte nur hoffen, daß die Gefängniszensur es durchgelassen und sie es dann auch verstanden hatte. In ihm lösten Hoffnung und Angst einander ab; sie waren Zwillingsköpfe eines einzigen Körpers und wurden in gleicher Weise genährt.

Die Jahre vergingen. Er erwähnte ihren Namen bei niemandem. Er versuchte nicht, weiteren Kontakt mit ihr aufzunehmen, noch sie mit ihm. Dann, eines Morgens im Sommer, saß er mit Schwester Segen in der Küche und hörte, wie sie die unheildrohenden Worte aussprach: »Du hast gestern Nacht im Schlaf gesprochen, Bruder. Wer ist Patrick O'Gorman?«

Er versuchte, die Antwort zu umgehen, indem er die Schultern zuckte und den Kopf schüttelte, aber sie ließ nicht locker.

»So kommst du mir nicht davon. Verstehst du? Ich will eine Antwort.«

»Er war ein alter Freund. Ich bin mit ihm zur Schule gegangen.«

Wenn es auch die Wahrheit war, sie glaubte ihm nicht. »Wirklich? Es klang nicht, als wäre er ein alter Freund. Du hast mit den Zähnen geknirscht und das Gesicht verzogen.«

Sie ließ das Thema fallen, nahm es ein paar Tage später aber wieder auf. »Du hast letzte Nacht wieder im Schlaf gemurmelt, Bruder, über O'Gorman und Chicote und über Geld. Hoffentlich drückt dich nicht dein Gewissen?«

Er antwortete nicht.

Während der nächsten Tage merkte er, wie sie ihn mit den scharfen und forschenden Augen einer Krähe beobachtete.

Der Fremde namens Quinn kam und ging, kehrte zurück und verschwand wieder. Schwester Segen, aus der Isolation entlassen, war bleich und verhärmt.

»Du hast mir nicht gesagt, daß O'Gorman tot ist, Bruder.«

Er schüttelte den Kopf.

»Bist du dafür verantwortlich, Bruder?«

»Ja.«

»War es ein Unfall?«

»Nein.«

»Du hast es beabsichtigt? Geplant?«

»Ja.«

Ihre Augen waren nicht länger forschend, nur noch beunruhigt und traurig. »Quinn sagt, O'Gorman habe eine Frau zurückgelassen und die Arme leide an schrecklicher Ungewißheit. Solche Fehler müssen gutgemacht werden, Bruder, zum Heil deiner Seele. Du kannst einen Ermordeten nicht wieder zum Leben erwecken, aber du kannst etwas tun, um seiner Witwe zu helfen. Du mußt einen Brief schreiben, Bruder, und die Wahrheit bekennen. Ich werde dafür sorgen, daß du nicht geschnappt wirst. Der Brief wird in Chicago auf die Post gegeben, und kein Mensch erfährt je, daß du ihn geschrieben hast.«

Trotzdem ergriff er Vorsichtsmaßregeln. Er schrieb mit der rechten Hand, um seine Schrift zu verstellen. Er vermischte Tatsachen und Phantasie, und dabei verriet er mehr über sich, als er dachte. Es bereitete ihm eine eigenartige Befriedigung, den Brief zu schreiben. Es war, als begrabe er O'Gorman endgültig, indem er einen schmutzigen kleinen Nachruf auf seinen Grabstein schrieb, den eine trauernde Witwe kaum jemandem zeigen würde. Auf sein Drängen hin las Schwester Segen den Brief und schnalzte dabei mißbilligend mit der Zunge: »Du hättest nicht so – so offen zu sein brauchen.«

»Warum nicht?«

»Es scheint mir rachsüchtig, ihr und auch ihm gegenüber. Das ist nicht gut, Bruder. Ich fürchte sehr um die Rettung deiner Seele. Du hast den Teufel nicht verbannt, wenn du noch immer Haß auf dein Opfer empfindest ...«

Jeden Morgen, wenn er auf seinem Lager aus Heu erwachte, dachte er, daß dies der Tag sei, der Tag der Befreiung, der Belohnung, der Sicherheit und eines neuen Lebens. Aber die Tage kamen und gingen einer wie der andere, und wenn einer verstrichen war, machte er ein Zeichen an die Scheunenwand. Er mußte nicht einmal mehr besonders aufpassen. Die letzten Leute des Sheriffs waren vor einem Monat weggefahren, und falls sie zurückkommen sollten, würden sie kein Zeichen von ihm im Turm oder in der Gemeinschaftsküche finden. Er mied beide Orte und blieb im Schuppen; ständig verwischte er die Spuren seiner Gegenwart. Ehe er am Morgen den Heuschober verließ, lüftete er das Heu mit einer Heugabel, um die Eindrücke seines Körpers zu verwischen. Er glättete seine Fußspuren und vergrub seine Abfälle, und abends, wenn er sein kleines Feuer gelöscht hatte, bedeckte er die Asche mit Fichtennadeln und Eichenblättern. Was als Spiel begonnen hatte, um seine Feinde zu täuschen, wurde zum Ritual der Selbstauslöschung.

Er dachte kaum daran, den Turm zu verlassen und sich in einer Stadt zu verstecken. Der Gedanke, allein in einer Stadt zu leben, erschreckte ihn. Da jetzt außerdem die Hälfte des Geldes fort war, mußte er den Rest für die Zukunft sparen. Er machte sich oft Gedanken darüber, wie er ihr das fehlende Geld erklären sollte, wenn sie kam. Er überlegte, was er sagen wollte: »Liebste, ich mußte es tun, wenn ich allein vom Turm weggelaufen wäre, hätte die Polizei sofort gewußt, daß ich – und nur ich allein der Schuldige war. Indem ich nun den Meister bestochen habe, die Kolonie aufzulösen, habe ich sie verwirrt. – Oh, der Meister war durchaus bestechlich in seiner Verzweiflung. Er sah den Anfang vom Ende für die Kolonie kommen und wußte, daß die einzige Rettung darin bestand, die Mitglieder in die Welt zu schicken, neue Bekehrungsversuche zu machen und dann vielleicht hierher zurückzukommen. Und dies konnte nur mit Geld bewerkstelligt werden, mit deinem Geld. Darum blieb ich auch hier beim Turm, um den Rest zu hüten.«

Er entsann sich des Abends, an dem sie ihm zum erstenmal von dem Geld erzählt hatte, und an seine völlige Fassungslosigkeit, seinen Schrecken und sein Mitleid.

»Du hast gestohlen?«

»Ja.«

»Aber, um Gottes willen, wozu?«

»Ich weiß es nicht. Ich habe es nicht ausgegeben, auf jeden Fall nicht viel. Ich habe nur ... Ja, ich will es ganz einfach haben. Ich will es nur haben.«

»Höre mich an. Du mußt es zurückgeben, Ersatz leisten.«

»Nein, das tue ich nicht.«

»Aber du kommst ins Gefängnis.«

»Sie haben bisher nichts gemerkt.«

»Du mußt es zurückgeben, Alberta. Ich kann nicht ohne dich leben.«

»Das sollst du auch nicht. Ich habe einen Plan.«

Zunächst schien ihm ihr Plan verrückt, doch nach und nach akzeptierte er ihn, da er keinen besseren wußte; im Grunde hatte er überhaupt keinen Plan, er war es nicht gewöhnt, selbständig zu denken.

Er bestand auf dem Versprechen, daß sie, nachdem O'Gorman von der Bildfläche verschwunden war, nichts mehr auf der Bank riskierte. Sie wollte aufhören, die Bücher zu fälschen und auf die Zeit warten, wo sie Chicote verlassen konnte, ohne daß es mit O'Gormans Verschwinden in Zusammenhang gebracht wurde. Sie hatte das Versprechen gebrochen und den Fehler gemacht, der sie ins Gefängnis brachte. Alberta machte im allgemeinen keine Fehler. Hatte sie zuviel an ihn und ihre gemeinsame Zukunft gedacht? Oder hatte sie aus dem unbewußten Wunsch gehandelt, ertappt und bestraft zu werden – nicht nur für die Unterschlagungen, sondern auch für die Beziehung zu ihm? Wenn sie auch nie von einem sexuellen Schuldgefühl gesprochen hatte, so wußte er doch, daß es in ihr lebendig war, ebenso wie er wußte, daß sie keinen anderen Mann gekannt hatte.

Auch seine eigenen Schuldgefühle waren stark, aber sie wurden gemindert durch die Härte und Kargheit des Lebens, das er führte. Gelegentlich, in seltenen Augenblikken der Einsicht, fragte er sich, ob er so ein Leben gewählt hatte, um seine Schuld erträglicher zu machen. Wenn er jeden Morgen von dem Trippeln der Ratten im Heu oder den stechenden Bissen der Flöhe, der bitteren Kälte oder dem schmerzenden Hungergefühl geweckt wurde, so akzeptierte er dies alles und benutzte es als Entschuldigung vor einem unsichtbaren, unhörbaren Ankläger: *Sieh mich an, wie elend ich bin, sieh dir die Umstände an, in denen ich lebe, die Schmerzen, den Hunger, die Einsamkeit, die Entbehrungen. Ich habe nichts, ich bin nichts. Ist das nicht Sühne genug?*

Sein langes Warten auf die Zukunft war ihm so zur Gewohnheit geworden, daß er Angst hatte, daran zu denken, was danach kommen würde, und nur widerstrebend an die Vergangenheit dachte. Obwohl er sich verzweifelt nach Gesellschaft sehnte, wollte er doch nicht, daß die

Mitglieder der Sekte zurückkehrten. Die einzigen, die er wirklich gemocht hatte, würden sowieso nicht zurückkommen: Mutter Pureza, deren wilde Höhenflüge der Phantasie ihn amüsiert hatten, und Schwester Segen, die ihn umsorgt hatte, wenn er krank war. Er vermißte weder das ständige Klagen von Schwester Zerknirschung noch die angeberischen Reden von Bruder Herz über seine Erfolge bei Frauen, noch die Selbstgefälligkeit von Bruder Krone oder die Kämpfe des Meisters mit dem Teufel.

Während die Zeit verstrich, verblaßten manche Ereignisse in seinem Gedächtnis. Er hatte nur eine vage Erinnerung an den letzten Tag der Kolonie am Turm. Sein Geist war betäubt von dem Schreck, Haywood wiederzusehen und sich klar zu sein, daß alles sorgfältige Planen und das lange Warten umsonst gewesen waren. Er hatte nicht beabsichtigt, Haywood zu töten, er wollte nur vernünftig mit ihm sprechen.

Aber Haywood war nicht vernünftig. »Ich bleibe hier, und ich verfolge jeden Ihrer Schritte, jede Minute, jeden Tag, bis ich herausbekommen habe, wo das Geld versteckt ist.«

Er war zu benommen, um zu leugnen. »Wie – wie haben Sie mich gefunden? Hat Alberta es Ihnen gesagt?«

»Ich bin von Chicote aus hinter Quinn hergefahren. Nein, Alberta hat mir nichts erzählt. Eins muß man ihr lassen, sie ist hartnäckig. Einmal im Monat, fünf Jahre lang, habe ich sie bearbeitet, getreten und gequält, mir die Wahrheit zu sagen, damit ich ihr helfen könnte. Ich habe von Anfang an Verdacht geschöpft, seit sie mir erzählt hat, sie habe einem Bettler Kleider von mir gegeben. Sie hat sie Ihnen gegeben, nicht?«

»Ja.«

»Sie konnten es nicht riskieren, sich neue Sachen zu kaufen, die dann in Ihrem Schrank vermißt wurden. O ja, ihr beiden wart sehr vorsichtig. Alles war gut durchdacht, alles paßte in den großen Plan, außer einfachem gesundem Menschenverstand. Sie muß schon Monate vorher angefangen haben, zu planen. Sie fing an, jeden Abend alleine auszugehen, in Kino, Lesungen und Konzerte, damit niemand etwas Besonderes dabei denken konnte, daß sie an jenem besondern Abend in ihrem Auto wegfuhr. Sie fing an, die Rennformulare zu kaufen, immer vom selben Zeitungsstand, um die Grundlagen für die Geschichte vom Wetten zu legen für den Fall, daß sie doch einmal geschnappt würde und man sie fragte, wo das Geld geblieben war. So viele Pläne, und wofür? Die arme Frau sitzt in einer Gefängniszelle und träumt immer noch ihre großen Träume. Nur daß die nie in Erfüllung gehen werden.«

»Doch. Ich liebe sie, ich werde immer auf sie warten.«

»Das werden Sie wohl müssen.«

»Was soll das heißen?«

»Es heißt«, sagte Haywood, »daß bei ihrer Verhandlung über Bewährung in ein paar Wochen einige Leute ihre Geschichte, sie hätte das Geld verspielt, ebensowenig glauben werden, wie ich das tue. Und wenn sie ihr nicht glauben, wenn sie sie nicht bußfertig finden, dann muß sie ihre volle Strafzeit absitzen. Und hier trete ich auf. Ich will das Geld. Jetzt.«

»Aber ...«

»Alles. Wenn es sich in meiner Hand befindet, wird Alberta wissen, daß das Spiel aus ist, und sie ist gezwungen, dem Gericht die Wahrheit zu sagen und der Bank

Ersatz zu leisten. Dann ist sie eine freie Frau, frei vom Gefängnis und, ich hoffe zu Gott, auch frei von Ihnen.«

»Sie begreifen nicht, Alberta und ich ...«

»Fangen Sie nicht an, von Liebe zu faseln. Große Liebe. Große Sache. Mein Gott, ich weiß nicht einmal, ob Sie ein Mann sind. Vielleicht ist das der Grund bei allem: Alberta keine richtige Frau und Sie kein richtiger Mann, so beschlossen Sie, eine einzigartige Liebestragödie zu spielen. Das Spiel hatte einen großen Vorteil für euch beide. Es hat euch in der Gegenwart getrennt und euch erlaubt, an eine gemeinsame Zukunft zu glauben.«

Er konnte sich nicht erinnern, Haywood über das Geländer gestoßen zu haben, aber er entsann sich des Anblicks und des Geräusches, wie er fiel – ein großer grauer flatternder Vogel, der einen letzten Schrei ausstieß. Er wartete nicht, bis Haywood unten aufschlug. Er rannte in sein Zimmer im dritten Stock des Turmes zurück. Dort wartete er, bis Mutter Pureza herauslief und der Meister hinter ihr hereilte. Dann ging er wie ein Roboter, dem man einen Befehl gegeben hatte, in die Scheune, um das Rattengift zu holen.

Er erinnerte sich nur an etwas bei Schwester Segens Tod genau, an ihren Schrei, als sie den ersten Schmerz spürte. Manchmal stieß ein Vogel einen ähnlichen Laut aus, und der bärtige Mann wurde plötzlich ganz starr und fiel zu Boden, als glaube er, Schwester Segen sei als Vogel zurückgekommen, um ihn heimzusuchen. Das waren die schlimmsten Momente, wenn er fürchtete, den Verstand verloren zu haben, und sich einbildete, die Tiere des Waldes seien menschliche Wesen. Die Spottdrossel mit ihrem arroganten ununterbrochenen Geschwätz war Bruder Krone. Der winzige Grünfink, der in dem hohen Unkraut herumtanzte, war Mutter Pureza. Die kräftige, immer hungrige Krähe war Bruder Licht. Die Holztaube mit ihren klagenden Lauten war Schwester Zerknirschung, und der Eichelhäher war Haywood, der ihn kritisierte und verspottete.

»Kriecher!« schrie er.

»Halt's Maul!«

»Mieser Kriecher!«

»Ich bin ein Mann! Ich bin ein Mann! Ich bin ein Mann!«

Aber der Eichelhäher hatte immer das letzte Wort, *Kriecher.*

Eines Morgens erwachte er in seinem Heu durch das Rascheln der Mäuse auf dem Dach. Noch bevor er die Augen öffnete, wußte er, daß sich während der Nacht etwas verändert hatte: Die Kolonie war zurückgekehrt.

Er lag still und horchte. Er hörte keine Stimmen, keine Schritte oder das vertraute Tuckern des Lastwagens, dafür aber ein anderes Geräusch, das er wohl kannte, ein rasches abgehacktes Trommeln. Es war Karma, die in dem Vorratsschuppen auf der Schreibmaschine schrieb.

Er kletterte die hohe Leiter hinunter und rannte zwischen den Bäumen hindurch auf den Vorratsschuppen zu. Er war auf halbem Wege, als das Geräusch aufhörte und eine Elster mit einem Aufblitzen von Schwarz und Weiß aus einer Pinie flatterte.

Er fuchtelte fluchend mit der Faust hinter ihr her, aber der Zorn richtete sich gegen sich selbst und seine Sinne, die ihn so sehr im Stich gelassen hatten. Er entsann sich, daß die Schreibmaschine gar nicht in dem Schuppen war, die Leute des Sheriffs hatten sie zusammen mit den anderen Sachen mitgenommen. Aber es würde ihnen nichts nützen; sie konnten nicht beweisen, daß sie ihm gehörte, sie wußten nicht, daß er derjenige war, nach dem sie suchten, sie wußten nicht ...

»Karma.«

Er sprach den Namen laut aus, und diesmal lag darin mehr von einem Fluch als in seinem Ausruf gegen die Elster, denn jetzt war zu dem Ärger noch die Furcht gekommen.

Er war wie betäubt, als ihm etwas einfiel, das er vergessen hatte: wie Karma ihm am letzten Tag am Turm in den Vorratsraum gefolgt war.

»Nimmst du die Schreibmaschine mit, Bruder?«

»Nein.«

»Darf ich sie haben?«

»Hör auf, mich zu quälen.«

»Bitte, darf ich sie haben?«

»Nein. Jetzt laß mich allein. Ich habe es eilig.«

»Wenn ich zu meiner Tante komme, kann ich sie reparieren lassen, daß sie so gut wie neu wird. Bitte, gib sie mir, Bruder.«

»Also gut, damit du nur den Mund hältst.«

»Vielen Dank«, sagte sie feierlich. »Das werde ich nie vergessen, in meinem ganzen Leben nicht.«

Das werde ich nie vergessen. Damals: einfache Worte der Dankbarkeit. Jetzt, als sie wieder in ihm auftauchten, schienen sie riesenhaft vergrößert und verzerrt. Aus dem *Das werde ich nie vergessen* war geworden: *Ich werde es jedem erzählen, daß die Schreibmaschine dir gehört hat.*

»Karma!«

Der Name klang durch die Bäume, und durch die Bäume folgte er ihm.

24

Das Ferngespräch kam am Samstagvormittag. Quinn wartete in seinem Appartement auf Martha, die aus Chicote kommen sollte. Er wollte den Tag mit ihr und den beiden Kindern am Strand verbringen, schwimmen und sonnenbaden. Doch die Sonne lag dicht verschleiert hinter einer Nebelwand, und von seinem Fenster sah Quinn auf einen verlassenen Strand und ein graues Meer. Er überlegte gerade, was sie sonst unternehmen könnten, als das Telefon klingelte. Er glaubte schon, es sei Martha, die es sich anders überlegt habe, und nahm ab: »Hallo.«

»Ein Ferngespräch für Mr. Quinn.«

»Hier ist Quinn.«

»Hier ist Ihre Verbindung, sprechen Sie bitte.«

Dann kam Karmas Stimme, zitternd und überstürzt: »Ich hatte gesagt, ich würde Sie nie anrufen, Mr. Quinn. Ich habe sogar Ihre Karte zerrissen, aber ich wußte die Nummer darauf noch und also – ich habe Angst. Und meiner Tante kann ich es nicht erzählen, weil sie nicht da ist. Aber wenn sie da wäre, könnte ich es ihr auch nicht erzählen, weil ich die Nachricht von meiner Mutter gern haben möchte, und meine Tante erlaubt mir nicht, daß ich noch irgendwas mit ihr zu tun habe.«

»Nun mal mit der Ruhe, Karma. Was ist mir der Nachricht von deiner Mutter?«

»Bruder Zunge hat mich vor ein paar Minuten angerufen, er hätte eine sehr wichtige Nachricht für mich von meiner Mutter, die er mir persönlich überbringen wolle.«

»Wo?«

»Hier im Haus.«

»Woher weiß er, wo du bist?«

»Ach, er weiß von meiner Tante. Ich habe oft von ihr erzählt. Aber ich habe ihm gesagt, er dürfe nicht hierherkommen, meine Tante wäre zu Hause, was gelogen ist, sie arbeitet für die Ausstellung ihres Gartenklubs an der Blumenausstellung. Chrysanthemen und Pampasgras mit einem versteckten elektrischen Ventilator, damit sich das Gras bewegt. Es wird sehr hübsch.«

»Ja, bestimmt«, sagte Quinn. »Warum hat dir Bruder Zunge die Nachricht nicht am Telefon mitgeteilt?«

»Er sagte, er hätte meiner Mutter versprochen, sie persönlich zu überbringen. Um zu berichten, wie es mir geht und so weiter, nehme wenigstens ich an, wenn er das auch nicht gesagt hat.«

»Hat er aus der Stadt telefoniert?«

»Ja, er ist hier. Er kommt heute nachmittag um vier Uhr ins Haus. Ich habe ihm erzählt, meine Tante wäre dann fort. Ich wollte es Ihnen lieber sagen, weil Sie meinten, ich sollte Sie alles wissen lassen, was ich über die Mitglieder der Kolonie erfahre.«

»Ich bin sehr froh, daß du es getan hast, Karma. Paß jetzt gut auf, Karma. Glaubst du, deine Mutter würde Bruder Zunge für eine wichtige Nachricht an dich aussuchen?«

»Nein.« Nach einem Augenblick fügte sie mit kindlicher Offenheit hinzu: »Ich habe immer gedacht, sie haßten sich. Natürlich sollten wir nicht hassen, aber manche von uns taten es trotzdem.«

»Gut, nehmen wir einmal an, daß die Nachricht gar nicht existiert und daß Bruder Zunge dich aus einem ganz anderen Grund sprechen will. Kannst du dir da irgend etwas vorstellen?«

»Nein.«

»Vielleicht ist es etwas für dich ganz Unbedeutendes, für ihn aber nicht.«

»Mit fällt nichts ein«, sagte sie langsam. »Außer, er will seine dumme alte Schreibmaschine wiederhaben. Von mir aus kann er das. Meine Tante hat mir letzten Monat eine ganz neue Reiseschreibmaschine zum Geburtstag geschenkt. Sie ist grau und rosa ...«

»Einen Augenblick. Bruder Zunge hat dir eine alte Schreibmaschine gegeben?«

»Nicht direkt gegeben. Ich habe sie ihm abgeschwatzt.«

»Sie gehörte ihm?«

»Ja.«

»Und sie stand im Vorratsschuppen?«

»Ja. Ich bin manchmal hingegangen und habe damit rumgespielt, bis das Band eingetrocknet und gerissen ist und ich sowieso kein Papier mehr hatte. Ich war damals noch ein halbes Kind.«

»Woher weißt du, daß sie Bruder Zunge gehörte?«

»Weil ich ihm dadurch zum erstenmal begegnet bin. Als wir noch in den Bergen von San Gabriel wohnten, bin ich umhergestromert, und da hörte ich ein komisches Geräusch wie von einer Trommel. Bruder Zunge saß hinter seiner Hütte und tippte, nur war er damals noch nicht Bruder Zunge. Komisch, wenn ich nicht seine Schreibmaschine gehört hätte, wäre er nie Bruder Zunge geworden.«

Quinn hörte, wie seine Wohnungstür geöffnet wurde, und dann Marthas rasche leichte Schritte, als sie durchs Zimmer kam. Er sprach schnell in den Hörer: »Hör zu, Karma. Bleibe, wo du bist. Versperre die Türen und öffne niemandem, bis ich komme. Ich fahre sofort los.«

»Warum?«

»Ich muß ein paar Fragen an Bruder Zunge stellen.«

»Glauben Sie, daß meine Mutter ihm vielleicht doch eine Nachricht für mich gegeben hat?«

»Nein, ich glaube, daß er seine Schreibmaschine zurückholen will.«

»Warum sollte er? Sie ist alt und kaputt, und er kann sie für nichts mehr gebrauchen.«

»Aber vielleicht die Polizei. Diese Schreibmaschine hat hinten in O'Gormans Wagen gelegen in der Nacht, als er ermordet wurde. Ich erzähle dir das, weil du wissen sollst, daß er ein gefährlicher Mensch ist.«

»Ich habe Angst.«

»Du brauchst keine Angst zu haben, Karma. Wenn er um vier Uhr kommt, bin ich bei dir.«

»Versprochen?«

»Versprochen.«

»Ich glaube Ihnen«, sagte sie vertrauensvoll. »Sie haben Ihr Versprechen wegen des Hautwassers auch gehalten.«

Es kam Quinn vor, als sei dies vor sehr langer Zeit und in einer anderen Welt gewesen.

Er legte auf und ging in das Vorderzimmer. Martha stand am Fenster und sah, wie immer, wenn sie hier in der Wohnung war, aufs Meer, als sei das Meer für sie ein Wunder nach der ausgetrockneten Erde von Chicote.

Sie sagte, ohne sich umzudrehen: »Also ist es immer noch nicht zu Ende.«

»Nein.«

»Wird es ewig so weitergehen, Joe?«

»Sprich nicht so.« Er legte seinen Arm um sie und berührte mit seinem Mund ihren Nacken. »Wo sind die Kinder?«

»Bei den Nachbarn.«

»Wollten sie mich nicht sehen?«

»Doch. Es war ein richtiges Opfer für sie, auf einen Tag mit dir am Strand zu verzichten.«

»Und wofür haben sie sich geopfert?«

»Für uns«, sagte sie mit einem schwachen Lächeln. »Richard meint, ich würde zur Abwechslung gern einmal mit dir allein sein.«

»Und möchtest du das?«

»Ja.«

»Unser Richard ist ein sehr verständiger Junge.«

Sie wandte sich um und blickte ihm ernst in die Augen. »Empfindest du das wirklich, daß er unser Richard ist?«

»Ja. Unser Richard, unsere Sally.«

»Wenn du es so sagst, klingt es wie: Und dann lebten sie glücklich bis an ihr Ende –«

»Das werden wir auch.«

» – ohne alle Probleme.«

»Mit einem Berg von Problemen«, sagte er. »Aber auch mit vielen Lösungen, wenn wir uns lieben und uns gegenseitig achten. Und ich glaube, das tun wir. Ja?«

»Ja.« Zweifel lag in ihrer Stimme, wie immer, aber jedesmal, wenn sie sich trafen, wurde er geringer; und Quinn glaubte, daß er vielleicht einmal ganz verschwinden würde.

»Es werden Zeiten kommen«, fuhr er fort, »in denen du an O'Gorman denkst, und ich werde nicht an ihn heranreichen.«

»Das ist nicht wahr.«

»Ja. Und Zeiten, wenn die Kinder mir nicht gehorchen oder meinen Rat nicht annehmen wollen, weil ich nicht ihr richtiger Vater bin. Es werden Unstimmigkeiten kommen, Geldprobleme ...«

»Rede nicht weiter.« Sie legte ihren Finger auf seinen Mund. »Ich habe über alle diese Dinge nachgedacht, Joe.«

»Also haben wir es beide getan. Wir gehen nicht mit geschlossenen Augen in diese Ehe. Warum zögerst du?«

»Ich möchte nicht noch einmal einen Fehler machen.«

»Willst du sagen, daß O'Gorman ein Fehler war?«

»Ja.«

»Weil es wahr ist, oder weil du glaubst, daß ich es hören möchte?«

»Es ist wahr«, sagte sie, und ihre Schultern verkrampften sich unter seiner Hand. »Rückschau ist nicht so gut wie Vorausschau, aber sie hat auch ihr Gutes. Im Grunde war diese Ehe meine Idee, nicht Patricks. Ich wollte ein Nest bauen, und dieses Bedürfnis war so stark, daß es meine Vernunft ausschaltete. Ich habe Patrick geheiratet, um eine Familie zu gründen, er mich, weil ... Ja, der Hauptgrund war wohl, daß er nicht die Kraft hatte, sich gegen mich zu wehren. Jetzt, da ich weiß, daß er tot ist, kann ich objektiver urteilen, nicht nur über ihn, sondern auch über mich. Der Grundfehler unserer Ehe war zuviel gegenseitige Abhängigkeit. Er hing von mir ab, und ich hing von seiner Abhängigkeit ab. Kein Wunder, daß er Vögel liebte, er muß sich selber oft wie ein gefangener Vogel vorgekommen sein. – Was ist, Joe?«

»Nichts.«

»Doch, ich spüre es. Bitte, sage es mir.«

»Ich kann es nicht. Auf jeden Fall nicht jetzt.«

»Gut«, sagte sie leicht. »Dann ein anderes Mal.«

Er wünschte, dieses andere Mal läge noch in weiter Ferne, doch er wußte, daß dies nicht der Fall war. Es wartete an der nächsten Ecke, und er konnte bereits seinen Schatten erkennen.

Er sagte: »Ich habe Kaffee gemacht. Willst du eine Tasse?«

»Nein, danke. Wenn wir bis vier Uhr in Los Angeles sein wollen, fahren wir besser gleich los.«

»Wir?«

»Ja, ich bin nicht die ganze Strecke hierhergefahren, um dich nur zehn Minuten zu sehen.«

»Hör zu, Martha.«

»Ich höre zu, aber ich werde nicht folgen – nicht, wenn du versuchst, mich loszuwerden.«

»Darum geht es nicht. Karmas Anruf hat mich völlig überrascht. Ich weiß nicht, was dahintersteckt. Vielleicht nichts, vielleicht hat Bruder Zunge wirklich eine Botschaft für sie von ihrer Mutter. Aber falls es nicht so einfach liegt, möchte ich dich lieber nicht dabei haben.«

»In Notfällen bin ich ganz gut zu gebrauchen.«

»Auch wenn sie dich betreffen?«

»Dann ganz besonders«, sagte sie mit leichter Bitterkeit. »Ich habe eine Menge Erfahrung darin.«

»Dann hast du dich also entschlossen, mit mir zu kommen.«

»Wenn du nichts dagegen hast.«

»Und wenn ich etwas dagegen habe?«

»Bitte tu es nicht. Bitte.«

»Ich muß aber«, sagte er geduldig. »Weil ich dich liebe. Ich muß dich von Schwierigkeiten weglotsen, wenn ich kann.«

»Ich dachte, wir würden alle Schwierigkeiten zusammen tragen, eine Menge Probleme haben, aber auch eine Menge Lösungsmöglichkeiten der Probleme. War das alles nur so dahergeredet, Joe?«

»Ich versuche, dich zu warnen, Martha, ich versuche dir etwas zu sagen, aber du hörst mir nicht zu.«

»Hab keine Angst um mich. Sonst fühle ich mich nur als halbe Frau, genauso wie meine Angst um Patrick in ihm das Gefühl hat entstehen lassen, er sei nur ein halber Mann. Wenn du siehst, wie ein Bus von hinten auf mich zufährt, dann mußt du mir eine Warnung zurufen oder mich zurückreißen. Aber dies ist eine Kleinigkeit. Was soll mir schon passieren, wenn ich mit dir zu Karma fahre? Das Mädchen braucht vielleicht jemanden, der sich um sie kümmert, sie ist ja noch ein Kind und in einer bedrohlichen Situation. Sperr mich doch bitte nicht in eine Zelle, wenn ich irgendwie nützlich sein kann.«

»Nun gut«, sagte er mit einem Laut, der schon fast ein Stöhnen war.

»Treten Sie aus Ihrer Zelle, gnädige Frau.«

»Herzlichen Dank, der Herr. Sie werden es nicht bereuen.«

»Wirklich nicht?«

»Du klingst so komisch, Joe. Was ist wirklich los? Was hast du im Hinterkopf?«

»Ich wünschte, die Zelle wäre größer, so daß wir beide darin Platz hätten.«

25

Er ging durch die Straßen der Stadt und blieb ab und zu stehen und richtete die Augen zum Himmel, als erwarte er, ein paar seiner Freunde aus dem Wald zu sehen, das leuchtende Schwarz-Weiß einer Elster, das

Graublau einer Taube oder das rötliche Braun eines Buntspechtes. Aber man sah höchstens hie und da einen Spatz auf einem Telefondraht oder eine Taube auf einem Dach.

Gelegentlich hatte er die Vorstellung, als verwandelten sich die Stadtmenschen alle in Vögel. Die Wagen auf den Straßen standen plötzlich und für immer still, und Vögel flogen aus den Fenstern. Aus Fabriken, Bürogebäuden, Häusern, Hotels, aus Eingängen, Kaminen, Höfen und Gärten glitten, flatterten, schwebten, zwitscherten, pfiffen, tirilierten Vögel in einem Rausch von Farben, Bewegung und Klang. Ein Vogel war größer, mächtiger, lauter als sie alle. Es war ein goldener Adler – er selber.

Diese Vorstellung wurde immer größer in seinem Kopf wie eine Seifenblase und platzte schließlich. Keine Autos hielten auf der Straße. Die Menschen blieben Menschen, flügellos, glücklos, und der goldene Adler war auf dem glühenden Asphalt gelandet, genau wie alle anderen der Anziehungskraft der Erde ausgeliefert.

Zu lange Zeit hatte er schon keinen Kontakt mehr mit menschlichen Wesen gehabt. Sogar die alten erschreckten ihn, und an den jungen eilte er vorbei, weil er dachte, sie machten sich über seine Kleidung, seinen kahlen Kopf und seine nackten Füße lustig. Dann sah er sich in dem Schaufenster eines kleinen Kolonialwarengeschäfts und wurde sich bewußt, daß sie keinen Grund hatten, über ihn zu lachen. Er sah aus wie ein ganz gewöhnlicher Mann. Während der Wochen im Wald war sein Haar gewachsen, lockig und schwarz mit Spuren von Grau. Er hatte es bei einem Frisör schneiden lassen, hatte sich rasieren lassen und die Kleider, die er trug, in einem Herrengeschäft gekauft, einen grauen Anzug und eine Krawatte, ein weißes Hemd und schwarze Ledermokassins, die ihn inzwischen an den Zehen drückten. Er war nicht mehr Bruder Zunge, er war ein namenloser Mann, der in einer Stadt eine Straße entlangging, niemand achtete auf ihn. Er war niemand, und niemand sah ihn.

Er ging in das Lebensmittelgeschäft, um sich zu erkundigen, wie er zu der Greengrove Avenue kam, wo Karma wohnte. Die Besitzerin sagte es ihm, ohne von ihren Papieren aufzusehen.

Er sagte: »Haben Sie vielen Dank, Madam.«

»Hmm.«

»Ich bin sicher, ich werde es finden. Heißer Tag heute, nicht?«

»Hmm.«

»Wissen Sie vielleicht, wie spät es ist?«

»Dreiuhrdreißig.«

»Wie bitte? Ich verstehe nicht –«

»Sind wohl taub? Ausländer? Ist dreiuhrdreißig.«

»Danke.« *Nein, ich bin weder taub noch Ausländer. Ich bin ein verkleideter goldener Adler, du fette Taube.*

Halb vier Uhr. Er hatte noch viel Zeit. Als er um die nächste Ecke bog, steckte er seine rechte Hand in die Tasche und fühlte über den glatten beinernen Griff des Rasiermessers. Das Messer war nicht mehr scharf genug, um sich damit zu rasieren, aber der Bart eines Mannes war härter als die Kehle eines Mädchens. Das war komisch, so komisch, daß er, bevor er ihn zurückhalten konnte, einen Laut wie ein Piepsen ausstieß. Es war der Ton eines kleinen Vogels, nicht der mächtige Schrei eines goldenen Adlers, und er wünschte, er hätte ihn nicht gehört. Es nahm ihm sein Vertrauen, seine Kraft, so daß er stehenbleiben und sich gegen einen Laternenpfahl lehnen mußte, um sich zu beruhigen.

Auf einer Bank bei der Autobushaltestelle in der Nähe saßen drei junge Mädchen und beobachteten ihn mißtrauisch, als entdeckten sie, versteckt unter seinem neuen Anzug, die zerfetzte graue Kutte des Bruders Zunge. Obwohl er sich über sie ärgerte, hatte er das Gefühl, er müsse sie irgendwie beschwichtigen, sie soweit bringen, daß sie ihn akzeptieren. Er sagte: »Heißer Tag heute.«

Eine starrte ihn an, eine kicherte und eine drehte sich weg.

»An so einem heißen Tag tut es gut, kühle Gedanken zu haben.«

Wieder Stille. Dann sagte das größte der Mädchen steif: »Wir dürfen nicht mit so merkwürdigen Männern sprechen.«

»Aber ich bin doch kein merkwürdiger Mann. Sehe ich merkwürdig aus? Wieso, nein, ich sehe ganz gewöhnlich aus, ganz normal. Das ist es, was ich bin, der gewöhnliche Mann. Es gibt Tausende so wie mich, die –«

»Los kommt, Laura, Jessie. Denkt dran, was Mami gesagt hat.«

» – jeden Tag zur Arbeit gehen, nie genug Geld haben, niemals sicher, niemals in Sicherheit, niemals frei wie die Vögel, immer in der Hoffnung, alles werde ein wenig ausgeglichen im Himmel. Nur ist es eine lange Wartezeit, eine sehr lange Wartezeit.«

Er wußte, daß die Mädchen weggegangen waren und er mit einer leeren Bank sprach, aber er wußte auch, daß das eine ganz gewöhnliche Sache war für einen gewöhnlichen Mann: Wenn keiner ihm zuhörte, dann mußte er mit leeren Bänken sprechen, zu schweigenden Wänden und Zimmerdecken, tauben Bäumen, leeren Spiegeln und geschlossenen Türen.

Er ging weiter. Die Gegend schien wohlhabender zu werden, der Rasen in den Gärten wurde grüner, die Zäune höher, aber die Häuser sahen verlassener aus, als hätten die Reichen sie nur zum Zeigen gebaut und seien dann zum Leben irgendwo anders hingezogen. Nur ab und zu schlug eine Tür, sprach eine Stimme, bewegte sich ein Vorhang. *Sie sind dort drin,* dachte er. *Sie sind wirklich dort drin, aber sie verstecken sich. Sie fürchten sich vor mir, dem gewöhnlichen Mann.*

Als er die Greengrove Avenue erreichte, blieb er einen Augenblick stehen und trat von einem Fuß auf den anderen, um seine Füße zu entlasten. Er hatte den Eindruck, als sei er den ganzen Tag gelaufen, und bei jedem Schritt seien seine Schuhe ein wenig kleiner geworden. Er überlegte, wie viele gewöhnliche Männer schon den ganzen Tag mit kleiner werdenden Schuhen gelaufen waren, auf dem Weg, einen Mord zu begehen. Sehr wahrscheinlich nicht viele. Aber sicher mehr, als die Leute dachten. Er tat wirklich nichts Ungewöhnliches. Außerdem hatte Karma ja ein Gelübde von Armut und Entsagung abgelegt, das reiche Leben würde ihre Chancen verringern, auf den weichen, goldenen Straßen des Himmels zu wandeln. Er würde ihr einen Gefallen tun, wenn er sie von diesem Wahn errettete.

Manchmal, wenn er an die Jahre dachte, in denen er dem Meister zugehört und gehorcht hatte, lehnte sich alles in ihm dagegen auf, und er enttarnte den Meister als Betrüger und die Brüder und Schwestern als Dummköpfe, aber das kam nur selten vor. Ununterbrochene Wiederholungen hatten ihre tiefen Spuren bei ihm hinterlassen. Er konnte sie nicht wegwischen, wie er seine Spuren in dem Heu verwischt hatte, er konnte sie nicht begraben wie seinen Müll oder mit Fichtennadeln bedecken wie seine Asche. Besonders hier in der Stadt erschien ihm die Materie böse, die aufgetakelten Männer und geschminkten Frauen trugen das Brandmal des Bösen. Reiche Häuser bargen kranke Seelen, und Ungläubige fuhren in großen Autos auf breiten Straßen zu den weiten Pforten der Hölle.

Er trug das Brandmal des Meisters, und ihm wurde klar, daß es das war, was die Mädchen auf der Bank gesehen hatten, nicht das graue Gewand von Bruder Zunge unter seinem neuen Anzug. Sie hatten das Brandmal des Meisters entdeckt, und da sie es nicht kannten, war ihnen sofort klar, daß er kein gewöhnlicher Mann war, sondern ein merkwürdiger Mann mit einer merkwürdigen Mission. Obwohl die Mädchen schon eine Weile nicht mehr da waren, beschleunigte er seine Schritte, um von ihren prüfenden Augen wegzukommen.

Die Minuten verstrichen. Manche der Häuser, an denen er vorbeikam, trugen Nummern, andere hatten Nummern und Namen. Nummer zwölf-fünfundneunzig war durch ein Namensschild an einer winzigen eisernen Lampe gekennzeichnet: Mrs. Harley Baxter Wood. Wie viele der anderen Häuser wirkte es verlassen, aber er wußte, daß es nicht stimmte. Am Telefon war Karma zunächst mißtrauisch gewesen, dann hatte sich ihr Mißtrauen in Neugier und ihre Neugier in Eifer verwandelt. Er wußte, daß sie trotz aller Unstimmigkeiten sehr an ihrer Mutter hing, sie würde auf eine Nachricht von ihr warten.

Er kümmerte sich nicht um die Türklingel und klopfte leicht mit dem Knöchel gegen das eckiggeschliffene Glas. Es klang mehr wie das Signal eines Freundes als das Klopfen eines Fremden. Es blieb unbeantwortet, trotzdem hatte er das feste Gefühl, daß Karma auf der anderen Seite der Tür stand. Er bildete sich sogar ein, sie atmen zu hören, sehr schnell und nervös und verletzlich, genauso wie sein kleiner Vogel geatmet hatte, ehe sein Kopf herunterfiel, seine Augen sich schlossen und er in seiner Hand starb. Später hatte er unter einem Erdbeerbaum ein Grab für ihn geschaufelt, und dann hatte er eine Axt genommen und den Käfig in Stücke gehauen. Er erinnerte sich gut an die wilde Erregung, die ihn ergriffen hatte, als die Axt die Drahtstäbe traf, als sei er selbst darin gefangen gewesen und als brächten seine Schläge die Freiheit. Als seine Erregung vorbei war, warf er die Reste des Vogelkäfigs in eine Schlucht, wie ein Mörder, der die Beweisstücke seiner Tat aus dem Wege räumt.

»Karma?«

Ja, er hörte sie deutlich atmen.

»Ich bin es, Bruder Zunge. Du wirst mich nicht erkennen. Stoß dich nicht an der äußeren Veränderung. Ich bin es wirklich. Komm, sieh mich an, du dummes Kind.«

Er preßte den Mund gegen die Türritze.

»Komm heraus, Karma. Ich habe dir eine wichtige Mitteilung von deiner Mutter zu machen.«

Schließlich sprach sie mit einer dünnen zitternden Stimme: »Du kannst es mir von draußen erzählen.«

»Nein, das geht nicht.«

»Ich will nicht – nicht hinauskommen.«

»Hast du etwa Angst? Du lieber Himmel, was solltest du von dem armen alten Bruder Zunge zu befürchten haben? Wir sind doch seit Jahren befreundet, Karma. Ich bin wie ein Onkel für dich. Habe ich dir nicht meinen allerwertvollsten Besitz, meine Schreibmaschine, gegeben?«

»Du konntest sie gar nicht verschenken«, sagte sie. »Du hast sie aus O'Gormans Wagen gestohlen.«

»Nennst du mich einen Dieb? Es war meine, ich sage es dir. Sie gehörte mir.«

»Ich weiß, woher sie kommt.«

»Jemand hat dir Lügen erzählt, du dummes Ding, und du hast sie geschluckt wie Süßigkeiten. Niemand kennt die Wahrheit außer mir, aber natürlich kann ich sie dir nicht mit der Tür zwischen uns erzählen. Mach auf, Karma!«

»Das kann ich nicht. Meine Tante ist da. Oben in ihrem Zimmer.«

Das war eine so durchsichtige Entschuldigung, daß er beinahe laut gelacht hätte. Und selbst wenn sie wahr war: Was konnte ihr die Tante schon helfen, da doch eine Frauenkehle weicher war als der Bart eines Mannes?

Er sagte leise: »Was für eine kleine Lügnerin du doch bist und was für eine Unheilstifterin. Wenn ich an die Zeiten denke, in denen du mich gehänselt hast und versucht hast, mich zum Sprechen zu bringen – Bruder ohne Zunge, hast du mich genannt, Zunge, Zunge, wo ist deine Zunge? Erinnerst du dich, Karma? Aber ich habe nicht nachgegeben. Ich konnte es mir nicht leisten. Leute mit Geheimnissen müssen lernen, nicht zu sprechen, und ich habe es gelernt. Ich habe es gelernt, und dann habe ich mich im Schlaf verraten. Ich habe mich immer irgendwie verraten. Welche Ironie, es im Schlaf zu tun, wenn es um das Leben selbst ging.«

Sie sagte nichts, und einen Augenblick lang hatte er das Gefühl, wieder alleine im Wald zu sein und zu versuchen, sich bei all den Lebewesen verständlich zu machen, die nicht hören konnten oder nicht hören wollten.

Ein Polizeistreifenwagen fuhr an dem Haus vorbei. Er richtete sich auf und versuchte, ernst und würdig auszusehen, wie ein Pfarrer, der gerade einem Mitglied seiner Gemeinde einen Sonntagnachmittagsbesuch abstattet. Er hatte sich selber immer als Pfarrer gesehen. Wie leicht würde es sein, anderen Leuten zu raten, was sie tun und wie sie handeln sollten und dabei selbst ein paar einfache Verhaltensregeln zu befolgen.

Der Wagen beunruhigte ihn. Er überlegte, ob die drei jungen Mädchen, die er an der Haltestelle getroffen hatte, nach Hause gegangen waren und ihrer Mutter von ihm erzählt hatten, und die Mutter hatte die Polizei angerufen. Dann würden die beiden Männer im Polizeiauto vielleicht ihn suchen. Vielleicht hatten sie ihn diesmal nicht bemerkt, aber wenn sie wiederkamen? Nein, Unsinn, warum sollten sie wiederkommen? Die Mutter der Mädchen hatte keinen Grund, ihn anzuzeigen. Schließlich hatte er sie nicht angesprochen oder ihnen Bonbons angeboten. Die dummen Mädchen, die dummen Mütter, sie hatten keinen Grund, keinen Grund ...

»Der erste Streifenwagen hat ihn gesehen«, sagte Quinn. »Halte ihn noch ein paar Minuten hin, Karma.«

»Ich kann nicht.« Selbst mit Quinn zur Seite und Marthas beschützenden Arm um die Schulter hatte das Mädchen Angst, weil sie wußte, daß auch die beiden Angst hatten, und sie konnte ihre Angst nicht begreifen. Sie schien tiefer und erschreckender zu sein als die Angst, die man vor einem Mann haben konnte, mochte er auch noch so gefährlich sein. Sie sah die weiße Linie um Quinns Mund und die Verzweiflung in Marthas Augen und wiederholte: »Ich kann es nicht. Ich weiß nicht, was ich sagen soll.«

»Bring ihn zum Sprechen.«

»Worüber?«

»Über sich selber.«

Karma hob die Stimme. »Wo hast du dich versteckt gehalten, Bruder Zunge?«

Die Frage ärgerte ihn. Es klang, als sei er ein Verbrecher, der sich verstecken mußte, und nicht ein intelligenter Mann, der freiwillig den Wald gewählt hatte als den besten Platz, wo man leben konnte.

»Ich kann hier nicht den ganzen Nachmittag stehen«, sagte er irritiert. »Deine Mutter wartet auf uns.«

»Wo?« fragte Karma.

»Im Haus einer Freundin. Sie ist sehr krank, womöglich stirbt sie. Sie hat mir gesagt, ich solle dich zu ihr bringen.«

»Was fehlt ihr?«

»Das weiß niemand. Sie wollte keinen Arzt. Wenn du mit mir kommst, kannst du sie vielleicht überreden, sich behandeln zu lassen. Willst du?«

»Wie weit müssen wir gehen?«

»Nur um die Ecke.« *Aber keine Straßenecke, um die man nur einmal geht. Für dich gibt es kein Zurück.* »Die Krankheit deiner Mutter ist schwer, Kind. Du mußt dich beeilen.«

»Gut. Ich komme in einer Minute.«

»Willst du mich nicht hineinlassen, damit ich drinnen warten kann?«

»Das kann ich nicht. Du weckst womöglich meine Tante, und dann darf ich nicht mit dir gehen, weil sie die Leute vom Turm haßt. Sie sagt, sie würden vielleicht ...«

»Hör auf zu plappern und mach dich fertig, Mädchen.«

Er wartete, beobachtete die Straße, ob der Polizeiwagen

zurückkäme, und zählte die Sekunden, die durch sein Hirn wie kleine Spielzeugsoldaten marschierten, salutierten und ihre Namen riefen: eins, Sir, zwei, Sir, drei, Sir, vier, Sir, fünf, Sir, sechs, Sir, sieben, Sir. Respektvolle Geschöpfe. Sie nannten ihn alle Sir, knapp, aber herzlich. Ja, sie liebten ihren großen General. Sie wußten, daß er einmal ein gewöhnlicher Mann gewesen und vom einfachen Soldaten zum Befehlshaber über die Zeit aufgestiegen war und Sterne auf seinen Ärmeln trug. Aber natürlich waren die Sterne unsichtbar, es war noch zu hell, noch Nachmittag. Nur nachts kamen die Sterne vom Himmel herunter und hefteten sich an seine Ärmel.

Hundertvierzehn, Sir. Hundertfünfzehn, Sir. Hundert –.

Plötzlich trat eine erschreckende Verwandlung ein. Die Spielzeugsoldaten vertauschten ihre Uniformen und wurden Polizisten in blauer Serge. Sie salutierten nicht mehr und riefen auch nicht ihre Namen, statt dessen fragten sie mit heiseren respektlosen Stimmen nach seinem Namen.

»Wie heißen Sie?«

»Befehlshaber«, sagte er.

»Befehlshaber wovon?«

»Ich bin der Befehlshaber der Zeit.«

»Tatsächlich, äh?«

»Es ist eine Sonderaufgabe. Ich entscheide über die Zeit, wann Dinge zu geschehen haben mit Menschen, Tieren und Vögeln, mit den Bäumen des Waldes ...«

»Gut, Befehlshaber. Dann wollen wir uns einmal die Truppen ansehen.«

»Es ist nicht die richtige Zeit.«

Plötzlich überfiel ihn die Erkenntnis, daß diese Männer keineswegs Polizisten waren. Sie waren Agenten einer fremden Macht, die das Land besetzen sollten, indem sie die Zeit verwirrten und den Befehlshaber gefangennahmen.

Die Tür des Hauses öffnete sich, und ein Mann, der Quinn hieß, kam heraus, außerdem eine Frau, die ihm bekannt vorkam, wenn er sich auch nicht an ihren Namen erinnern konnte.

Er rief Quinn zu: »Verhindern Sie, daß sie mich abführen! Es sind fremde Agenten. Sie wollen die Regierung stürzen!«

Quinn trat zurück, als hätten die Worte ihn vernichtend getroffen, und die Frau neben ihm begann zu schreien: »Patrick, Patrick! Oh, mein Gott, Patrick!«

Er starrte sie an und überlegte, warum sie ihm so bekannt vorkam und wer wohl Patrick war.

Margaret Millar im Diogenes Verlag

Nymphen gehören ins Meer
Roman. Aus dem Amerikanischen von Otto Bayer
Leinen

Liebe Mutter, es geht mir gut ...
Roman. Deutsch von Elizabeth Gilbert
detebe 20226

Die Feindin
Roman. Deutsch von Elizabeth Gilbert
detebe 20276

Fragt morgen nach mir
Roman. Deutsch von Anne Uhde
detebe 20542

Ein Fremder liegt in meinem Grab
Roman. Deutsch von Elizabeth Gilbert
detebe 20646

Die Süßholzraspler
Roman. Deutsch von Georg Kahn-Ackermann
und Susanne Feigl
detebe 20926

Von hier an wird's gefährlich
Roman. Deutsch von Fritz Güttinger
detebe 20927

Der Mord von Miranda
Roman. Deutsch von Hans Hermann
detebe 21028

Das eiserne Tor
Roman. Deutsch von Karin Reese und Michel Bodmer
detebe 21063

Fast wie ein Engel
Roman. Deutsch von Luise Däbritz
detebe 21190

Die lauschenden Wände
Roman. Deutsch von Karin Polz
detebe 21421

Ross Macdonald im Diogenes Verlag

Dornröschen war ein schönes Kind
Roman. Aus dem Amerikanischen von Wulf Teichmann. detebe 20227

Unter Wasser stirbt man nicht
Roman. Deutsch von Hubert Deymann
detebe 20322

Ein Grinsen aus Elfenbein
Roman. Deutsch von Charlotte Hamberger
detebe 20323

Die Küste der Barbaren
Roman. Deutsch von Marianne Lipcowitz
detebe 20324

Der Fall Galton
Roman. Deutsch von Egon Lothar Wensk
detebe 20325

Gänsehaut
Roman. Deutsch von Gretel Friedmann
detebe 20326

Der blaue Hammer
Roman. Deutsch von Peter Naujack
detebe 20541

Durchgebrannt
Roman. Deutsch von Helmut Degner
detebe 20868

Geld kostet zuviel
Roman. Deutsch von Günter Eichel
detebe 20869

Die Kehrseite des Dollars
Roman. Deutsch von Günter Eichel
detebe 20877

Der Untergrundmann
Roman. Deutsch von Hubert Deymann
detebe 20878

Der Drahtzieher
Sämtliche Detektivstories um Lew Archer I. Mit einem Vorwort des Autors. Deutsch von Hubert Deymann und Peter Naujack
detebe 21018

Einer lügt immer
Sämtliche Detektivstories um Lew Archer II. Deutsch von Hubert Deymann und Peter Naujack. detebe 21019

Sanftes Unheil
Roman. detebe 21178

Blue City
Roman. Deutsch von Christina Sieg-Welti und Christa Hotz. detebe 21317

Der Mörder im Spiegel
Roman. Deutsch von Dietlind Bindheim
detebe 21303